I0762475

SILVIA MORENO-GARCIA

EL EMBRUJO

minotauro

Obra editada en colaboración con Editorial Planeta – España

Título original: *The bewitching*

Traducción: © Estela Peña Molatore, 2025
Ilustración de portada: © Kelly Chong
Adaptación de portada: Book&Look
Fotografía de la autora: © Martin Dee
Revisión: Balloon Comunicación

Bajo el sello editorial MINOTAURO M.R.
Avenida Presidente Masarik núm. 111,
Piso 2, Polanco V Sección, Miguel Hidalgo
C.P. 11560, Ciudad de México
www.planetadelibros.us

Primera edición impresa en esta presentación: marzo de 2026
ISBN: 978-607-39-3762-7

Impreso en los talleres de Corporación en Servicios
Integrales de Asesoría Profesional, S.A. de C.V.,
Calle E # 6, Parque Industrial
Puebla 2000, C.P. 72225, Puebla, Pue.
Impreso y hecho en México / *Printed in Mexico*

Para Bobby Derie

1998: 1

«En aquel entonces, cuando yo era joven, todavía había brujas». Eso era lo que Nana Alba solía decir cuando le contaba cuentos a Minerva antes de dormir; era el preámbulo que conducía a un reino de sombras y misterios.

Poco después de pisar Stoneridge por primera vez, cuando Minerva miró hacia la espesa y sombría masa de árboles que constituían la reserva de Briar, escuchó un agudo chillido que parecía el llanto de un bebé. Por un momento se estremeció de miedo, pensando en los cuentos de su bisabuela sobre brujas que bebían la sangre de los inocentes en las noches sin luna. Pero solo había sido un pavo real.

Ahora ya estaba acostumbrada a la presencia de esas aves: las hembras grises y los hermosos machos con su deslumbrante despliegue de plumas iridiscentes. Tomaban el sol en el césped frente a Ledge House y a veces se sentaban en el porche de la antigua mansión. Se decía que, cuando la universidad había adquirido el edificio y lo había transformado en una residencia para estudiantes, los pavos reales estaban incluidos en el trato. Un viejo decano supersticioso los consideraba de buena suerte. Así que se volvió tradición tener unos cuantos cerca de la casa del decano, aunque a las aves les gustaba deambular hacia otros edificios y andaban por todo el campus con total impunidad.

Ahora, mientras Minerva estaba de pie junto a la ventana, escuchó de nuevo aquel mismo chillido.

No podía ver dónde estaba el pavo real. Seguramente en algún lugar cerca de la entrada, observando a los últimos estudiantes que abandonaban Ledge House.

Sus amigos le habían dicho que nunca se acostumbraría al frío y a la nieve de Nueva Inglaterra, pues venía del clima templado de Ciudad de México, pero sobrellevaba los inviernos sin dificultad. Era el verano lo que la ponía ansiosa.

El campus cerraba por la temporada. En veinticuatro horas, todos los dormitorios y las instalaciones quedarían desiertos y en silencio, y solo algunos directores de residencias, como ella, estarían a cargo de la supervisión de los edificios. La biblioteca permanecería abierta, aunque con horario reducido, para atender a los alumnos, en su mayoría estudiantes de posgrado, que no volarían ni conducirían a casa durante el verano.

El campus junto al mar, con su verdor y sus hermosas casas victorianas, con el sol brillando y los patos nadando plácidamente en los encantadores estanques, debería haberle inspirado alegría y relajación. Pero todo la irritaba. La tranquilidad del verano era la ocasión perfecta para trabajar en su tesis, si es que tenía algo sobre lo que escribir.

Su progreso se había estancado. Había hecho poco en invierno y aún menos en primavera. Su asesora esperaba un cierto número de páginas para el otoño. Minerva dudaba que pudiera producir mucho; su proyecto era un revoltijo de sinsentidos.

Su única alternativa era la excelencia. Su matrícula en la universidad de Stoneridge estaba asegurada gracias a una beca para estudiantes de alto rendimiento académico. Su alojamiento y manutención se pagaban gracias a su trabajo en el laboratorio de idiomas, como ayudante del profesor Marshall con la multitud de apáticos estudiantes de pregrado que necesitaban un segundo idioma para graduarse, y se completaba con su empleo como directora de residencia.

Siempre había sido capaz de hacer malabares con docenas de responsabilidades sin problema alguno. En Ciudad de México, durante la secundaria, ayudaba a cuidar de Nana Alba. Llegaba a casa, se quitaba el uniforme de la escuela y se ponía ropa cómoda, preparaba la cena, le daba sus medicinas a la anciana y luego hacía su tarea sin perderla de vista. La bisabuela Alba murió a la avanzada edad de ciento un años, y todos afirmaban que una enfermera no podría haber hecho un mejor trabajo cuidando de ella.

¿Podría alguien estancarse a los veinticuatro años? ¿Se podría encoger su cerebro? Minerva se sentía cansada y desganada todo el tiempo. A menudo estaba triste sin motivo. Realizaba un posgrado en Literatura Inglesa en la misma universidad que Beatrice Tremblay. Era el sueño de su infancia hecho realidad.

Le habían dicho que la sorprendería el frío invierno de Massachusetts, pero la verdad era que Minerva lo sabía todo de Nueva Inglaterra. La había vivido a través de las historias de multitud de escritores. Había paseado por el Hampstead de Peter Straub, el Arkham de H. P. Lovecraft, el Derry de Stephen King. Ciudades imaginarias, pero basadas en lugares reales. Prefería sumergirse en los cuentos de Shirley Jackson antes que salir a bailar con sus amigos, y en lugar de pedir una fiesta de quince años, había logrado convencer a su madre para que le comprara una primera edición de *La desaparición* de Tremblay y una colección de otras novelas de terror que había encontrado en una empolvada librería de segunda mano de la calle de Donceles entre un montón de títulos viejos y olvidados.

Minerva estudió y ahorró, investigó sus opciones e hizo un presupuesto; había pasado incontables días hojeando las guías universitarias y las fichas técnicas de la Biblioteca Benjamín Franklin que contenían información sobre las becas estadounidenses disponibles para estudiantes internacionales, hasta que encontró la forma de hacer realidad sus sueños de estudiar un posgrado.

Y ahora estaba fracasando.

El pavo real lanzó otro chillido, como si la instara a salir. Tomó su portapapeles y se dirigió a la entrada de la casa. Saludó con la mano a uno de los estudiantes de pregrado que estaba guardando sus pertenencias en su auto, y se dirigió a Briar Hall, cruzando por la espesura de la reserva de Briar, que los estudiantes llamaban el Soto de la Bruja porque supuestamente una bruja había vivido allí en la época de los juicios de Salem. Otra versión decía que el diablo habitaba bajo un árbol. Como es habitual en las buenas narraciones orales, las historias se contradecían entre sí.

Salem estaba a unas paradas de tren de la universidad, pero no parecía haber una base real para la historia de la bruja. En cuanto al diablo, parecía habitar en cada rincón de Nueva Inglaterra. Había una Roca del Diablo, una Huella del Diablo y un Púlpito del Diablo.

Diablo o no, la reserva de Briar había servido de inspiración para *La desaparición*, así que tenía cierto mérito artístico. La primera vez que miró por la ventana y lo reconoció, sintió vértigo: era el mismo lugar del que hablaba la novela de Tremblay.

Un único y angosto sendero de tierra atravesaba la reserva de Briar y conectaba los dormitorios de la zona este con el resto del campus; también se podía tomar un camino más ancho y mejor cuidado que serpenteaba alrededor de la arboleda y tenía iluminación de verdad por la noche. En algún momento, la universidad de Stoneridge había considerado la idea de nivelar toda la zona y construir un estacionamiento, un nuevo edificio de dormitorios o algo parecido. Pero la propuesta causó pánico entre los defensores de la naturaleza y los estudiantes más ecologistas. La universidad entonces creció hacia el oeste y el norte. Al sur estaba el mar y unas extensiones de arena que pasaban por playas.

Minerva caminó con paso rápido por el sendero bordeado de robles, con el portapapeles en la mano. Pensó en los cuentos de brujas de Nana Alba, en especial en el relato que la había atormentado desde su infancia. El grito del pavo real y el silencio del sendero no hicieron más que acentuar su melancolía. Extrañaba a su bisabuela, nunca había dejado de añorarla, aunque su madre decía que se le pasaría. Igual que había dicho que a Minerva se le pasaría la tristeza de la adolescencia.

Ese día había escrito a su madre. Intentaba limitar las llamadas telefónicas a casa con la excusa de que la larga distancia era cara, pero en realidad era más fácil fingir que estaba bien y feliz cuando escribía en la computadora o mandaba cartas manuscritas. La semana anterior le había enviado un montón de fotos del campus. Eso más el breve correo electrónico en el que no hablaba de nada importante deberían mantenerla contenta. Minerva no deseaba discutir sus problemas con su madre, quien se creía psicoanalista después de haber leído demasiados libros de autoayuda.

Cuando Minerva salió del sendero, apareció frente a Joyce House, que tenía el honor de ser la estructura más antigua del campus, construida en 1750. Estaba tapiada y las renovaciones comenzarían el año siguiente. Necesitaba urgentemente esas mejoras. La estructura, antaño pintoresca, estaba ahora deslucida y deteriorada, pero ella la encontraba fascinante. A menudo, cuando hacía sus rondas, miraba las ventanas del piso superior y experimentaba una atracción casi eléctrica. Era el atractivo de la historia; adoraba los edificios antiguos y sentía rechazo por los nuevos.

Decían que el edificio estaba embrujado, pero lo mismo decían de todos los dormitorios viejos. A Minerva eso no la asustaba. Unos meses antes, cerca de Halloween, había visto un resplandor procedente de una de las ventanas del piso superior y se había aventurado a entrar a inspeccionar acompañada por un guardia de seguridad del campus. Alguien había irrumpido en la residencia e intentado realizar una sesión de espiritismo, pero los intrusos habían escapado, probablemente al ver a Minerva mientras esperaba a que llegara el guardia para acompañarla al interior. En su huida, dejaron abandonado un tablero de *ouija* y unas cuantas velas encendidas. Eso constituía un riesgo de incendio, por lo que seguridad tapió las ventanas de la planta baja, ya que era muy fácil abrirlas desde fuera. Minerva nunca descubrió la identidad de los culpables.

Los tablones de la planta baja afeaban el aspecto del edificio más que su antigüedad, dándole un aire de terrible abandono.

Un poco más lejos de Joyce House había un dormitorio más pequeño, construido en los años cincuenta, cuando la universidad aún era solo para chicas. Era Briar Hall, con su puerta principal pintada de verde y un alegre gnomo de jardín que montaba guardia junto a un macizo de margaritas.

La puerta estaba abierta. Hideo Ogawa ayudaba a un estudiante a sacar una televisión de la residencia. Hideo también era director de dormitorios. Dirigía tres edificios en la parte norte del campus. Técnicamente, Minerva también dirigía tres, pero con Joyce House cerrado, en la práctica se reducían a dos. Los directores residentes estaban a cargo de dos o tres edificios, según su tamaño, así como de los respectivos asistentes residentes de pregrado. Pero en verano, con tan pocos alumnos en el campus, podrían vigilar el doble de edificios.

—¿Vas a llevar esas cosas al almacén? —preguntó Minerva.

—Sí —repuso Hideo—. Eso y un par de cajas.

Los estudiantes internacionales y los que venían de fuera del estado podían solicitar dejar sus pertenencias durante el verano en alguno de los almacenes del campus, aunque estos espacios solían ser muy codiciados. En Briar no había almacenes, y el sótano de Ledge House ya estaba abarrotado, así que debían dirigirse a August Hall, que era el dormitorio de Hideo. Se trataba de un edificio mucho más moderno; incluso tenía un elevador que daba servicio a sus tres pisos. Minerva prefería las casas y mansiones antiguas que habían sido convertidas en viviendas para estudiantes. Era increíble lo que la Gran Depresión había hecho con el sector inmobiliario. La universidad había adquirido un montón de propiedades y terrenos poco después de aquella época, duplicando su tamaño, en un periodo en el que las propiedades eran algo asequibles en la costa norte.

Hideo y el estudiante metieron la televisión en un auto y entonces él se volvió hacia Minerva.

—¿Ya salieron todos los de Ledge House?

—Tengo un par de rezagados —dijo, echando una mirada a los formularios rosas que tenía en su portapapeles—. Aquí también hay un par de estudiantes más.

—Necesito llevar esto a August Hall y luego iré a Plymouth Hall para la salida de otro grupo. ¿Estarás en casa a eso de las cinco?

—¿Dónde más? —contestó Minerva. No tenía coche. El paseo hasta Temperance Landing duraba unos cuarenta minutos. Cuando había clases, podía pedirle a otro director de residencias que la llevara o esperar a que la minúscula camioneta que hacía las veces de transporte interno llevara a los estudiantes a la estación de Temperance Landing, desde donde podían tomar el tren a Boston. O los dejaba en el Stop & Shop, en el complejo de cines y en muchos otros sitios. Sin embargo, en verano, la camioneta no daba servicio.

—Bien, tengo algo que enseñarte.

—Claro. Pásate.

Minerva entró en la casa y subió las escaleras. Mientras llamaba a la puerta, esperaba que Conrad Carter le dijera que no había conseguido la documentación adecuada. La había presentado tarde y en la oficina de alojamiento decían que los estudiantes que desearan permanecer en el campus solo podían hacerlo en circunstancias especiales. Conrad Carter tenía familia en Dover y Minerva sospechaba que quería quedarse en la residencia porque le daba pereza llevar sus cosas a un almacén.

Conrad abrió la puerta y la miró entrecerrando los ojos. Llevaba una sudadera y unos pantalones, y parecía que se había levantado de la cama apenas hacía unos minutos.

—Vengo a inspeccionar tu *suite* y a comprobar tus papeles para la estancia de verano.

—Ah, sí. —Se rascó la nuca—. Dame diez minutos.

—Teníamos cita a las dos y media —le recordó.

—Espérame, ¿sí? —Era una orden, no una petición.

Minerva supuso que iba a esconder su *bong*. A finales del otoño, Conrad Carter había dado los problemas de siempre, lo que significaba que había discutido con su compañero de cuarto. La mayoría de las habitaciones eran dobles, con dos camas cada una. Pero había unas preciosas habitaciones tipo *suite* que parecían minidepartamentos. Dos habitaciones individuales divididas por una pequeña salita, además de contar con baño privado. Estas *suites* estaban reservadas para estudiantes de último año o de posgrado.

A Conrad Carter le habían asignado una *suite*; él tenía una habitación y Thomas Murphy la otra. Desde el principio no congeniaron. Conrad ponía la música demasiado alta y dejaba el baño sucio. Thomas había presentado una queja, pero cuando un estudiante lavaba su plato de fideos en el lavabo del baño y lo atascaba, el procedimiento habitual era simplemente llamarle la atención. Cosa que Minerva hizo. Conrad Carter siguió poniendo su música y molestando a su compañero de cuarto. Lo sorprendió fumando marihuana y Minerva lo reportó, lo que en realidad no significó nada, porque se necesitaban infracciones mucho peores para merecer algo parecido a un castigo y Conrad lo sabía.

Thomas no regresó después de las vacaciones de invierno, y Conrad pareció considerar el hecho como una oportunidad para intensificar su irritante comportamiento. Aunque vivía en un dormitorio «seco» donde había estudiantes de primer y segundo curso en el primero y en el segundo piso, Minerva tuvo que reportarlo por dar tres fiestas con mucha cerveza. Y lo que es peor, lo acompañaban estudiantes de primer y segundo año. Beber con estudiantes de dieciocho y diecinueve años era sin duda una infracción.

Pero Conrad había salido impune de todo: su padre era amigo de un par de consejeros de la universidad. En marzo, Conrad apartó de un codazo a uno de los asistentes de residencia de Minerva, quien estaba haciendo la ronda por el edificio y sospechaba que llevaba licor en una bolsa de compras. Minerva intentó abrir un expediente disciplinario, que no prosperó porque Conrad dijo que no había empujado a nadie, que había sido un accidente y que el asistente de residencia se había mostrado temeroso de pedirle que abriera la bolsa, por lo que, después de todo, no se le confiscó el alcohol.

Pero Minerva no creyó que se tratara de un accidente. Conrad era un imbécil, simple y llanamente, y después de que ella presentara su queja, él se mostró especialmente ansioso por molestarla. No siempre había sido así; al principio, a ella le había caído bien, y antes de Halloween, cuando regresaron al campus... Pero eso ya no importaba, ahora no mantenían una relación amistosa, y ella tenía un trabajo que hacer.

Minerva comenzó a revisar la sala de estar y a repasar el formulario rosa de salida. Aunque técnicamente Conrad se quedaría durante el verano, tenía que asegurarse de que la *suite* estuviera en buen estado, pedirle que firmara si había cualquier desperfecto y luego hacerle firmar una nueva hoja para el próximo semestre. La salita y el baño estaban desordenados, pero no vio nada fuera de lo normal.

Minerva se asomó a la habitación que había pertenecido a Thomas Murphy. Había dos cajas junto a la ventana. Ya las había visto meses atrás. En lugar de volver al campus, Thomas envió un correo electrónico a la oficina de registro en el que informaba que abandonaba los estudios, así que cuando Minerva inspeccionó la habitación tras su baja, estaba sola. No había encontrado daños, de modo que se limitó a informar a su jefe de que Tom había dejado dos cajas, suponiendo que las recogería después.

Minerva abrió las solapas de una de ellas y echó un vistazo a su contenido. Libros.

—Ya puedes pasar a mi habitación —dijo Conrad desde la salita, dando un sorbo a una lata de Red Bull.

Minerva cerró rápidamente las solapas de la caja y se volvió para mirarlo.

—Tom no regresó por sus cosas. No lo habías mencionado.

—No sabía que tenía que hacerlo. Supuse que vendría a buscarlas si las necesitaba.

—En otoño tendrás un nuevo compañero, y la habitación debe estar vacía.

—¿Quieres que las saque?

—No. Está bien. Hablaré con los de servicios; enviarán a alguien. ¿Tienes el formulario R5?

—Ya sabes que sí.

—Necesito verlo.

—Siempre sigues las reglas, ¿verdad, Minnie? Eres una tiquismiquis.

Odiaba los apodos. Ella era Minerva, no Minnie, tampoco Min o Nini o cualquier otra variación. Él sonreía; probablemente pensaba que era lindo ponerle ese apodo, pero ella le devolvió la sonrisa con una mirada seria. No necesitaba que Conrad pensara que las vacaciones de verano la ablandarían.

Minerva le tendió una mano, indicando con el gesto que esperaba el papel. Él resopló y regresó a su habitación. Volvió y finalmente le dio el permiso de residencia de verano.

—No puedes tener invitados a dormir durante el verano —le recordó—. Y, por favor, no te estaciones en el frente, el estacionamiento está...

—Sé dónde está el estacionamiento, Minnie.

—Minerva —dijo con frialdad, con la aspereza del otoño en su voz, a pesar de que el aire veraniego entibiaba suavemente el dormitorio—. ¿Puedo ver tu habitación?

—Adelante —dijo, haciendo una reverencia y señalando en esa dirección.

La habitación de Conrad era un revoltijo de ropa, sábanas enredadas y latas de refresco apiladas junto a la ventana, pero las paredes y el suelo no habían sufrido daños y todos los muebles estaban en su sitio.

Firmó en las líneas correspondientes y Minerva continuó con sus inspecciones. Para cuando terminó de firmar la salida de todos, ya eran las cuatro. Minerva cerró la puerta principal del dormitorio y se dirigió a su departamento.

Ledge House era una construcción de tres pisos, con dormitorios en la segunda y tercera plantas. La cocina se había modernizado, con refrigerador, microondas y fregadero doble. Pero el resto de la planta baja seguía siendo prácticamente igual que cuando el edificio funcionaba como casa de verano de la alta sociedad bostoniana del siglo XIX.

El gran salón, con sus lujosos sillones, papel tapiz con motivos florales, cortinas de terciopelo y paisajes marinos, evocaba la época victoriana, incluso con la gran televisión encima de la chimenea en desuso que las chicas de la residencia utilizaban sobre todo para ver *El mundo real*. En el comedor aún se encontraba la larga mesa de caoba en la que se habían organizado cenas de gala, aunque hoy en día era más probable que sirviera para una noche de *pizza*. La sala de billar se había convertido en una sala de estudio, pero el polvoso y ornamentado candil permanecía sobre la gran escalera.

El «departamento» del director de la residencia constaba de varias habitaciones comunicadas entre sí, la primera de las cuales había sido en su momento la biblioteca de Ledge House. Había estanterías repletas de volúmenes olvidados empastados en piel, así como multitud de pájaros disecados expuestos en las paredes: dos patos, dos palomas, varios canarios asustados. También había un búho dentro de una jaula de nogal. La chimenea de la habitación aún funcionaba y, aunque las alfombras no eran las originales de la casa, tenían un aspecto anticuado que hacía juego con el resto de la estancia. La biblioteca contaba con dos sofás y un gran sillón de cuero. Aquí era donde Minerva celebraba sus reuniones con sus ayudantes de residencia, y los gabinetes que utilizaba para archivar su papeleo estaban discretamente escondidos en un rincón.

Hideo pensaba que los pájaros muertos eran espeluznantes, como sacados de *Psicosis*, pero a Minerva le gustaban. Tenía nombres para cada uno de ellos: Poe, Stoker, Shelley. A Nana Alba le encantaban los pájaros. Había tenido canarios y palomas. A menudo, un loro se posaba en su hombro y hablaba alegremente. En su vejez, Nana Alba olvidaba que el pájaro había muerto y le hablaba, ofreciéndole un cacahuate y sonriendo plácidamente.

La biblioteca, con su colección de aves disecadas, se comunicaba a un pasillo con estanterías empotradas, que Minerva utilizaba para guardar ropa de cama y otros enseres. Luego estaba su dormitorio. Era una habitación muy grande, no tanto como la biblioteca, pero aun así considerable. No tenía clóset, sino un ropero y una cómoda; ninguno de ellos era original de la casa. Parecían muebles de los años setenta, de la época en que la universidad se había vuelto mixta, aunque varias residencias, incluida Ledge House, seguían albergando estudiantes de un solo sexo. La cama era aún más reciente, grande y cómoda, y su escritorio y la silla eran idénticos a los que los estudiantes tenían en sus habitaciones.

A Minerva le habían dicho que podía colgar cuadros nuevos en su dormitorio, y había comprado un hermoso mapa de Cabo Cod en una tienda de antigüedades de Newburyport. Pero nunca lo había colgado. Seguía apoyado contra la pared en su marco, medio oculto tras el cesto de la ropa sucia. Encima de la cómoda había fotos de su familia: Nana Alba en tonos sepia cuando era joven, luego su madre, luego Minerva con trenzas junto a Nana Alba y luego las tres juntas, además de instantáneas de algunos amigos de su ciudad natal, con quienes hacía años que no hablaba, y de sus conocidos más recientes.

El dormitorio tenía dos puertas, una de las cuales daba a un pequeño baño, la otra a una estancia pequeña, más un cuartito que otra cosa, con una mesa y un par de sillas. Había un fregadero, un microondas y una tetera eléctrica, pero no cocina. Hideo le había regalado una arrocera, pero si quería comer de verdad, tenía que usar la cocina de la residencia. Esta minicocina tenía una puerta que comunicaba con el porche trasero y luego había unos escalones que conducían a una playa, que no era como las playas que había visitado en México, todas de arena suave y cálida. Los arbustos de grosellas limitaban esta playa, más rocosa que arenosa.

Minerva tomó su computadora, se preparó una taza de café y se sentó en la cocina, mirando su *laptop* y su ejemplar de *La desaparición*, pero sin tocarlos. No sabía de dónde le venía esa apatía. La atacaba en oleadas, ahogándola. Una vez le había preguntado a Nana Alba cómo había sobrevivido a una guerra, cómo había aguantado los años de cosechas escasas y demasiadas bocas hambrientas.

«Simplemente sobrevives», decía. Minerva no estaba segura de poder imitar jamás la inquebrantable firmeza en la voz de Nana Alba. Quizá Minerva estaba hecha de una sustancia más blanda.

Cuando Hideo apareció, Minerva ni siquiera había encendido su computadora. El chico abrió su mochila y sacó un cómic metido en una funda de plástico transparente. Tenía un hombre de aspecto asustado en la portada.

—Es la adaptación de *El horror de Dunwich* de Shigeru Mizuki —dijo—. Tengo un coleccionista en Peabody que la quiere. Pensé que querrías verlo antes de que lo entregue.

—Mirar nada más —dijo Minerva.

Hideo también era estudiante de inglés. Se habían conocido durante la orientación de los directores de residencia, cuando él le dijo que con esa gabardina beis parecía una investigadora privada de una película antigua, y ella rebatió que él se parecía a Freddy Krueger con el suéter de rayas que llevaba.

Habían congeniado por el interés de Minerva en la literatura de lo extraño y los autores de terror; aunque Hideo era aficionado a Henry James y su tesis versaba sobre sus historias de fantasmas, no era realmente un fanático de Lovecraft. Además de trabajar como director de residencia, vendía una mezcla ecléctica de manga, películas y artefactos de la cultura pop japonesa que su primo le enviaba desde Osaka.

—¿Estás trabajando? —preguntó, y tomó el maltrecho libro de bolsillo que había sobre la mesa. Era una reedición con ilustraciones de mala calidad y sin valor para coleccionistas. Su primera edición de *La desaparición* estaba en el dormitorio. También tenía dos ejemplares de *Hábitos perversos y otros cuentos*, de Tremblay, uno de los cuales había marcado a conciencia con anotaciones y *post-its*.

—Eso intento. Pero no hay manera, necesito consultar el diario de Beatrice Tremblay y sus cartas privadas. Ahora mismo, lo que tengo es lo que hay en el archivo de la universidad, y eso son solo borradores de manuscritos, correspondencia con su agente, cosas de negocios.

—Pensé que habías localizado algunas cartas a Lovecraft en Brown.

—Sí. Dos cartas. Una de ellas es una entusiasta discusión sobre sabores de helado. Lovecraft rara vez guardaba las cartas de quienes le escribían, así que supongo que tengo suerte de que haya dos, aunque una sea casi un poema sobre el helado de café.

En realidad, fue Lovecraft quien guio por primera vez a Minerva hacia Beatrice Tremblay, aunque hacía tiempo que se había interesado más por ella que por el hombre de Providence. Lovecraft había sido un ávido escritor de cartas, lo que era una bendición para la historia. Mantuvo correspondencia con todos los escritores de literatura de lo extraño de la época: Clark Ashton Smith, Robert E. Howard, incluso un joven Robert Bloch.

A pesar de los rumores de que Lovecraft sentía un temor mortal hacia las mujeres, el hombre era xenófobo pero no ginefóbico. Por eso mantuvo una nutrida correspondencia con escritoras, tanto profesionales como aficionadas de todo tipo.

Las habladurías sugerían que en una ocasión se encaprichó de la poeta Winifred Virginia Jackson, quien mantenía una relación con el poeta afroamericano William Stanley Braithwaite; Minerva podía imaginarse la cara de asombro de Lovecraft al enterarse de la existencia de semejante rival. Bueno, si hubiera sido un rival. Muchas de las historias de Lovecraft no eran más que un montón de rumores distorsionados.

Entre los corresponsales de Lovecraft, que incluían a oscuros clientes de revisión como Hazel Heald, cuyas «revisiones» a veces equivalían a un trabajo completo de auténtica escritura fantasma a cambio de unos pocos dólares, y autores de cierto renombre, como C. L. Moore, autora de los relatos de *Jirel de Joiry*, había una joven aspirante a escritora llamada Beatrice Tremblay, que por aquel entonces firmaba sus cartas como «Betty».

Beatrice acabaría intercambiando correspondencia con otros escritores y publicando un número considerable de relatos, una novela y dos más cortas. Su nombre, que vio por primera vez en una nota a pie de página en un artículo sobre Lovecraft, había despertado la curiosidad de Minerva porque, al parecer, Lovecraft y Tremblay habían mantenido correspondencia sobre el tema de la brujería, y también porque ella era una mujer y una escritora de «relatos extraños», una combinación que, si bien no era única en sí misma, pues otras autoras como Greye La Spina, Everil Worrell y Mary Elizabeth Counselman habían escrito relatos de ese tipo, era notable porque la historia parecía haber olvidado a la mayoría de las autoras de terror.

Minerva había localizado uno de los relatos de Tremblay, traducido al español y reeditado en una antología de terror publicada por Minotauro en los años ochenta, y se había enamorado perdidamente de su prosa.

Nueva Inglaterra y la brujería ocupaban un lugar destacado en la obra de Tremblay. El plan original de Minerva había sido profundizar en los elementos autobiográficos de *La desaparición* y relacionarlo todo en un ensayo con el contexto de la historia y el folclore de Nueva Inglaterra.

La primera edición de *La desaparición* contenía una críptica nota al final que declaraba: «Basado en una historia real». Y en Brown, en una de esas dos cartas conservadas en la Biblioteca John Hay, había un párrafo que decía:

> He estado pensando en escribir una novela basada en ciertas experiencias personales que, como te conté cuando nos vimos en Providence el verano pasado, fueron de una naturaleza de lo más inquietante y perturbadora. El título provisional es *La desaparición*, y trata precisamente de la desaparición de una joven con quien sostuve una breve amistad. Sé que me has pedido más detalles sobre esta historia, que es un relato real tan desconcertante como la colonia perdida de Roanoke. Quizá pueda enseñarte mis notas cuando vaya a Providence, cosa que haré probablemente en otoño.

La carta estaba fechada en enero de 1937. Lovecraft falleció en marzo. Beatrice y Lovecraft nunca hablaron de *La desaparición*. Ella no la escribiría hasta décadas después; la obra tuvo una larga gestación. Del primer encuentro, no había grandes detalles ni información sobre su conversación. Minerva sabía que Beatrice casi había concluido sus estudios en Stoneridge para cuando fue a Providence a encontrarse con «Grandpa Theobald», como a Lovecraft le gustaba hacerse llamar. También sabía que Beatrice se había quedado tres días en Providence y que Lovecraft la llevó a una especie de recorrido por la zona.

En 1933, había hecho lo mismo por Helen V. Sully, cuando visitó Providence, y la asustó llevándola a un cementerio por la noche, y en 1934 Lovecraft viajó a Florida para encontrarse con un fan adolescente, R. H. Barlow, que lo había invitado a visitarlo en casa de su familia; Lovecraft no supo que su amigo por correspondencia tenía dieciséis años hasta que llegó. Es decir, en lugar de ser un viejo asustadizo que se escondía en una mansión en ruinas, Lovecraft sí tenía vida social.

Las impresiones de Lovecraft sobre Beatrice se conservaron en una carta a Jonquil Leiber en 1936, en la que el autor detallaba su encuentro con una «interesante» joven llamada Beatrice «Betty» Tremblay, fascinada por las cuestiones de ocultismo y brujería, lo que dio origen a la nota a pie de página que había llamado la atención de Minerva.

La misión de Minerva de rescatar a Beatrice Tremblay de las fauces del olvido le había parecido realizable al principio, pero el material de los archivos de Stoneridge era árido e impersonal, a menos que estuvieras deseoso de saber que el precio en 1932 de *Weird Tales* era de veinticinco centavos.

—¿Qué hay de su diario? ¿No encontraste a alguien de la zona que tuviera los papeles personales de Tremblay?

—Sí. Carolyn Yates.

—¿Conoces el trabajo de remodelación en Joyce House? Lo está financiando la Fundación Yates. No es esa Yates, ¿o sí?

—Ajá. Fueron juntas a la universidad. Beatrice le dejó su correspondencia de negocios y un montón de borradores, esquemas y notas a la universidad; su diario y cartas personales se las dejó a Carolyn. El problema es que no puedo conseguirlos.

—¿Te mandó a volar?

—Ojalá. Ni siquiera consigo que la mujer me tome la llamada. Como es una valiosa benefactora, tengo que pasar por la oficina de exalumnos, y dicen que su secretaria me rechazó. Me enojé tanto que hace unas semanas acorralé a su nieto en la biblioteca y le pregunté al respecto.

—¿Estudia aquí? —preguntó Hideo—. ¿Cómo se llama?

—Noah.

—¿Qué estudia?

—Creo que economía, pero puede que se cambie a otra cosa. Rose, de la oficina de inscripciones, dijo que ha pasado por varias universidades. ¿Quieres una taza de café? Tengo café recién hecho.

—No, gracias.

Minerva se puso de pie y manipuló la cafetera. Al igual que los demás electrodomésticos de la cocina, era una máquina antigua y temperamental de los años setenta. La instalación eléctrica no ayudaba. Un edificio antiguo como Ledge House no podía tener dos cosas conectadas a una sola toma de corriente; la electricidad podía fallar.

—¿Es el tipo calvo con una coleta de caballo? ¿El que tiene una de las habitaciones individuales en Catherine House?

—No. Es de nuestra edad.

—Bueno, okay, ¿y qué dijo?

—Me dijo que me pusiera en contacto con la secretaria de su abuela. Esta va a ser la tesis más sosa del mundo. Nunca conseguiré fondos para el doctorado.

—¿Por qué no cambias de premisa? Céntrate en Lovecraft.

—Lovecraft está agotado —dijo, presionando el botón de colado—. De Camp escribió una biografía sobre él en los setenta y luego Joshi sacó una biografía mejor. Tremblay es nueva. Como sea, ¿cómo va tu trabajo? Sigues cambiando de tema.

—Creo que voy a comparar las historias de fantasmas de Henry James con *Kwaidan*.

—¿La película o el libro?

—No lo sé —dijo Hideo encogiéndose de hombros con aire indiferente.

—Me encantan ese tipo de historias de fantasmas.

Un ruido de arañazos junto a la puerta hizo que Hideo frunciera el ceño. Minerva abrió y dejó entrar a un gato naranja que se quedó mirando a Hideo mientras ella buscaba el abrelatas.

—¿Tienes un gato?

—Es callejero. Empezó a venir sin ninguna razón.

—Si lo alimentas, tiene una razón. ¿Ya le pusiste nombre?

—Karnstein.

—Definitivamente es tuyo si le pusiste nombre.

Minerva abrió una lata de comida para gatos y la vertió en un plato de cerámica poco hondo que dejó en el suelo. El gato empezó a comer.

—Ya debería de marcharme. Tengo que llevarle esto a mi cliente —dijo Hideo, y volvió a meter el manga en su mochila—. ¿Irás mañana a la fiesta de Patricia?

Ahora que el campus se había vaciado, Minerva tenía la intención de centrarse en su tesis. Siendo realistas, probablemente iba a pasar doce horas al día en la cama, pero al menos quería imaginar que podría lograr una módica eficiencia si no estaba atada a las necesidades de los estudiantes.

—No estoy segura.

—Puedo llevarte y regresarte de casa de Patricia. Quiero ver si hay chicos guapos allí, hace tres meses que no salgo con nadie. ¿Quién fue el último chico con el que saliste?

Minerva prefería mantener sus pensamientos en secreto, no compartir demasiado, y, en realidad, no había nadie de quien hablar. En invierno, había visto una película con un chico de Brookline al que había conocido a través de un foro en línea. Pero, aunque había salido con él varias veces, en primavera dejó de responder a sus correos electrónicos y llamadas. No es que quisiera cortar, simplemente pensaba en contestarle en otro momento, pero era difícil tener citas cuando ni siquiera le apetecía quitarse el pijama. Su energía se agotaba nada más por el hecho de seguir su rutina diaria y mantener una apariencia de normalidad. Tal vez podría encerrarse en su capullo durante el verano para salir revitalizada.

De todas formas, nunca le habían gustado mucho los romances. Había estado con Jonás en la universidad, aunque lo había sentido como una obligación, como si tuviera que intentar tener una relación adulta. Pero sospechaba que eso no iría a ninguna parte y no tenía intención de considerar una relación a distancia o, peor aún, de rechazar la oferta de la beca. En Stoneridge había ido con pies de plomo... Bueno, estaba el asunto con Conrad Carter, que ni siquiera fue un asunto.

—El aislamiento no te va a permitir elaborar una tesis más brillante, ¿sabes? —soltó Hideo, como si adivinara sus pensamientos.

—No estoy aislada —repuso y tomó su taza de café, dando un sorbo. Luego fingió buscar azúcar, evitando la mirada de Hideo.

—Jessica dijo que quieres hacer tus rondas nocturnas sola durante el verano.

—Es más conveniente.

—Se supone que debemos caminar en parejas.

—Todos dicen que estará tranquilo.

—Claro, ¿pero no quieres hablar con alguna de las pocas personas que hay por aquí? Casi no te he visto en el último mes y medio. No dejas de poner excusas.

—Iré contigo a la fiesta —anunció. Fue la mejor maniobra evasiva que se le ocurrió. No quería hablar de sus bloqueos en la investigación ni de sus problemas con nadie, aunque él fuera un amigo.

Cuando Hideo se marchó, Minerva miró la portada de *La desaparición*, que mostraba una puerta abierta y una habitación vacía. Era interesante que Nana Alba también le hubiera contado la historia de una desaparición relacionada con la brujería; al igual que la novela de Beatrice Tremblay, estaba relacionada con lo oculto. Tal vez por eso le había gustado tanto el libro, por eso había dedicado años de su vida a seguir la historia. Eso era lo que le aceleraba el pulso, no los novios ni el romance: la emoción de la investigación, de las preguntas extrañas y las respuestas tenebrosas.

—En aquel entonces, cuando yo era joven, todavía había brujas —dijo, y tamborileó los dedos contra el libro.

1908: 1

Alba quería asegurarse de que el juego de mancerinas de porcelana estuviera listo. Sabía que su madre pediría que les sirvieran chocolate y había hecho todo lo posible para tomar el tiempo correctamente, calculando cuánto tardaría una carreta en rodar por el camino y hacia la granja después de que el tren de las cinco llegara a su destino. Pero las mancerinas con sus pájaros e insectos pintados, viejos y finos enseres de otra época, estaban guardadas en un armario cerrado con llave y Alba se movía aprisa por toda la casa, tratando de encontrarlas.

—¿No podemos servir el chocolate en una taza normal? —preguntó Fernanda—. ¿Por qué necesitamos ese platito tan chistoso en el que encaja la taza?

—Es la forma en que se supone que debe servirse el chocolate —explicó Alba—. Cuando la gente noble celebraba sus fiestas, siempre se tomaba el chocolate en una mancerina.

—No somos nobles y esas antigüedades polvorientas es mejor tenerlas guardadas bajo llave —atajó Tadeo.

Alba ignoró a su hermano y se volvió hacia la joven criada.

—Mira en ese cajón, Fernanda, por Dios. Mi tío Arturo está a punto de llegar. Ah, y corta uno de los claveles que crecen en las macetas blancas, los claveles rojos que están junto a las ventanas de la cocina, no los rosas del fondo. Pon la flor en la bandeja cuando la traigas.

—Cualquiera diría que viene el papa de visita —dijo Tadeo.

A Tadeo no le agradaba mucho su tío, le llamaba alzado e incluso «tío catrín» cuando estaba de mal humor, pero Alba discrepaba ardientemente. Aunque Arturo Velarde tenía veinticuatro años, apenas cinco más que Alba, ella lo consideraba el hombre más maduro, sofisticado e inteligente de toda la nación. Hablaba francés con fluidez, había memorizado versos de Verlaine, Manuel José Othón, Juan de Dios Peza y muchos otros, e incluso había publicado algunos poemas de su autoría.

Por él se había puesto el vestido verde de talle alto, porque el verde era el color favorito de Arturo y creía que el vestido tenía un toque parisino que él seguro apreciaría. Llevaba en el dedo un delicado anillo con una piedra de jade que su padre le había regalado por sus quince años, y unos aretes a juego enmarcaban su rostro. Quería parecerse a las mujeres que aparecían en las revistas, elegantes y sofisticadas.

—Señor Quiroga, su tío está aquí. Necesito ayuda para llevar sus cosas —anunció Jacobo—. ¿Ha visto a Belisario?

Alba todavía se estremecía cuando la gente llamaba a su hermano «señor Quiroga», aunque era lo correcto. Ahora que su padre había fallecido, él era el único «señor» que había, y sin embargo era un año menor que Alba, tenía tan solo dieciocho años.

—Belisario está haciendo un recado —repuso Tadeo.

—Es cosa mala —contestó Jacobo, y se rascó el cuello de la camisa—. No sé cómo me las arreglaré.

—¿No puedes llevar una valija tú solo?

—Tiene dos baúles, señor Quiroga, y dos valijas.

—Típico de él. Está bien, yo te ayudo.

Fernanda encontró la llave del armario y Alba le pidió que sirviera el chocolate mientras ella se dirigía al salón. Era la mejor habitación de la casa. Sobre robustas estanterías descansaban los libros de los Quiroga, desde una fina enciclopedia hasta volúmenes sobre mitología antigua. Su padre no había sido un gran lector, pero había tenido una hermana menor, fallecida de fiebre hacía ya muchos años, que era aficionada a las novelas. La madre de Alba había aumentado esta colección, y ahora Alba desempolvaba con cuidado cada libro y lo catalogaba con esmero. Cuando su tío le enviaba por correo un nuevo volumen de poesía, lo colocaba reverentemente junto a los demás en una balda destinada a sus lecturas más preciadas.

El sofá del salón estaba tapizado en damasco rosa, y los dos sillones que había frente a él eran de la más exquisita piel. Delante de una ventana había una mesa con patas doradas y sobre ella descansaba un jarrón de porcelana fina, regalo de bodas para su madre. Junto a la ventana había unas cuantas sillas, y cuando tenían invitados las colocaban cerca del sofá para que todos pudieran escuchar mientras Alba o su madre tocaban el piano. Pero desde la muerte de su padre, cuatro meses antes, no habían tenido muchas visitas, y el salón se había vuelto triste y lúgubre para ella.

Ahora, al entrar, Alba pensó que la habitación había cambiado por completo: el sol brillaba a través de las ventanas abiertas y el salón parecía luminoso y ventilado. De pie, mirando por una de esas ventanas, estaba su tío Arturo. Llevaba un traje de tres piezas que resaltaba su fina figura. La chaqueta y los pantalones eran de color gris oscuro, y el chaleco, de un atrevido tono azul brillante, contrastaba con el gris apagado del resto de su atuendo.

Su cabello, de un castaño intenso casi bruñido, con destellos dorados, estaba peinado hacia atrás con macasar. Sus ojos eran de un café claro y líquido; las cejas, elegantemente delineadas, y sus labios carnosos le conferían una expresión lánguida, que a menudo acentuaba con una media sonrisa decadente. Su porte, sereno y relajado, parecía ir a juego con su atractivo rostro.

Alba había pensado mucho en él en los últimos meses, deseando que visitara Piedras Quebradas. Incluso hizo un pequeño conjuro que había aprendido para invocarlo. No solía caer en esas prácticas, por miedo a lo que pensarían los demás si admitía que creía en la magia popular. Su madre aborrecía la superstición y, aunque su padre creía en encantamientos, en monstruos y brujas, Alba intentaba ser como ella y no como él. Además, la joven comprendía que esos juegos infantiles debían desaparecer cuando se convirtiera en una mujer de mundo.

Arturo giró la cabeza.

—Alba —dijo, con un claro deleite en la voz, y le abrió los brazos.

Alba se abalanzó sobre él y lo abrazó, cerrando los ojos.

—¡Arturo! ¡Viniste! ¡Tenía tantas ganas de que vinieras! Tadeo es tremendamente mandón, y mamá… está tan apagada.

¡Allí estaba! Cuánto lo había extrañado. Había pasado más de un año, casi dos, desde su última visita a Piedras Quebradas. Pero por fin allí estaba, y ella lo abrazó con fuerza. Durante un minuto se abrazaron y estuvieron tan cerca que ella pudo oír los latidos de su corazón; entonces él retrocedió.

—Me lo imagino —dijo Arturo, y empezó a conducirla hacia el sofá para que se sentaran juntos.

—Mamá se enfada conmigo todos los días. Hago todo lo que puedo, pero nunca he sido buena con los niños, y ahora que papá no está, Magdalena se queja todo el tiempo y los gemelos son difíciles de controlar.

Como hija mayor, Alba vigilaba a los más pequeños, jugaba con ellos o los cuidaba cuando su madre estaba ocupada. Pero ahora mamá estaba eternamente irritada, y Tadeo apenas podía ayudarla, atareado como estaba en el campo o con los animales. A veces creía que a Tadeo le gustaban más los caballos que las personas. Alba tenía que hacer malabares con las responsabilidades del hogar y con el cuidado de sus hermanos. Lola tenía seis años, era dócil y llevaba a su hermanito Moisés de la mano, lo que al menos significaba que lo cuidaba. Pero ¡los gemelos! Tenían siete años y no querían aprender a leer, ni lavarse las manos, ni peinarse. Era una batalla constante con ellos.

A su manera, Magdalena era terrible, siempre refunfuñando entre dientes y señalando los errores de Alba. Aunque solo tenía once años, intentaba intimidar a Fernanda y menospreciar a su hermana mayor. Alba hubiera puesto a Magdalena a cortar leña todo el día, y a los gemelos también, pero su madre quería que practicaran su caligrafía, que leyeran libros, y que aprendieran los nombres de países lejanos. Alba no era institutriz para enseñarles todo eso, y sin embargo su madre decía que esa era la obligación de una mujer: ocuparse de la casa y de los niños.

—Vamos, vamos, no pongas esa cara de tristeza. Traje partituras nuevas y una nimiedad que quizá te guste —dijo Arturo—. Vamos a limpiar esta casa de cualquier pesar, ¿te parece?

Sus ojos brillaron de alegría.

—¡Partituras! ¿Y libros? ¿Trajiste libros?

—Sí. Baudelaire, Rubén Darío y Amado Nervo. «Aquella tarde, en la alameda, loca de amor, la dulce idolatrada mía me ofreció la eglantina de su boca» —recitó con suavidad.

—Debes leerme, y debes tocar el piano, y debes hacerme sumamente feliz.

—Lo haré —repuso él, con voz suave como la seda. Alba deseó echarle los brazos al cuello y abrazarlo de nuevo, pero entonces entró su madre y Arturo esbozó una de sus deslumbrantes sonrisas.

Se puso de pie y tomó sus manos entre las suyas.

—Luisa, mis más sinceras condolencias. Siento mucho no haber podido estar aquí para el funeral.

—Gracias. Me alegro de que estés aquí para la misa de conmemoración de mañana, es un gran consuelo para mí —dijo, y apretó una mano contra su mejilla—. Mi querido hermano, ¿cómo has estado?

—Muy bien.

—¿No te saltas ninguna comida? Julia se queja de que nunca desayunas y de que no te acuestas hasta tarde. Déjame verte. Sí, tienes ojeras. Niño tonto, ¿te estás portando bien?

—Me comporto como es debido. Puedes golpearme los nudillos si crees que miento —remató. Luisa le dio una palmada en señal de amonestación y luego sonrió.

Cuando Luisa Velarde tenía dieciséis años, su madre murió, dejándola con la responsabilidad del cuidado de sus hermanos y de llevar la casa. Su hermana pequeña, Julia, de trece años, ya era capaz de valerse por sí misma, pero su hermanito Arturo tenía solo dos años. Luisa se había esforzado por desempeñar para él el papel de madre, para que nunca le faltara nada.

Cuando Luisa se casó con un granjero de Hidalgo, lloró lágrimas de amargura y Arturo lloró con igual abandono. Más tarde, cuando cumplió nueve años, la familia lo envió a vivir con Luisa. El niño echaba de menos a su hermana mayor. Además, Julia nunca había sido maternal. Se sintió aliviada porque el niño estuviera al cuidado de alguien más, y el padre de Arturo era un hombre ocupado que no tenía tiempo ni paciencia para niños melindrosos.

Arturo vivió unos años en la finca. Las montañas, los barrancos, los ríos y los árboles no le gustaban. Cuando cumplió catorce años, Luisa decidió que debía ir a un internado, pues era un niño intelectual y taciturno. El padre de Alba había intentado enseñarle las costumbres del campo, pero sin éxito. Se marchó al internado, pulió su francés y su forma de tocar el piano, se inscribió en la universidad.

Para cuando regresó de visita al rancho, Arturo ya era un joven de diecinueve años con sueños y proyectos. Alba estaba encantada de verlo, y cuando abandonó la universidad y su familia lo reprendió por ello, ella lo siguió considerando un hombre brillante.

Cada una de sus visitas era un deleite. No importaba si había pasado más de un año o solo seis meses desde la última vez que lo había visto, parecía haberse vuelto más sofisticado; su ropa, más elegante; sus modales, más atractivos. Vivía en la ciudad con su padre y Julia y asistía a todo tipo de bailes, exposiciones y reuniones. Cuando hablaba, era como adentrarse en las páginas de *El Mundo Ilustrado*.

Fernanda entró llevando una bandeja con las mancerinas y el bonito clavel en un florero. Dolores caminaba detrás de ella. En sus manos sostenía un plato con un domo de plata que ocultaba lo que había debajo. El personal de Piedras Quebradas era modesto. Dolores y Belisario llevaban años trabajando allí, ella como cocinera y criada, él como mano derecha del padre de Alba desde mucho antes de casarse. Jacobo llevaba solo un par de años y Fernanda casi diez meses. Durante las semanas de siembra y la ajetreada época de la cosecha, empleaban algunas manos extras.

Cultivaban cebada, maíz y frijoles en los campos. Tenían gallinas, cerdos, conejos y cabras. Lo más preciado de su padre habían sido sus caballos. Poseían un hermoso semental blanco que ofrecían para la monta a cambio de dinero.

A su padre le había ido bastante bien y, sin embargo, era innegable que la suya era una vida y una existencia provincianas. Alba temía que Arturo encontrara deficiente el alojamiento o la comida. Había conseguido, a base de astutos sobornos y golosinas, que sus hermanos menores se quedaran entretenidos en el cuarto de juegos de los niños, al menos un rato. No quería que tropezaran en el salón y corretearan como locos, jugando a los piratas, mientras Arturo se tomaba su chocolate.

—Pero ¿qué es esto? *¿Une tasse trembleuse, pour moi?* —preguntó, y sonrió cuando Fernanda le tendió una taza—. Y este chocolate caliente. En verdad, no hacía falta que se molestaran.

—Preparé también un pastel de almendras —dijo Alba, levantando el domo de plata y haciendo un gesto a las criadas para que salieran a ver a los más pequeños.

—Qué encantador. Eres una excelente cocinera.

—No cuando se trata de hacer tortillas —dijo Tadeo mientras entraba y se secaba el sudor de la frente—. Se comporta como si hubiera hormigas en la masa, no les da forma con la palma.

—Sí hago bien las tortillas. Hago de todo —repuso Alba irritada.

En realidad, era poco práctica y le gustaba cocinar platos elaborados o dulces. La idea de desplumar una gallina o desollar un conejo le resultaba aborrecible, y solo se sometía a tales quehaceres mundanos cuando su atenta madre se lo exigía. Pero no deseaba que Tadeo hablara tan bruscamente de ella, aunque fuera verdad.

—Bueno, tu equipaje está arriba, en tu habitación de siempre, tío Arturo —dijo Tadeo. Se sentó pesadamente en uno de los sillones mientras Arturo se acomodaba en el otro—. Parece que vienes para un año y no solo para la misa.

—Había pensado quedarme una temporada y ayudar en la finca —afirmó, levantando la taza de porcelana y dando un sorbo a su chocolate.

—¿Ayudar cómo?

—El fallecimiento de tu padre es una gran carga para tu madre.

—Una carga que estamos sobrellevando, sí.

—No hay necesidad de que la lleven solos.

—¿Precisamente qué podrías hacer por nosotros? —preguntó Tadeo, levantando una ceja, escéptico.

—No soy tan inútil como crees, querido sobrino —atajó Arturo. Su aplomo era admirable. Alba lo miraba con celo, observando cómo ladeaba la cabeza y sostenía la taza.

—No sabía que te interesara labrar los campos o descuartizar un cerdo.

—Es un bálsamo simplemente tenerte conmigo, querido hermano —terció Luisa, y luego miró a Tadeo—. Cuida tu tono, Tadeo, o tu tío pensará que eres grosero.

—Lo siento, tío —dijo Tadeo, pero estiró las piernas y se encogió de hombros con insolencia.

El hermano de Alba se parecía a su padre; era ancho de hombros, alto y fuerte, y aunque aún era joven tenía ese caparazón de dureza de los Quiroga. Alba, en cambio, era como su madre, como los Velarde. Delicadamente esculpida, elegante, con rizos castaños cayendo en cascada sobre su espalda y largos dedos que se deslizaban sobre las teclas del piano con ligereza.

¿Por qué su padre, más rudo, poco interesado en modas y veladas, había elegido por esposa a una señorita de la ciudad? ¿Y por qué, a su vez, una chica a la que le gustaba más el aroma de los perfumes que el aire fresco del campo había aceptado la propuesta de un joven campirano? A Alba le gustaba pensar que había sido amor a primera vista, pero la idea de dos personas tan diferentes la hacía fruncir el ceño. Deseaba casarse con alguien que compartiera sus intereses, que fuera sensible e idealista, no su opuesto. Por eso tenía sus dudas sobre Valentín. Era simpático, pero era como todos los hombres del Paraje de Abedules, un campesino más que quería hablar de ganadería, no de coplas.

Arturo se limpió cuidadosamente la boca con una servilleta y dejó a un lado la mancerina.

—No hace falta que te disculpes, Tadeo. Sin embargo, me temo que estoy agotado. Montar en esa carreta desvencijada es una tortura. Ya lo había apuntado antes: es una pena que no posean un carruaje en condiciones.

—¿Por qué deberíamos tener un carruaje? —preguntó Tadeo—. Sería un desperdicio. Además, si te molestaba la carreta, podías haber tomado un caballo en la estación. Alguien del pueblo te lo habría prestado y habrías llegado antes.

—Odio a los caballos más que a las carretas. Y ellos también me odian. En cualquier caso, me vendrá bien una siesta. No es poca cosa llegar de una pieza hasta esta pequeña propiedad.

—Mi pequeño, qué desconsiderados somos al retenerte aquí cuando debes de estar cayéndote de sueño —dijo Luisa, poniéndose de pie junto a Arturo—. Ven, te acompañaré a tu habitación, y si algo te falta, me lo dices y haré que se arregle.

Luisa y Arturo salieron del salón. De inmediato, Tadeo se sirvió un generoso trozo de pastel de almendras y tomó una de las tazas de porcelana.

—¿Quieres dejar eso? No lo horneé para ti.

Su hermano giró el tenedor en el aire.

—¿Qué? ¿Quieres que se eche a perder? El caballero está durmiendo, bien podría comerme tu tonto pastel.

—Se retiró a su habitación porque eres grosero.

—No creo que sea grosero decir la verdad. Parece que empacó para irse de viaje por todo el estado de Hidalgo. La tía Julia dice que es un manirroto y que ya no quiere que viva con ella. ¿Ahora de repente aparece con todas sus camisas y corbatas cuando ni siquiera se molestó en venir al funeral de papá? Ha venido a vivir aquí. Pero yo no doy hospedaje y comida gratis.

—No tienes vergüenza, Tadeo Quiroga —exclamó ella, cruzándose de brazos—. Estamos hablando de nuestro tío.

—Nuestro tío que pasa sus días en el Jockey Club y tiene una amante.

—¿Cómo lo sabes? —preguntó Alba, indignada, juntando las manos.

—¿El Jockey Club? Es donde van todos los jóvenes ricos, y el tío Arturo no será rico, pero le gusta vivir con lujos.

—Me refería a la otra parte.

—Eso es lo que la tía Julia le escribió a mamá. Que, o se gasta todo el dinero en el hipódromo, o tiene una amante. De lo contrario, no se explica qué ha hecho con su cuenta bancaria. Te lo digo, no va a venir aquí a vivir a costa nuestra. Ya me cuesta bastante manejar Piedras Quebradas ahora como para tener que lidiar también con él.

—¿Cuándo escribió la tía Julia tal cosa? No vi la carta.

—Nos escribió, y mamá no me dejó enseñarte la carta por esas cosas que dijo del tío Arturo. No cree que una jovencita deba oír esos cuentos.

—Mamá tiene razón. Son asquerosas mentiras —dijo Alba con afectación, aunque se sentía furiosa por aquel chisme, y si hubiera tenido a mano su aguja de zurcir habría pinchado a su hermano con ella.

—Bueno, pues te lo cuento porque justo después de que ella escribiera, el tío Arturo también escribió para sugerir que tal vez mamá debería aceptar la oferta del señor Molina. Sospecho que por eso está aquí, porque quiere que ella venda la finca.

Alba comprendía la animosidad de su hermano; él amaba la tierra. Pero ella no sentía el mismo amor por Piedras Quebradas. No le importaba ayudar a su madre con el jardín, donde cultivaban verduras y hierbas aromáticas. Pero odiaba cuando castraban a los cerdos o le cortaban el cuello a una gallina con un hacha afilada. Sentía ganas de gritar cada vez que su madre sacrificaba un ave y el cadáver se retorcía y convulsionaba, y casi parecía bailar.

—Cuando estés casada y tengas tu propio hogar, tendrás que hacer lo mismo, aunque cuentes con la ayuda de tus criadas —le había dicho su madre en una ocasión, cuando prácticamente se desvaneció al ver el cuerpo inerte de un pollo.

—No puedo. No se me da bien —se quejó Alba, y se quedó mirando las manchas de sangre que había dejado la pobre gallina. Ella quería pintar hermosas acuarelas, como la que le había regalado a Tadeo por sus quince años, o criar tiernas palomas, no cortar cuellos de pájaros.

—Cuando llegué a Piedras Quebradas, no sabía matar una gallina, pero aprendí.

En cambio, Alba nunca había deseado aprender. Quería ser una dama, delicada y desenvuelta, como había sido su madre en la ciudad antes de casarse, como las mujeres de las páginas de sociedad.

—Yo también voy arriba —le informó Alba a su hermano—. Mañana deberás ser más amable.

Una vez en su habitación, Alba echó llave a la puerta y cerró los ojos. Sabía que en unos minutos la necesitarían, ya fuera para atender a los niños o para ayudar con alguna tarea.

Abrió los ojos y suspiró. Podía entender por qué el tío Arturo quería visitar el Jockey Club y dedicar sus días a la diversión. ¿Quién preferiría limpiar el chiquero? Tal vez Tadeo, pero era un niño tonto, aunque los criados le llamaran «señor Quiroga».

Alba se paseó por la habitación, sus manos se deslizaron por las cortinas blancas que rodeaban su cama y luego se posaron en un libro que había dejado sobre su almohada, un delgado volumen de mitos griegos, historias de Cupido y Psique, Hades y Perséfone, la historia de amor de Helena con Paris. Se preguntaba si su tío tendría una amante, como decían. Si la tenía, sería una mujer seductora de lengua mordaz. Sería encantadora y vestiría hermosos trajes.

Sin duda, la amante frotaría su piel con finas cremas, como la que Adelina Patti anunciaba en las revistas, y se echaría polvos de arroz en las mejillas. Vestiría encajes de Alenzón y tendría un sombrero adornado con una pluma de avestruz.

Qué fastidio, pensó Alba, que en su finca tuviera que usar vestidos sencillos de muselina, blancos, o tal vez con estampados florales, mientras que en la Ciudad de México las mujeres se vestían de seda. Su madre nunca le permitiría usar polvos de arroz, mucho menos rubor, y la amante de Arturo debía de tener acceso a ambos.

Alba se inclinó hacia delante, mirándose en el espejo, e imaginó sus mejillas teñidas de color y sus labios pintados de carmín.

Llamaron a la puerta. Se irguió y guardó el libro en un cajón, temiendo que fuera Tadeo. Él se burlaba de sus gustos de lectura, pero claro, él solo quería leer sobre caballos y cerdos.

—Estoy descansando un momento —dijo.

—Soy Arturo.

Miró su reflejo y se llevó rápidamente las manos al pelo, alisándoselo y asegurándose de que un rizo suelto quedara recogido detrás de la oreja.

—¿Hay algún problema con tu habitación? —preguntó al abrir la puerta y contemplar su rostro sonriente.

—No. Es muy acogedora. Quería darte esa chuchería de la que te hablé.

—Qué amable de tu parte por acordarte de mí.

—Toma.

De su bolsillo sacó una cadena de la que colgaba una sola perla.

Alba se abalanzó hacia el espejo emocionada, sosteniendo el collar. Ladeó la cabeza a derecha e izquierda.

—Lo vi y pensé en ti. ¿Qué te parece?

—¡Es precioso! —exclamó—. Pasa. Ayúdame a ponérmelo.

Le apartó el espeso y largo pelo de la nuca y con dedos cuidadosos manipuló el broche. Ella observó su reflejo en el espejo, con los ojos fijos en su tarea, y se preguntó si habría comprado algo igual de bonito para su amante. Él la miró, sus ojos se encontraron en el espejo, y ella se ruborizó.

—Pero no es una chuchería, no debiste... —dijo, bajando la mirada.

—Deseo animarte. ¿Te lo pondrás mañana?

—¡Claro que sí! Aunque mañana es la misa y debería llevar mi crucifijo y ese basto vestido gris que mamá eligió para mí —dijo, frunciendo el ceño.

—¿No puedes llevar las dos cosas?

—Podría. Siempre que mamá no lo vea, o dirá que es vulgar combinar la cruz con otra cosa. Pero la cadena es larga...

Pasó los dedos por su garganta hasta el lugar donde descansaba la perla, casi entre sus pechos.

—La llevaré siempre cerca del corazón —dijo, y lo miró.

Una sonrisa se dibujó en su rostro y su corazón estuvo a punto de estallar de alegría al verlo. Arturo se apartó de ella y, con las manos en los bolsillos, se dirigió a la puerta.

—¿Estarán los Molina mañana en la misa? —Quiso saber.

—Sí —repuso Alba, siguiéndolo a dos pasos de distancia—. Las chicas Molina estarán felices de verte. Piensan que eres encantador.

—¿Lo soy? —respondió, y se echó a reír.

Permaneció a su lado hasta que se oyó un alarido en el pasillo y Alba suspiró, adivinando que uno de los gemelos se estaba portando mal con el otro. Disponía de cinco minutos para sí misma antes de que su presencia en el cuarto de juegos de los niños se volviera imperativa.

—Ahora intentaré dormir una siesta, o tu madre me va a jalar las orejas.

—Gracias otra vez.

Alba cerró la puerta y se apresuró a volver frente al espejo, admirando su nueva joya. Se mordió los labios, con la esperanza de añadirles una pizca de color, y trazó una línea con el dedo índice a todo lo largo del cuello.

1998: 2

Minerva no conocía a casi ninguno de los asistentes a la fiesta, y los que acudían a Stoneridge eran, a lo mucho, rostros sin nombre. Muchos invitados, muchos desconocidos. Un par de personas se acercaron a ella, gritando sus nombres, indicando con gestos o expresiones que habían sido presentados en algún momento, tal vez en otra fiesta, tal vez se habían visto en la cafetería, pero Minerva no podía oír lo que decían ni hacerse entender con tanto ruido.

Encontró refugio en un sofá y se sentó sosteniendo una botella de cerveza, pero no bebió. La televisión estaba encendida, transmitiendo *Pinky y Cerebro*. Habían quitado el volumen, así que no podía oír lo que pasaba en el programa, pero no importaba. No la estaba viendo. Tan solo había elegido ese lugar para esconderse. Estaba lejos de la mesa donde Patricia y sus *roomies* jugaban al *beer pong*. Temía que Patricia le preguntara cómo estaba. Si Minerva decía que se sentía fatal, Patricia le ofrecería un *Jell-O shot*, le propondría que jugara con ellas al *beer pong* o cualquier otra tontería.

A Minerva le caía bien Patricia. Era divertida, llena de energía y no paraba de encontrar sitios interesantes que visitar. También le caía bien Hideo. Muy bien. Por la noche los tres hablaban por ICQ sobre temas bobos y profundos, y luego se reunían por la mañana en la cafetería. Había sido Patricia quien enseñó a Minerva a hacer un muñeco de nieve; había estudiado la carrera en Estados Unidos, así que ya conocía las minucias de los inviernos, e Hideo visitaba con frecuencia el dormitorio de Minerva con caramelos de lichi, que ella nunca había probado antes.

Eran sus amigos, o lo habían sido hasta el último mes, en el que los había evitado, demasiado ocupada con sus tareas académicas y agotada hasta el extremo con la tesis como para buscar su compañía. Igual que evitaba a su madre, no quería hablar con nadie. Irremediablemente, le preguntarían sobre sus trabajos, investigaciones y todo aquello de lo que no deseaba hablar.

No debería haber venido. No en su estado de ánimo actual, no con la ansiedad que seguía hirviendo en su estómago. La razón por la que había asistido era porque tenía la sensación de que debía hacerlo, un pensamiento que se le había clavado en la mente casi como una espina. Nana Alba solía llamar a esos presentimientos *portentos* y decía que había que hacerles caso.

Minerva se frotó las sienes. Hideo mantenía una animada conversación con un hombre alto y rubio y ella sabía que jamás aceptaría volver al campus antes de las dos de la madrugada: «¡Noche de fiesta! ¡Fin de semestre!». Lo había dicho con tanto entusiasmo... Como si significara algo, como si fuera una fiesta nacional.

Minerva supuso que podría volver caminando. Patricia compartía casa con otras tres estudiantes en Temperance Landing y tal vez no sería tan conveniente caminar a casa por la noche, pero al menos llevaba unos zapatos cómodos.

La chica sentada a su lado soltó una carcajada y, en su euforia, le dio un codazo a Minerva y la cerveza se derramó sobre su blusa. La chica no se dio ni cuenta. Entonces Minerva corrió al baño y cerró la puerta. Se secó la camisa con una toalla, tratando de quitar la mancha.

Cuando Hideo la llamó por teléfono ese mismo día, le dijo que debía «arreglarse», pero Minerva se limitó a ponerse una camisa de franela abotonada sobre una camiseta. Ahora, se dio por vencida con la mancha y se ató la camisa a la cintura para que al menos no se viera el desastre.

Abrió el cierre de su enorme bolso de cuero, sacó un frasco de aspirinas y se tragó dos pastillas. Deseó haber traído su discman, aunque se dio cuenta de lo antisocial que se vería si se paseara por una fiesta con los cascos puestos.

Alguien llamó a la puerta y Minerva no respondió. Al cabo de unos minutos, la persona se marchó, probablemente al baño de arriba.

Minerva permaneció encerrada en el baño durante diez minutos. Se tomó su tiempo. Luego dejó la cerveza junto al lavabo, salió, se escabulló entre las risas de los jóvenes y bajó los escalones de la casa.

El cielo sobre su cabeza era un manto índigo y los ruidos de la fiesta se volvieron un zumbido lejano apenas cerró la puerta tras de sí. Una polilla pasó revoloteando, atraída por el resplandor de una farola. Respiró hondo. La noche se sentía suave como el terciopelo, casi viva, vibrando de secretos.

—Maldita sea —dijo un tipo. Estaba a unos pasos de donde ella se encontraba, mirando al suelo, aferrando su botella de cerveza y murmurando para sí mismo mientras caminaba alrededor de un árbol.

Minerva iba a dejarlo allí, dándole vueltas al árbol y arrastrando las palabras, pero se preguntó si estaría a salvo solo. Tal vez podría convencerlo de volver a entrar, llamarle un taxi. Aunque a esas horas de la noche no habría taxis. En un pueblo tan pequeño, el transporte escaseaba hasta en los mejores momentos. Bueno, al menos podría sentarlo en un sofá donde otros pudieran vigilarlo.

—¿Estás bien? —preguntó.

—Más o menos. No puedo ver dónde se me cayó el teléfono sin mis lentes de contacto —respondió.

Ella bajó la mirada, buscando entre la hierba alta. Sus manos rozaron un objeto de plástico y recogió el teléfono.

—Toma. ¿Seguro que estás bien?

Él asintió y se guardó el teléfono en el bolsillo trasero. Cuando se apartó el pelo de la cara, se dio cuenta de que estaba delante de Noah Yates. Iba vestido con lo que era, básicamente, el uniforme de niño bien de los chicos de Stoneridge: pantalones beis y zapatos náuticos de cuero. En lugar de un suéter o una chamarra *bomber*, que era prácticamente obligatorio para los chicos de su edad, llevaba una chaqueta de ante. En pocas palabras, parecía imitar a los modelos de los catálogos de J. Crew. Todo un Norman Rockwell cien por ciento americano. Bastante soso, a pesar de su costoso atuendo.

Dio un trago a su cerveza.

—Tecno de mierda. Me revienta los tímpanos —dijo mientras se tambaleaba un poco y daba un paso atrás—. Este dolor de cabeza me está matando.

—¿Quieres una aspirina? —preguntó sin saber qué más decir.

—Claro.

Le puso una pastilla en la palma y él se la metió en la boca, dando otro trago. Pero la botella estaba vacía y la tiró. Del bolsillo de la chamarra sacó una petaca plateada, dio un sorbo y se la ofreció.

—No, gracias.

—Jugo de naranja —dijo en voz alta.

—¿Perdón?

—Lo que necesito es jugo de naranja. Huevos, café. Un maldito *waffle*. ¿Qué hora es? Carajo. Quiero un *brunch*. Este pueblo de mierda no tiene una cafetería abierta las 24 horas, ¿te das cuenta? ¿Qué tan jodido es que ni siquiera podamos tener un Denny's veinticuatro horas? —Tomó otro sorbo y entrecerró los ojos—. ¿Te conozco?

Minerva casi salta de alivio al oír sus palabras. Era la oportunidad que necesitaba.

—Sí. Nos conocimos en la biblioteca. Te pregunté si podías ponerme en contacto con tu abuela.

—¿Carolyn?

—Era sobre los papeles de Beatrice Tremblay. Soy Minerva Contreras. —Le tendió la mano.

Se veía desconcertado, pero por fin sus ojos parecieron enfocarse en ella; estaba bastante borracho y su miopía no debía de ayudar mucho a la situación, pero algo pareció hacer clic en su cabeza. Le estrechó la mano, dudando por un momento, y luego la apretó con fuerza.

—Sí, sí. Ahora me acuerdo. La chica de los cuentos de fantasmas. ¿Qué pasó?

—Me dijiste que me pusiera en contacto con su secretaria. Aún estoy esperando respuesta.

Debería haberle dicho que había sido increíblemente grosero con ella. Prácticamente, el tipo había ladrado en cuanto ella empezó a hablar. Pero de nada le serviría decir eso. Al menos el alcohol lo suavizaba.

—Eres del Departamento de Literatura Inglesa, ¿verdad?

—Sí. Nell Quinn es mi asesora.

—Yo estoy en Economía. Al menos, por ahora —dijo. Se pasó una mano por el pelo—. Historias de fantasmas. Eso es lo que te gusta…, te gustan las historias de fantasmas, ¿verdad?

—Historias de brujas —lo corrigió—. Te dije que estaba estudiando la obra de Tremblay y quería explorar su conexión con el folclore de la brujería en Nueva Inglaterra.

—Es la hora de las brujas. Medianoche, ¿no?

—Cinco para la una —dijo consultando su reloj.

—Miner, Minerva, ah…, estudiante internacional, ¿no? De… Carajo, no me digas…

—México.

—Estuve en Cancún de vacaciones de primavera hace tres años —señaló—. Soy Noah.

Minerva se ajustó el bolso al hombro.

—Lo sé.

—Claro, sí, lo sabes —murmuró—. En Inglaterra, cuentan historias de fantasmas en Navidad, apuesto a que no sabías eso —dijo entusiasmado—. Todos los años…

—Mi amigo estudia a Henry James; así que sí, lo sé.

—No te gusta mucho conversar, ¿verdad? —replicó, irritado. Luego hizo una pausa—. Carajo, voy a vomitar.

Se apoyó en el tronco de un árbol y se agachó. Vomitó y luego tosió tanto que Minerva pensó que se le había desprendido un pulmón.

—¿Estás bien? —Parecía que era la única pregunta que podía hacerle.

Se limpió la boca con la manga de la camisa y asintió.

—Sí.

A Minerva no le gustaban los borrachos. No sabía cómo comportarse con ellos. Cada vez que alguien gritaba «¡estoy borracho!», le provocaba la misma desagradable sensación de cuando se pasa una uña sobre la superficie de un pizarrón, en lugar de una desenfadada alegría. No entendía el deseo de acabar de rodillas frente a un excusado vomitando la cena. Además, no podía permitirse malgastar sus tardes en un aturdimiento alcohólico cuando necesitaba calificaciones perfectas.

No obstante, intentó una sonrisa empática hacia Noah. A nadie le hacía daño ser amable con el nieto de Carolyn Yates, aunque en ese momento pareciera un bufón. Diablos, tal vez parecía un bufón todo el tiempo. Había tenido que lidiar con muchos chicos y chicas privilegiados y malcriados en Stoneridge. Alumnos que no se presentaban en el laboratorio de idiomas a sus sesiones programadas y luego esperaban que los tutores dijeran que tenían una asistencia perfecta; residentes que intentaban asar malvaviscos en su habitación y hacían saltar la alarma de incendios a las tres de la madrugada; un montón de jóvenes aburridos, indiferentes y maleducados que no se daban cuenta de lo afortunados que eran. Noah no habló, simplemente volvió a dar un trago de su petaca, y la sonrisa de Minerva se desvaneció. Dentro de la casa, la música parecía subir de volumen. El tipo suspiró, tomó su teléfono y marcó.

—Oye, ya puedes recogerme.

Cerró el teléfono y la miró de reojo, pero siguió sin hablarle. Minerva se preguntó si debía volver a entrar, si tal vez le había ofendido. Pero él no era el dueño de la calle, y si se sentía ofendido por que ella conocía algunos datos básicos sobre literatura inglesa, era su problema. Deshizo el nudo de la camisa de franela que llevaba atada a la cintura y volvió a ponérsela, y estiró los puños. Él ni siquiera se dignó dirigirle una mirada, ni una palabra.

Unos minutos más tarde, un reluciente auto blanco pasó por delante de la casa. Era un vehículo de los años treinta, todo cromo y elegancia. Debía de estar estacionado cerca o dando vueltas por la zona para haber llegado hasta allí tan pronto.

—El coche y el chófer de mi abuela —dijo señalándolo—. ¿Quieres que te lleve de vuelta al campus?

—Claro —repuso, sorprendida de que él recordara que estaba allí.

Una vez dentro, le dijo al conductor en qué dormitorio vivía y el vehículo se puso en marcha. Noah iba sentado con la cabeza echada hacia atrás y los ojos cerrados. Al cabo de unas cuadras habló.

—Carolyn debería estar por la mañana para el *brunch*, si quieres venir a The Willows. Puedes preguntarle sobre Tremblay.

The Willows era la propiedad de los Yates, una imponente mansión situada a poca distancia del campus y era fácil llegar a pie. De hecho, en dos ocasiones Minerva había pasado por delante de la casa. Se había asomado a sus muros cubiertos de hiedra y se había preguntado si alguna vez podría ver el interior.

—¿Sabes dónde está The Willows? Porque tenemos un buen *brunch*. Mejor que cualquier restaurante de por aquí. Aunque no es veinticuatro horas.

Le dio su dirección. Luego se cruzó de brazos y siguió así hasta que llegaron a su dormitorio. Minerva bajó del auto.

—Gracias por traerme.

—Claro —dijo, con los ojos aún cerrados.

—¿A qué hora es el *brunch*?

—A mediodía.

Ella asintió. El coche dio la vuelta y desapareció por el camino.

Se echó a reír. Tenía una invitación a The Willows. Tras semanas de callejones sin salida, conocería a Carolyn Yates.

Miró hacia el Soto de la Bruja. Solo con la luz del porche de Ledge House encendida y sin el resplandor de la luna, los árboles eran manchas grises recortadas sobre un fondo de carbón.

En la noche de luna nueva, a las brujas malvadas les gustaba bailar entre las copas de los árboles; eso solía decir su bisabuela. Se despojaban de sus pieles humanas y les crecían alas, se convertían en bolas de luz y retozaban en el cielo. Las *teyollocuani*, las más temibles, bebían la sangre de sus víctimas y se comían sus corazones.

En los últimos meses de su vida, Nana Alba hablaba con frecuencia de ese tipo de brujas; repetía una y otra vez la historia de la desaparición de su propio hermano.

—Eso significa su nombre, «come corazones» —había dicho Nana Alba—. Escucha, esta historia, tienes que oírla y aprender cómo combatirlas. Cómo conocerlas. Aprende las señales. Una verdadera bruja nace, el día de su nacimiento marca su camino.

Minerva había prometido que memorizaría el cuento de su bisabuela. Quizá por eso quería escribir sobre historias de fantasmas, como dijo Noah. Algunos pensarían que era una tontería dedicarse a la ficción de terror y a la espeluznante desaparición de una chica en Nueva Inglaterra, pero ella había crecido deleitándose con esas narraciones.

No había brujas acechando las copas de los árboles de Stoneridge, pero había tenido esa curiosa sensación, ese presagio, y la había guiado hasta la fiesta. La suerte, quizá, estaba de su lado.

La noche era deliciosamente tranquila mientras contemplaba los árboles. Después del ruido, del horrible bullicio de la fiesta de Patricia, al fin podía respirar. Subió deprisa los escalones, abrió la puerta y se deslizó en la reconfortante soledad de la vieja casona.

1908: 2

Después de la misa, varios amigos de la familia fueron invitados a Piedras Quebradas a tomar una taza de chocolate, entre ellos el señor Molina, su esposa y sus hijas. Una vez afuera de la iglesia, las chicas le dieron el pésame a Alba.

—¿Entonces tu tío Arturo tiene intención de quedarse? —preguntó la mayor—. Creía que no le gustaba estar por aquí más de una semana, y mucho menos un mes.

—Eso es porque la última vez que estuvo aquí intentaste tocar el piano —dijo la hija menor—. Le destrozaste los tímpanos.

—Para tu información, no se quejó de mi forma de tocar; fue tu tonto coqueteo lo que le irritó. Díselo, Alba.

—Ambas son excelentes en el piano —atajó Alba—. Y, si insisten en saber, mi tío vino para ayudarnos.

—¡Ay, por Dios santo! Valentín está hoy guapísimo con su sombrero nuevo —dijo la hermana menor, distraída y estirando el cuello para mirar por encima de los hombros de las chicas al joven fornido de cabello negro brillante y espontánea jovialidad. Ese día se había puesto su mejor chaqueta y llevaba la camisa abotonada hasta la barbilla, pero aun así parecía un rudo muchacho de campirano que se había tomado el día libre de arrear ovejas y alimentar caballos. No era Paris cortejando a Helena, ni mucho menos Cupido, cuyas flechas pudieran inflamar el alma.

Valentín trabajaba en el rancho de los Molina. Su tío era el capataz del señor Molina. Alba lo conocía desde niña. Junto con Tadeo, de pequeños solían saltar piedras en el río, nadar e incluso disparar al blanco, con rifle o con la pistola de su padre. Pero hacía mucho tiempo que la madre de Alba no le permitía sacar el rifle de su funda y acompañar a los chicos en sus prácticas de tiro. No era propio de una señorita, y ella se había convertido en una señorita.

Además, ahora que su padre había fallecido, Tadeo guardaba la pistola en su habitación y no tenía tiempo para practicar tiro. Llevar la finca consumía sus horas.

Valentín tenía una risa franca y un rostro bastante agradable, aunque Alba no estaba segura de que se le pudiera llamar guapo.

—Ahora estás siendo aún más tonta —espetó la hermana mayor—. Valentín es el enamorado de Alba.

—¡No es cierto! —exclamó Alba, escandalizada por tan atrevida proclamación.

—Lo sería si pudiera. Todo el mundo sabe que iba a pedirle tu mano a tu padre, pero el señor Quiroga murió. Ahora el pobre debe esperar un año entero para hablar con tu madre; no sería apropiado celebrar una boda cuando la familia aún está de luto —sentenció piadosamente la hermana mayor, e hizo la señal de la cruz.

—En un año pueden pasar muchas cosas, sobre todo si alguien no ha expresado su intención —rebatió la hermana menor, sonriendo con coquetería.

—No cuando las mocosas van por ahí coqueteando con todos los chicos de la ciudad. Entonces nadie se les declara porque son demasiado volubles.

—¿A quién llamas mocosa?

Alba se ajustó el chal mientras las chicas discutían. Valentín sonrió con ganas y se dirigió hacia ellas.

—Señorita Petronila. Señorita Mariana. ¿Cómo está, señorita Quiroga? —preguntó Valentín, quitándose el sombrero para saludarlas.

—Estoy muy bien —respondió. A su lado, las chicas Molina soltaron una risita.

—Pensé que le gustarían —dijo Valentín, entregándole un ramo de rosas rosas.

Alba lo tomó con ambas manos.

—Gracias.

—¿Puedo caminar a su lado, señorita Quiroga? —preguntó. Su cortesía, como su ropa, era incómoda. No es que fuera grosero con ella, pero se dio cuenta de que se había vestido y ensayado sus palabras con la esperanza de impresionarla. En lugar de eso, solo vio a un joven tosco, un tanto inseguro de sí mismo.

—Puedes —repuso, ahogando una pequeña risita, pues habría sido cruel saludarlo de esa manera, y Valentín le caía bien, aunque le faltara refinamiento.

En los meses transcurridos desde la muerte de su padre, apenas se había pasado por la finca. Ella sabía que lo hacía por respeto, ya que no podían recibir invitados con el luto tan reciente, pero lo había echado de menos. Sin embargo, mientras cabalgaban juntos, detrás de la carreta atestada de los niños más pequeños, ella iba callada y no sabía qué decirle.

Valentín le sonrió.

—La yegua negra parió la semana pasada. El potro tiene una mancha blanca en la frente. Parece una estrella.

—¿Ah, sí? —respondió ella.

Se acercaba la época de la cosecha del xoconostle, y Valentín hablaba de eso, de las lluvias y de los sucesos cotidianos en la finca de los Molina. Pronto se aburrió de su cháchara y lo miró a la cara, preguntándose si sería capaz de soportar largas veladas conversando con él, aunque no fuera desagradable a la vista. Sentía cariño por Valentín, pero jugar a las escondidillas cuando eran niños no era lo mismo que imaginárselo como marido.

Sacudió la cabeza. No se lo había pedido y quizá nunca lo hiciera. Tal vez las chicas Molina estaban inventando historias para molestarla.

Cuando llegaron a la casa, lo primero que hizo Alba fue llevar a los niños al cuarto de juegos para que se entretuvieran allí mientras los adultos recibían a los invitados. Después colocó las flores de Valentín en un jarrón de porcelana junto a la ventana y se alisó la falda. Ayudó a Fernanda a llevar el chocolate al salón. Esta vez no se molestó con las mancerinas. No tenían suficientes para servir a todos, así que repartió tazas y platos sencillos.

La señora Molina y sus hijas se sentaron en el sofá rosa mientras su esposo acercaba una de las sillas que Alba había arrastrado hasta el salón aquella mañana con motivo de la reunión. También estaban allí algunos otros amigos de su padre que habían asistido a la misa. Catorce invitados en total, incluidos Valentín y su tío. Parecía una de sus reuniones anteriores a la muerte de su padre, pero aquel día no habría piano, solo conversación.

Al cabo de un par de horas todos empezaron a excusarse y solo quedaron en la sala los Molina y los Quiroga.

El señor Molina se volvió hacia el hermano de Alba.

—¿Has pensado en la oferta que te hice el mes pasado? —le preguntó.

—Sí, y mi respuesta sigue siendo la misma: no venderé esta finca a corto plazo.

—No hablo porque quiera ofenderte, Tadeo. Hablo porque tu padre era mi amigo y sé que, poco antes de fallecer, tenía problemas de dinero. Difícilmente la situación puede mejorar.

—Si ha venido a hablar de la venta de las tierras, entonces ha hecho un viaje en vano, señor. Es descortés siquiera abordar el asunto.

—Es lógico abordar el asunto —intervino Arturo. Estaba junto a la madre de Alba, apoyando una mano en el respaldo de su silla—. He hecho números; sin duda el señor Molina ha hecho lo mismo. Los gastos en Piedras Quebradas son demasiado elevados.

Tadeo miró fijamente a su tío, con las cejas fruncidas en señal de disgusto.

—Has hecho números. Pues te equivocas.

—¿Gustas ir a por tu libro mayor?

—No hay fórmula que valga capaz de mostrar cuánto vale esta tierra. Es tan parte de mí como mi carne y mis huesos.

Tadeo dirigió a su tío una mirada tan dura y terrible que hizo que los Molina se levantaran a toda prisa y se despidieran. Entonces quedaron ellos, la familia, en la sala, con su alegría enfriándose como las cenizas de un incendio. Alba esperaba que Arturo diera por zanjado el asunto, pero en lugar de eso habló.

—Dentro de seis meses, ese hombre hará otra oferta, pero mucho más baja, y habrás perdido dinero —le advirtió—. Es estúpido dejar que el dinero salga por la puerta de ese modo.

—No tengo ningún deseo de dejar que el señor Molina amplíe sus posesiones. En seis meses, estaré aquí, vigilando mis tierras.

—¿Cómo lo harás? Tienes una gran familia, muchos trabajadores.

—No son muchos trabajadores.

—Muchos, sí, para lo que ingresa este lugar.

—¿Cómo puedes saber lo que ingresa? ¿Me estás espiando? No lo permitiré.

—No soy ningún espía. Tu madre ha compartido sus preocupaciones conmigo.

—Madre... —protestó Tadeo enfadado.

—No me reprendas, Tadeo —terció su madre. Estaba mirando su regazo—. Tengo mis preocupaciones, eso es todo.

—¿No crees que sea capaz de llevar la finca?

—Hijo mío —dijo Luisa suspirando—, eres fuerte y capaz, pero a tu edad no deberías cargar con las responsabilidades de cuidar de seis hermanos y una madre viuda. No tendrás oportunidad de formar tu propio hogar si debes velar por nosotros.

—¡Pero quiero velar por ustedes! No me importa la responsabilidad. Esta es la tierra de los Quiroga, ha sido nuestra durante generaciones. ¿Crees que podría venderla y, qué, huir a Pachuca? Allí no hay nada que hacer.

—En una ciudad, tus hermanos y hermanas más pequeños podrían tener la oportunidad de recibir una buena educación —intervino Arturo—. Tu madre podría pasar sus días con holgura en vez de preocuparse por dar de comer a las gallinas.

—Una buena educación, ¿quieres decir como la tuya? —replicó Tadeo—. ¿Qué aprendiste en esa elegante escuela a la que asististe?

—Francés, latín, poesía…

—Poesía, sí. Has publicado tres poemas, tío —dijo Tadeo, levantando esa cantidad de dedos y dando esa cantidad de pasos hacia Arturo—. ¿Qué más has hecho? Juegas a las cartas y apuestas a los caballos. Paseas con mujeres por las avenidas de Ciudad de México. Esos no son logros. ¿Cuándo has preparado tu propia cena, cortado leña para el fuego o alimentado gallinas?

—Soy un caballero.

—Eres un petimetre inútil —dijo Tadeo, apretando puños.

La cara de Arturo estaba roja, como si tuviera fiebre alta.

—¿Cómo te atreves a hablarme así?, niño insolente.

—Mejor un niño que una sanguijuela.

Los ojos de Arturo se entrecerraron como los de un animal que se prepara para atacar.

—Debería enseñarte modales.

Llegarían a los golpes, sí, llegarían. Cuando Tadeo se irritaba, decía tonterías y no pensaba dos veces antes de romperle la nariz a alguien. En cuanto a su tío, no lo había visto pelearse antes, pero no dudaba de que supiera lanzar un puñetazo.

—Basta, los dos —prorrumpió Alba, interponiéndose entre los hombres y posando una mano en el hombro de su hermano.

Tadeo abrió la boca, pero se mordió la lengua. Lanzó a su tío una última mirada furibunda antes de darse la vuelta y salir de la habitación con pasos sonoros.

—¡Por Dios santo! —dijo Luisa, retorciendo un pañuelo entre las manos—. ¡Qué manera de hablar! Harán que me dé un infarto.

—Es tonto, cabezón y orgulloso. Lo sabes bien, Luisa.

El ruido de algo estrellándose en el piso superior hizo que la madre de Alba retorciera aún más el pañuelo.

—Alba, ve a ver qué hacen los niños. Yo subo enseguida —ordenó Luisa, haciéndole señas para que se fuera.

Alba se apresuró a subir las escaleras y se coló en el cuarto de juegos, donde los niños retozaban. La pobre Fernanda enfrentaba un motín. Los gemelos se negaban a leer en silencio, y Magdalena se había puesto de su parte. Alba tuvo que separarlos, enviando a un gemelo a su habitación y al otro a un rincón del cuarto. Solo entonces reinó la paz y la tranquilidad en la casa.

El tío Arturo tenía razón. En Piedras Quebradas, los niños nunca recibirían una buena educación. Alba no era maestra, a pesar de sus esfuerzos. Además, ¿qué pasaría si se casara y abandonara la finca? ¿Quién cuidaría de los niños? ¿O estaría condenada a quedarse en casa, viendo a sus hermanos luchar por salir adelante porque no podían permitirse una institutriz?

Más tarde, cuando los más pequeños se quedaron arropados para sus siestas, Alba se aventuró a salir. De espaldas a la casa, observó la propiedad. No era una tierra fácil y amable para la agricultura. Las heladas repentinas solían azotar el maíz en su lado de la montaña, y por eso dependían de la cebada, los cerdos y las cabras. Su padre no había sido ni un hacendado rico ni un campesino pobre, sino un ranchero, anticuado en muchos sentidos. Le habría ido mejor si hubiera probado suerte cultivando café, incluso ajonjolí, o si hubiera expandido sus propiedades comprando parcelas y haciendo que los aparceros las cultivaran, como hacía el señor Molina.

Tadeo quería convertirse en su padre, paseando por los campos con su sombrero de ala ancha, pero ¿era eso sensato? En una ocasión anterior, cuando Arturo los había visitado, había dicho que eran «campesinos pequeñoburgueses». Alba no creía que lo hubiera dicho como un cumplido, pero Tadeo se lo había tomado como tal. Al menos la parte de campesino. Imaginó que lo de «burgués» no le importaba mucho.

Tal vez su hermano estaba siendo estúpido y, como dijo su tío, se verían obligados a vender de todos modos.

Alba volvió a entrar en el salón desierto. Oyó pasos y la voz de Arturo detrás de ella.

—¿Te pusiste el collar después de todo? No tuve ocasión de preguntar.

—Claro que sí —Alba se dio la vuelta y apretó una palma contra su pecho—. Discretamente, para que mi madre no me regañara.

—Bien.

Él le sonrió, pero ella no le devolvió la sonrisa, recordando el enfrentamiento que había tenido lugar antes.

—No deberías haber discutido con Tadeo —dijo, mientras su mano se deslizaba por su vestido, rozando la hilera de pequeños botones.

—No debería hablarme con tanta impertinencia. Sé más que él de negocios.

Arturo era el hombre que más le gustaba del mundo. Le parecía inteligente, incluso magnífico. Pero Tadeo seguía siendo su hermano, a pesar de sus defectos y su mal genio, y Alba frunció el ceño.

—Sabe de agricultura, tío. Conoce la tierra.

—Yo también. Viví aquí unos años. No es una tierra buena ni fértil.

—Pero es la tierra de los Quiroga. Nuestra herencia.

—Una pobre herencia. —Arturo pasó junto a ella y se dirigió hacia el piano. Levantó la tapa y sus dedos juguetearon con un par de teclas—. ¿Estás enojada conmigo, como Tadeo?

—preguntó con una sonrisa burlona—. ¿Quieres que me marche? Haré las maletas esta noche si lo deseas.

Rápidamente se acercó a él, y la irritación latente que había acumulado en la boca del estómago se convirtió en sorpresa y ansiedad.

—¡Por supuesto que no! Tenía tantas ganas de que nos visitaras. Incluso anudé una cuerda alrededor de un trozo de tela amarilla para que vinieras a vernos.

—¿Hiciste qué?

—Es un hechizo. Funcionó —repuso orgullosa.

—¿Quién te enseñó eso? —preguntó, con el ceño fruncido.

—Valentín. Pero todo el mundo conoce esos trucos.

—Es el chico que trabaja en la finca de los Molina, ¿no? ¿El mismo que te regaló hoy un ramo?

—Sí —dijo Alba, tocándose con cuidado un mechón de su pelo oscuro y mirando al suelo—. Es mi amigo.

—Ya eres un poco mayor para hacer caso de las tontas supersticiones de los campesinos. Esos cuentos idiotas te pudrirán el cerebro —la reprendió Arturo, cerrando la tapa del piano con mano firme.

—Solo son historias. Mi padre creía algunas cosas parecidas. Ponía un tazón de sal junto a la puerta para que no entraran las brujas, o unas tijeras debajo de la cama.

—Y si las tijeras se oxidan, significa que anda cerca una bruja poderosa —dijo Arturo, sacudiendo la cabeza—. He oído esos cuentos. Por eso dejé este lugar y por eso tu hermano debería plantearse vender la finca. ¿Qué se puede aprender en una finca como esta, salvo ignorantes tonterías que repiten los jornaleros?

—No siempre son tonterías. A veces tengo portentos, cuando la luz de la luna brilla en mi rostro. Incluso antes de que enviaras la noticia de que estarías en el tren de las cinco, sabía que vendrías a esa hora.

—Portentos. De verdad, Alba.

—Mi padre solía tenerlos. Y recuerdo cuando nuestra tía abuela Guadalupe nos visitó una vez, cómo hablaba con fantasmas.

—La tía Guadalupe era una vieja senil que no recordaba en qué mes del año vivía. Si le creíste, entonces eres más tonta de lo que pensaba.

—Tío, no te burles de mí —dijo ella, herida por la dura reprimenda. Supuso que era un poco tonto creer en esas quimeras, pero se sonrojó, temiendo que ahora la considerara pedestre. No debería haberle contado nada, pero, por otra parte, le hacía ilusión compartir sus secretos.

—Alba, querida —continuó Arturo mientras recogía sus manos entre las suyas y las estrechaba con fuerza, bajando el tono de su voz, dulcificándose—, en la Ciudad de México ha amanecido un nuevo siglo. Allí no hay lugar para esas creencias infantiles, no en este mundo moderno nuestro. Tadeo definitivamente debería vender esta vieja tumba y rescatarte de los peligros de la vida rural.

—Esos hechizos... son solo juegos. No pienses que realmente creo en ellos.

—Lo sé, lo sé. Pero piensa en Ciudad de México. ¿No te gustaría instalarte allí? Alba, ¡es una delicia que ni te imaginas! Puedes pasear por la Alameda y dirigirte al Teatro Principal para escuchar la ópera. Puedes bailar los últimos bailes y beber los mejores vinos. He asistido a fiestas en las que cuelgan luces eléctricas en forma de estrellas, y brillan tanto como cualquier cuerpo celeste. Aquí todo es aburrido y monótono, allí todo está vivo. Hay palacios, carruajes, incluso coches con motor.

—¿Tienes una amante en Ciudad de México? —preguntó.

Arturo aún le sujetaba las manos y las contemplaba. Esbozó una pequeña sonrisa.

—Qué idea tan extraña. ¿Acaso la sacaste de mi hermana Julia?

—Le escribió a mamá y le dijo que debías de tener una amante por lo rápido que gastas el dinero.

Era una insolencia repetirlo, pero el tío Arturo parecía más divertido que ofendido.

—He utilizado la escasa asignación que me proporciona mi padre para amueblar un encantador departamento con balcón. Pero ninguna mujer ha puesto un pie en él.

—Pero quieres que alguna lo haga. Apuesto a que puedo adivinar su nombre.

—¿En serio?

—Sí, si me concentro. —Cerró los ojos, sintió sus manos sobre las suyas y sonrió—. Elena.

De repente, soltó bruscamente las manos de Alba y sus brazos cayeron pesados e inútiles a sus costados. Alba abrió los ojos y lo miró.

—He acertado, ¿verdad?

—No lo has hecho —replicó Arturo con aspereza.

—¿Entonces la tía Julia se equivoca, y no hay ninguna dama a la que ames?

—No deseo hablar de esto —dijo con un tono de voz bajo y seco que la sorprendió.

Miró fijamente algo por encima de los hombros de ella, con ojos duros y poco amables. El encanto que había reinado en la habitación se había desvanecido, dejando tras de sí un paisaje gélido y desolado. Permanecieron en silencio, y luego él negó con la cabeza y habló, y su voz había mutado, ahora cargada de anhelo.

—Hay una dama a la que amo, pero con la que no puedo vivir. No por ahora, al menos. Quizá algún día pueda llevarla allí, al departamento con balcón.

Alba pensó en la mujer con perfumes elegantes y un sombrero con una pluma de avestruz que había imaginado antes. Sintió una punzada de celos al imaginar que aquella mujer podría pasear del brazo con su tío por la calle y asistir a la ópera. Pero ¿por qué no podía vivir con ella ahora? ¿Esperaba ella que él hiciera una gran fortuna antes de dignarse a concederle su corazón? ¿O estaba enredada con otro hombre? ¿Y si,

Dios no lo quiera, era una mujer casada? Quizá simplemente Arturo no le interesara, aunque fuera guapo y encantador.

—Supongo que cualquier impedimento romántico hará más dulce una eventual unión —aventuró Alba.

—Yo diría que hemos de soportar el yugo de la añoranza, por muy pesado que sea —respondió.

Ella sonrió.

—Hablas en versos, tío.

—¿Es malo, viniendo de un poeta?

—Me gusta, pero Tadeo diría que es una tontería.

—Estoy seguro de que sí.

Arturo la observó con ojos atentos y penetrantes. Había una extraña luz en aquellos ojos, un destello de emoción que ella no reconoció. El silencio los envolvió por completo. Las varillas del corsé de Alba le apretaban bastante y se movía inquieta, con una mano presionando contra su estómago. Por fin Arturo habló.

—Puede que Tadeo pertenezca a este lugar, pero tú no. Eres demasiado bonita y lista, Alba, para estar encerrada en uno de los polvorientos armarios de este rancho.

Ella se ruborizó por el cumplido y, sin saber cómo responder, se limitó a decir:

—Sí.

A lo que Arturo sonrió, con esa lánguida sonrisa suya que era tan brillante como las luces eléctricas que había descrito, deslumbrante y certera. Se oyeron golpes en el piso de arriba y Alba miró al techo, mordiéndose el labio e imaginándose que los gemelos estaban de nuevo en guerra.

—Debo irme —dijo, y corrió al segundo piso.

De hecho, la guerra civil había estallado y hasta lo que pareció una eternidad Alba no pudo volver a su habitación. Intentó imaginarse la ciudad que Arturo le había descrito, con grandes teatros, magníficas tiendas y suntuosas casas. Un lugar donde las damas no tendrían que correr de un lado para otro, cuidando niños y desplumando gallinas para la cena.

Con un suspiro cansado giró la cabeza para mirar su ramo, buscando la belleza de este regalo entre su mundano entorno, y se sorprendió al descubrir que las flores se habían marchitado. Se habían secado en cuestión de horas. Confundida, apretó los dedos contra una rosa marchita.

Un pétalo cayó al suelo.

1998: 3

Un alto muro protegía The Willows de miradas indiscretas. La impresión general de Minerva sobre la propiedad era que se trataba de un mundo delimitado, los árboles ocultaban cuidadosamente la vista, un camino giraba un poco a la derecha antes de llegar a la puerta principal, como si la casa se ocultara tras un decoroso velo.

The Willows era una casa de Nueva Inglaterra de tres plantas con un pórtico columnado de tejado plano y ventanales en arco. Su fachada lucía un apacible color beis. El prominente óculo, intrincadamente decorado, de la tercera planta añadía un toque encantador a la estructura. Daba la impresión de una exuberante suntuosidad que hacía tiempo había pasado de moda.

Minerva desenroscó la tapa de su termo, tomó un sorbo de café, se armó de valor y llamó al timbre. Un hombre, visiblemente desconcertado, la admitió en la casa y la hizo esperar en el vestíbulo y luego la condujo hasta un solárium luminoso y soleado. Dos sillones de mimbre, dos delicadas mesas auxiliares, cada una de ellas decorada con un jarrón blanco lleno de flores secas cuidadosamente dispuestas, una mesa redonda y sillas blancas a juego servían para crear un oasis elegante y relajante a la vez.

Una anciana con un turbante dorado y verde alrededor de la cabeza, del tipo que Elizabeth Taylor podría haber llevado un par de décadas antes, estaba sentada a la mesa. Tenía las cejas cuidadosamente depiladas y la boca pintada de un rojo intenso. Había una bandeja y una tetera delante de ella y parecía estar mordisqueando un pan tostado, interrumpida por la aparición de Minerva. La mujer observaba ahora a Minerva con una mirada fría y altiva.

La señora Carolyn Yates, de soltera Wingrave, tenía un aspecto tan imponente como en los folletos que Minerva había visto por la universidad promocionando la renovación de Joyce House.

—Siéntese —dijo la señora Yates, y Minerva obedeció la orden—. Me dicen que tiene la persistente impresión de que mi nieto tiene una cita con usted.

—Lo lamento, intentaba explicarle al hombre de la puerta que Noah me invitó.

—Mi nieto está profundamente dormido y no se despertará hasta dentro de unas horas. Anoche volvió con unas copas de más y, después de deambular por la casa, se dedicó a abrir más botellas y a ponerse una borrachera épica, una situación que conozco bien. Cuando eso ocurre, Noah tiende a hacer ciertas promesas que nunca piensa cumplir. Así que, dígame, ¿le dijo que la llevaría en avión a París? ¿Le prometió un coche? No va a conseguir nada de eso, pero tengo curiosidad por saber qué mentiras ha dicho esta vez.

—Dijo que podía venir a almorzar y conocerla.

Para ser totalmente sincera, Minerva no estaba segura de que Noah accediera a algo así a la luz del día, una vez que se le hubiera pasado la borrachera, pero esperaba que la señora Yates fuera misericordiosa, que al menos pudiera intercambiar unas palabras con ella. Debería haber tenido las agallas de llamar a su puerta hacía meses. No importaba. Su encuentro con Noah le había proporcionado una excusa para buscar a su abuela, o quizá solo reavivó su extinguida fuerza de voluntad.

—¿Conocerme a mí? ¿Por qué querría conocerme? —respondió Carolyn Yates, puntuando las palabras con una sonrisa despectiva.

—Me llamo Minerva Contreras. Ya he intentado hablar con usted antes. Soy estudiante en Stoneridge y mi tesis se centra en la obra de Beatrice Tremblay. Me han dicho que usted tiene los documentos personales y diarios de la señorita Tremblay. Me gustaría examinarlos.

—Betty donó su archivo a Stoneridge. El material que tengo no está destinado al consumo público.

—Esa es la cuestión, señora Yates. Creo que, en este caso, lo personal se cruza con lo público. La señorita Tremblay dijo que *La desaparición* se basaba en su experiencia personal, en la desaparición de alguien que conocía. Esa es la vertiente que deseo explorar.

—¿La desaparición de Virginia? —El desdén se desvaneció; ahora examinaba a Minerva con ojos cautelosos.

—¿Conoció a la chica que desapareció?

—Éramos compañeras de clase, las tres. Pero no voy a someterme a preguntas tontas ni a que hurgue en los viejos diarios de Betty. Márchese —dijo la señora Yates con desdén. Tomó la tetera y una taza.

—¿Cuál era el nombre completo de la chica desaparecida? ¿Podría al menos decirme eso? Si lo hace, yo podría buscar su historia en periódicos antiguos.

—Estoy intentando comer algo, señorita Contreras.

Las pálidas manos de la mujer temblaban, y Minerva recordó los últimos frágiles días de su bisabuela.

—Por favor, permítame —dijo Minerva, extendiendo rápidamente una mano y estabilizando la muñeca de Carolyn. Había una ancha y tenue cicatriz que recorría el dorso de la mano de la mujer, una vieja herida que asomaba entre las venas azuladas y las manchas de la edad. Con delicadeza, Minerva la ayudó a sostener la taza para que pudiera llenarla de té.

Carolyn dejó la tetera y la taza y miró fijamente a Minerva. Parecía sobresaltada, luego se frotó la muñeca con la otra mano y sonrió con aire de suficiencia, recuperando la compostura.

—Envejecer es terriblemente inconveniente. Solía practicar el tiro con arco y pintar buenos retratos, ¿se imagina?

Carolyn sorbió con cuidado su té y miró a Minerva como si la estuviera midiendo. La mujer no volvió a pedirle que se marchara y Minerva no se ofreció a levantarse. Permaneció sentada con las manos sobre la mochila, esperando.

—Recuerdo su nombre, cuando intentó ponerse en contacto conmigo hace unos meses. Mi secretaria me dijo que era una de los estudiantes internacionales becados. Y trabaja en el campus, ¿no es así?

—Soy directora de residencia. Ayudo en el laboratorio de idiomas enseñando español y soy tutora.

—¡Qué trabajadora!

—Es necesario.

—Es una buena cualidad. Mi nieto no sabría ganar ni un centavo si lo echara a la calle ahora mismo —dijo la mujer, tamborileando sus cuidadas uñas sobre la mesa—. Ni siquiera puede sacar calificaciones decentes, a pesar de los tutores. Pobrecito, es un inútil. Creció sin carácter. Sucede en las mejores familias. Algunos rasgos no se pueden adquirir, simplemente se nace con la habilidad o no. Todo está en la sangre, ya lo ve.

Carolyn se sirvió un huevo pasado por agua que estaba en un tazón de plata. Tomó un cuchillo y dio unos golpecitos alrededor del huevo, rompiendo la cáscara hasta que pudo levantar la parte superior. Luego tomó una cuchara y sacó el contenido. Su mano no tembló esta vez; la maniobra fue eficiente y precisa. Su momento de debilidad había pasado y se sentó tan rígida como un soldado mientras hablaba.

—Betty trabajaba en el campus. Enseñaba francés, aunque entonces no teníamos laboratorio de idiomas. Creció pobre, como muchas chicas durante la Depresión. Tenemos algunos estudiantes internacionales muy ricos en Stoneridge, pero usted no es una de ellos, ¿me equivoco?

—No, no lo soy —reconoció Minerva, mirando tranquilamente a la mujer—. No puedo pagar la matrícula sin mi trabajo en el campus y mi beca.

—Entonces es como Betty, me imagino. Una chica ambiciosa y enérgica, luchando por abrirse paso en la vida —dijo Carolyn mientras tomaba otra cucharada de huevo—. ¿Realmente tienen algún valor para usted los papeles personales de Betty?

—Podrían tener un enorme valor. Una de las razones por las que conocemos tan íntimamente a escritores como Lovecraft, sus prejuicios, sus predilecciones, su esencia misma, es porque dejó muchos materiales escritos. Todo, desde su racismo hasta su visión cosmológica, está allí, en las cartas, y se relaciona con las historias de forma que uno no se imagina a primera vista. Poder asomarse a la mente de una pionera del terror como Beatrice Tremblay, una escritora como ella, sería un honor.

—No a todo el mundo le gusta que lo escudriñen. Además, Betty publicó algunos relatos y una única novela, pero nunca fue lo que se dice una autora famosa. Se ganaba la vida corrigiendo textos. ¿Una figura menor como esa es realmente interesante para usted?

—Para mí no es menor. Y puede que Beatrice solo publicara una novela, pero adquirió cierto estatus de culto y se reimprimió dos veces. Si le preocupa que no respete su legado, le aseguro que no voy a hacer un trabajo mediocre. ¿Quién era la chica que desapareció? Por favor, señora Yates, ¿podría hablarme de ella?

Carolyn se pasó una servilleta por los labios. Una vez más, pareció evaluar cuidadosamente a Minerva, como si tratara de aislar una cualidad específica que poseyera. Algo debió de convencerla, porque sonrió.

—Virginia Somerset era rica y muy diferente a Betty. Así se llamaba la chica que desapareció. Eran compañeras de cuarto.

—Virginia Somerset —dijo Minerva, repitiendo el nombre. Era casi como una invocación.

—Sí. Pero no la encontrará en ningún periódico. —Carolyn dejó la servilleta a un lado—. No se reportó su desaparición.

—¿Por qué no?

—Había un chico de Temperance Landing con el que podría haber estado involucrada. Su familia creyó que se había escapado con él. Betty no estaba de acuerdo.

—¿Qué creyó ella que le había pasado a Virginia?

—¿Por qué no damos un paseo, señorita Contreras? Quizá no le importe que me apoye en usted, aborrezco usar bastón, pero debo admitir que ya no soy tan ágil como antes.

Carolyn se puso de pie y Minerva le ofreció el brazo. Se dirigieron a una sala que claramente había sido redecorada por última vez durante la «era del *jazz*»: el suelo era de baldosas ajedrezadas en blanco y negro y las paredes, verde menta. Una araña de cristal y un gran espejo, una lámpara de pie con una pantalla de flecos verde esmeralda, un biombo lacado y los sofás negros con brazos de palo de rosa ribeteados en latón evocaban el brillo y el glamur de décadas pasadas.

—Betty asumió que Virginia tuvo un mal final. Supongo que siempre fue imaginativa, y también supongo que Virginia se comportó de forma extraña las semanas que precedieron a su desaparición. Yo estaba convencida de que reaparecería un día, contándonos cómo se había ido y había viajado por el mundo. Esperaba que así fuera. Pero nunca volvió.

—¿Cuándo desapareció?

—En diciembre de 1934.

Carolyn abrió una puerta y entraron en lo que parecía una combinación de despacho y biblioteca, con hileras de estanterías y una enorme mesa en el centro de la habitación. Dos lámparas de lectura de banquero, con sus características pantallas verdes, estaban sobre la mesa, y había dos sillas. Una pared estaba decorada con pinturas; la mayoría eran grandes, retratos o composiciones florales. Minerva se detuvo frente a ellas, estudiándolas con interés.

—Son muy bonitas.

—¿Le gustan? Son mías. Estudié Bellas Artes en Stoneridge. Hice varias exposiciones en mi juventud —afirmó Carolyn, con un evidente tono de orgullo en la voz.

La mirada de Minerva se desvió hacia un cuadro pequeño. Era diferente a los demás; carecía de un marco dorado ornamentado y el tema era completamente distinto. Era abstracto. Círculos amarillos sobre una superficie azul, pintados por una mano que parecía haber procedido a un ritmo furioso; había algo salvaje en las pinceladas en comparación con el enfoque cuidadoso y metódico de las otras pinturas. Triángulos y líneas sugerían rayos que se extendían desde los círculos, como si estuviera contemplando media docena de soles en miniatura.

—Este es diferente. ¿Experimentaba con una nueva técnica?

Carolyn negó con la cabeza.

—Ese cuadro lo pintó Virginia. Una de sus imágenes espiritistas. Edgar se la quedó.

—¿Edgar?

—Mi marido, Edgar Yates, estuvo brevemente comprometido con Virginia. Todos nos conocíamos.

Qué extraño, pensó Minerva. Por otra parte, todos pertenecían al mismo círculo social y, sobre todo en aquella época, supuso que estaban exigidos a unirse al mismo club de campo, a asistir a las mismas fiestas y reuniones y a casarse entre ellos.

—¿Conocía usted también al hombre con el que supuestamente huyó?

—Santiago. Era un chico portugués. Hubo muchos muchachos de esa nacionalidad en la época en la que una industria ballenera operaba en Massachusetts. Por supuesto, esa fue una de las principales razones por las que no se dio publicidad a la desaparición de Virginia. Habría sido escandaloso que la gente se enterara de que Virginia había rechazado a Edgar

Yates y en su lugar había elegido a un chico de mantenimiento —dijo Carolyn, inclinándose hacia delante y pasando un dedo por el marco del pequeño cuadro. Un grueso anillo de esmeralda adornaba un dedo; una alianza de oro, otro—. Hizo algunos trabajos en nuestra residencia. Por eso lo conocimos. Solíamos burlarnos de Virginia a causa de él.

—¿Por qué?

—Él no le quitaba la vista de encima. Era obvio que estaba enamorado de la chica. Todo parecía bastante inocente entonces. Ahora, años después, ¿quién sabe? Tal vez las sospechas de Betty sobre la desaparición de Virginia no eran infundadas. Tal vez se fugaron, y luego él le hizo daño.

Carolyn levantó la mano y dio un paso atrás.

—¿Dijo que esa es una pintura espiritista? ¿En el sentido de mediumnidad y ectoplasma?

Carolyn asintió con un leve movimiento de cabeza, apretándose la barbilla con una mano.

—Se puso de moda en los años veinte, después de la Gran Guerra. La gente había perdido a sus seres queridos y deseaba ponerse en contacto con ellos. La influenza también había matado a muchas personas. Las sesiones de espiritismo se hicieron populares y hubo numerosas demostraciones de supuestos médiums en acción. Houdini desacreditó a muchos de ellos. Luego llegó la Gran Depresión y todo el mundo tenía problemas más acuciantes que los fantasmas.

»La madre de Virginia había sido espiritista y falleció en 1929. Por lo tanto, no es de extrañar que Virginia se aferrara a ideas de actividad paranormal y vida después de la muerte. Creía en la escritura automática y pintaba bajo la influencia de espíritus. Yo nunca entendí sus pinturas ni sus dibujos —Carolyn señaló el pequeño cuadro—. Eso no es arte, ¿no crees? Unos espantosos y feos rayones.

—Entonces, ¿usted no compartía las creencias de Virginia?

—Me temo que creo en mí misma y solo en mí misma. Siempre lo he hecho, incluso cuando era una niña. Solía burlarme de la pobre Virginia. Me burlaba de sus fantasmas encadenados. No entendía sus cuadros ni sus historias de apariciones.

—¿Y Beatrice? ¿Ella creía en lo sobrenatural? En la brujería, por ejemplo.

La trama de la novela de Tremblay, ambientada en la Nueva Inglaterra del siglo XVII, giraba en torno a un círculo de mujeres jóvenes que empiezan a creer que una de ellas es una bruja. La novela culmina con la desaparición de una de las mujeres. Su novela corta, *El día de los fieles difuntos*, también trataba de brujería, y sus relatos cortos solían estar protagonizados por personajes jóvenes y desdichados con finales trágicos. La conexión con Nueva Inglaterra, la brujería y lo sobrenatural estaba latente en todos los relatos.

Carolyn se dirigió hacia el otro extremo de la habitación y abrió el cajón de un estrecho armario.

—Ella sí —contestó la mujer—. Ayúdame con esto.

Minerva se apresuró a su lado y sacó una caja verde. Carolyn hizo un gesto en dirección a la mesa y Minerva la colocó allí. Carolyn levantó la tapa y descubrió un cuaderno con cubiertas de cuero y, debajo, un sobre de papel manila atado con una cinta verde ancha.

—Betty llevaba diarios desde que estaba en la universidad y hasta los veintitantos años. Los tengo todos, pero este es el que probablemente te interese. Es su diario de 1934 —dijo Carolyn, entregándole el cuaderno.

Minerva lo tomó con cuidado y deslizó una mano contra los remaches de la tapa. Lo abrió. Las palabras «Propiedad de Beatrice Tremblay» estaban pulcramente escritas en una página rayada. Lo hojeó. Las anotaciones parecían mundanas: apuntes sobre una cena en casa del decano, una nueva película en cartelera en la ciudad, el clima. Luego miró el sobre de papel manila.

—¿Es otro diario? —preguntó.

—No. Puedes abrirlo.

Minerva dejó el cuaderno sobre la mesa. Deshizo con cuidado el nudo de la cinta y la retiró del sobre. Luego levantó la solapa y sacó un montón de páginas atadas con otra cinta verde. Las palabras «Virgina Somerset» estaban escritas a máquina en mayúsculas en la página superior y debajo ponía «Beatrice Tremblay, 1988». Un año antes de su muerte.

Miró a Carolyn.

—Es un manuscrito, inédito, en el que Betty relata la desaparición de Virginia —dijo la mujer—. Haré un trato con usted, señorita Contreras. Podrá leer el diario de Betty y el manuscrito, pero solo podrá hacerlo en esta habitación. No puede sacarlos de esta casa.

—Por supuesto —repuso Minerva de inmediato.

—También tengo un par de condiciones más. Yo determinaré cuántas horas puede pasar en The Willows revisando esas páginas. No pienso darle de comer ni servirle cócteles, y no permitiré que entre y salga a cualquier hora del día, tocando a mi puerta y pidiendo que la dejen entrar. Debe concertar una cita conmigo antes de venir, ¿está claro? Esta fue la única vez que interrumpió mis alimentos.

—No interrumpiré sus actividades cotidianas y respetaré sus condiciones —afirmó con toda formalidad, emulando la seriedad de Carolyn.

—Bien. Entonces puede examinar estas páginas durante una hora. Puede volver después en otro momento para leer el resto.

—Gracias. Estoy muy agradecida.

Carolyn no dijo nada, se limitó a tocarse el borde del turbante que adornaba su cabeza, como para asegurarse de que seguía en su sitio, y salió.

Minerva echó un vistazo al diario, luego al manuscrito y finalmente se asomó a la caja y miró en el sobre. Encontró dos fotografías en blanco y negro. Una de ellas mostraba a tres mujeres disfrazadas para un baile de máscaras, aunque dos de ellas aún no se habían puesto las máscaras y sus rostros estaban expuestos.

En ese retrato, reconoció a Beatrice Tremblay, aunque era mucho más joven de lo que aparecía en la foto publicitaria de la cubierta del libro *La desaparición* que Minerva conocía. Y aunque Carolyn llevaba una máscara de dominó y el pelo pintado de rubio platino, Minerva la reconoció con facilidad. La forma en que estaba de pie, con una mano tocando el collar de perlas que llevaba al cuello, tenía una nitidez inconfundible. Sobre la tercera mujer: era Virginia Somerset.

La segunda fotografía era un retrato que la mostraba con más claridad, más de cerca, de modo que el espectador podía apreciar la suavidad de sus caireles y la delicada curva de su boca. En ese retrato sonreía tímidamente.

Minerva centró su atención en el manuscrito. Había llevado un cuaderno y una grabadora, por si podía echar un vistazo a algo de valor. Ahora se puso los auriculares y garabateó furiosamente, intentando transcribir algunos pasajes. Podría haber llevado su *laptop*, pero prefería tomar notas a mano y luego teclearlas en la computadora. El proceso le ayudaba a aclarar sus ideas y su taquigrafía estaba bien afinada.

«Algunos momentos vuelven a nosotros, intactos e incandescentes, sin que el paso del tiempo los empañe. Es así como recuerdo aquel diciembre de 1934 y la noche en que desapareció Virginia Somerset». Minerva copió esa frase, y continuó escribiendo hasta que un fuerte golpe la hizo levantar la vista.

El sonido de golpeteo era Noah, sus nudillos golpeando la mesa.

—Se acabó el tiempo —anunció—. Tienes que poner eso donde lo encontraste.

Minerva se removió en su asiento y consultó su reloj de pulsera. Presionó un botón de su discman, parando a Los Amantes de Lola a media canción, y se quitó los cascos.

—¿Ya pasó una hora?

Él no respondió. Bostezó y estiró los brazos. Por su aspecto, se había despertado hacía poco rato. Llevaba una sudadera ligeramente manchada con el letrero UNIVERSIDAD

Stoneridge. Tenía ojeras y caminaba con unos calcetines de aspecto percudido.

Devolvió el manuscrito, las fotos y el diario a la caja verde y la metió en el cajón.

Noah Yates se apoyó en la silla donde ella había estado sentada.

—Dijo que puedes volver la semana que viene para ver esto otra vez, pero quiere que llames antes —le comunicó, y sacó una tarjeta de visita del bolsillo—. A cualquier hora después del mediodía estará bien. Su número privado está en el reverso.

Minerva tomó la tarjeta, que decía Carolyn Yates, presidenta de la Fundación Yates, y tenía un número de teléfono debajo. Era el mismo número de la secretaria a la que había llamado antes, pero cuando dio la vuelta a la tarjeta, vio un número distinto escrito en el reverso.

—Gracias —dijo ella.

—Agradécele cuando la llames.

Metió la grabadora, el cuaderno, la tarjeta y el bolígrafo en la mochila.

»Ni siquiera me acordaba de que había hablado contigo —dijo mientras ella subía el cierre.

—Eso me imaginé.

—Pero aun así viniste —dijo. Su voz tenía un tono burlón.

Metió su discman en el bolsillo delantero de la mochila.

—Tenía que hablar con ella. Me diste una excusa para hacerlo.

—No puedo culparte por la iniciativa. Eso es lo que dijo Carolyn: eres una chica de gran iniciativa. Ella aprecia el valor —afirmó. Sonrió, pero la sonrisa era sardónica.

Lo miró fijamente, sorprendida de que llamara a su abuela por su nombre de pila. Minerva nunca habría podido hacerlo. Parecía..., bueno, Nana Alba habría dicho que era presuntuoso. Pero aquí la gente era diferente. Los tiempos también eran diferentes.

—¿Puedo preguntar cuántos años tiene tu abuela?

—Ochenta y tres.

Ochenta y tres. Habría tenido diecinueve años en 1934, los mismos que Virginia Somerset. Solo Virginia permanecía intacta al paso del tiempo, como Beatrice había escrito en su manuscrito. Conservada como una rosa prensada en un libro, con todo el aroma perdido, pero manteniendo la forma de la flor.

—¿Conociste a Beatrice Tremblay?

—Sí, cuando era niño. Pero no bien. A veces cenaba con mis abuelos.

—¿Alguna vez la oíste mencionar a Virginia Somerset?

—¿Me estás usando para tu investigación? —preguntó, de nuevo con ese leve rastro de burla—. ¿No tengo que firmar una cláusula de exención de responsabilidad o algún documento para que puedas entrevistarme?

—Es una pregunta informal, señor Yates. —Sujetó su mochila con mano firme y le devolvió la mirada.

Sonrió abiertamente, aparentemente divertido por su respuesta.

—Beatrice la llamaba Ginny. ¿Quieres ver sus dibujos?

Abrió un cajón y le entregó varios bocetos en carbón. Minerva los dejó sobre la mesa. Al igual que el cuadro, consistían en formas geométricas, líneas nítidas, con una cualidad enérgica en los trazos. Abstracciones.

»A Carolyn no le gustan. Nunca le gustaron. Pero el abuelo nunca la habría dejado tirarlos —dijo Noah.

Volvió a mirar los dibujos.

—Entonces, ¿tu familia los tiene desde hace mucho tiempo?

—Desde antes de que yo naciera. Creo que Ginny se los dio.

—Por supuesto —dijo Minerva. —Ellos estaban comprometidos.

—Por poco tiempo.

—¿Tu abuelo habló alguna vez de Virginia?

—A mí no. Hablaba con Beatrice de ella. Carolyn odiaba eso. Se ponían taciturnos y especulaban sobre lo que le habría pasado a la chica. Mi abuelo pagó a varios investigadores para averiguar su paradero.

—¿Y?

—Carolyn decía que era un desperdicio de dinero. Nunca encontraron nada.

Levantó la vista hacia el pequeño cuadro de la pared y pensó en el manuscrito que había estado leyendo. Estaba claro que a Beatrice le había obsesionado Virginia, hasta el punto de que, décadas después de su muerte, había mecanografiado sus recuerdos de la chica. Edgar Yates también debió de estar obsesionado, ya que colgó cuidadosamente un cuadro de su antigua prometida, guardó sus bocetos a buen recaudo y pagó a investigadores privados para que indagaran sobre su desaparición.

¿Acaso Carolyn también había estado obsesionada a su manera? La bisabuela de Minerva también había sido atormentada por una desaparición ocurrida décadas antes, una historia manchada de violencia, pero siempre fuera de foco porque Nana Alba nunca daba un cierre adecuado a su relato. Invariablemente, volvía al principio. Hasta el final, cuando en su lecho de muerte pronunció el desenlace definitivo en un susurro apagado.

«En mis tiempos, cuando yo era joven, todavía había brujas».

1934: 1

Algunos momentos vuelven a nosotros, intactos e incandescentes, sin que el paso del tiempo los empañe. Es así como recuerdo aquel diciembre de 1934 y la noche en que desapareció Virginia Somerset.

Todo buen escritor debe ambientar su historia y, por ello, antes de hablar de Virginia, debo describir la época y el lugar que habitamos. Ciertos detalles serán cruciales para la comprensión de este relato.

Debo advertirles que también narraré esta historia con mi propia voz, a mi manera y a mi ritmo, lo cual puede no parecer la forma en que ustedes podrían contarla, pero es importante que lo haga así, pues será el único método que tal vez pueda plasmar la verdad de Virginia Somerset, o tanta verdad como yo pueda consignar en estas páginas.

Nos encontrábamos en medio de la Gran Depresión, una tragedia que parecía no tener fin, aunque he de admitir que al principio no había comprendido su alcance. En 1929, cuando todo empezó, mucha gente no le dio importancia. ¿Quién podría culparlos? La gente se lo había pasado en grande durante la mayor parte de la década. Las mujeres dejaban ver las rodillas y se maquillaban, los hombres se hacían la raya en medio y trataban de imitar a Rodolfo Valentino, bebían licor de contrabando y bailaban sin parar todo el fin de semana.

Incluso en 1931, los periódicos estaban repletos de historias que animaban a la gente a comprar acciones a precios de ganga. Creíamos que las cosas mejorarían, pero no fue así. De repente, una mañana, fue como si todos nos despertáramos de un sueño, presos del pánico, y nos diéramos cuenta del agujero en el que estábamos metidos.

Mi padre, que era dibujante, perdió su trabajo. Para llegar a fin de mes, pidió prestado dinero de su póliza de seguro de vida y vendía unos juegos de cartón donde uno metía el dedo por una ranura e intentaba ganar un premio. Todo el mundo apostaba; era la oportunidad de ganar mucho dinero con poco, así que vendía esas quinielas, que evitaban que nos muriéramos de hambre. Mi madre horneaba tartas y las vendía desde nuestra cocina; a cinco centavos la tarta.

Mucha gente utilizaba «dinero de conejo blanco» en lugar de dinero real, y mucha gente dependía de la caridad para sobrevivir. Yo fui afortunada. La universidad de Stoneridge me había aceptado en un programa especial de trabajo y estudio, lo que significaba que ayudaba a una de las profesoras de francés, la madame Thérèse Audrain, y a cambio recibía alojamiento, comida y la matrícula que me permitía estudiar. Otras chicas de mi pueblo natal de Ohio lavaban ropa por unos centavos. Cuando el dueño de una fábrica puso un anuncio en el que solicitaba trabajadores cualificados por diez dólares a la semana, se desató un disturbio porque la gente trataba de llegar al principio de la fila para conseguir esos puestos de trabajo.

Fue duro para todos, pero más para las mujeres. No había albergues para señoras. Conocí a una chica de Nueva York que decía que las mujeres iban a la estación Grand Central y dormían en la sala de espera, fingiendo que esperaban un tren. ¿A qué otro sitio podrían ir?

La universidad me proporcionó un lugar donde vivir y estudiar, además de comidas calientes. Lo mejor de todo fue que mi familia pudo alquilar mi habitación. En aquella época vivían tres jóvenes en casa: dos compartían mi antigua habitación y otro estaba en la de mi hermano. Mis padres y mi hermana pequeña compartían el tercer dormitorio.

¡Y qué lugar para vivir tenía yo! Puede que la habitación 11 de Joyce House no les habría parecido gran cosa a otras chicas, simplemente una cama, un escritorio y una ventana. Pero para mí era una oportunidad de libertad.

Debido a la Gran Depresión, a muchas mujeres les resultaba más difícil conseguir un puesto de trabajo. Si estabas casada, no te contrataban, pues se suponía que los hombres eran los proveedores de la familia, y una mujer casada que trabajaba le estaba robando el empleo a un hombre.

Pero yo estaba soltera y sabía que había unos pocos sectores que contrataban a mujeres: las tiendas y la publicidad. El problema era que en esos lugares les gustaba tener licenciadas universitarias. Macy's lo exigía; allí no podías ser dependienta sin un título, era un sitio elegante.

Si lograba obtener un título en un lugar como Stoneridge, con las excelentes conexiones que ello podría suponer, estaba segura de que podría conseguir un trabajo. Si las cosas se ponían difíciles, pensaba que podría ser profesora y que mi título de inglés seguiría siendo útil.

Si no, tendría que casarme. Eso es lo que se esperaba de las chicas, que encontráramos un hombre, tuviéramos un par de hijos y nos pasáramos el día cocinando y limpiando para ellos. De otro modo, tendría que esforzarme para ganar tres dólares a la semana en una fábrica. En cualquier caso, nunca podría sentarme delante de una máquina de escribir.

Joyce House y Stoneridge eran mi única oportunidad de conseguir un título. Además, la señora Audrain era una mujer bastante agradable y mi trabajo no era de ninguna manera agotador, mi habitación era cómoda y mis estudios avanzaban a buen ritmo. También estaba haciendo útiles conexiones.

Por eso no contradije a Carolyn cuando encontró a mi nueva compañera de habitación, Virginia Somerset, «absolutamente insufrible», según sus propias palabras.

Carolyn Wingrave era bonita, ingeniosa y rica. Su padre era propietario de la Wingrave Manufacturing Company, una fábrica de algodón que empleaba a cientos de personas en Temperance Landing.

Todos los habitantes de la zona conocían a los Wingrave; llevaban décadas en el lugar. Creo que la fábrica de algodón de los Wingrave se fundó en la década de 1830, cuando empezaron a surgir fábricas textiles por todo Massachusetts, Connecticut y New Hampshire, pero los Wingrave vivían en la bahía de Massachusetts desde mucho antes, y estaban orgullosos de sus sólidas raíces y su destacado linaje.

Tenían una gran casa llamada The Willows, construida en estilo federal y luego modificada para adaptarla a los caprichos del padre de Carolyn. Carolyn podría haber vivido allí si hubiera querido y desplazarse al campus cada mañana, pero se hospedaba en Joyce House porque gozaba de más libertad que estando con sus padres. Al fin y al cabo, la madre de nuestra casa no era una madre de verdad, sino una empleada que intentaba hacer cumplir las normas de la universidad, pero que con frecuencia se enfrentaba a unas cuantas docenas de jovencitas que metían de contrabando alcohol y cigarrillos en sus habitaciones.

Este era el mundo en el que vivía, pasando los días entre clase y clase y el tiempo libre sentada junto al estanque leyendo un libro, jugando a las damas en la sala común o yendo al cine del pueblo con las otras chicas. Era un mundo inocente, libre de conflictos. Era un mundo luminoso. Tras la desaparición de Ginny, conocí la forma de las sombras.

Ahora que he descrito el escenario, es momento de hacer un retrato de la chica.

Virginia Somerset llegó a Stoneridge como estudiante transferida de segundo año. Venía de California, donde su padre mantenía una próspera consulta médica. Mientras muchas industrias atravesaban dificultades, Hollywood seguía produciendo películas y el Dr. Somerset tenía una clientela compuesta por ejecutivos de estudio, estrellas de cine y artistas de renombre.

Se podría pensar que esto significaba que Ginny sería recibida con entusiasmo por las otras chicas adineradas que asistían a Stoneridge. Pero ella era de dinero nuevo, y si bien yo pensaba que Ginny era efervescente, Carolyn la encontraba ordinaria.

También era católica. Su madre había sido una belleza italiana que conoció al Dr. Somerset cuando hizo una gira por Europa. En aquel entonces, la gente acomodada aún veía con malos ojos a quienes encarnaban tales rasgos: el dinero nuevo, las raíces extranjeras y la falta de una buena herencia protestante te mantenían fuera de los clubes de campo más exclusivos, y Carolyn era más esnob que cualquier chica promedio.

Quizá el mayor punto en contra de Ginny era su excentricidad. En una época en la que la mayoría de las mujeres, Carolyn y yo incluidas, intentábamos imitar a Joan Crawford o Jean Harlow, con las cejas depiladas, las pestañas cargadas de rímel y el pelo teñido y rizado, Ginny conservaba su espeso cabello oscuro y largo y sus cejas naturales. Mientras que las chicas de Stoneridge llevaban vestidos con mangas abullonadas y cintas con vuelos, o se ponían trajes de lana con ribetes de piel, Ginny cosía su propia ropa y usaba vestidos que parecían más bien túnicas, mostrando sus delgados brazos, con fajas coloridas alrededor de la cintura. Los dobladillos le llegaban a menudo hasta los tobillos, y parecía más una ninfa juguetona que una señorita como Dios manda. Le gustaba tejer y utilizaba cinco tipos de hilo para hacer guantes que dejaban sus dedos al descubierto. Iba por ahí sin sombrero, con cintas y cuentas entretejidas en el pelo.

Lo más importante: era espiritista, lo que reveló el primer día que nos conocimos mientras desempacaba su maleta y colgaba sus dibujos en la pared de su lado de la habitación.

Iba vestida de verde, con un cinturón plateado, y parecía un duendecillo dibujado por Arthur Rackham.

Me tendió la mano y proclamó, con una franqueza que me sorprendió:

—Soy tu compañera de cuarto, Ginny Somerset. Me gusta bailar, pintar y diseñar mi propia ropa, hablo con fantasmas y puedo trazar tu carta natal. Soy espiritista.

—Soy Betty Tremblay. —Me presenté—. Soy estudiante de Literatura Inglesa.

—¿Y qué haces para divertirte?

—Escribo historias. Disculpa, ¿has dicho que hablas con fantasmas?

—Sí. ¿Qué tipo de historias escribes?

—Historias —murmuré, intentando pronunciar una frase coherente en presencia de semejante aparición y logrando solo mirarla fijamente—. Yo... eh... escribo historias fantásticas. Quiero publicar en *Weird Tales*. —Cuando hablé, emití un sonido más parecido al croar de una rana que a las palabras—. ¿Espiritista?

—Te contaré todo con un helado. Tengo una necesidad lastimosa de algo dulce y me han dicho que esta tarde nos servirán copas de helado para darnos la bienvenida al campus. Veo que tienes los cuentos de Poe encima de tu escritorio. ¿A quién más te gusta leer?

Así fue como nos conocimos. Su comunión con los muertos me pareció extraña, casi sacrílega, pero ella disipó mis preocupaciones con tan buen humor que quedé cautivada por completo. Muy pronto dejó de parecerme extraño tener una compañera de habitación que se sentaba periódicamente ante su escritorio y escribía palabras dictadas por un fantasma.

Ginny no entraba en trance. No era nada de lo que se ve en las películas. Simplemente, se sentaba y garabateaba. No me molestaba. Pero a Carolyn sí. Su primer encuentro fue gélido, el segundo fue como si viviéramos en la Antártida, y Carolyn no se encariñó con Ginny por mucho que intenté convencerla de que la nueva estudiante sería una agradable incorporación a nuestro círculo social. Carolyn llamó a Ginny «una tipa ingenua», y eso fue todo.

Por desgracia, como Ginny era mi compañera de cuarto y Carolyn y Ginny eran estudiantes de arte, se veían con regularidad. Recuerdo que Carolyn despotricaba contra las técnicas pictóricas de Ginny. Ginny había dicho en clase que simplemente dejaba que los espíritus guiaran sus manos, mientras que Carolyn era una perfeccionista empedernida, y arremetió durante una hora contra la «boba de los holanes», como la había apodado por su excéntrico sentido de la moda.

Me gustaban los dibujos de Ginny y aún conservo muchos de ellos, junto con parte de su «correspondencia» espiritista, como ella la llamaba. Su arte me parecía original y vibrante.

Era algo que no le podía decir a Carolyn.

Hoy en día es difícil comprender las líneas trazadas por la clase y los orígenes de las personas, fronteras tan rígidas como el hierro. Atravesarlas era peligroso. Como hija de un matrimonio francocanadiense de clase trabajadora, tenía suerte de que Carolyn me hubiera acogido bajo su protección, de que me hubiera permitido entrar en su círculo de amistades. No podía hacer peligrar mi posición poniéndome del lado de Ginny. Intentaba calmar el mal genio de Carolyn cada vez que empezaba a discutir con Ginny, pero mis intentos fueron infructuosos.

Me hallaba en una situación imposible. Carolyn me caía bien y estaba agradecida por las muchas veces que me había llevado en su brillante coche blanco y por las ocasiones en que me había permitido tomar prestados sus zapatos o alguno de sus brazaletes. Para mi cumpleaños, Carolyn me había obsequiado con una exquisita máquina de escribir nueva. Era lo que había soñado durante meses y, como un hada madrina, había agitado su varita y me la había llevado a mi habitación envuelta con una cinta azul. Qué generosidad, qué consideración. Carolyn era mi amiga.

Sin embargo, amaba a Ginny.

En aquel momento era incapaz de reconocer la naturaleza de mis sentimientos. Me había enamorado como una colegiala de otras jovencitas, pero con Ginny sentí de repente lo que era el amor verdadero. Me encantaba el sonido de su voz, la curva de su boca, sus largos monólogos nocturnos mientras se cepillaba el pelo y me hablaba de un libro que había leído o de un cuadro que había visto.

Quizá por eso ha permanecido tanto tiempo en mis pensamientos: porque fue mi primer amor. Fue un amor unilateral, silencioso, pero verdadero. Tal vez por eso a veces siento que comprendo el dolor de Edgar mejor que Carolyn. Ambos quedamos desconsolados y desolados. Ambos seguimos aferrados a la esperanza de que algún día podamos tener respuestas, de que podamos escribir un final para esta historia.

Sería mucho más fácil saber que Ginny murió, aunque fuera de una forma terrible y brutal, que imaginarse una nada, un vacío, la oscuridad.

Perdón, me estoy adelantando.

Baste decir que septiembre fue un mosaico de pequeñas riñas y peleas, y que había poca paz en Joyce House cuando Carolyn y Ginny se encontraban en la misma habitación. La mayoría de las veces era Carolyn la que instigaba los desacuerdos y Ginny la que se marchaba furiosa, pero fuera quien fuera la causante de los enfrentamientos, estos eran ruidosos, y más de una vez despertaron a la madre de la casa, quien les habló con severidad a las dos, sin que se apreciara ningún cambio. Carolyn era demasiado orgullosa para admitir que había hecho algo malo y Ginny estaba demasiado herida para recibir una disculpa a medias, si Carolyn se dignaba a ofrecerla.

Cuando Ginny y yo estábamos en nuestra habitación reinaba la paz, o cuando hablaba con otras chicas, pero no había más que riñas y discusiones si Carolyn asomaba la cabeza por nuestra puerta o si se tropezaban por casualidad en las escaleras.

Pero en octubre, Carolyn experimentó un cambio drástico en su actitud hacia Ginny. Se volvió más agradable, menos crítica e incluso empezó a invitar a Ginny a nuestras salidas. Bertha Trumbull, otro miembro de nuestro círculo social, creía que Carolyn había cambiado de opinión al enterarse de que el padre de Ginny era amigo de un importante productor de Hollywood. Carolyn había mencionado una o dos veces que le gustaría actuar, y Bertha creía que Carolyn estaba granjeándose el favor de Ginny porque esperaba hacer una prueba de cámara el verano siguiente.

Mary Ann Mason dijo que Carolyn había endulzado su tono después de que Edgar Yates pasara una tarde a dejarle unos libros a Ginny. Era un joven estudiante de Derecho en Boston, de muy buena familia, y corría el rumor de que Ginny se había trasladado a Stoneridge para estar más cerca de él. También se rumoreaba que le pediría matrimonio en cualquier momento, que estaba enamorado de ella y que llevaban escribiéndose desde que se conocieron, un año antes, cuando él visitó a unos amigos en la costa oeste.

Carolyn conocía a Edgar a través de la intrincada red de conexiones sociales en la bahía de Massachusetts, y Mary Ann pensaba que la estima que Carolyn tenía de Ginny había aumentado mucho después de conocer su relación con él. Si al hijo de Patrick Yates le gustaba Virginia Somerset, eso debía de significar que no era una pueblerina.

En cualquier caso, había otras teorías. Si creías lo que decían las gemelas Gardner, fue la receta secreta de pastel de arándanos de Ginny lo que conquistó a Carolyn.

Yo simplemente pensaba que era Carolyn siendo Carolyn, porque era voluble y cambiante, aunque eso formaba parte de su encanto. En un momento, uno de sus comentarios te hacía enfurecer y, al siguiente, te deleitaba con una contestación inteligente.

Cualquiera que fuera la razón de este cambio, lo recibí con alegría.

⊹⊱⊰⊹

Recuerdo octubre como una larga y agradable sucesión de días llenos de risas y luz.

Decoramos la sala común de Joyce House con coronas de la cosecha hechas con cuentas de madera y hojas de maíz, fuimos a recoger manzanas y construimos una cornucopia de papel maché para nuestra mesa de comedor.

Ginny intentó enseñarnos a Carolyn y a mí su receta de pastel de arándanos. Aunque el valiente esfuerzo culinario de Carolyn resultó quemado por los bordes, nos reímos y comimos juntas. Fuimos al cine, siete chicas apretujadas en el coche de Carolyn, todas con gorros y guantes, excepto Ginny. Por las noches poníamos la radio en la sala común e intentábamos aprender los últimos bailes. Ponían *You Oughta Be in Pictures, Cocktails for Two* y *All I Do Is Dream of You.*

Ginny era una bailarina maravillosa. Me contó que había conocido a Edgar Yates en un baile organizado en un club náutico y que él había quedado prendado de ella de inmediato. Lo creía. Se podía quedar prendado de Ginny a primera vista, y ciertamente se podía estar perdidamente enamorado después de un baile.

Estaba llena de vida. Nunca había conocido a alguien tan vivo como ella. Cada palabra que salía de su boca, cada movimiento de sus manos parecía eléctrico. Era una criatura radiante. Yo estaba feliz de disfrutar de su calor. Feliz de ser su amiga, feliz solo de añorarla si su corazón ya había sido tomado por Edgar.

Fueron dulces como el azúcar aquellos días de octubre pasados en compañía de Ginny.

El verde brillante de los árboles de la reserva de Briar se convirtió en un escarlata llameante, como si abrasara el cielo, y entonces llegó diciembre y el comienzo de una tragedia.

La dulzura se agrió en cuestión de semanas. Diciembre borró toda alegría y gozo.

Pero quizá no empezó entonces. Quizá el mal había infectado nuestro mundo mucho antes, del mismo modo que un gusano aguarda en el centro de una manzana. Das un mordisco, saboreas la podredumbre oculta, escupes la horrible pulpa y contemplas ese gusano pálido y leproso que se contonea en el centro de la asquerosa fruta.

Sí, cuando lo pienso, todo debió de comenzar durante el baile de Halloween, incluso antes de la sesión de espiritismo. Fue entonces cuando vi esa terrible oscuridad en los ojos de Virginia. Las semillas de la tragedia ya habían echado raíces.

1908: 3

En los días posteriores a su enfrentamiento con el tío Arturo, su hermano se mostró distante y malhumorado. Cuando se dirigieron al pueblo para ir al mercado, permaneció callado y cabizbajo. Arturo los acompañó, pues quería enviar cartas y comprar algunas cosas que había olvidado empacar y, como resultado, Tadeo se pasó todo el viaje conduciendo la carreta en silencio. Arturo respondía con un mutismo igualmente severo y cortante.

Alba deseó haber ido a caballo en lugar de sentarse entre dos hombres taciturnos que parecían un par de combatientes enemigos durante una breve tregua antes de volver a dispararse. Incluso cuando entraron en la iglesia y oyeron la misa, lo cual era lo esperado durante tal excursión —ya que el mercado y la misa del fin de semana siempre se celebraban el mismo día—, ambos mantuvieron sus fachadas gélidas y disgustadas.

Después de la misa, dieron una vuelta por la plaza, observando a los vendedores cuyas mercancías descansaban sobre petates o mantas en el suelo. Había hombres que vendían limones, chiles, leña y huevos; mujeres que tejían rebozos y bordaban blusas; y algunas personas que ofrecían comidas preparadas, como tamales. Los portales que rodeaban la plaza albergaban un puñado de tiendas permanentes, incluyendo la oficina de correos y la farmacia.

De inmediato, Tadeo empezó a repasar la lista de provisiones necesarias y a llenar las bolsas de lona que había llevado. Arturo, por su parte, le pidió a Alba que lo acompañara a la farmacia. En el negocio había tintes, jabones, jarabes, cepillos para el pelo y perfumes. Arturo quería agua de colonia. El farmacéutico solo tenía una marca, aunque vendía tres tipos de perfume para señoras.

—Debería haber imaginado que no tendrían nada mejor —dijo Arturo.

Parecía enfadado, pero Alba se alegró porque el farmacéutico le dijo que podía probar los perfumes si quería, y sus manos volaron sobre los frascos de cristal. Escondidos en un rincón de la tienda, al final del mostrador, probaron las fragancias.

—¿No puedes preguntar si podrían traer otra marca para la próxima vez que vengas, como un pedido especial? —preguntó Alba, mientras se frotaba con cuidado un tapón de cristal contra la muñeca.

—Supongo. Tan solo es que estoy acostumbrado a tener lo que quiero al alcance de la mano. En Ciudad de México se puede comprar de todo: encajes y sedas francesas, linos ingleses y vino español.

—Debe de ser costoso comprar todo eso.

—Una vida sin lujos sería profundamente aburrida —afirmó—. De vez en cuando, debemos probar lo que deseamos.

—Catalina de Médici perfumaba sus guantes. Creo que sería divertido hacer eso. Pero mamá me tomaría por loca y nunca me dejaría comprar encaje francés. —Sacudió la cabeza y se olisqueó la muñeca—. Creo que no me gusta este perfume, es demasiado dulce. No entiendo por qué a todo el mundo le gustan las rosas...

Arturo tomó su mano y la alzó, inhalando profundamente. Le lanzó una sonrisa arrogante que debía de haber practicado frente al espejo, o en docenas de tertulias. Una sonrisa perfecta. Era tremendamente guapo, de verdad, y también pulcro. Todo un caballero.

—Si no son las rosas, ¿qué es lo que te gusta?

—Los azahares, supongo.

—Deberías probar una fragancia de violeta. No el sustituto barato hecho de ionona, sino una verdadera fragancia hecha de esencia de violeta.

—Aquí no tendrán eso.

—No, y sin embargo debes tener violetas algún día. Prueba esta —sugirió, y tomó otra botella.

Apretó el tapón de cristal contra su muñeca, haciéndola estremecerse por la repentina frialdad, y luego levantó los ojos como si notara la sacudida de su pulso. Se miraron el uno al otro.

—Alba, ¡no adivinarás lo que tengo! —dijo Valentín.

Surgió de repente, irrumpiendo en el rincón apartado donde se entretenían. Alba retiró la mano, sorprendida. Miró en silencio a Valentín mientras su tío volvía a dejar el frasco de perfume sobre el mostrador.

Arturo se ajustó los puños del traje, dirigiendo a Valentín una mirada indiferente.

—Hola, señor Pimentel. Veo que ha olvidado cómo saludar correctamente. Mi sobrina es una dama.

—Ah, hola, señor Velarde —dijo Valentín, sonriendo al tío con aire de chico castigado. Se quitó el sombrero a toda prisa, apretándolo contra su pecho, e hizo una reverencia con la cabeza—. Señorita Quiroga.

La inclinación de la cabeza fue bastante graciosa, como si Valentín estuviera imitando a un caballero de ciudad, y Alba se rio ligeramente. El papel no le sentaba bien.

—Supongo que no pensaste en lavarte las manos antes de irrumpir aquí —dijo Arturo, lanzándole una mirada despectiva. Valentín no llevaba guantes y tenía tierra bajo las uñas. Claro, el hermano de Alba también. El traje escrupulosamente limpio y bien planchado de Arturo y sus finos guantes desentonaban enormemente con la tienda, aunque a ella le gustara su aspecto.

—No le tortures, tío —dijo sonriendo, y se adelantó rápidamente—. ¿Me estabas buscando?

—¡Por supuesto! Es día de mercado. Mi madre me dijo que tenía que encontrarte y darte todo un cargamento de pastes que había hecho —dijo Valentín, palmeando una cesta que colgaba de su brazo—. Si me permites, también me gustaría hablar con tu hermano. Uno de los caballos tiene hipo y he estado dándole vueltas a la cabeza intentando averiguar qué hacer con él.

Su hermano era un experto jinete que podía montar los sementales más salvajes y entendía todas sus enfermedades. Si había alguien a quien consultar sobre tales asuntos, ese era Tadeo.

—Vamos a buscarlo —dijo Alba.

Cuando salieron de la farmacia y se pararon bajo un arco, vieron a Tadeo. Sostenía una animada conversación con una mujer que vestía falda rojo oscuro y blusa blanca. Era fácilmente reconocible por el rebozo con la franja roja brillante que lo recorría. Era una de las mujeres de Los Pinos, un pueblo del que se decía que estaba habitado por brujas. Allí, uno podía pagar para echarle una maldición a un vecino que le caía mal o frotarse una piedra caliente contra el vientre para curar alguna dolencia. La franja roja era como un emblema, una marca que identificaba con orgullo a los practicantes de magia.

Tadeo apartó a la mujer y ella lo agarró, tirando de él hacia atrás. Él parecía angustiado e intentaba despegar sus dedos de su brazo. De repente, la mujer volteó en su dirección. Los miró fijamente y luego entrecerró los ojos. Escupió al suelo, soltó a Tadeo y se alejó a toda prisa.

Tadeo se frotó el brazo y caminó hacia ellos.

—¿Qué pasa? —preguntó Alba.

—Intentaba venderme algo —dijo, haciendo una mueca. Pero luego sonrió al ver a Valentín—. ¿Qué haces? ¿Tienes más flores para mi hermana hoy?

—No, tengo pastes y un favor que pedirte sobre un caballo.

—Debemos volver a casa. Deberías cenar con nosotros, puedes hablarme de tu caballo mientras comemos. Hace siglos que no vienes a cenar como es debido. Es mucho mejor cuando vienes solo que con el señor Molina.

—¿Sigues molesto con él por la oferta que te hizo el otro día? No le guardes rencor, Tadeo. El señor Molina no quiso insultarte.

—Olvídate del señor Molina —dijo Tadeo, y echó un brazo alrededor del hombro de Valentín mientras caminaban uno al lado del otro.

Valentín tomó las riendas de la carreta; Tadeo montó junto a ellos en el caballo de Valentín. Este parloteaba y reía, hablando del rancho, mientras su tío levantaba la cabeza y apretaba los labios.

En la mesa, la alegría de Tadeo no cesaba. Los niños también estaban de buen humor y se comportaron alegremente después de que su hermano prometiera que todos podrían tomar un dulce cuando terminaran de cenar. Valentín bromeaba con los gemelos y hacía rebotar a Moisés sobre sus rodillas. El niño reía encantado. Después de recoger los platos, los pequeños subieron corriendo a comerse sus golosinas y el resto se dirigió al salón.

—Quiero que le des las gracias a tu madre por los pastes —dijo Luisa—. Fue muy amable de su parte enviar tal delicia.

—Sí, lo fue… —Tadeo se frotó el brazo e hizo una mueca de dolor, cada vez más callado. Su madre lo miró con preocupación.

—¿Te sientes mal?

—Fue esa mujer, me arañó el brazo y todavía me duele —dijo Tadeo.

—¿Qué mujer?

—Una mujer en el mercado. De Los Pinos, estoy seguro. Habló de espíritus malignos y dijo que vio una sombra. Tengo que admitir que me asustó, y luego me agarró tan fuerte que no sabía cómo quitármela de encima.

—Perpetua no tenía mala intención, seguro que intentaba venderte un amuleto contra el mal de ojo —dijo Valentín—. Es lo que hace.

Arturo, que estaba sentado perezosamente en el sofá con una copa de jerez en la mano, se enderezó.

—¿La conoces?

—Nos ha vendido remedios. Pulseras con cuentas de colores para ahuyentar a los malos espíritus. La gente de Los Pinos es buena haciéndolas.

—Claro que la conoces, el campo está lleno de tontos supersticiosos —dijo su tío, encorvándose un poco, con el rostro sombrío.

—No son supersticiones. Una vez vi a un hombre cuya alma había sido atrapada en una botella. Hicieron falta dos curanderos para romper ese hechizo. Todo el mundo respeta a las brujas de Los Pinos por una buena razón. ¡Cuántas historias podría contarle, señor! Cuando alguien está decidido a hacer el mal, lo que hace es apoderarse de un poco de pelo o de un objeto personal, y entonces...

Arturo se levantó rápidamente, casi derramando su bebida. Apretó con fuerza la mano libre.

—Por eso el campo es un pozo negro. Tienes a la mitad de la gente creyendo en maldiciones y curanderas como si todavía estuviéramos en la Edad Media. Es un hervidero de idiotas estúpidos y supersticiosos no más listos que una vaca.

—No seas grosero, Arturo —lo reprendió Luisa—. Mi marido también tenía sus supersticiones. De hecho, te recuerdo encantado escuchando a media luz sus historias de espíritus, brujas y monstruos cuando eras niño, sobre todo las más sangrientas. Y me acuerdo de que te sorprendimos yendo a Los Pinos con ese chico de los Desoto, en un par de ocasiones, donde compraste un talismán o una chuchería.

—El chico de los Desoto compró la chuchería —dijo Arturo con desdén—. Y me arrastró hasta allí porque en aquel sucio caserío había una muchacha que le gustaba y con la que quería hablar, pero no deseaba ir solo. Probablemente tenía demasiado miedo de que su padre lo convirtiera en un cerdo. Qué tontería.

—Puede que sea cierto, y no me gusta hablar de fantasmas, hechizos y demonios, pero no hay razón para enemistarse con un invitado. El campo es diferente de la ciudad. Debemos tolerar cierto nivel de peculiaridad. Ahora, ¿qué tal un poco de música? Alba, toca una melodía. Tadeo, puedes cantar esa canción de Melesio Morales. Ya sabes a cuál me refiero.

—Soy un pésimo cantante, madre —dijo Tadeo, pero se levantó de un salto y se echó a reír—. Valentín, ven aquí, si yo voy a cantar, tú debes cantar conmigo.

—Si tú eres terrible, yo soy peor.

Alba tocó *Conserva esa flor*, y los chicos cantaban realmente mal, pero la hicieron reír. Cantaron varias canciones más; el mal humor de Tadeo se había disipado por completo. Volvía a ser el hermano afable y bromista que tomaba a Alba de la mano y la hacía girar en un baile improvisado mientras Valentín aplaudía. Luego Valentín bailó unos pasos con ella, pero se le daba bastante mal, y Tadeo hizo bromas sobre su incapacidad para arrastrar los pies en la dirección correcta. Los niños pequeños se unieron a la diversión, atraídos de nuevo por la música y el ruido, y Fernanda y Dolores asomaron la cabeza en la habitación. También sonreían y aplaudían.

Arturo observaba todo esto desde su silla, silencioso, aunque en un momento dado se levantó y le ofreció la mano a Alba para bailar un vals. Se balancearon juntos y ella le miró, con un deleite puro en el rostro y los labios entreabiertos, asombrada de lo bien que se movía. Pero, claro, probablemente él bailaba a menudo, de fiesta en fiesta por la ciudad.

Una vez concluido el baile, Valentín volvió corriendo hacia Alba, la tomó de la mano y la hizo girar, haciéndola reír mientras sus faldas ondeaban. Valentín no estaba acostumbrado a bailar, sus pies parecían desorientados, pero a ella le encantó su torpeza.

Al final, Valentín tomó su sombrero y dijo que tenía que marcharse a casa. Tadeo prometió que iría temprano por la mañana a ver su caballo.

Alba acompañó a su visitante a la salida. Se quedaron un rato junto a la puerta mientras el sol se ponía.

—Me alegra ver a Tadeo y a ti de mejor humor —dijo Valentín—. Sé que han sido momentos difíciles para toda tu familia.

—Sí. Gracias de nuevo por los pastes y por tu compañía.

—Le diré a mi madre que te gustaron. Me pregunto, Alba, si no es mucha molestia, ¿podría venir la semana que viene? —inquirió mientras se apretaba respetuosamente el sombrero contra el pecho y la miraba.

—Tadeo se alegrará de volver a verte.

—Bueno, me preguntaba si a ti te alegraría verme.

—Eso que dices es muy atrevido, Valentín. Debería darte una bofetada.

—Espero que no demasiado fuerte. Entonces, ¿te veré la semana que viene? —preguntó esperanzado.

A Alba le entraron ganas de reír, pero consiguió serenarse y asintió con la cabeza. Cuando volvió a entrar, el salón estaba medio en penumbra, iluminado por un par de candelabros, y la única persona que quedaba allí era su tío. Tenía un libro entre las manos, pero no hacía ningún esfuerzo por leerlo.

—¿Tu pretendiente se ha marchado por fin? —preguntó.

—Valentín no es mi pretendiente —repuso en voz baja. Sin embargo, la forma en que su madre le había sonreído, la risita ahogada de Alba e incluso la risa de Tadeo contradecían sus palabras.

—¿En serio? Creen que te está cortejando.

No quería darle más vueltas; las chicas Molina le habían dicho lo mismo, pero ella se negaba a reconocerlo. Valentín era divertido, eso era todo. No quería darle más importancia. Todavía no.

—Estamos de luto —respondió ella, aunque fue una respuesta endeble.

Su tío continuó, poco convencido:

—Tu hermano decía lo bueno que es con los niños y tu madre le contestó que ya era hora de que se casara. No mencionaron tu nombre, pero era obvio, implícito. Imagino que a Tadeo le encantaría que Valentín Pimentel se casara contigo. Tendría otra mano para ayudar en la finca y un buen amigo con el que charlar.

Alba se pasó un mechón de pelo por detrás de la oreja.

—Tadeo nunca me ha dicho nada de eso.

—Lo está pensando.

—Puede que lo piense, pero eso no significa que concertara mi matrimonio sin preguntar.

Arturo giró la cabeza en su dirección y la miró bruscamente.

—Es el hombre de la casa. Él dirá en qué cama debes meterte.

Alba se llevó las manos a la cara y se ruborizó, avergonzada y sorprendida por la crudeza de su comentario.

—No es asunto tuyo. No tienes ningún derecho de opinar al respecto —dijo—. ¡Ninguno!

—Perdóname —dijo con frialdad, y dejó su libro—. Pensé que querías que te leyera esta noche, pero supongo que no es el mejor momento para la poesía.

—Desde luego que no.

Ella le dio la espalda, con los ojos muy abiertos y brillantes mientras miraba un cuadro sin mirarlo. ¿Por qué tenía que hablar de esas cosas? Ahora solo podía imaginarse vestida de novia, o casada con Valentín, haciéndole la comida y zurciéndole los calcetines. Era un pensamiento que no debería haberla aterrorizado, ya que él le gustaba, incluso le parecía atractivo a su manera de chico de campo. Sin embargo, se estremeció.

Arturo se acercó al piano y empezó a tocar. Estaba oscuro en aquel rincón de la habitación, y él tocaba de memoria, con los dedos deslizándose sobre las teclas. Tocaba una pieza que a ella le gustaba y lo reconoció como un intento de tregua. Alba vaciló, mordiéndose el labio, luego tomó uno de los candelabros y se acercó al piano.

Cuando concluyó su melodía, Arturo apoyó las manos en las teclas.

—Alba, siento haberte herido. No debí hablar así —dijo con voz firme y grave.

—Estás perdonado.

Señaló el piano, pero ella negó con la cabeza.

—No, sigue tocando tú. Eres mejor que yo.

—Eso no puede ser. Tocas maravillosamente y cantas como un ángel. Tienes unos dedos muy largos —dijo, y tomó su mano, examinándola con cuidado.

Alba se sentó a su lado en el banco.

—Tadeo tiene pelos en todas las falanges. Son muy feos. Apuesto a que cuando sea viejo le saldrán pelos por las orejas y la nariz. Espero que tú nunca tengas esos feos pelos en las orejas.

—Espero que nunca tengas pelos en los dedos —dijo él con ligereza.

Sonrieron a un tiempo.

Ella le tomó la mano y la examinó, como él había hecho con la suya, primero por un lado y luego por el otro.

—Tadeo tiene mugre bajo las uñas y callos. Incluso cuando lleva guantes, se nota que sus manos no son las de un caballero.

—Bueno, es un granjero —dijo Arturo encogiéndose de hombros.

—Las manos de Valentín también son duras. La mayor parte del tiempo huele a caballo. Las mujeres en Los Pinos pueden leer las palmas y decirte tu futuro. Pero tú no crees en esas cosas.

—No, no creo en eso.

Alba entreabrió los labios para bromear, pero sintió una chispa en el pecho.

—Me gustan más tus manos —dijo en su lugar, casi en un susurro.

A la débil luz del candelabro, las líneas de la palma de su mano eran tenues, y cuando ella miró su rostro, le resultó difícil discernir su expresión, aunque curiosamente sus ojos parecían brillar con intensidad. Él bajó la vista, velando su mirada.

Se acercó más a él y giró la cabeza. Pensó que podría acercar los labios a su oído y susurrarle... susurrarle ¿qué? No lo sabía. Se le había cerrado la garganta; tenía los labios resecos. Nunca habían estado tan cerca, tan conscientes el uno del otro. Creyó entender, por primera vez, lo que significaban ciertas palabras de sus libros. Cómo Leda pudo ceder ante el cisne, Perséfone ante la oscuridad.

Alba se levantó con la cara encendida, agradeciendo la escasa iluminación para que Arturo no viera el rubor de sus mejillas ni el desenfreno de sus ojos.

—Es tarde —dijo como excusa, y salió corriendo. Mientras subía los escalones, volvió a oír las notas del piano, una melodía sencilla.

Permaneció despierta mucho tiempo, incapaz de encontrar una postura cómoda en la cama, y se despertó varias veces durante la noche. En un momento dado, le pareció oír un golpe contra la puerta, pero cuando abrió los ojos la casa estaba en silencio.

Por la mañana, se levantó tarde y tuvo que bajar a toda prisa para ayudar a servir el desayuno. Tadeo no estaba en la mesa. Imaginó que había cumplido su promesa y se había marchado temprano para reunirse con Valentín.

Después de recoger los platos, Alba volvió arriba y empezó a reunir la ropa de cama que había que lavar. Cuando entró en la habitación de Tadeo, se encontró con una extraña escena. La cama estaba deshecha, aunque Tadeo siempre era ordenado y la hacía temprano cada mañana. Además, las sábanas, la manta y las almohadas estaban esparcidas por la habitación, como si las hubiera tirado o quitado deprisa. El retrato en acuarela de Tadeo, con su traje gris y sonriente, yacía sobre la mesilla de noche.

Alba caminó lentamente alrededor de la cama y vio que una jarra se había volcado y roto. Estaba hecha pedazos en el suelo. Una de las botas de su hermano estaba tirada junto a la cabecera.

Aquello la inquietó, como si fuera una víbora enroscada o una araña peligrosa, y contuvo la respiración al recogerla. Cuando levantó la bota, se dio cuenta de que había una mancha roja en el suelo.

Era sangre.

1998: 4

Hideo estaba metiendo con cuidado las fundas que había hecho él mismo en las cajas de plástico de DVD. Tenía pensado enviar una docena de copias de video pirateado del original de Bubblegum Crisis a la mañana siguiente. El dinero fácil, le había dicho a Minerva, estaba en el *hentai*. Había ganado una fortuna con unas cuantas recopilaciones en VHS de ese tipo hechas por fans.

La verdadera pasión de Hideo eran las primeras ediciones de Henry James y las antologías ocasionales repletas de relatos de terror, como aquella de *Northern Frights* que había conseguido unos meses antes, pero las copias piratas y el manga japonés que vendía le daban buenos ingresos. Había pensado entrar en el mercado de los juguetes coleccionables, concretamente en el nicho de los Beanie Baby; conocía a un tipo que los traía de contrabando desde Canadá, donde los peluches se podían comprar a precios más atractivos, pero le había parecido un mercado tan ferozmente competitivo como aburrido.

—No entiendo por qué estás tan desanimada —le dijo Hideo. Estaba tirado en el suelo de la salita, con etiquetas, tijeras y cajas de plástico, mientras Minerva estaba tumbada en su futón. Su pececito dorado nadaba en círculos perezosos en una pecera que estaba debajo de una ventana abierta—. Por lo que dices, todo está bien. Los papeles personales de Tremblay deberían ser una excelente tesis.

—Es un material fabuloso. Quiero decir, un manuscrito inédito guardado durante años, esperando a ser leído. Es como descubrir que Shirley Jackson dejó una novela entera metida en un armario.

—Bueno, me parece que deberías estar menos estresada, no más.

—No estoy más estresada. Me estoy organizando, eso es todo. —Dio un sorbo al Yakult que había sacado del refrigerador de Hideo y jugueteó con la tapita de aluminio.

—¿Es bueno? El manuscrito.

—Me encantan las primeras páginas. Es Tremblay hasta la médula. Aunque algunas me recuerdan a las historias que contaba mi bisabuela. Lo hojeé rápido, no pude leerlo entero, pero ella hablaba de luces en los árboles. Es lo mismo que decían de las brujas en México.

—Inconsciente colectivo —respondió Hideo.

—¿Perdón?

—Ya sabes, Jung. Una memoria ancestral compartida por toda la humanidad. Patricia puede contarte más sobre ello. —Se levantó y estiró los brazos—. Pausa para fumar.

—Hideo, ya deberías dejarlo.

—Lo he intentado. Los parches de nicotina no funcionaron —dijo, agarrando sus cigarros.

Siguieron por el pasillo y él le abrió la puerta. El departamento de Hideo estaba situado en el primer piso de su residencia, pero August Hall había sido construido en los años setenta y no poseía nada del encanto de su querida mansión. Tampoco tenía la hermosa vista de la reserva de Briar. Delante de August Hall había un olmo solitario y una hilera de arbustos.

Hideo se apoyó en el árbol y dio una calada a su cigarrillo.

—Déjalo de golpe —sugirió—. Yo así lo hice.

—No tengo esa fuerza de voluntad.

—No fue fuerza de voluntad, sino instinto de conservación. En mi primer año de universidad, no tenía dinero para comer y fumar, así que me saltaba los alimentos y prefería los cigarros a la comida. Ese primer año, perdí diez kilos y al segundo me di cuenta de que estaba loca. Dejé toda esa estupidez.

En cambio, parecía haber adquirido el hábito de beber café. Necesitaba una taza. Lástima que Hideo no participara del gusto por esa bebida.

—Como dije: fuerza de voluntad. Tengo una personalidad adictiva, así que, si no fumara esto, estaría haciendo algo mucho peor. Está en mi naturaleza.

—Eso le dijo el escorpión a la rana —respondió—. Es una visión muy determinista de la vida.

—No crees en las naturalezas, entonces.

Minerva metió las manos en los bolsillos y se encogió de hombros.

—¿Cuándo vuelves a The Willows?

—Mañana —repuso, apretando los puños.

Aunque le había dicho a Hideo que no estaba estresada, eso no era del todo cierto. Estaba inquieta, lo cual no era lo mismo, pero tampoco era un estado de felicidad y satisfacción. Las raíces de su inquietud eran difíciles de identificar. En parte se debía al pensamiento constante en la tesis, y en el manuscrito recién descubierto que debía copiar y analizar. Pero también influía el campus en sí, solitario en esta época del año, con los pocos directores residentes que quedaban y el personal mínimo que se encargaba del mantenimiento o de la biblioteca.

No le importaba la soledad, a veces la aceptaba, pero había una sensación de tensión en el aire. Algo no iba bien.

«La jodida depresión crónica de siempre», pensó, y de inmediato se puso tensa ante la mera idea de diagnosticarse a sí misma. A otros les gustaban los balbuceos psicológicos. A Minerva no.

—Por cierto, hablé con Hannah, y dijo que necesitas mover las cajas de Thomas Murphy a tu sótano para almacenarlas. Nunca debieron dejarlas en su habitación.

—¿Es en serio? —dijo Minerva—. Son cajas grandes para llevarlas cargando hasta allá.

—Podemos llevarlas juntos; tú dime cuándo.

—¿No puede venir Thomas a recogerlas y ahorrarnos la molestia? El sótano de Ledge House está lleno de tiliches.

Hideo lanzó una columna de humo hacia el cielo y sujetó el cigarrillo con dos dedos.

—Al parecer, Thomas se marchó después de dejar la universidad. Hannah no quiere deshacerse de sus cosas porque el año pasado tiraron accidentalmente una maleta de un chico que se trasladó a Emerson y entonces el tipo amenazó con demandar o algo así. Si no vuelve a por sus cajas antes de que empiece el nuevo curso, podemos tirarlas a la basura.

—¿No puede llamarle por teléfono? ¿Pedirle que venga? Era de por aquí, de Quincy o algo así.

—No habló con él, sino con su hermana. La hermana no ha sabido nada de él en meses y no tiene su número, así que Hannah está siguiendo las normas de alojamiento del campus: los objetos que no se recojan del almacén se desecharán a los tres meses. El problema aquí es que las cajas se dejaron en la habitación, no se llevaron al almacén, así que el plazo no empezará a correr hasta que las pongas en el sótano. Dijo que en tu sótano debía de quedar espacio.

—¿Espacio dónde? Está tratando de cubrirse las espaldas. Así, si hay algún problema, puede culparme a mí. Debería haberme llamado y contarme todo esto ella misma.

—Clásico comportamiento de evasión de conflictos.

—¿De verdad que la hermana no sabe nada de él desde hace meses?

—Parece que no.

—Pensé que se había transferido. A Northeastern, ¿no?

—Lo dudo. Si se hubiera trasladado, Hannah lo habría dicho.

Hideo le preguntó si quería quedarse a cenar, pero Minerva tenía que seguir trabajando, así que rechazó la invitación y prometió que verían una película el fin de semana. Cuando llegó a su dormitorio, Karnstein, su gato, la estaba esperando y le dio de comer.

A las nueve, salió a hacer su primera ronda, tomando el camino que atravesaba la reserva de Briar, e intentó recordar la última vez que había visto a Thomas Murphy. Había sido a finales de diciembre, antes de las vacaciones. Había dejado de presentar quejas contra su compañero de habitación, así que ella imaginó que, o bien habían llegado a una tregua, o bien él había encontrado la manera de aguantar a Conrad.

De hecho, ahora que Minerva lo pensaba, la última vez que lo había visto había sido en ese mismo camino. Thomas se había tropezado con ella, casi haciendo que su linterna saliera volando. Por la noche, y sobre todo en invierno, no se podía recorrer el campus sin una linterna.

Ella iba sola. Aunque se suponía que debían realizar los rondines en parejas, no le importaba cubrir a un asistente residente cuando estaban estudiando para un examen final.

Thomas se disculpó y siguió su camino. Había sido un encuentro común y corriente.

Aunque, ¿no parecía nervioso? Y no llevaba chamarra. Ese detalle, que había olvidado, ahora la hizo detenerse, aferrando la misma linterna y frunciendo el ceño.

¿Por qué pensaba que se había trasladado a Northeastern? ¿Lo había visto en algún documento del Departamento de Residencias? ¿Lo oyó en una reunión? Probablemente, dio por hecho que se había trasladado y había elegido una universidad al azar para llenar el vacío de información. No conocía bien al chico, aunque lo había visto en el centro de tutoría de la biblioteca, donde también se encontraba el laboratorio de idiomas.

Recordó haberlo saludado con la cabeza varias veces a última hora de la noche, cuando lo había visto en uno de los sofás verdes donde algunos estudiantes echaban una siesta entre sesiones de estudio.

Se habían cruzado con frecuencia en noviembre. Él siempre llevaba un libro bajo el brazo. Su vida era una sucesión frenética de clases, tareas en la residencia y clases particulares de idiomas. Ella entendía lo que era tener tantas cosas entre manos y no le molestaba con conversaciones ociosas.

Luego, en diciembre, no había aparecido ni un solo día, a pesar de que era la época del año en que el centro de tutoría se llenaba de estudiantes desesperados por aprobar una asignatura y que intentaban aprovechar unas horas más de estudio. Todos los tutores estaban ocupados. Ella sabía que Thomas trabajaba como asistente de Christina Everett, además de dar clases particulares, por lo que era posible que estuviera atareado ayudándola a preparar un curso.

En enero envió un correo electrónico a la escuela (al menos ella creía que lo había hecho en enero) para decir que no volvería. Y, sin embargo, no se había cambiado de universidad. Thomas siempre había sido un buen estudiante. Por lo que ella recordaba, muchos de sus conflictos con Conrad se debían a que Thomas necesitaba concentrarse en los estudios y Conrad era muy ruidoso. Abandonó los estudios, no se cambió de universidad ni se mantuvo en contacto con su hermana. Qué raro.

Cuando se apartó del camino y vio Briar Hall, reconoció un coche estacionado delante del edificio: pertenecía a Conrad Carter. Minerva guardó la linterna en un bolsillo y subió las escaleras hasta el tercer piso. Oyó música a todo volumen procedente de la suite de Conrad mucho antes de llegar a la puerta. Tuvo que llamar varias veces antes de que una joven le abriera y casi se cayera al suelo.

—¿Cuánto es de la *pizza*? —preguntó. En la mano derecha sujetaba una botella de cerveza.

—Lo siento, necesito hablar con Conrad —dijo Minerva, entrando en la *suite*. Inmediatamente, se dirigió hacia el aparato de música que había en la zona común y lo apagó.

—¡Oye! —protestó la chica.

Conrad asomó la cabeza fuera de su habitación y miró a Minerva.

—¿Qué hay? —preguntó despreocupado.

—Tienes tres infracciones en una noche, Conrad —dijo—. Coche mal estacionado, alcohol y un invitado pasadas las ocho de la noche.

No parecía molesto por su enumeración.

—Vamos, Minerva, no vas a imponer esa tontería, ¿verdad? Aquí todos somos adultos. Nos tomamos una cerveza y apenas son las nueve.

—Conocías las normas cuando decidiste permanecer en el campus. Tengo que informar de las infracciones y tu invitada debe irse. —Se volvió hacia la mujer—. Te llamaré un taxi.

—¿En serio?

—En serio.

La expresión de Conrad cambió, pasando de la apatía a la preocupación.

—Minnie, no lo hagas —le pidió, poniéndose rápidamente delante de ella e intentando apartarla—. Si me vuelven a poner una sanción, no podré vivir en el campus en otoño, y el viaje desde casa de mis padres es mortal. Por favor.

Sonreía como si fueran buenos amigos, que no lo eran, pero siempre que Conrad Carter quería algo, pensaba que podía conseguirlo con una sonrisa. Ella lo había visto salirse con la suya en múltiples escritos con un poco de encanto. Incluso una vez la había engatusado a ella. Minerva le apartó los dedos del brazo y se mantuvo firme en su sitio.

—Ese no es mi problema.

—Minnie...

—Recoge tus cosas —le dijo a la mujer sin dejar de mirar los ojos entrecerrados de Conrad. Apestaba a alcohol. No tenía ni idea de cuántas cervezas se habrían tomado, pero estaba claro que no había sido solo una.

—Qué mierda, Minnie.

—No me llames Minnie.

—Bien, Min-*erda* Contreras —dijo con sarcasmo

Se dio la vuelta y le indicó la puerta a la joven, que agarraba su bolso mirando a Conrad y luego a ella con la boca abierta. Finalmente, se decidió y salió al pasillo.

Minerva comenzó a caminar, pero él la siguió. De nuevo intentó agarrarla del brazo. Ella metió la mano en el bolsillo de la chamarra y apretó con fuerza la linterna. Tuvo ese terrible instante de pánico en el que no sabía qué forma podía tomar la ira de un hombre.

—Lo siento —gimoteó—. Estoy borracho, lo siento.

—Quita el coche a primera hora de la mañana —dijo, con voz dura, sin aflojar el agarre de la linterna.

Abajo, tomó el teléfono de la entrada y llamó a la compañía de taxis. Gracias a Dios, llegaron rápidamente. Después de que el taxi se marchara, comenzó a caminar hacia su residencia. Se detuvo antes de aventurarse por el camino y se volvió para mirar hacia Briar Hall. Las luces de la suite de Conrad estaban encendidas y vio su silueta, de pie junto a la ventana, mirando en su dirección.

Encendió la linterna y atravesó la reserva de Briar. Una leve brisa agitaba las ramas de los árboles. Se estremeció y pensó que debería haber llamado a Hideo para pedirle que la acompañara a su dormitorio. Por una vez, le resultaba desagradable estar sola.

La reserva de Briar no eran más que un conjunto de viejos árboles y musgo, pero mientras respiraba el aire fresco, se sintió inquieta y miró más de una vez por encima del hombro para asegurarse de que nadie la seguía.

Una vez de vuelta en Ledge House, pensó en organizar sus apuntes como había planeado, pero, en lugar de eso, se acurrucó en un sofá y se sentó en silencio. Finalmente, telefoneó a Hideo y le contó lo que había pasado con Conrad y le pidió que hiciera con ella la segunda ronda de las once. Hideo le dijo que se tranquilizara, que él haría el recorrido solo para que ella pudiera acostarse temprano.

Durmió bien y, por la mañana, se preparó un huevo frito para desayunar. Metió la grabadora, el cuaderno y la cámara en la mochila. Esperaba poder tomar fotos del cuadro de Virginia y de sus dibujos.

Minerva salió a la mañana veraniega para esperar la llegada del taxi que la llevaría a The Willows, y en ese momento descubrió que alguien había pintado dos largas líneas negras en la puerta principal de la casa.

Se quedó mirando las líneas. «¿Qué demonios...?». No parecía pintura. Era más bien alquitrán, pegajoso y con un olor nauseabundo. Retrocedió unos pasos, asqueada por la visión y el olor de las marcas.

—Carajo —murmuró.

Entró corriendo a la casa, llamó a Hideo por teléfono para contarle lo de las marcas. Quizá él pudiera llamar al personal de mantenimiento y hacer que limpiaran el desastre. Y luego volvió a salir corriendo y se quedó mirando la puerta.

En octubre, unos chicos habían arrojado huevos al dormitorio por diversión. Pero esa travesura no había provocado el malestar que la hacía mirar fijamente la puerta. No había nada escrito, solo las líneas, y aun así intentó en vano darles sentido, sintiendo que era un mensaje que debía descifrar.

El sonido de un claxon la hizo girarse sorprendida y el taxista la saludó con la mano. Minerva se metió en el auto, pero cuando el vehículo empezó a moverse se volvió en el asiento trasero para mirar la puerta. El negro sobre el blanco era como una caries en un diente: el anuncio de la decadencia sobre un paisaje inmaculado.

1934: 2

El joven se presentó en nuestra residencia dos semanas antes de Halloween. Una duela del piso de la cocina necesitaba reparación, y llegó el fornido conserje de cabello canoso que trabajaba en el campus, seguido por un chico flacucho vestido de overol y con una gorra plana.

Ginny, amigable por naturaleza, les ofreció un vaso de limonada y conversó con ellos; así fue como se enteró de que el joven se llamaba Santiago. Era nuevo en este empleo y había trabajado en una fábrica textil, de la que lo habían despedido.

En los últimos meses, el número de negocios con carteles del águila azul de la Administración Nacional de Recuperación en sus ventanas había aumentado, lo que nos daba la esperanza de que lo peor de la Depresión ya había pasado. Pero la situación seguía siendo muy dura, y me imagino que el muchacho apenas ganaba un par de dólares a la semana como ayudante ocasional.

Santiago no tendría más de veinte años y era lo bastante atractivo, con un aire oscuro y exótico, como para que las chicas de la residencia soltaran risitas al verlo pasar.

No recuerdo quién empezó a molestar a Ginny por el muchacho. Quizá fue Mary Ann Mason, pero pronto varias de las chicas comenzaron a llamarla «señora Ferreira», porque ese era el apellido del chico. Ginny ponía los ojos en blanco y les decía que eran unas tontas y que ella solo estaba siendo amable.

Supongo que era cierto, pero en aquella época, y en un colegio de chicas, parecía muy atrevido saludar al encargado de mantenimiento y a su ayudante. A Carolyn le parecía vulgar, pero también divertido, y por eso no se burlaba tanto.

Después, algunos dijeron que Ginny huyó con él.

Después, otros teorizaron, pero en voz muy baja, que él la había matado.

¿Qué recuerdo de él, de ella, en los dos meses previos a su desaparición? ¿Había un brillo oscuro en sus ojos, un tic nervioso, un indicio de un monstruo acechando tras una encantadora fachada?

No, no había nada de eso.

Él era educado, pero aparte de aquella primera conversación en la cocina, no interactuaron mucho. Y tratándose de hombres, el corazón de Ginny estaba perdido por Edgar Yates. Cada dos días, él la llamaba y Ginny bajaba corriendo al teléfono de la casa y se pasaba media hora charlando con su novio, sin importarle las miradas de otras chicas que también esperaban llamadas.

Las «visitas de caballeros», como las llamaba la madre de la casa, no estaban permitidas dentro de los dormitorios, así que cuando Edgar Yates llegaba los fines de semana dentro del horario de visitas, Ginny tenía que bajar las escaleras y recibirlo en el vestíbulo. Los muchachos tenían que anotar su entrada y salida en el registro de la recepción y sentarse en el gran salón con sus citas. Un monitor hacía rondas para asegurarse de que todos se comportaran como es debido.

En esa época, la gente era muy estricta y las mujeres estaban sometidas a una implacable vigilancia. Por lo mismo, los bailes eran auténticos acontecimientos. Les daban a las chicas la oportunidad de divertirse y de escapar del toque de queda de las nueve de la noche que las madres de los dormitorios hacían cumplir con sumo rigor. Las noches de baile podíamos quedarnos fuera hasta las once.

Teníamos el baile de bienvenida para los de nuevo ingreso, el cotillón de los de segundo, y todo tipo de bailes, pero el baile de Halloween era uno de los eventos más importantes del año en Stoneridge, y duraba hasta la medianoche.

Para todas las chicas, era un periodo vibrante: competían por llevar el mejor disfraz y conseguir al acompañante más apuesto. Yo no tenía mucho presupuesto, así que opté por una máscara de murciélago y una capa negras, y Ginny se puso un disfraz de pastorcita. Parecía una niña sacada de un cuadro del romanticismo del siglo XIX.

—¿De qué se va a disfrazar Edgar? —le pregunté.

—Quería algo original. Le dije que se vistiera de la Muerte Roja —respondió mientras se ajustaba el escote del vestido y se miraba al espejo—. Como hace poco estuviste leyendo a Poe, tenía su imagen fresca en la mente. Pero ya sabes cómo es Edgar, esperó hasta el último momento y me temo que va a hacer dos agujeros a una sábana y dirá que es un fantasma.

Al final, Edgar Yates se disfrazó como un elegante salteador de caminos, con un abrigo largo y un sombrero de tres picos. Se ofreció a llevar a los demás chicos que nos acompañarían, incluido Benjamin Hoffman, mi acompañante. Benjamin era un joven aspirante a periodista que trabajaba como ayudante de redacción, y que me caía bastante bien por su agudo ingenio. No era el tipo de chico que intentaría insinuaciones amorosas. Después de un baile, los chicos podían ponerse bastante pesados, envalentonados por la música y el aire nocturno, y sus besos y abrazos no me gustaban.

Benjamin era el perfecto acompañante para una chica, porque no tenía ningún interés en seducirla. Hubo un tiempo en el que pensé que sus deseos podrían centrarse en los hombres, igual que a mí me encantaban las mujeres, pero Benjamin resultó ser un solterón empedernido que evitaba cualquier asunto romántico.

Nuestros bailes se celebraban en Cohasset House, un edificio estilo Beaux-Arts donde vivía el decano. Tenía un salón de baile y un comedor señorial decorados para la ocasión, con muchas calabazas de Halloween de papel crepé naranja y amarillo y recortes en forma de murciélagos negros, que daban a la majestuosa casa un aire festivo.

El baile de Halloween fue un torbellino de luces y emociones. El decano había contratado una banda incansable que tocaba las últimas melodías y todo el mundo portaba extravagantes atuendos con la esperanza de ganar un premio.

Carolyn fue la estrella de la noche, disfrazada de María Antonieta con un vestido blanco y rosa y un enorme y pesado collar alrededor de su delgado cuello. Llegó a la fiesta con David Dundy, un estudiante de medicina, pero apenas si estuvo con él. Se pasó casi toda la noche bailando con una docena de muchachos. Hasta bailó tres piezas con Edgar Yates, y su descarado coqueteo hizo que Benjamin levantara una ceja, mientras David la miraba con tristeza. Probablemente había esperado pasar la velada con Caro entre sus brazos. Su disfraz de don Juan, con su gran sombrero emplumado, resultaba amargamente irónico.

—David, tú cenas todos los meses en The Willows, ¿es verdad lo que dicen de la fábrica de algodón del señor Wingrave? —preguntó Benjamin.

Estábamos sentados juntos, bebiendo ponche, observando a los alumnos reír y dar vueltas. Benjamin se había quitado la máscara de esqueleto y jugueteaba con su larga capa.

—¿Y qué es lo que dicen? —Quiso saber David.

—Que está en una situación desesperada. Que tiene que vender.

—¿Por qué estaría en una situación desesperada? —pregunté, sorprendida por el comentario de Benjamin—. La familia de Carolyn es adinerada. Su fábrica es magnífica.

Toda la vida de Carolyn era magnífica. No solo tenía los zapatos y vestidos más bonitos que había visto en mi vida, sino que me había invitado a cenar más de una vez, me había comprado aquella máquina de escribir nueva y me había hablado de sus planes de futuro, que incluían un largo viaje por Europa.

—La compañía Wingrave Manufacturing ha tenido problemas desde hace mucho tiempo. Wingrave no ha modernizado el equipo en años, siguen operando con maquinaria obsoleta. El lugar es frío, tienen a los pobres tejedores trabajando con suéteres y abrigos puestos porque no les quieren poner calefacción ni reparar las corrientes de aire. En este tipo de fábricas, esas corrientes generan electricidad estática, que reseca todo y echa a perder la tela. No se puede mantener la tensión en la pana —dijo Benjamin—. Cualquier operario te lo dirá. Pero ahí recortan gastos y escatiman hasta el último centavo. Durante la guerra, Wingrave logró salirse con la suya porque el ejército necesitaba uniformes y cosas por el estilo, así que tenía muchos pedidos, pero esos días ya pasaron.

—Parece que sabe mucho del negocio textil, señor Hoffman —dijo Ginny con amabilidad.

—Había muchas fábricas en Massachusetts, señorita Somerset. Varias personas de mi familia trabajaron como tintoreros y bobinadores, aunque hoy en día el negocio va mal y gente como Wingrave lucha con uñas y dientes para impedir que los trabajadores se sindicalicen y mejoren su situación.

—El señor Hoffman es un defensor de los obreros —afirmó David mientras encendía un cigarrillo—. Sin duda está pensando en una historia sobre la difícil situación de los trabajadores de las fábricas. Bueno, no me va a citar sobre ninguno de los negocios del señor Wingrave para conseguir una gran primicia, ¿verdad?

—No soy reportero, David. Llevo papeles de una habitación a otra —repuso Benjamin—. Como he dicho, tengo amigos y familiares en el negocio de las fábricas, y los rumores en torno a Temperance Landing se multiplican. Solo tengo curiosidad, eso es todo.

—Si tiene curiosidad, pregúnteselo a Caro —atajó David irritado.

«Ni lo sueñes», pensé. A Carolyn no le agradaba Benjamin. Para ella, era un pueblerino en el mejor de los casos, un advenedizo en el peor. Lo toleraba porque era mi acompañante en varios eventos y porque Edgar Yates se llevaba bien con él.

—Creo que el señor Wingrave tiene problemas y por eso Caro se está convirtiendo claramente en una ladrona de novios. No pierde de vista a Edgar ni un momento. Ten cuidado, Ginny, Carolyn Wingrave es una competidora despiadada. Probablemente pretende ser la reina del atún —dijo.

Entre sus activos, el padre de Edgar tenía una planta de conservas en New Bedford, de ahí la descarada referencia al atún. Fue bastante cruel decirlo con David y Ginny allí sentados, aunque era cierto que Carolyn estaba haciendo el papel de coqueta esa noche. Pero llamarla esencialmente cazafortunas, bueno... Supuse que David le daría un puñetazo a Benjamin si seguía hablando así.

Ginny me sorprendió con una risita.

—Puede que Carolyn sea malvada, pero no es rival para mí, señor Hoffman —dijo con irreverencia—. Le contaré un secreto: Edgar me propuso matrimonio ayer por teléfono y acepté. Está usted saludando a la futura reina del atún.

Los chicos se rieron. Me quedé mirando a Ginny sorprendida y me sentí como si al final hubiera sido yo la que había recibido el puñetazo.

—¡Pero tus estudios...! —exclamé.

—No nos casaremos hasta el verano y yo pretendo terminar la carrera.

¿Qué probabilidades había? No muchas, pensé. Una vez casadas, la mayoría de las mujeres tenían que dedicarse al cuidado de sus hogares. Aunque Edgar fuera un tipo moderno y liberal que no resentiría los estudios de su mujer, ella viviría fuera del campus. Tendría que viajar de su casa a la universidad. Ya no compartiríamos habitación, ni tendríamos conversaciones hasta altas horas de la noche. Ya no sería mi Ginny.

Sabía que amaba a Edgar, no a mí, y asumía que Ginny se casaría con él, pero había pensado que pasaríamos más tiempo juntas. Sentí como si me la arrebataran.

Balbuceé una felicitación que sonó alegre, pero apenas podía contener las lágrimas y, a la primera oportunidad, dije que saldría a tomar aire fresco y otro vaso de ponche.

Me senté en una banca de hierro junto a la puerta principal de la casa y me quedé mirando al frente con indiferencia, mientras dentro la banda tocaba una alegre melodía tras otra.

«La perderé, nunca volveremos a ir a una fiesta así», pensé.

Esta resultó ser una predicción escalofriantemente precisa. Pronto se desvanecería, perdiéndose en la blancura de la nieve, desapareciendo en la oscuridad de la noche. He pasado años intentando reconstruir su desaparición, desentrañar el misterio de su desvanecimiento.

¿Fue Santiago? ¿Fue alguien más? ¿Acaso un desconocido rodeó con sus manos la garganta de la encantadora Ginny y le arrebató la vida, para luego arrastrar su cuerpo hasta una tumba?

Pero me estoy adelantando.

Estaba allí sentada, presa de la amargura y la melancolía, cuando escuché la risa familiar de Carolyn. Caminaba del brazo de David, que la miraba con devoción renovada. Benjamin y Edgar acompañaban a la pareja. Me sonrieron.

—Estos amables caballeros desean acompañarnos de regreso a nuestro encantador dormitorio antes del toque de queda —dijo Carolyn—. Creo que, si me siento en el regazo de David, cabremos todos en el auto de Edgar. —Soltó una risita y pellizcó la mejilla de su acompañante.

—¿Dónde está Ginny? —preguntó Edgar.

—Debe de estar dentro —repuse.

—Salió a buscarte —afirmó Benjamin—. Lleva afuera al menos media hora.

Pensamos que había regresado al interior, pero cuando entramos al salón de baile, no la vimos. Salimos de nuevo y rodeamos la casa, pensando que tal vez estaba charlando con alguien, y regresamos de nuevo dentro y nos asomamos al comedor. Ya era tarde y la mayoría de las chicas estaban volviendo a los dormitorios. Salimos una vez más y empezamos a llamarla.

Pronto el buen humor de todos se esfumó y sentí el frío de la noche contra mi piel, y me envolví con la larga capa negra de mi disfraz. Gritamos su nombre. Agucé la vista tratando de encontrarla.

Entonces la vi correr hacia nosotros. A pesar de la oscuridad y de la distancia, intuí que le había pasado algo terrible. Tenía la boca abierta como si quisiera gritar, pero no emitía ningún sonido.

Corrí hacia donde estaba y, cuando llegué y la abracé, ella rompió a llorar. La apreté con fuerza mientras temblaba.

—Ginny, ¿qué pasó? —le pregunté.

En un instante, los demás nos alcanzaron. Ginny volvió la cara hacia Edgar, se desprendió de mi abrazo para refugiarse en él.

—Ginny, cariño —dijo, besándola en la frente—, ¿dónde has estado?

—Salí a buscar a Betty, pero entonces te vi caminando delante, Edgar, y te seguí. Al menos, creí que eras tú —explicó—. Parecías tú por detrás, pero cuando te llamé no volteaste y seguiste caminando. Pensé que tal vez estabas jugando.

—Yo estaba dentro —afirmó Edgar.

Ginny no parecía oírlo; tenía los ojos brillantes y muy abiertos mientras hablaba.

—Entonces, en un recodo del camino, ya no estabas. Pensé que te había confundido con otra persona y empecé a caminar de regreso hacia el baile. Estaba sola, pero al cabo de unos pasos sentí como si alguien me estuviera mirando. Me di la vuelta pensando que era la persona a la que había confundido contigo, pero no había nadie allí. Seguí caminando y pronto tuve la misma sensación de que me observaban y me seguían. De nuevo, volteé la vista, pero no había nadie.

»Empecé a andar más deprisa, pero la sensación de que me seguían se hizo aún peor. Oía el crujido de hojas y ramas, y alguna pequeña piedra. Me giraba de nuevo: no había nadie.

»Por fin vi las luces de la casa. Sentí a alguien, algo, a unos centímetros detrás de mí, respirándome en la nuca con un aliento terrible y caliente y moviéndose como un animal, no como un hombre, aunque debía de ser tan alto como un hombre, porque su aliento estaba cerca de mi rostro. ¡Pero no había nada, Edgar! No pude ver nada, ¡y sin embargo estaba allí!

Comenzó a llorar. Edgar la abrazó con fuerza y le susurró palabras tranquilizadoras mientras los demás la mirábamos atónitos. David apretaba su sombrero entre las manos y Carolyn retorcía su collar con dedos nerviosos. Miré a Benjamin y él me devolvió la mirada, ambos desconcertados, incapaces de hablar.

—Debe de haber sido una broma —sugirió David—. Algún pueblerino buscando causar problemas.

—Sí, eso debe de haber sido —afirmó Edgar, aprovechando rápidamente aquella explicación—. Benjamin me estaba contando que los chicos de Temperance Landing siempre intentan asustar a las chicas en esta época del año.

—¡Son horribles! —exclamó Carolyn—. Un muchacho que bailó conmigo esta noche dijo que hay un fantasma sin cabeza que ronda el cementerio local.

Ginny se aferró con fuerza a Edgar, pero al final empezó a asentir, aceptando en silencio las explicaciones que le daban. Caminamos hasta el coche de Edgar y para cuando regresamos a nuestro dormitorio ya todos nos reíamos.

—Gin-gin, ¿vas a dejar las luces encendidas esta noche por si algún demonio se cuela en tu habitación? —preguntó Carolyn mientras abría la puerta del coche y bajaba—. ¿O deberíamos meter a Edgar en tu cama para mantenerte a salvo de los monstruos?

—¡Carolyn, qué cosas dices! —respondió Ginny, pero estaba sonriendo.

—Está bien. ¿Entonces vemos si podemos meter a escondidas a David?

—Yo no me atrevería con esa bruta de madre de casa que tienen —afirmó David—. Da más miedo que cualquier demonio.

Nuestras risas se volvieron aún más escandalosas, al punto de que corríamos el riesgo de meternos en problemas de verdad con la madre de la casa si no volvíamos adentro de inmediato, cosa que hicimos.

Y sin embargo, cuando recuerdo aquella noche, me pregunto si nuestras risas no eran huecas. Creo que todos éramos niños aterrados intentando protegernos del verdadero horror, y que reconocimos los indicios de un gran mal, de una oscuridad terrible que se extendía como una mano nudosa y con garras que nos arañaba la nuca.

1908: 4

—Es obvio que tu hermano se cortó al romper la jarra y por eso hay sangre —dijo la madre de Alba mientras enhebraba con cuidado una aguja—. Y si su caballo no está en el establo, debe de estar con Valentín. No hay nada de qué preocuparse.

—Algo no está bien —insistió Alba—. Quiero hablar con él. Tomaré un caballo y regreso…

—¿Tú sola?

—Sí, puedo ir más rápido si voy sola.

La madre de Alba dejó a un lado la costura en la que estaba trabajando y miró a Arturo y luego a Alba. Suspiró.

—Te digo que es una tontería ir hasta allá cuando hoy hay tanto trabajo que hacer en casa.

—No tardaré mucho —le aseguró Alba.

—Arturo, ¿podrías acompañarla?

—Con mucho gusto —repuso su tío.

Alba se apresuró a salir del salón. Arturo se rio, y corrió tras ella.

—Vas a galopar hasta ese rancho, ¿verdad?

—Sí —confirmó—. ¿Tú crees que puedes seguirme el ritmo?

—¿Tienes miedo de que me caiga de la silla?

—Tal vez.

—No me gusta montar, pero puedo hacerlo. Cuando era joven, solía subir las montañas con el chico de los Desoto, por todos esos senderos estrechos. Te seguiré el ritmo.

Belisario ensilló sus caballos y Alba subió a su montura. Luego partieron hacia las tierras de los Molina. Cuando llegaron a las cuadras, vio a Valentín, que la saludó con una sonrisa.

—Qué bonita sorpresa. ¿Qué te trae por aquí?

—¿Puedes ir a buscar a mi hermano? Necesito hablar con él.

Valentín frunció el ceño, y su brillante sonrisa se desvaneció.

—Tadeo no ha venido esta mañana.

Alba sujetó las riendas con fuerza y miró a Valentín alarmada.

—Su caballo no está en el establo. Debería estar aquí.

—Debe de haber cambiado de planes y se habrá ido a otra parte —dijo Arturo, y luego dirigió a Valentín una mirada de disculpa—. Está preocupada sin razón.

—Habría enviado a alguien a avisar que no iba a venir —insistió Alba—. Esta mañana no estaba en su habitación y había sangre.

—¿Sangre? —repitió Valentín.

—Rompió una jarra, o quizá se cortó mientras se afeitaba —intervino Arturo.

Alba negó con la cabeza.

—Era demasiada sangre para eso.

—Alba...

—Ha pasado algo terrible. Lo sé —dijo Alba con la voz entrecortada. Un miedo atroz le recorría la columna, un miedo que no podía explicar, pero que le helaba el cuerpo y amenazaba con hacerle castañetear los dientes.

Un momento antes, Valentín había parecido dudoso, pero algo en su rostro o en su voz le hizo cambiar de opinión.

—Reuniré a unos cuantos hombres y haré que busquen en los alrededores, a ver si lo encontramos. Tú ve con Belisario y

Jacobo a ver si localizan las huellas de su caballo y siguen su rastro. Iré más tarde a tu casa y te contaré lo que descubramos.

Cuando regresaron, Alba les pidió a Belisario y Jacobo que buscaran a su hermano. Esto molestó a Arturo, que insistía en que era una tontería armar tanto alboroto. La madre de Alba también negaba con la cabeza, sobre todo porque Alba no ayudaba en la cocina. Se le caían los cucharones de madera o se tropezaba con las cosas; estaba demasiado distraída para hacer otra cosa que sentarse a la mesa mientras Fernanda la miraba preocupada.

Cuando oyó los cascos de los caballos, Alba se apresuró hacia la entrada de la casa. Vio a Valentín montando en su propio caballo y tirando del de Tadeo. Hizo un gesto para saludarlo, pero se quedó paralizada junto a la puerta, con el helado terror que le había recorrido la espalda ahora anudándose en su estómago, convirtiéndose en un trozo de hielo que le pesaba. Sintió que iba a desmayarse.

Valentín la miró preocupado. La madre de Alba y Arturo también habían salido a saludarlo.

—Encontramos el caballo de Tadeo junto al río, pero él no estaba allí —anunció Valentín.

Alba apretó las manos y escuchó cómo Valentín hablaba con su madre y Arturo. Les explicó que había regresado a la finca de los Molina para buscar a más hombres que le ayudaran a encontrar a Tadeo. Belisario y Jacobo no habían regresado, y su tío teorizó que Tadeo podría haberse encontrado con los hombres y estar ya de camino a casa, pero Alba cerró los ojos, sintiendo el amargo regusto de la bilis en la boca.

Belisario y Jacobo regresaron más tarde y aún no había ni rastro de Tadeo. Al anochecer, Valentín volvió a pasar por la casa. Seguían sin tener noticias, pero prometió que reanudarían la búsqueda por la mañana. A esas alturas, todos los habitantes de la casa estaban nerviosos y durante la cena permanecieron quietos y silenciosos como piedras.

Pasó una semana. El señor Molina había enviado a más hombres para ayudar en la búsqueda, y los vecinos de otras fincas también estaban buscando al joven. No habían encontrado ni rastro de él, solo su caballo.

Cada mañana, Alba se paraba en la puerta de la habitación de Tadeo. Habían limpiado y tendido la cama para que todo estuviera como de costumbre. Sin embargo, todo estaba mal.

Finalmente, fueron al pueblo ella, su madre, Arturo y Belisario. Acudieron a comprar provisiones, pero también porque Luisa quería ofrecer una recompensa a cambio de cualquier información sobre el paradero de su hijo. Arturo pensaba que eso atraería a gentuza en busca de dinero fácil, pero Luisa no se dejó disuadir.

Era extraño caminar por la plaza del pueblo. Mucha gente se los quedaba mirando; algunos cuchicheaban. La noticia de su desgracia había corrido como un reguero de pólvora. Arturo y su madre se dirigieron a casa del alcalde, con la esperanza de que les ayudara a anunciar la recompensa y los apoyara en la búsqueda del joven desaparecido.

Alba se excusó diciendo que necesitaba ir a la farmacia y se escondió bajo los arcos de la plaza del pueblo, incapaz de imaginarse sentada en la sofocante casa del alcalde, teniendo que escucharle decir lo mucho que lo sentía. Todos lo sentían y nadie podía hacer nada por los Quiroga. Se quedó allí con la cabeza gacha hasta que oyó una voz familiar.

—Buenas tardes, Alba —dijo Valentín mientras se acercaba a ella y se quitaba el sombrero.

—Buenas tardes, Valentín.

—Oí que tu madre y tu tío están en casa del alcalde.

—Qué rápido corren los chismes en este pueblo —dijo, ajustándose el chal sobre los hombros con un brusco movimiento de las manos.

Miró hacia los vendedores y los compradores de la plaza. Una niña señaló a Alba y ella se dio la vuelta, apoyándose contra una columna.

—Todo el mundo está hablando de nosotros.

—Es una gran noticia lo que ha pasado, sí —dijo Valentín, rascándose la cabeza.

—¿Qué dicen que pasó? Sorprendí a Belisario hablando con Jacobo, y creen que unos bandidos secuestraron a mi hermano.

Valentín puso cara de disculpa y pasó la mano por el ala del sombrero.

—Alba, no hace falta que repita chismes.

—Quiero saberlo. Prefiero saberlo a adivinar las mentiras que difunden por el pueblo. Dímelo.

—¿Estás segura?

—Dímelo —exigió, con voz chillona.

—Muy bien. Sí, dicen que lo secuestraron y que pedirán rescate por él, o que quizá murió en un forcejeo cuando alguien intentó asaltarlo. Otros dicen que huyó, que no pudo soportar la presión de llevar la finca, o que se enamoró de una chica y se fue a la ciudad.

Ella negó con la cabeza.

—Nunca nos abandonaría, y no hay ninguna muchacha que le guste.

—Tal vez se cayó del caballo y perdió la memoria.

—Eso es una tontería.

—Ya lo sé.

—¿Qué más dicen? —quiso saber, pues estaba claro por la expresión en el rostro de Valentín que había más historias.

—Nada importante.

Él se mostraba reservado, con la mirada clavada en sus zapatos. Eso hizo que ella quisiera saber aún más.

—Por favor —le pidió—. Prefiero oírlo que inventarme mis propias historias.

Valentín dudó, pero ella apretó su mano y él finalmente asintió y cedió.

—Dicen que fue brujería. Que alguna persona malvada de Los Pinos hechizó a Tadeo y lo mató.

Luisa rezaba el rosario cada noche, pidiendo que su hijo volviera sano y salvo. Alba también rezaba. Ninguna de las dos había aceptado aún la posibilidad de que Tadeo no volviera a casa, de que hubiera perecido.

—No está muerto, lo sé. Tadeo y yo nacimos con diez meses de diferencia. Somos prácticamente gemelos. Siempre sabía cuándo estaba tramando alguna de sus travesuras, incluso antes de que la cometiera. Casi podía sentir sus pesares antes de que los expresara. Y ahora también puedo sentirlo, aunque no esté aquí. Es como si su corazón siguiera latiendo al mismo ritmo que el mío.

—Yo también espero lo mejor, y sin embargo...

—No, tú no me digas que está muerto. Está vivo —dijo, pero su voz era frágil como el cristal a punto de romperse en mil pedazos.

—Tal vez. Pero temo que esté embrujado.

La palabra hizo que volviera a jalar de su chal blanco, enredando los dedos en la delicada trama de encaje. Valentín la miró, con rostro sombrío y cansado.

—¿Cómo?

—No lo sé. Pero cosas como esa han sucedido antes.

—¿Gente que desaparece?

—Suerte negra que persigue a alguien. Primero murió tu padre, luego Tadeo desaparece y hay sangre en su habitación y su caballo aparece abandonado. Es extraño y me temo que se volverá aún más extraño. A menos que...

—Alba, ¿ya hiciste la compra? —preguntó su madre, y al ver a Valentín, le dedicó una sonrisa cansada.

—Hola, señor Pimentel. Espero que se encuentre bien.

—Sí, gracias —dijo, inclinando cortésmente la cabeza, primero hacia la madre de Alba y luego hacia su tío—. Estuvieron en casa del alcalde, ¿verdad?

—Sí, en efecto —repuso la madre—. Prometió ayudarnos lo mejor que pueda.

—Deberíamos contratar a un investigador privado de Ciudad de México —dijo el tío—. Los hombres de este pueblo no saben cómo llevar a cabo una investigación policial, y ese dinero de la recompensa no será más que un medio para que cualquier estafador se gane unas monedas fáciles.

—Arturo, ¿cuánto nos costaría y cómo podríamos encontrar un investigador de confianza? —preguntó Luisa.

—Si me permite decirlo, quizá deberían plantearse una limpia antes de pensar en investigadores de la ciudad —sugirió Valentín.

—Una limpia —repitió Arturo, volviéndose hacia Valentín, con el ceño fruncido—. ¿Insinúas que debemos ir a las colinas y pedirle a uno de esos burdos locos que nos frote un huevo contra el cuerpo?

—Los hueseros curan las piernas torcidas y los yerberos curan la tos. Y cuando se trata de asuntos de otro tipo, sí, hay quienes limpian de influencias malignas. En Los Pinos encontrarán a muchos que pueden hacer una limpia.

—Por un precio —dijo Arturo. Su voz era como un cuchillo recién afilado.

—Pues sí, señor —dijo Valentín—. Pero no sería mucho, me imagino.

—Lo que dices son tonterías. No quiero que hables con mi sobrina si vas a meterle en la cabeza ideas descabelladas sobre limpias y mal de ojo. Harás que tenga pesadillas.

—Señor Pimentel, le agradezco su preocupación por nosotros —dijo Luisa, con rostro severo—, pero estoy de acuerdo con mi hermano. Una limpia no nos devolverá a Tadeo. Debemos considerar la posibilidad de contratar un investigador, supongo.

Valentín asintió. Se despidieron. Arturo le ofreció el brazo a Luisa y caminaron a paso rápido.

—Qué muchacho más tonto —dijo Arturo—. ¿Qué historias absurdas te contó, Alba?

—Nada importante. Teme que hayan embrujado a Tadeo.

—Qué ridículo. Después va a decir que se lo comió el coco.

—La gente de por aquí tiene sus supersticiones —dijo su madre—. Probablemente sus intenciones son buenas.

—Es un idiota.

—Es mi amigo —dijo Alba, y se adelantó corriendo.

Durante el viaje de vuelta a casa, la madre de Alba y su tío discutieron el asunto de un investigador mientras Alba jugueteaba con su chal y permanecía en silencio. Recordaba las historias de monstruos y brujas de su padre y cómo él los entretenía a ella y a Tadeo cuando eran pequeños. No eran más que cuentos populares y, sin embargo, la propia Alba creía en los portentos.

Se acordó de las historias de brujas que chupaban la sangre de sus víctimas y volaban por los aires en las noches de tormenta, dispuestas a hacer el mal. Y de otras historias de personas que se despojaban de sus pieles y se convertían en animales cuando la luna estaba alta en el cielo. ¿Podría alguno de aquellos seres haber embrujado a Tadeo? Para Alba, la magia eran los hechizos que había aprendido de otros niños: hechizos para convencer a alguien de que te visitara, como el que requería anudar una cuerda alrededor de un trozo de tela. Eran juegos inocentes, sin consecuencias graves.

No estaba muy segura de creer en otras formas de magia, en cosas más oscuras, en poderes reales. Ni siquiera de que los terrores de los cuentos de su infancia pudieran ser ciertos. Los fantasmas no vagaban realmente por las montañas y los campos, pero estaba angustiada.

Cuando llegaron a la casa, Arturo la llevó aparte y se sentaron en el sofá de damasco rosa.

—Lamento haber llamado idiota a Valentín. Sé que es tu amigo.

Alba se quitó el chal y lo dobló con cuidado.

—Está intentando ayudar.

Arturo estaba tenso y su voz sonaba dura.

—Por más pulseras que te pongas en contra del mal de ojo, Tadeo no va a volver. Si confías en esos remedios populares, solo te llevarás una decepción.

Alba dudó, sabiendo que tenía razón. No quería parecer una tonta.

—Tío Arturo, a veces los remedios funcionan. Mi padre mismo creía en ellos, y era un hombre sabio. Ahuyentaba fantasmas y demonios para que no rondaran por los caminos cercanos a nuestra finca.

—Soy consciente de que la gente del campo tiene sus supersticiones, pero ¿de verdad crees que una limpia será más eficaz que un investigador?

—No, en realidad no, pero...

Él suspiró y negó con la cabeza, con aire decepcionado.

—Alba, si empiezas a pensar en fantasmas y demonios, pronto no podrás dormir sin imaginar mil monstruos terribles acechando entre los matorrales. Eres una muchacha lista, bien educada, no una campesina que caerá en las garras de un charlatán. Eso es lo que son los de Los Pinos: charlatanes. ¿Te das cuenta de cómo trabajan? —Sujetó con fuerza sus manos y la miró a los ojos—. Vas a buscar a esa gente una vez y te prometen librarte de tus problemas, pero luego te dicen que tendrás que ir una segunda vez para que el remedio funcione. Les pagas dos veces, luego tres, y pronto terminas dándoles un montón de dinero a adivinos sin dientes y a estafadores. Tu madre no tiene dinero para gastar en tonterías.

—Pero un investigador también costará dinero.

—¿Crees que un investigador y un adivino son lo mismo? —dijo en tono burlón, soltándole las manos.

—Ya sé que no son lo mismo.

Alba comenzó a temblar y rompió a llorar. El rostro de Arturo se suavizó y la atrajo hacia sí y la abrazó con fuerza.

—Quiero que vuelva —dijo ella, tratando de contener las lágrimas, pero le brotaron sin control y su voz se convirtió en un sollozo.

—Lo siento —dijo y le acarició la mejilla y la abrazó más fuerte.

Ella cerró los ojos, intentó hablar, pero no le salían las palabras. Agachó la cabeza y lo abrazó con fuerza hasta que le ardieron los ojos y se sintió agotada. Arturo deslizó los dedos por su pelo, y por fin ella se apartó de él, avergonzada tanto por su arrebato de sentimientos como por la presión de su cuerpo contra el suyo.

—Mamá debe necesitarme en la cocina —dijo, frotándose rápidamente los ojos, que aún brillaban por las lágrimas.

Los ojos de Arturo también brillaban, pero no a causa del llanto. Una luz misteriosa los iluminaba, alimentada por una fuerte emoción que ella no podía precisar. Entonces él bajó la mirada y asintió. Cuando volvió a observarla, su mirada estaba distante, ocultando sus pensamientos.

Alba ayudó a desvenar chiles en la cocina, sus manos eran torpes y su trabajo lento. Después pasó el resto del día con los niños, observándolos callada mientras jugaban. La cena transcurrió en silencio, y en cuanto se aseguró de que todos sus hermanos estuvieran en la cama, se puso el camisón y empezó a cepillarse el pelo. El movimiento de las cerdas le recordó el de las manos de Arturo cuando le acariciaba el cabello. La lámpara de aceite que había sobre la mesa ardía con intensidad, devolviéndole su reflejo en el espejo ovalado. Dejó el cepillo y colocó una mano en el collar que él le había regalado y que solía llevar puesto. Desabrochó el collar y lo guardó en el joyero de madera.

Ahora sus dedos se deslizaban por el escote del camisón mientras se inclinaba hacia delante y miraba su reflejo, imaginando que el resplandor de la lámpara de aceite la hacía parecer un cuadro barroco. Se preguntó si Arturo, al verla así, estaría de acuerdo con ella.

Alba recordó que probablemente tenía una amante en la ciudad, una mujer que le rozaba los labios y las mejillas. Sonrió, al pensar que la mujer del espejo ovalado se parecía más a una cortesana que una chica del campo; que esa mujer no era Alba, sino otra, y que esa otra conocía el sabor del champán y la suavidad de las pieles exquisitas y todas las cosas maravillosas de las que hablaba Arturo. Otras noches había fantaseado con cosas parecidas, se había imaginado paseando en compañía de su apuesto tío hasta la ópera, adornada con joyas. Sus cartas, llenas de información sobre la gran ciudad y sus maravillas, avivaban su imaginación. Pero ahora esas fantasías parecían alteradas, teñidas de un matiz diferente.

Recordó la presión de su abrazo, el tacto de su traje azul marino bajo las yemas de sus dedos. ¿Abrazaba así a su amante secreta, o más cerca aún?

Rápidamente bajó la mirada y se fijó en sus manos, sonrojándose y pensando que era perverso imaginar todo aquello. Un aullido largo y agudo la hizo girar la cabeza y con un grito ahogado dejó caer el cepillo. Se quedó quieta y esperó hasta que lo oyó de nuevo; entonces se levantó y se acercó a la ventana, tratando de escudriñar la oscuridad. ¿Era un coyote? ¿Un perro? No veía nada.

Tomó la lámpara de aceite, abrió la ventana, se asomó y respiró el aire fresco de la noche. Levantó la lámpara y entrecerró los ojos. El quejido se escuchó de nuevo, esta vez más ronco, más grave, procedente de algún lugar debajo de su ventana, y Alba miró hacia abajo. Oyó un revoloteo y pensó que algo se movía entre los arbustos.

El ruido se repitió; esta vez le pareció que no provenía de los arbustos, sino de las ramas de uno de los pirules situado a la derecha de la ventana, aunque estaba segura de que ningún animal podría haber trepado con tal rapidez por su tronco.

Sonó una vez más. Cuando las lechuzas chillan, puede sonar como un jadeo, y a veces como un grito. Pero ella conocía ese grito y este era un sonido diferente, algo que nunca había oído antes, a pesar de que, como chica de campo, reconocía los ruidos de muchos animales. Sin embargo, no se trataba de ningún búho, ni de un perro, tampoco de una persona, sino tal vez las tres cosas. Era un gemido, un gruñido y un aullido, grueso y áspero.

El pavor se apoderó de su cuerpo, dejándole la boca seca, y se quedó de pie, con la mano temblorosa junto a la ventana, los ojos fijos en la silueta del árbol, que era una mancha gris. La lámpara de aceite apenas lo iluminaba, y no podía distinguir lo que se agazapaba allí en la oscuridad.

Estaba segura de que la criatura que había gritado seguía allí y esperó, conteniendo la respiración, a que sus ojos luminosos la miraran.

El viento agitó las ramas del pirul. Cerró precipitadamente la ventana y apagó la lámpara. Temía que la criatura del árbol mirara dentro de su habitación y deseaba que se fuera corriendo.

A toda prisa, cerró las cortinas y volvió a colocar la lámpara de aceite sobre la mesa, rezando sus oraciones nocturnas mientras caminaba alrededor de la cama. Olvidó lo que estaba diciendo y tuvo que empezar de nuevo.

El grito no se repitió mientras Alba se metía bajo las sábanas. Por la mañana, ya se había olvidado del animal que estaba fuera de la casa, hasta que Jacobo entró corriendo en el comedor mientras desayunaban. Le susurró algo al oído de su madre y Luisa se levantó rápidamente, excusándose.

Alba los siguió al exterior. Jacobo y su madre se dirigieron a los establos, y Alba aminoró el paso cuanto más se acercaba al edificio. El temor volvió a aflorar, acumulándose en la boca del estómago y luego cubriéndole la garganta.

Se quedó mirando uno de los establos, donde yacía muerto el caballo de Tadeo, con los ojos abiertos, una mosca se arrastraba por sus pestañas.

1998: 5

En su segunda visita a The Willows fue Noah quien recibió a Minerva. Lucía impecable, quizá demasiado, con pantalones, camisa, chaleco y saco de espiga de hombros anchos. Se veía muy alerta, muy distinto del muchacho borracho de la fraternidad o del joven adormilado con una sudadera sucia que había encontrado en ocasiones anteriores.

—¿Vas a salir? —preguntó.

—No. ¿Por qué?

—Por la forma en la que vas vestido.

—Carolyn pensó que hoy debía estar bien presentado porque tú vendrías.

La condujo hasta la biblioteca. El diario de 1934 y el manuscrito estaban ya sobre la mesa, listos para que ella continuara su trabajo. Sacó su libreta y el bolígrafo. Noah estaba al otro lado de la mesa, observándola. Minerva se preguntó si se quedaría a vigilarla todo el tiempo que tenía a su disposición.

—¿Por qué te interesa Beatrice Tremblay? —le preguntó—. No fue una escritora famosa.

—Precisamente porque no fue famosa. Significa que nadie ha escrito el relato definitivo de su vida.

—Tal vez, pero escribía historias de terror.

Minerva sonrió. Ya había oído comentarios semejantes antes. La gente estaba dispuesta a incluir *El cuervo* de Poe o *La lotería* de Shirley Jackson en las aulas, pero no eran tan proclives a dar cabida al resto de autores de terror en la academia.

—Pensaría que alguien que forma parte de la Fundación Yates apreciaría todo tipo de literatura y arte —dijo, tratando de ser diplomática y moderar su mal genio.

—¿Leíste los folletos? Mi nombre está allí nada más para rellenar espacio y que no me echen de esta maldita escuela antes de que termine la carrera.

Era claro que la diplomacia no era la cualidad más fuerte de Noah. Bueno, era lo suficientemente rico como para decir lo que quisiera, supuso ella. Minerva tenía que medir sus palabras. Era una mujer, una mujer mexicana. Una chica morena con una beca.

—Entonces, la economía no te importa —dijo mientras sacaba su estropeada copia de bolsillo de *La desaparición* y la colocaba al lado del diario de Tremblay.

—No. Pero Carolyn quería que estudiara derecho o economía, como mi padre, para incorporarme al mundo de los negocios.

—¿Dónde trabaja tu padre?

—No trabaja. Mi madre y mi padre están muertos, pero él trabajaba para la Fundación Yates. Era vicepresidente de desarrollo. Lo que sea que quiera decir eso.

—Lo siento, no lo sabía.

Noah se encogió de hombros.

—Está bien. Pasó hace mucho tiempo. Crecí sano y consentido, como puede atestiguar mi abuela. Pero ¿de qué va esto? —dijo, tomando el ejemplar de *La desaparición* y examinando la portada—. ¿Por qué una escritora de terror?

—Me gustan las historias de terror, siempre me han gustado. Creo que Beatrice Tremblay es una pionera del terror y merece ser recordada.

Minerva acomodó un mechón de pelo detrás de la oreja y vio cómo él empezaba a hojear el libro.

—¿Qué conexión tiene con la brujería que mencionaste antes?

—Creí que no te acordabas de nuestra conversación. Estabas muy borracho.

—Me acuerdo un poco. Y recuerdo que pensé que no tendrías las agallas de venir aquí.

Quería arrebatarle el libro de las manos y acunarlo como a un niño, molesta por la forma descuidada en que pasaba las páginas amarillentas. Era un libro de bolsillo barato, pero era suyo.

—Pues no deberías haberme invitado —respondió secamente, a pesar de su deseo de mantener una imagen agradable.

—No te enojes. —Sonrió—. Me pareció gracioso que mencionaras la brujería.

—Gracioso ¿en qué sentido? Creo que es pertinente. Desde Rockport hasta Pepperell, Nueva Inglaterra está llena de historias sobre brujas. Beatrice Tremblay destiló esos cuentos populares en su obra. Puede que todo lo que veas en sus trabajos sea suspense barato, pero tiene raíces profundas.

—A Carolyn no le gustan las historias de terror. —Le devolvió el libro—. Tampoco le gustó nunca la novela de Betty.

Minerva le lanzó una mirada perpleja.

—Ella dispuso que la universidad conservara sus manuscritos y correspondencia comercial.

—Ese fue mi abuelo. Prometió que lo haría. Creo que lo hacía por Ginny. Ya sabes, porque Betty y Ginny eran amigas. Por eso ese cuadro está ahí y estos papeles están sobre la mesa. —Miró su reloj—. Carolyn dijo que puedes disponer de dos horas. Nos vemos más tarde.

Una vez que Noah salió, sacudió la cabeza, se puso los auriculares y comenzó a tomar notas mientras escuchaba *Raymond Chandler Evening*, de Robyn Hitchcock. Aunque tenía que darse prisa, acabó contemplando el cuadro que Noah había mencionado antes, con la mente en otra parte. Era curioso cómo ciertos elementos de la narración de Beatrice Tremblay no solo se parecían a sus historias de terror —personas desaparecidas, la sensación de ser observadas o seguidas, animales muertos, enfermedades inexplicables—, sino también a los relatos de brujería de Nana Alba.

El inconsciente colectivo, como había dicho Hideo. Bueno, tal vez y sin duda, las historias migraban y eran compartidas por diferentes grupos de personas. Las historias de hombres lobo en Canadá habían sido importadas por los colonos franceses y mezcladas con el folclore local, creando el *rougarou*. Eran conexiones lógicas.

Sin embargo, había una sensación de *déjà vu* que casi le provocaba una incómoda picazón.

Las marcas negras de la puerta, que podría limpiar con agua y jabón si no conseguía localizar al personal de intendencia, porque al menos eran de grasa y no de pintura, aumentaban la sensación de inquietud. Se lo contó a Hideo, y ambos coincidieron en que probablemente era obra de Conrad. El vandalismo estaba dentro de su catálogo de habilidades. Pero ese insignificante acto parecía más siniestro si se tomaba en cuenta su reciente material de lectura.

Se quitó los auriculares y tomó una fotografía del cuadro; luego abrió el cajón que Noah le había mostrado la última vez y colocó los bocetos a carboncillo sobre la mesa. Fotografió los dibujos y los miró pensativa.

—Carolyn quiere que tomes el té con ella —dijo Noah.

No lo había oído entrar en la habitación. Sin poder evitarlo, consultó su reloj. Dos horas y quince minutos. Había avanzado poco.

Noah la condujo hasta el salón de suelo ajedrezado y sofás con brazos recubiertos de latón.

Carolyn Yates estaba sentada en un sillón negro de respaldo alto. En la pared, detrás de ella, colgaba el retrato de un hombre canoso y, por su aspecto, Minerva pensó que era el padre de Carolyn o alguien de su familia. Tenían los mismos ojos, la misma débil sonrisa.

Esta vez, Carolyn llevaba un turbante rojo. Sobre la mesa había un juego de té negro con bordes dorados.

—¿Vas a pintar más tarde? —preguntó Noah—. El caballete ya está listo. ¿Debería...?

—No lo sé. Lo decidiré más adelante. Puedes servir el té, Noah —dijo Carolyn, señalando las tazas—. ¿Leche, limón o azúcar?

—Azúcar —repuso Minerva.

—¿Cuántos terrones?

—Uno.

Noah tomó una taza y un par de pinzas de plata, echó un cubito y se la entregó. Luego vertió leche en otra taza y se la pasó a su abuela.

—Siéntate con nosotros. Por una vez estás perfectamente presentable —dijo Carolyn, dedicando a su nieto una media sonrisa de aprobación.

Noah respondió el gesto con una media sonrisa también y se sentó en el otro extremo del sofá que ocupaba Minerva.

—¿Cómo va su investigación? —preguntó Carolyn.

—Muy bien, señora Yates.

—¿Alguna reflexión profunda que pueda compartir conmigo?

—Me temo que todavía no. Pero sí tengo algunas preguntas. En uno de los relatos cortos de Beatrice Tremblay, *Una brizna de niebla*, parece hacer un paralelismo con un incidente tras una fiesta a la que usted asistió en Halloween.

—Lo siento, querida, no estoy muy familiarizada con sus historias.

—Hay un baile de máscaras y un extraño se cuela en la fiesta. El protagonista no deja de mirar en su dirección porque lleva una máscara con cuernos. El desconocido esconde un cuchillo...

—Oh, tengo que interrumpirla —Carolyn sacudió la cabeza—. Nunca compartí el amor de Beatrice por lo macabro. ¿Asumo que le gustan esas extrañas y dramáticas historias de fantasmas y demonios?

—Sí. Creo que son historias hermosas.

—Pues yo no, y no me he molestado en leer más que una página o dos de sus obras. No me gusta que me asusten. ¿Alguna otra pregunta?

Minerva bajó la vista hacia su bloc de notas y cambió el rumbo.

—En su manuscrito, Betty menciona que guardó muchos de los dibujos y correspondencia espiritista de Ginny. Noah me enseñó algunos bocetos, pero espero poder ver más. Aunque no he encontrado su correspondencia.

—No hay nada más. Eso es lo que dejó cuando falleció. Muchas cosas se perdieron cuando se mudó a Boston con Benjamin Hoffman.

—¿El chico con quien se había citado en la fiesta de Halloween?

—Sí, fue su acompañante en varios eventos —confirmó Carolyn mientras daba un sorbo a su té—. Benjamin era un buen amigo, no había nada romántico entre ellos. Él la acogió en su casa. El cáncer acabó con la mayor parte de sus ahorros y Betty no era precisamente rica en sus últimos años. Es una verdadera lástima, Betty podría haberse casado bien, pero prefirió ignorar las buenas oportunidades que se le presentaron.

—Pensé que le gustaban las mujeres —dijo Minerva—. Era lesbiana.

—¡Qué manera más vulgar de decirlo! —Carolyn enarcó una de sus finas cejas y dio un sorbo a su té—. No me juzgue como una persona de mente cerrada, pero en mis tiempos tendíamos a ser más discretas y no hablábamos de nuestras vidas amorosas, sobre todo cuando se desviaban en ciertas direcciones.

—Quiere decir que no es educado decirlo en voz alta —dijo Noah divertido—. Hay muchas cosas que se supone que aquí no debes decir.

Carolyn lanzó una mirada de reojo a su nieto antes de continuar.

—Cuando se mudó, se llevó sus cosas al departamento de Benjamin, y no sé si él tiene alguno de esos dibujos o cartas en algún sitio —dijo Carolyn.

—El abuelo lo habría sabido —intervino Noah—. Quería conservar esos bocetos y documentos viejos. Pero murió un par de meses después que Beatrice, y la querida abuelita nunca se ha preocupado mucho por los recuerdos, ¿verdad?

—¿Hay algo más que pueda ayudar a su investigación? —preguntó Carolyn, ignorando a su nieto y centrándose en cambio en Minerva. Era evidente que esos dos no se llevaban bien. Minerva pensó en limitarse a murmurar una disculpa y salir lo antes posible, pero necesitaba ayuda.

—En su manuscrito, Beatrice dice que usted estaba tratando de conseguirle a Santiago, el muchacho que trabajaba en la residencia, un empleo en la fábrica de su padre. Me pregunto si las solicitudes de empleo de aquella época estarán guardadas en algún lugar.

—Sí, creo que le dije a Ginny que lo ayudaría. Pero debe usted entender que esa gente era inestable. Los trabajadores siempre estaban cambiando de empleo, saltando de un lugar a otro por algo mejor. Te dejaban plantado sin ningún remordimiento, en especial los inmigrantes como él. O simplemente no servían para el trabajo y teníamos que despedirlos.

—¿No habrá documentación? ¿Nada que pueda usar para encontrar a Santiago? Beatrice pensaba que podría estar relacionado con la desaparición de Ginny, y usted dijo lo mismo.

—Lo que dije fue que probablemente huyeron juntos. Betty era la que siempre convertía todo en un misterio complicado cuando parecía una historia sencilla.

—Pero si no tenía un trabajo estable ni mucho dinero, ¿hasta dónde podrían haber llegado? —razonó Minerva—. Me parece que, si podemos relacionarlo con ella, llegaríamos a algo.

—Empieza a sonar como mi difunto marido. Teorías y teorías, pero nada sólido —dijo Carolyn con una sonrisa—. Bueno, poco podemos hacer ya. Lo que queda de la fábrica es una ruina y los registros probablemente son polvo en el fondo de un cajón.

—Lo siento, no sabía lo de la fábrica.

—Apenas importa ya. Quiero convertir ese viejo sitio en un centro de alta tecnología. Fibra óptica y comunicaciones. Es el futuro. El próximo salto para los Wingrave. Mi padre lo habría querido así —dijo, mirando por encima del hombro el retrato del hombre de pelo canoso—. Mis bisnietos tendrán algo mejor que una vieja fábrica mohosa. Noah puede enseñarle el viejo lugar alguna vez.

—Eso sería maravilloso, señora Yates. Si me permite molestarla un minuto más, ¿podría decirme algo sobre el día en que Ginny desapareció? ¿Usted la vio esa mañana?

—No la vi. Ese día me fui a patinar temprano. Cuando regresé todo el mundo estaba buscando a Virginia. Fue un día espantoso. Todos estábamos muy preocupados. Betty apenas podía dejar de temblar. Estaba pálida, como si hubiera visto un fantasma. Qué terrible día fue aquel. —Carolyn se volvió hacia Noah, con la voz ligeramente quebrada—. No creo que pinte hoy; más tarde puedes guardar todo.

Carolyn le tendió la taza de té con la majestuosidad de una emperatriz romana. Noah se levantó, se la quitó de las manos y volvió a colocarla sobre la mesa. Volvió a sentarse.

Carolyn se frotó la muñeca y sonrió a Minerva.

—Artritis. Me duele mucho. Me molesta mucho el pie derecho, pero también me duelen las manos. Aún intento pintar de vez en cuando. Los médicos insisten en que es bueno que me mantenga ocupada y cultive esas aficiones. Pero ahora debo descansar. Ya que mi nieto tiene aspecto de caballero, quizá él también pueda hacer su papel. Noah, ¿puedes acompañar a la señorita hasta su departamento?

—Será un placer.

⁜

En lugar del reluciente coche blanco que los había llevado la última vez, Noah la guio hasta un Jeep rojo.

—¿Qué pasó con el otro coche?

—Pertenece a Carolyn. Siempre tiene un auto blanco. Es su color favorito, aunque también le gusta el verde. No se me permite conducirlo. Es un Cadillac V-16 Phaeton de 1934. Solo se fabricaron cuatro mil. Joan Crawford tenía uno. Carolyn tenía mucha debilidad por Joan. ¿Qué piensas de ella?

—Era una buena actriz.

—Vamos. Ya sabes lo que quiero decir.

—Es interesante.

Él esbozó una ligera sonrisa.

—No necesitas ser educada.

Minerva no contestó, sino que mantuvo la vista en el camino.

—¿Y qué piensas de mí? —le preguntó.

—No te conozco.

—Impresiones generales.

«Eres un niño rico que hace lo que le dice su abuela, incluso ponerse corbata y zapatos lustrados cuando ella se lo exige», pensó. La sonrisa de él se hizo más franca y la miró de reojo, como si adivinara su poco caritativa opinión.

—Creo que quieres que diga algo equivocado.

—Hablas como si fueras una esgrimista, evitando estocadas. ¿Quieres ver la fábrica?

—¿Podemos? —respondió.

Giró el volante como respuesta. Aceleraron en dirección contraria a la que habían tomado. No tardaron en estacionarse delante de un gran edificio rodeado por una cerca metálica.

Había visto restos de edificios antiguos que sobresalían del paisaje de Nueva Inglaterra, como huesos de dinosaurios fosilizados en la arena. Conocía el cementerio con tumbas del siglo XVII que estaba justo detrás del cine Hollywood Hits, y el abandonado Manicomio Estatal de Danvers, inspiración del Sanatorio Arkham de Lovecraft, se alzaba sobre una colina, cerca del bullicio de una autopista y del resplandor de los anuncios de los restaurantes de comida rápida. Pero nunca había reparado en los restos esqueléticos de la Wingrave Manufacturing Company.

Era una estructura de ladrillo rojo oscuro, de tres pisos con buhardilla. Muchas de las ventanas estaban rotas y sus paredes se veían llenas de burdas pintadas.

—Solía jugar aquí cuando era niño. Ven —dijo Noah. Levantó una esquina de la desvencijada reja que parecía estar a punto de desmoronarse, se deslizó por el perímetro y sostuvo la valla con cuidado para que ella pudiera seguirle.

Caminaron alrededor del edificio. Minerva tomó varias fotos y vio palomas que los miraban desde las ventanas.

—¿Cuándo cerró?

—Como en 1980. Aguantó más que las otras fábricas textiles. En los años cincuenta todo el trabajo se fue al sur, y luego al extranjero, donde la mano de obra era más barata. En los setenta intentaron traer trabajadores colombianos para manejar las máquinas, pero no sirvió de nada.

Noah dio una patada a una botella de vidrio vacía, que rodó hasta una mancha de pasto amarillo.

—¿A qué se refería tu abuela con lo de un centro tecnológico?

—Quiere comprar una empresa de *software*. La sede se trasladaría aquí. Mi abuelo era dueño de una fábrica de conservas, pero Carolyn dice que los textiles y el pescado están pasados de moda. Le gustaría construir un nuevo imperio hecho de ceros y unos.

—¿Y a ti qué te parece?

—Voy a la misma escuela a la que fue Carolyn y estudio lo que ella quiere que estudie —repuso con una sonrisa burlona—. ¿Crees que mi opinión tiene importancia?

Por un instante, su máscara de indiferencia se resquebrajó. Se mostró vulnerable, igual que la noche de la fiesta, cuando ella le ayudó a encontrar su teléfono en la oscuridad. Sacó un cigarrillo y lo encendió. Cuando le ofreció una calada, ella negó con la cabeza y siguió caminando, rodeando el edificio.

—¿Cómo es tu familia? —preguntó Noah.

—Pequeña.

—¿Qué tan pequeña?

—Mis padres se divorciaron cuando yo tenía cinco años. Mi madre trabajaba en ventas y viajaba mucho, así que básicamente mi bisabuela me crio.

—¿Cómo era ella?

—Dura. Vivió una revolución.

«Conoció a un monstruo y sobrevivió», pensó. Imaginó el campo, hace mucho tiempo, las montañas de Hidalgo con sus densos bosques de oyamel, encino y junípero llorón. Ese había sido el mundo de Nana Alba, un campo aún impregnado de folclore y superstición, de historias de brujería, sin faxes y ni televisión por cable. Una vez más, pensó en Beatrice Tremblay y sus reflexiones sobre la brujería.

Minerva tomó más fotos del edificio y luego se detuvo para bajar la cámara. El día había sido caluroso, pero el edificio les daba sombra y la tarde había traído consigo una brisa fresca. Las sombras se alargaban y crecían a medida que el sol descendía.

—¿Qué creía tu abuelo que le había pasado a Virginia?

—Todos decían que se había fugado con ese hombre.

—Santiago.

—Sí. —Noah contempló la fachada de la fábrica, con los grafitis que recorrían de arriba abajo sus puertas cerradas con candado—. Ese.

—¿En verdad lo creía?

—Uno de los detectives que contrató dijo que tal vez se trataba de un asesino en serie. No es que el asesinato sea un invento moderno. Podría seguir vivo.

—Un asesino en serie de 1934 sería ahora muy viejo.

—Los monstruos no envejecen. Viven para siempre.

—¿Qué quieres decir?

—Mi abuelo pensaba que tal vez Betty tenía razón. Que había sucedido algo sobrenatural. Cuando Betty todavía venía a casa, antes de ponerse tan enferma, solían sentarse juntos y hablar de la reserva de Briar, de que estaba embrujada. A Carolyn le molestaba que hablaran de eso, ya la escuchaste; no soporta las historias de terror. Mi abuelo y Betty se pasaban tardes enteras contando historias de fantasmas y leyendas locales. Escuchando sus conversaciones, aprendí mucho sobre jinetes sin cabeza y gatos negros demoníacos.

—Yo también aprendí cosas parecidas —dijo Minerva mientras metía su cámara en la mochila—. ¿Se puede ver el interior?

—Carolyn debe de tener las llaves. Podríamos volver otro día.

—Está bien —dijo.

Caminaron de vuelta al coche. Cuando pasaron por debajo de la reja, ella puso la mano en el ángulo equivocado y se cortó la palma con un trozo de alambre. Minerva soltó un fuerte grito de dolor.

—¿Estás bien? —preguntó Noah, volviéndose para mirarla.

—Me he cortado.

—Déjame ver.

Ella le mostró la herida y él sacó un pañuelo de un bolsillo y se lo ató alrededor de la palma de la mano.

—Eso tendrá que bastar por ahora.

—Gracias.

Se metieron en el coche. En pocos minutos estaban de vuelta en la residencia. Minerva abrió la puerta trasera de la casa y le hizo señas para que entrara. En el baño se quitó el improvisado vendaje y examinó el corte. Tenía yodo en algún lado.

—Si quieres un refresco, hay Diet Pepsi en el refrigerador, o puedes prepararte un café —le dijo—. Hay una lata de café yucateco encima del microondas; no hace falta que te tomes mi porquería de Folgers de siempre.

—Eres una esnob del café.

—No me lo podría permitir. Pero tengo esa lata de café bueno.

—Me siento afortunado por compartir tu generosidad.

—Solo una taza. Tengo que racionarlo.

Se lavó las manos y el corte superficial. Cuando casi había terminado de vendarse, él se apoyó en la puerta del baño.

—No encuentro tu café bueno —dijo encogiéndose de hombros.

—Hideo debe de haberlo cambiado de lugar. Gracias por todo. Espero que no sea de seda ni demasiado elegante. —Le entregó el pañuelo.

Él lo guardó en el bolsillo de la chaqueta.

—Déjame ver si encuentro el café.

La siguió por la residencia hasta el comedor, pero se detuvo a mirar los cuadros que había sobre la cómoda.

—¿Eres tú?

Minerva miró la foto que él señalaba. Era una niña con el pelo recogido en dos trenzas. Una mujer canosa estaba sentada a su lado.

—Sí.

—Entonces esa es tu bisabuela.

Ella asintió.

—Nana Alba. Esa es mi madre —dijo señalando otra foto.

—¿Hija única?

—Sí.

—Yo también —dijo Noah. Sus ojos se desviaron hacia otra foto.

—¿Novio?

—Hideo, un amigo. Trabaja en otra residencia. No tengo tiempo para novios.

Él sonrió.

—Siempre hay tiempo para un novio o dos.

—¿Tú cuántas tienes?

—Una novia, que se convirtió en prometida hace poco. Chelsea. Si mi abuela se sale con la suya, será mi esposa a finales de año.

Noah inspeccionó su librero, mirando con curiosidad los títulos. Tenía tres colecciones de Amparo Dávila, el compendio de terror *Danza macabra* de Stephen King, un par de novelas de Michael McDowell, una biografía de Lugosi, *Men, Women, and Chain Saws: Gender in the Modern Horror Film*, de Carol Clover, y *New England's Gothic Literature: History and Folklore of the Supernatural*, de Faye Ringel, entre otros libros.

Volvieron al comedor. Encontró la lata de café detrás de una caja de cereal. Mientras lo preparaba, Minerva ordenó los libros y papeles que estaban esparcidos por la mesa. Durante semanas había dejado que el caos se apoderara de la casa y ahora, con un invitado sentado en su cocina, podía ver lo desorganizado que estaba todo. Sus materiales de lectura estaban dejados al azar sobre sillas y otras superficies, lo que delataba su pérdida de ímpetu y energía.

—¿Qué vas a hacer cuanto te gradúes? —preguntó Noah.

—¿A qué te refieres?

—¿Vas a hacer un doctorado, un posdoctorado, todas esas tonterías?

—Eso espero. ¿Tú no quieres seguir estudiando? —preguntó mientras servía el café en dos tazas.

—Tengo veinticuatro años y si logro titularme antes de los treinta, será un milagrito.

—Alguien me dijo que antes de esto estuviste en otras dos universidades —dijo, recordando lo que Rose le había contado. Ella lo había llamado un carrusel, para ser exactos—. Pero ya estás en el último año, ¿no?

—En septiembre, sí. Pero graduarme con un montón de calificaciones apenas aprobatorias, a pesar de múltiples tutores, no es ningún logro. Mi abuela dijo que eres muy inteligente. Llamó a varias personas para preguntar por ti.

Minerva dejó las tazas sobre la mesa y le pasó el bote con los terrones de azúcar. No tenía pinzas y Noah tuvo que sacar los terrones con una cuchara. Removió el café y le dio un sorbo.

—¿Trató de investigarme?

—Obviamente. Es una pedante de pies a cabeza. Pero superaste todas sus pruebas. Hasta me dijo que debería ser amable contigo. Creo que le agradas. No sabes lo raro que es eso.

—Me halagas.

—No, no es cierto. Eres demasiado sensata para eso —dijo mientras tamborileaba con los dedos sobre una vieja taza con flores descoloridas pintadas—. No estoy todavía muy seguro de lo que piensas de mí.

Antes, cuando lo había visto por el campus, no era más que otro idiota de sangre azul con el que lidiar, y tal vez seguía siéndolo, pero no era de los peores. Quizá no estaba tan mal. Pero ella no respondió.

Oscurecía. Encendió las luces del comedor. Sonó el celular de Noah y contestó mientras seguía bebiendo café.

—¿Sí? —dijo—. Diez minutos. —Dejó el teléfono y echó la silla hacia atrás—. Era Carolyn, para que regrese a casa. Gracias por el café.

—Gracias por traerme.

Salió al porche. Minerva lo siguió y se quedó de pie con un hombro apoyado en el marco de la puerta.

—Si de verdad quieres saber quién era Beatrice, deberías hablar con Benjamin Hoffman —dijo Noah—. Eran mejores amigos. No sé dónde vive, pero solía escribir para *The Barker Bulletin*.

—Lo haré. Gracias.

—Nos vemos.

En lugar de verlo alejarse, Minerva miró hacia los escalones que bajaban a la playa y los arbustos de grosellas que había debajo, y luego volvió a entrar en la casa.

La Biblioteca Molly Tanzer de Stoneridge era probablemente el edificio más emblemático del campus. Sus puertas dobles en la entrada principal se encontraban situadas dentro de un ábside cóncavo con un techo ricamente decorado cuyo estampado de flores de lis le daba un aire solemne. En los años cincuenta, la biblioteca había sido ampliada con un anexo y renovada de nuevo en los setenta, y el resultado fue que el interior era una oscura maraña de rincones de estudio y estanterías de madera que desafiaban la lógica y conducían a callejones sin salida y ventanas tapiadas. El sótano parecía un laberinto, y albergaba los archivos universitarios, publicaciones periódicas, colecciones especiales y estanterías móviles.

Por norma, la bibliotecaria en jefe y su personal se sentaban en el mostrador de referencia junto a la entrada, ocupados en sacar libros o en ayudar a los estudiantes, pero con la pausa veraniega había un cartel que dirigía a los usuarios al mostrador secundario ubicado en la parte trasera de la biblioteca, donde un solo estudiante de posgrado aburrido vigilaba la planta principal. El resto del equipo se refugiaba en las oficinas del segundo piso.

Temperance Landing tenía su propio periódico, *The Temperance Voice*, cuyos números antiguos se conservaban en microfilm en la universidad de Stoneridge. Minerva subió al segundo piso, buscó el archivador que necesitaba y sacó una caja que contenía los ejemplares de 1934 a 1935.

Colocó el rollo de microfilm en su soporte y lo introdujo en el aparato. En sus auriculares sonaba *Down by the Water* mientras daba vuelta con suavidad a la perilla, avanzando y enfocando la película hasta que encontró la primera plana del 21 de diciembre de 1934, dos días después de la desaparición de Ginny. Pero la primicia era una nota sobre el desfile de Santa Claus que se había celebrado en la ciudad unos días antes, nada sobre una joven desaparecida esa semana, ni la siguiente.

Devolvió el microfilm al archivador y se sentó en uno de los viejos escritorios de pino dispuestos en fila junto a los ventanales. Tenía un hueco para un tintero. Sacó el termo de la mochila y bebió un sorbo de café mientras miraba uno de los retratos que colgaban de la pared. Era un hombre con traje oscuro, el decano Adam Donahue, que había presidido el Departamento de Inglés de Stoneridge de 1940 a 1949. El retrato pretendía darle un aire imponente, pero más bien parecía acartonado. Junto a él había retratos de otros antiguos jefes de departamento, con sus nombres grabados en placas de bronce: Stephen Graham Jones, Filosofía; Nicholas Mamatas, Clásicas; y así sucesivamente.

Minerva se dirigió a las escaleras que llevaban al sótano. Tenían una sección con material universitario, incluidos anuarios y publicaciones universitarias. Ginny Somerset no aparecía en el anuario, pero Minerva tenía la esperanza de que hubiera aparecido en la *Stoneridge Gazette*. El periódico de la universidad se publicó hasta 1952, pero antes había existido un boletín esporádico de dos páginas que se enfocaba en los eventos escolares. Minerva ya había rastreado este periódico en busca de información, pero se había centrado en Beatrice.

El espacio era muy valioso en cualquier biblioteca, y para dar cabida a más libros, Stoneridge había dispuesto la mayor parte de sus estanterías en el sótano sobre un sistema de rieles. Los estudiantes accionaban una manivela para abrir una estantería que encajara entre las filas de libros, utilizando un pasador de seguridad para evitar que el soporte se moviera. Junto a las manivelas había un aviso que decía: ANTES DE MOVER LAS ESTANTERÍAS, COMPRUEBE QUE NO HAYA PERSONAS NI

TABURETES ENTRE ELLAS. Para darle un toque de humor, un estudiante había imprimido una caricatura de alguien metido dentro de una doncella de hierro para ilustrar mejor la situación.

Minerva hizo girar la manivela, colocó el pestillo en su sitio y recorrió la fila. Los números antiguos del boletín estaban encuadernados y colocados en las estanterías, y ofrecían una gran cantidad de información sobre bailes y reuniones de años pasados. Vio a Carolyn Yates aparecer en varios de ellos: Carolyn sonriendo en un baile de primavera o posando con los miembros del club de tenis. Sin embargo, Ginny solo aparecía en una historia de 1934 sobre estudiantes de arte trabajando en el estudio. Había una foto en la que se la veía sonriendo ante un caballete. Se podía ver a Carolyn al fondo y a otra chica desconocida.

Un número de enero de 1935 contenía algo más sustancial. Un breve artículo advertía a los estudiantes contra los rumores y las insinuaciones en estos términos:

> Aunque resulte tentador especular sobre el motivo de la marcha de la alumna de segundo curso Virginia Somerset, conviene recordar a los estudiantes los peligros de las conjeturas y las teorías dramáticas. Aunque la señorita Somerset no se haya puesto en contacto con sus antiguos amigos y compañeros de Stoneridge, esto no significa que haya sufrido ningún daño. De hecho, es posible que la señorita Somerset reanude sus estudios en Stoneridge en el futuro.

Minerva devolvió el volumen a la estantería y se preguntó si valía la pena hojear más números. Las estanterías tronaron al girar una manivela y Minerva se bajó los auriculares hasta dejarlos sobre su cuello. Alguien debía de haber levantado el pestillo de seguridad.

—¡Estanterías! —gritó, que era la advertencia habitual que cualquier estudiante lanzaba cuando algún tonto empezaba a girar la manivela sin el debido cuidado.

Las estanterías seguían cerrándose y acercándose a ella.

—¡Eyy, estoy aquí! —volvió a gritar, y enseguida empezó a caminar por la fila hacia la seguridad del pasillo.

Tropezó y cayó de bruces. Por un momento, Minerva se quedó allí aturdida, con un dolor tan agudo que solo pudo emitir un gemido. Luego se arrastró con dificultad y salió de entre las estanterías. Rodó al pasillo cuando estas se cerraron de golpe. Casi había quedado aplastada entre dos estantes metálicos. Minerva se frotó la mandíbula y caminó furiosamente por el pasillo buscando al culpable.

—Oye, ¿eres estúpido? —gritó.

Pero el pasillo estaba vacío. Se asomó al siguiente corredor. No había nadie. Volvió a la fila en la que había estado trabajando y miró la manivela. El cartel de seguridad había sido alterado. Alguien había tachado las palabras, dejando solo visible la caricatura de la doncella de hierro.

1908: 5

Otro caballo murió el viernes. No había razón alguna para aquellas muertes, ninguna enfermedad que marcara los últimos días de los animales. La madre de Alba ordenó a los hombres enterrar los cuerpos y recorrió el terreno con gesto sombrío. Rezaron para que no cayera sobre ellos otro mal, pero cuatro días después una bestia salvaje atacó a dos cabras. Sin embargo, nadie pudo determinar qué clase de animal. Las cabras habían sido destrozadas, sus cabezas prácticamente arrancadas del cuello. El tío dijo que había sido obra de pumas, o quizá de un perro salvaje. Fuera lo que fuese, volvió a atacar.

Por las noches, Alba permanecía despierta intentando escuchar el sonido de los aullidos, pero solo se oía el canto de los grillos o la suave agitación del viento. Lo que había matado a las cabras era inteligente. No dejaba huellas ni anunciaba su presencia.

Tuvo un sueño en el que Tadeo salía corriendo de casa, desnudo, y se desplomaba en el campo de cebada. Gritaba, pero no emitía sonido alguno. Se arañaba el rostro y se revolcaba contra los tallos, rompiéndolos con un fuerte crujido. Cuando despertó aún no había amanecido y pasó una hora temblando bajo las sábanas.

Valentín pasó por la finca la tarde siguiente. Lo vio acercarse a la puerta principal de la casa y salió corriendo a su encuentro antes de que su madre o su tío pudieran interceptarlo. Lo llevarían al comedor o al salón, y ella no quería estar dentro. Se sentía sofocada y ansiosa; no podía sentarse a conversar. Se alejaron de la casa, rápido, en silencio y con cautela.

—Me enteré de los animales muertos.

—Un puma mató a unas cabras —confirmó Alba.

—Jacobo dice que van dos caballos muertos y algunas cabras.

Ella asintió y se ajustó con cuidado el chal. Valentín metió las manos en los bolsillos del pantalón. Siguieron la vereda que atravesaba los verdes campos de cebada a medio cultivar. Había años en que la primavera y el verano eran demasiado calientes y luego las lluvias demasiado copiosas, y las cosechas se veían asoladas por el chahuistle. Para evitar tal destino, su padre iba a los campos cada mes de mayo y hablaba en voz alta entre los cultivos, advirtiendo a los nahuales y hechiceros malignos que dejaran en paz sus campos. Era parte de las supersticiones que su tío tachaba de disparates.

Irónicamente, este año, con su padre muerto y su hermano desaparecido, nadie se había molestado en pronunciar tales palabras, y sin embargo la cebada pronto maduraría en una cosecha abundante. Podía sentirlo, pues en años anteriores había tenido portentos y podía saber cuándo emergería el chahuistle con solo mirar la niebla que besaba las laderas del monte.

—Sé que tu familia no cree en esas cosas, pero yo diría que es un embrujo. Es más, apuesto a que es obra de un *teyollocuani* —dijo Valentín, con semblante serio.

En las historias que contaba su padre había todo tipo de brujas. Algunas podían conjurar el granizo para arruinar las cosechas o transformarse en animales. Pero las más peligrosas eran las que chupaban sangre humana y devoraban los corazones de los hombres, pues en el corazón reside la fuerza vital de todas las criaturas. La *teyollocuani* era temible, el tipo de ser del que se hablaba en voz baja, por temor a invocarlo.

—Mi madre y mi tío se enojarían si te oyen decir esas cosas.

—Pero tiene mucho sentido. Toda esta mala suerte que han tenido, ¡y ahora los animales muertos! Es un embrujo, todas las señales están ahí. Sé que me dirán que estoy loco, pero esto me preocupa. No puedo quedarme callado, ¿o sí? Y tú lo has sentido, ¿verdad? Hay una podredumbre en el aire, casi como un hedor.

Miró hacia la casa. Debería entrar y decirle a Valentín que dejara de decir tonterías. Pero no podía. Algo en el fondo de su cuerpo la hizo mirarlo fijamente.

Había una podredumbre. Desde aquel día en que Tadeo desapareció, algo se sentía torcido dentro de la casa, como si las paredes de cada habitación estuvieran mal alineadas. El aire se sentía pesado, cargado, como una nube preñada de lluvia. Había notado grietas que antes no estaban en los azulejos de la cocina, o un pedazo de cerámica roto junto a la puerta trasera. En su habitación, las flores que cortaba se marchitaban con increíble rapidez. La casa, antes cálida y familiar, se había vuelto como un lugar que no reconocía. La casa de un extraño.

Había visto y sentido todo eso, pero no sabía cómo ponerlo en palabras. ¿Cómo expresar con palabras ese pavor sin nombre que la asaltaba al subir las escaleras? ¿O el miedo a su ventana al anochecer?

Cuando trató de decirles a todos que algo no andaba bien, su tío le pidió que no contrariara a su madre. Si su padre viviera, habría tomado en serio sus portentos, pero había muerto. Su hermano se había ido. Su madre estaba demasiado apesadumbrada como para prestar atención a las inquietudes de Alba.

No tenía a nadie con quien hablar, pero dudaba, insegura, no porque pensara que Valentín desestimaría sus preocupaciones, sino porque entonces estaría admitiendo que, en efecto, tenía miedo.

—La otra noche oí algo —dijo en voz baja, abrazándose a sí misma mientras hablaba—. Había un animal junto a mi ventana, pero no era una criatura que pudiera reconocer. No sonaba natural. Y anoche soñé con Tadeo, pero lo sentí muy real. No sé qué hacer, algo terrible está sucediendo y nadie parece darse cuenta.

—¿Se lo has dicho a tu madre?

—No quiere escucharlo. Mi tío se opone a las supersticiones. Pero algo acecha cerca de nuestra casa. A veces casi puedo sentir que nos observa. No sé si es un *teyollocuani* u otra criatura espantosa.

Se detuvieron en medio de los campos de cebada, que no estaban delimitados por cercas, ni piedras, y se extendían libremente, con el río a lo lejos delineando los contornos de la finca de los Quiroga. Al oeste, detrás de la casa, estaban los campos de maíz, que también estaban madurando. Un conjunto de álamos y sauces ofrecía sombra a los jornaleros en las semanas más calurosas del año, y muchas veces Alba había visto a su padre de pie allí, bajo los árboles, saludándola con la mano.

Alba comprendía esa tierra, pero se había vuelto ajena. Contemplaba cada árbol y cada mata de flores silvestres con inquietud; el vaivén y el susurro de la cebada la hacían estremecer. Temía que algo se ocultara tras el manto de verdor. Estaba segura de que Valentín también podía sentirlo, pero cuando habló, su voz era firme.

—Alba, tú sabes cómo las brujas adquieren poder sobre alguien, ¿verdad? Se apoderan de las uñas de su víctima, de su cabello, de un objeto personal. Entonces pueden lanzar conjuros y atormentar a su víctima, y cuanto más miedo siente el embrujado, más placer y poder obtiene la bruja. Así que vamos a mantener la calma. Seguro que has escuchado sobre el viejo truco de colocar unas tijeras en un cuenco de agua debajo de la cama para alejar el mal.

—Nunca lo he hecho, pero sí.

—Mantendrá alejada a cualquier bruja —dijo, y con dedos cuidadosos se quitó una cadena que llevaba alrededor de su cuello y se la entregó—. Este guardapelo está bendecido, hay una imagen de la Virgen Santa en él.

Alba abrió el medallón.

—Y también tu retrato.

Valentín se sonrojó.

—Sí, pero puedes tirar mi retrato y mantener a la Virgen Santa junto a tu corazón. Ella velará por ti.

El collar con la perla solitaria que le había regalado su tío era lo que descansaba junto a su corazón, pero ahora Alba contemplaba el guardapelo.

—Gracias. Pero esto aún no me dice quién nos ha embrujado, si ese es el caso, o cómo podría romperse el hechizo.

—A veces no hay razón real para la maldad. Pero la gente de Los Pinos podría tener remedios contra esa magia. Averiguaré.

—Podríamos ir juntos la semana que viene —propuso—. Podría decir en casa que voy a visitar a las Molina.

—¿Tu tío no te acompañará?

—El martes irá a la ciudad a enviar cartas y a hablar de nuevo con el alcalde. Mi madre insiste en traer a un investigador privado.

—Entonces nos escaparemos juntos ese día.

Miró de nuevo hacia la casa y habló en voz baja.

—Debería entrar. Pronto me estarán buscando.

—Lo sé. Alba. Una cosa más, y no quiero asustarte con esto, pero en todas las historias que he oído sobre estas criaturas, una vez que beben la sangre de su víctima, la situación se vuelve terrible. Cuanta más sangre beben, más poderosos se tornan, y más profundamente cae su víctima bajo su embrujo. Te recomiendo que protejas tu habitación con las tijeras, pero también que busques la pistola de tu hermano y la guardes junto a la almohada.

—Tadeo guardaba la pistola de papá en su habitación y no creo que le sirviera de nada. Además, dijiste que debíamos mantener la calma.

—Estamos calmados y, con calma, debes encontrar el arma. Por favor, hazlo —dijo, y en efecto, sonaba sereno.

—Lo haré.

—Ten cuidado, Alba.

Valentín tomó sus manos entre las suyas y se las besó, luego inclinó la cabeza, ruborizándose de nuevo. Alba se acordó de que las chicas Molina pensaban que eran novios, lo cual no era cierto, pues no había habido ninguna palabra romántica entre ellos. Sin embargo, algo en su rostro joven y agradable le llamó la atención aquel día. Tal vez fueran las confidencias que estaban compartiendo, o su forma de hablar, decidida pero amable, lo que la conmovió profundamente, como no lo había hecho antes.

Apretó el guardapelo que le había regalado contra el pecho con una mano y se puso de puntillas para besarle en la mejilla. Él sonrió y ella se sonrojó a su vez, sintiéndose tonta. Caminó delante de él. Cuando llegaron a la casa, se despidió de él deprisa. Él la saludó con la mano antes de dirigirse a los establos, donde había dejado atado su caballo, y ella se quedó junto a la puerta y lo vio alejarse. Luego se apresuró a entrar de nuevo en la cocina, donde su madre estaba haciendo pan.

—¿Has terminado de remendar los botones de las camisas de tu hermano? —preguntó.

—Lo haré hoy.

La madre de Alba negó con la cabeza.

—No puedes desatender tus responsabilidades.

—No lo haré, lo prometo —afirmó, aunque estaba segura de que se pincharía cada uno de los dedos con la aguja; se encontraba terriblemente nerviosa y ansiosa. Las advertencias de Valentín se mezclaron con la dulzura de su sonrisa en su memoria, dándole ganas de sonrojarse de nuevo y haciéndola sentir calor.

Durante la cena, el calor de su corazón se transformó en un nudo frío en la garganta. Desde la desaparición de Tadeo, los niños estaban tristes y callados. El sentimiento de desolación en torno a la mesa había aumentado con la muerte de los animales de la finca. Apenas hablaban, pero, cuando Alba subió a los pequeños a su habitación y regresó al salón, oyó a su madre y a su tío conversar.

—No puedes evitar que la gente sea supersticiosa, Arturo. Fernanda y Dolores pueden hablar de monstruos y brujas, pero son leales a la familia.

—Simplemente me preocupa lo que puedan pensar los niños si oyen ese tipo de habladurías —dijo Arturo—. No es bueno para ellos. Si yo fuera tú, las despediría a las dos.

Alba se preguntó a qué habladurías se refería Arturo. ¿Acaso había sorprendido a Fernanda y Dolores discutiendo la posibilidad de un embrujo, como había hecho Valentín aquel día?

—No tengo dinero para contratar nuevos empleados. Y como he dicho, son leales a la familia.

—Eres demasiado blanda.

Alba subió en silencio las escaleras y se dirigió a la habitación de Tadeo y sostuvo su pistola en las manos. Habían disparado al blanco con ella cuando eran más pequeños. Conocía su peso, su retroceso, la forma de limpiarla. Pero nunca había disparado a un ser vivo. Su padre cazaba, al igual que su hermano. En más de una ocasión habían servido ciervos en su mesa. Pero Alba no cazaba.

Se quedó mirando el retrato en acuarela de su hermano que había en la mesita de noche y se lo llevó, junto con la pistola.

La pistola la ponía nerviosa. No la metió bajo la almohada, como le había sugerido Valentín, sino que la guardó en un cajón, junto al retrato. Luego se quedó mirando el cajón, preguntándose si no estaba siendo estúpida. El hecho de no haber reconocido el grito de un animal no significaba que se tratara de una criatura sobrenatural, y su sensación de inquietud podía ser simplemente la pena por el duelo.

De pronto sintió miedo, no de brujos, ni de encantamientos, sino de lo que podrían decir su madre o su tío si descubrían que ella creía que una bruja era la causa de su desgracia. Sobre todo su tío tendría palabras duras para ella.

Arturo era tan refinado, tan sofisticado, tan inteligente... Le aterraba parecer una ingenua pueblerina frente a él. Se había burlado con crueldad de Valentín, y ella sospechaba que pronunciaría un juicio igual de despiadado en su contra si se enteraba de que planeaba ir a Los Pinos.

Sin embargo, se arrodilló junto a la cama, tomó un cuenco y dejó caer unas tijeras en el plato y lo llenó de agua. Lo metió debajo de la cama y recitó sus oraciones.

Durmió profundamente. Por la mañana, con la luz que entraba por las cortinas, reconsideró su comportamiento. Qué ridícula había sido el día anterior, convencida de que los monstruos deambulaban por la finca.

Estiró los brazos, abrió la ventana y contempló los verdes campos. El aire era fresco y se arrodilló para sacar el cuenco de peltre con la intención de arrojar el agua por la ventana y olvidarse de historias tan ridículas.

Pero lo dejó caer y se quedó de pie con las manos apretadas contra la boca, intentando ahogar un grito.

De la noche a la mañana, las tijeras se habían oxidado. Tenían una costra de escamas color tierra y rojizas, como si hubieran estado expuestas a la lluvia durante muchos meses.

1934: 3

Tres días después del baile, celebramos una sesión de espiritismo. Podría parecer extraño intentar comunicarse con fantasmas después de los disturbios del baile de Halloween, pero, para Ginny, los fantasmas no eran apariciones espantosas arrastrando sus cadenas en el aire. Ella creía en la comunión con los difuntos y encontraba consuelo en su escritura y sus bocetos, supuestamente influidos por manos invisibles.

Cuando tienes miedo, ¿a quién recurres si lo necesitas? ¿Quién es la primera persona que te viene a la mente? Para muchos, es nuestra madre, y para Ginny no fue diferente, aunque su querida madre estuviera muerta y enterrada.

La sesión requería cuatro personas. Carolyn se mostró escéptica, pero aceptó unirse a Ginny y a mí. Nuestra cuarta participante fue Mary Ann Mason, que apenas podía dejar de reírse ante la idea. Después de varios intentos para que guardara silencio, nos reunimos alrededor de la mesa y esperamos, sentadas en penumbra en nuestra habitación.

No teníamos un tablero de *ouija* ni ningún artilugio espectacular, como trompetas o pizarras espiritistas, ni nada parecido para ayudarnos. Ginny nos pidió que despejáramos nuestras mentes y permaneciéramos abiertas a cualquier comunicación. Nos tomamos de las manos.

Carolyn y Mary Ann habían estado infundiéndose valor dando sorbitos a una petaca, y para cuando íbamos a empezar apenas podían mantenerse tranquilas y solemnes.

—Espíritus, ¿están aquí con nosotras? — preguntó Ginny.

A la tenue luz, podía ver la curva de la sonrisa burlona de Carolyn. Mary Ann se esforzaba para no soltar una carcajada. Y para ser sincera, yo estaba un poco aburrida. Habíamos pasado buena parte de la mañana estudiando y leyendo, y ahora, en lugar de salir, nos encontrábamos encerradas en nuestra habitación, a la luz de una única vela como fuente de iluminación.

Al cabo de unos minutos, empecé a preguntarme si no debería haber aceptado ir con las otras chicas. Algunas se habían ido hacia el cine, y estoy segura de que mis compañeras pensaban lo mismo. De hecho, casi podría jurar que Carolyn estaba a punto de sugerir que nos metiéramos todas en su coche y saliéramos a dar una vuelta cuando un suave golpe en la mesa nos sobresaltó.

—Espíritus, les damos la bienvenida —dijo Ginny serena—. Por favor, toquen una vez para decir sí y dos veces para decir no.

—Eso no es un espíritu golpeando, es la rodilla de Mary Ann chocando contra la mesa —afirmó Carolyn.

—¡No es cierto! —chilló Mary Ann, ofendida.

Se oyó otro golpe en la mesa, esta vez más fuerte. Nos miramos, confundidas.

Ginny sonrió.

—Les damos la bienvenida esta noche y esperamos que puedan compartir su sabiduría con nosotras.

El golpe se repitió. No soy una pobre ingenua, pero no podía decir de dónde venía. No era la rodilla de alguien chocando contra la madera, como había sugerido Carolyn, ni tampoco un golpeteo contra la pata de una mesa. Si me pidieran que dijera cuál era la fuente del sonido, diría que parecía proceder desde dentro de las paredes. Las demás debieron de pensar lo mismo, porque de repente se notaban inquietas.

—Ginny, deja de tomarnos el pelo —dijo Mary Ann.

—No se asusten —repuso Ginny con calma—. Los espíritus se manifiestan desde el amor, sin conflicto.

La llama de la vela temblaba y se plegaba. Contuvimos la respiración y nos apretamos las manos.

—Espíritus, ¿podemos pedir su consejo? —preguntó Ginny.

Un fuerte golpe resonó en la habitación. Miramos a nuestro alrededor, nerviosas. Entonces sonaron dos golpes en rápida sucesión. Contuve el aliento.

Antes de que pudiéramos preguntarle a Ginny qué estaba pasando, los golpes se hicieron tan violentos que hicieron vibrar la mesa. Era como si alguien estuviera golpeando la superficie. Yo ya no sujetaba las manos de nadie; presionaba la mesa con fuerza para evitar que se volcara. Sentía que la madera iba a astillarse bajo mis dedos.

—¡Ginny! —gritó Mary Ann.

Los golpes cesaron. Todo quedó inmóvil y en silencio. Ginny permanecía rígida, con las palmas apoyadas sobre la mesa. Tenía los ojos muy abiertos.

—Estás en peligro de muerte, Virginia —dijo.

Las palabras eran extrañas. No sonaban como si salieran de su boca. Apenas movía los labios y la voz parecía subir desde el pecho en lugar de la garganta. Eran entre un susurro y un graznido, ásperas y pronunciadas con dificultad. No sonaba como Ginny.

De algún modo, en medio de toda esa locura, la vela se mantenía ardiendo con intensidad en su sitio. Ginny se inclinó hacia delante, con la frente casi tocando la mesa, y la vela se apagó.

Mary Ann chilló. Alguien aventó una silla a un lado. Oí un golpe y un forcejeo, y la puerta se abrió. Una de las chicas salió corriendo.

Alargué la mano a ciegas, intentando agarrar la de Ginny, y la luz eléctrica se encendió. Carolyn estaba de pie junto al interruptor de la luz.

—Será mejor que vaya a buscar a Mary Ann. ¡Casi le provocas un infarto, Gin-gin! —anunció.

Ginny no respondió. Miró sorprendida a Carolyn, que negó con la cabeza antes de salir. Lentamente, casi con ensueño, Ginny volteó a verme.

—Lo siento mucho.

El corazón me latía deprisa. Me costaba hablar.

—¿Qué es lo que acaba de pasar? —pregunté al fin.

—No lo sé.

Me agarró la mano izquierda y apretó los labios. Se veía exhausta. Su hermosa cabellera oscura colgaba sobre ella como un sudario. Tras un par de minutos, se levantó y se dirigió al baño. Oí correr el agua. Pasó un buen rato en la bañera y, al salir, dijo que quería irse a la cama.

El día siguiente era domingo. Los domingos, Edgar Yates solía viajar hasta el campus para visitar a Ginny. Pero en esta ocasión, unos asuntos en Boston lo habían retenido, y le envió un ramo de rosas rojas que Ginny colocó junto a la ventana. Mientras las demás chicas estaban con sus novios y pretendientes en la sala de Joyce House, Ginny permaneció sola en su habitación. Yo tenía intención de quedarme con ella, pero Carolyn me interceptó cuando subía las escaleras.

—Tienes que ayudarme a distraer a David. Últimamente está demasiado entusiasmado y me molesta —dijo—. A veces me aburre como nadie.

—¿Por qué me lo dices a mí y no a él?

—Le eché el ojo a un nuevo pretendiente, pero si no resulta como quiero, siempre puedo quedarme con David. Mientras tanto, no puedo permitir que mire a otras chicas y se haga ideas sobre ellas. Simplemente siéntate con nosotros, o Kathleen Kelley no perderá la ocasión de abanicar las pestañas para llamar su atención.

Carolyn tenía un encanto despiadado al que yo me había acostumbrado hacía tiempo, y en más de una ocasión había cumplido ese mismo papel para ella.

—Pensaba pasar el día con Ginny. Anoche apenas durmió y me preocupa. ¿No te acuerdas de lo que pasó?

—¿Te preocupa su número de ventriloquia?

—¿Crees que fue un montaje?

—Claro que sí. Lo hace para llamar la atención. No entiendo por qué Edgar Yates quiere casarse con una chica que podría estar trabajando en Coney Island leyendo las manos. Es tan vulgar.

—No creo que lo haya hecho para llamar la atención.

—¡No me digas que te asustaste! Eso lo puedo creer de la tonta de Mary Ann, pero no de ti. Estuvo golpeando con la rodilla debajo de la mesa todo el tiempo. ¡Uy, qué espeluznante! —dijo Carolyn, y puso los ojos en blanco para conseguir un efecto dramático—. Mary Ann sigue enojada con Ginny por eso, ¿sabes? Y no quiere que vaya con nosotras al cine la semana que viene.

—¿En serio está tan molesta?

—Pues sí. Estoy segura de que se le pasará. Ahora tienes que venir a sentarte conmigo y con David.

—Caro, tal vez sería mejor…

—No, no sería mejor —dijo con firmeza—. Vendrás conmigo porque yo quiero. Es mi última palabra.

Carolyn estaba acostumbrada a los discursos prepotentes. Su dinero, su posición, le habían asegurado una tremenda expectativa de ser obedecida. A veces actuaba como una pequeña tirana. Yo estaba acostumbrada a hacer lo que ella quería. Ese mismo dinero y posición eran cosas que yo envidiaba y admiraba: eran las llaves a otro reino. Con sus conexiones, Carolyn podría ayudarme mucho después de la graduación. Pero solo si seguíamos en buenos términos. Ella lo sabía, yo lo sabía. Y había momentos como este en los que esa conciencia dolía.

Así que pasé un par de horas incómoda, sentada entre Carolyn y David, haciendo de chaperona. Cuando por fin Carolyn dijo que quería pasar unos minutos a solas con David, pude librarme.

Subí corriendo las escaleras y volví a mi habitación. Ginny no estaba allí. Me sentí desanimada, pero al mirar por la ventana la vi de pie a pocos metros de nuestro dormitorio.

Llevaba un abrigo gris oscuro que le quedaba muy bien. No estaba sola. Santiago liaba un cigarrillo y hablaba con ella.

Esta es una de las claves del misterio de la desaparición de Ginny, uno de los momentos que he repetido en mi mente desde entonces, tratando de recordar el ángulo de la luz exterior, la sensación del vidrio sobre las yemas de mis dedos al apoyarlos contra la ventana, el suave tictac de un reloj, el perfume de las rosas que estaban metidas en el florero de porcelana blanca.

Este momento es importante porque es una de las únicas ocasiones en que vi a Ginny y a Santiago conversar a solas. O, al menos, hablando cuando pensaban que estaban solos. En otras ocasiones, cuando lo volvía a ver o ella lo saludaba con un gesto, había otras chicas cerca. En la casa siempre había mucho movimiento. Pero allí estaban conversando, fuera del dormitorio, mientras él encendía su cigarrillo.

Podía ver nítidamente el hermoso rostro de Ginny, pero las gotas de lluvia que habían empezado a caer pronto recorrieron el viejo cristal, distorsionando la imagen. Froté la mano contra el cristal y pensé en abrir la ventana, pero, como todo en la casa, era antigua y no se podía abrir con facilidad.

Santiago estaba de pie con una mano en el bolsillo del pantalón mientras sujetaba su cigarrillo con la otra. Señaló algo en dirección de la reserva de Briar. Ginny se cruzó de brazos y siguieron hablando. Él asentía y sonreía. Luego ella se dio la vuelta y volvió a entrar en el dormitorio.

No oí nada de su conversación, y sus gestos no me parecieron extraños. Me he devanado los sesos, intentando recordar si en algún momento Santiago la tocó, o ella a él, si compartieron un pequeño gesto de afecto. O si Ginny se alejó asustada, repentinamente ansiosa.

Minutos después, Ginny subió las escaleras y entró en la habitación. Se desabotonó el abrigo.

—Betty. Pensé que estabas abajo.

—Subí a ver cómo estabas.

El jarrón de porcelana con las rosas estaba junto a la ventana y jugueteé con el pétalo de una flor.

—Salí a dar un paseo.

—Bajo la lluvia.

Sonrió.

—No llueve mucho. Más bien una llovizna.

—Hablabas con Santiago.

—Sí. El pobre necesita un trabajo estable. Su familia está en Portugal y depende de él, ¿sabes? Creo que podría preguntarle a Carolyn si sabe de algún empleo en la fábrica de su padre.

—Ya no es un niño. Debe de ser mayor que nosotras.

—Tiene veintiún años y es piscis.

—Parece que lo conoces bastante bien para recordar su signo del zodiaco —tercié.

—Sé que eres una tauro terca —dijo, y soltó su risa ligera y encantadora. Con una mano se sacudió las gotas de agua del pelo, se inclinó y olió las rosas.

—¿No es maravilloso Edgar? —preguntó, y sonrió, radiante de alegría—. Nunca se olvida de enviarme flores.

—Es un bonito detalle. ¿Cómo te sientes?

Tomó la canasta de tejido, la puso sobre la cama y sacó una madeja, retorciendo un trozo de lana.

—Mucho mejor.

—No me has contado lo que pasó anoche.

—Todavía no estoy muy segura. La mayoría de los espíritus son amables y gentiles. No puedo explicar lo que pasó. El espíritu estaba agitado. Algo lo asustó… —Hizo una pausa, sumida en sus pensamientos; su sonrisa se desvaneció como la flama dentro de un vaso—. Perdón si las turbé. Sé que Mary Ann y Carolyn están enfadadas conmigo y piensan que les gasté una broma.

—No te preocupes por ellas. Quiero asegurarme de que estás bien.

—Estoy bien. Aunque supongo que esto no hará mucho por mi reputación: «la excéntrica Virginia Somerset». Mi padre se pondrá hecho un energúmeno si se entera de que asusté a mis compañeras.

—Estoy segura de que nadie hablará de ti.

—En California sí lo hacían.

—¿Qué decían? —pregunté con interés. Ginny no solía hablar de California, aunque había vivido en un barrio elegante lleno de estrellas de cine—. ¿Hiciste algo escandaloso?

—Bueno, había un chico, hace un par de años, antes de Edgar. Se llamaba Terry. Era adorable y le robó el coche a su primo y nosotros... —Sacudió la cabeza y se rio—. No, no voy a contarte esa historia, no puedes guardar un secreto.

—¡Claro que puedo!

—Claro que no. Carolyn te lo sonsaca en segundos. Lo he visto.

—No. Anda, dime.

—No, de ninguna manera. Fue un asunto del corazón, mi primer novio. Era rústico, muy diferente de Edgar. A mi padre no le gustaba —dijo, y miró al suelo pensativa—. Mi padre se avergüenza de mí. Me pongo la ropa equivocada y provoco desastres. Por eso está contento de que yo esté aquí, lejos de él.

—Ginny.

Sonrió.

—No sientas pena por mí. Estoy muy contenta de estar lejos de casa, trabajando en mi arte. Te tengo a ti y a las chicas. Supongo que a veces me preocupa que las cosas cambien. Después de que mi madre murió, me sentí muy triste y sola. Ahora soy diferente y estoy muy contenta. Enamorada de Edgar.

Estoy comprometida, lo que es increíblemente emocionante. ¿Te conté lo que dijo cuando me pidió que me casara con él? Dijo que me haría perfectamente feliz.

—¿Crees que en realidad puedes ser perfectamente feliz? —le pregunté.

—Sí. Con Edgar. No era feliz en casa de mi padre después de la muerte de mi madre. Dejamos de ser una familia. Pero ahora tendré una nueva familia, un nuevo hogar.

—Claro que sí —dije, y sentí que las palabras se atoraban en mi garganta.

Se levantó y miró por la ventana. Yo también miré. Santiago seguía abajo, fumando. Debió de sentir nuestros ojos clavados en él, porque levantó la vista. Nos saludó con la mano; Ginny le devolvió el saludo con la cabeza. Santiago apartó la mirada y aplastó el cigarrillo con el pie y se marchó.

Eso es lo que vi, eso es lo que recuerdo, esa es la piedra angular de la teoría de que Ginny amaba a Santiago. Pero si lo analizas, no significa nada. Vi a dos personas hablando, vi a una chica que regresaba a su habitación. No me reveló ningún amor imposible, sino que habló de su novio.

La otra evidencia que refuerza la idea de una relación secreta entre Santiago y Ginny viene de Mary Ann. Dijo que había visto a una mujer joven parada afuera en la nieve abrazando a Santiago. La mujer llevaba un abrigo que podría haber sido el abrigo gris de Ginny. Excepto que era tarde en la noche, y Mary Ann no estaba segura de que el abrigo fuera gris. Tampoco estaba segura de que la chica fuera Ginny, porque llevaba bufanda y sombrero.

Aunque en aquella época era habitual que todas las mujeres llevaran sombrero, Ginny no seguía la moda. Prefería ir con la cabeza descubierta y el pelo largo cayéndole por la espalda. Pero también es verdad que a Ginny no le habría costado nada ponerse un sombrero si hubiera querido. Yo tenía sombreros, Carolyn tenía sombreros, Mary Ann tenía sombreros. Incluso en el frío invierno, cuando lo más recomendable hubiera sido llevar orejeras y un gorro calentito, hubiera tenido mucho sentido ponerse un bonito sombrero.

Podría haberse tratado de otra chica que estuviera con Santiago ese día. Ni siquiera tenía que ser una de las estudiantes que se alojaban en nuestra residencia.

Pero pensemos por un momento que Ginny y Santiago eran esa pareja. Mary Ann solo los miró al pasar. Cree que la mujer tiene sus brazos alrededor del cuello de él y lo atrae hacia sí para besarlo.

Supongamos que, en efecto, son amantes. ¿Por qué no tengo ni la menor idea de esto? Compartimos habitación en el dormitorio, compartimos las comidas, hablamos por las noches. En los días previos a su desaparición, Ginny se comporta de forma extraña, sí, pero no está atormentada por la ansiedad de una joven que piensa en una fuga amorosa. Más bien, la atemorizan fuerzas invisibles del mal que acecha en las sombras.

Habla de magia negra y de maldiciones. No recibe cartas de un amante secreto. En esos últimos días antes de su desaparición, está profundamente aislada.

Quiero creer que el encuentro que vi desde mi ventana fue el de una pareja de novios. Quiero creer que la pareja que Mary Ann vio abrazándose en la nieve eran Ginny y Santiago. Quiero construir una respuesta sencilla, común, a este enigma que me ha perseguido durante todos estos largos años. Pero hay demasiados cabos sueltos que siguen sin resolverse.

Porque, verás, esa noche, cuando Mary Ann ve a la pareja, les grita en tono de juego.

—¡Ginny, qué ligera de cascos eres!

Pero Ginny no contesta, no se vuelve a mirar a Mary Ann. En lugar de eso, la pareja se aleja, dándole la espalda, sin reconocer a la intrusa. Mary Ann resopla, le parece de muy mal gusto que Ginny se comporte así, y se apresura a entrar en el dormitorio. Empieza a nevar de nuevo, y la pareja se aleja. Los copos de nieve se adhieren a sus abrigos. Doblan una esquina y desaparecen detrás de la casa.

En ningún momento Ginny reacciona al oír su nombre y en ningún momento Mary Ann ve su rostro. Por eso, aunque semanas más tarde Mary Ann dirá que probablemente Santiago y Ginny tenían una relación amorosa, la evidencia es endeble. Y aunque aquel día los vi hablando afuera, solo puedo reproducir el recuerdo sin llegar a una conclusión definitiva.

¿Fue acaso un romance barato lo que alejó a Ginny? ¿O hubo fuerzas más oscuras en juego? La sesión espiritista no es más que uno de los inquietantes elementos inexplicables que rondan mi relato. Ocurrieron otros misterios.

Por eso, cuando recuerdo aquel encuentro bajo la nieve, no puedo, aunque lo desee con todas mis fuerzas, imaginar a Ginny volteando a ver a Mary Ann y sonriendo en señal de reconocimiento. No. Cuando evoco ese momento, lo único que veo es la figura con el abrigo gris y el sombrero, y cuando gira la cabeza hacia Joyce House, no tiene rostro. No hay más que un vacío. Una mujer sujeta a Santiago del brazo, pero no es Ginny; es una terrible oscuridad.

Estoy atrapada junto a esa ventana, con la lluvia distorsionando mi visión, siempre mirando hacia afuera, y sin poder ver jamás el rostro de la mujer que amo.

1998: 6

Mientras caminaba hacia el pueblo, Minerva escuchaba en su discman a Veruca Salt, pensando que la salida tal vez le levantaría el ánimo, pero la tranquilidad de las calles hizo poco por aliviar esa punzada de nervios que se había instalado en horas de vigilia y que no lograba explicar o alejar.

Suponía que era la calma del verano lo que le provocaba esa incomodidad. Durante el día, con los trabajadores desplazados a Boston u otros destinos y sin los estudiantes que solían llenar sus dos cafeterías y su única librería, una sensación de melancolía envolvía los edificios de ladrillo que conformaban el centro de Temperance Landing. El edificio amarillo y blanco del ayuntamiento, con la fecha de 1667 grabada con orgullo sobre sus puertas, y la imponente biblioteca de estilo Beaux-Arts permanecían en silencio, desolados.

Pensaba que el pueblo era encantador. Se parecía a los pueblecitos que aparecen en las latas de galletas navideñas. Un lugar al que nunca había ido, salvo en las películas antiguas de Hollywood, donde Cary Grant hacía de héroe. Pero ahora percibía una alegría forzada incrustada en la madera, el ladrillo y el cemento y, detrás de eso, la forma de algo más punzante e incómodo. Incluso el campus había comenzado a perder su elegancia, como la pintura que se descascara con el tiempo.

Había creído que el verano, sola junto al mar, le daría la oportunidad de concentrarse en su trabajo, pero, en lugar de eso, el silencio de Stoneridge pesaba sobre sus hombros. El incidente en las estanterías móviles no hizo más que aumentar su sensación de malestar. Pero bueno, no tenía importancia. Necesitaba seguir revisando los papeles de Beatrice Tremblay, tenía que volver a imponerse una apariencia mínima de orden.

Dejó el rollo de película para revelado y se compró un café; luego regresó por el mismo camino por el que había venido, mirando las casas con las placas que testimoniaban su venerable historia. Había un edificio gris con una puerta amarilla y una placa que decía ROBERT THORNDIKE, MARINERO, 1723. Una casa color rosa con su placa ovalada que declaraba que había sido el hogar de JEREMY LUTTER, ALBAÑIL, 1806. Encantadores recuerdos del pasado.

ISAIAH MARSH, 1887, PERDIDO EN EL MAR.

Se detuvo ante esa casa roja y contempló la placa, preguntándose cómo se habría perdido Isaiah exactamente. ¿Una tormenta repentina? ¿Un viaje del que nunca regresó? ¿Se habría caído por la borda o habría sido asesinado por un compañero de tripulación resentido? Minerva se pasó la mochila de un hombro a otro.

Cuando regresó a la residencia, se echó una siesta mucho más larga de lo previsto y se despertó más agotada que descansada. Hideo llegó poco después.

La ayudó a llevar las cajas de Thomas a Ledge House. Las dejaron en la vieja biblioteca, bajo la sombra de patos y búhos disecados, en lugar de arrastrarlas hasta el sótano. Al final, alguien de la oficina de la residencia había llamado a la hermana de Thomas, quien había prometido que devolvería la llamada para ver si podía recoger las cajas. No tenía sentido subir y bajar las cajas por las escaleras del sótano, así que de momento se quedarían allí.

—Podrías levantarle un reporte —dijo Hideo cuando volvieron a la cocina.

Minerva sacó una lata de Diet Pepsi del refrigerador y se la pasó, antes de prepararse su segundo café del día.

—No hay pruebas de que haya sido Conrad quien pintarrajeó mi puerta, aunque sea obvio que fue él. Se va a poner todavía más insoportable si digo algo, y no lo van a sacar del campus durante el verano.

—Si no lo pones por escrito, nunca te librarás de él.

—No quiero hablar de Conrad —dijo, y encendió la luz de la cocina.

Se estaba haciendo tarde y pronto Karnstein vendría a cenar. El resplandor de la cocina atraía al gato por las noches.

—¿Le contaste a Hannah lo que te dijo?

—Sí, ya se lo conté. Lo va a añadir a su expediente y en otoño tendremos una sesión de mediación.

Hideo se sirvió medio vaso de refresco mientras negaba con la cabeza. Minerva tomó su taza de café y se sentó frente a él.

—¿Y cómo es Carolyn Yates? —preguntó Hideo—. ¿En serio habló contigo cuando fuiste a su casa?

—Claro, hablamos. Parece que en su juventud fue una artista, además de una señorita de la alta sociedad bien casada. En los diarios de Beatrice Tremblay la describe como una mujer elegante y privilegiada.

—Y su nieto, ese Noah, ¿cómo es?

—Es el nieto de una mujer privilegiada.

—Digo, ¿es guapo?

—¿Cómo voy a saberlo?

—Tienes ojos.

Pensó que detrás de su tono fanfarrón, se entreveía cierta vulnerabilidad. Siempre había sentido algo así como ternura por los animalitos callejeros y por las cosas un tanto dañadas: el marco de un espejo con una esquina desportillada, las páginas de un libro maltratadas por la lluvia, el suéter mordisqueado por una molesta polilla. Eso la predisponía a mirar con buenos ojos a un hombre como Noah. Pero no debería hacerlo. A veces, los perros callejeros muerden, y ciertos libros viejos están infestados de un moho pernicioso.

—Mis ojos están ocupados —dijo. El café estaba demasiado caliente. Le escaldó la lengua.

—A veces pienso que quieres jugar a ser Emily Dickinson: encerrada en una casa de ladrillo y escribiendo febrilmente a la luz de una vela.

No era así. Admiraba, incluso envidiaba, a las personas como Hideo, que podían moverse por el mundo con soltura, sonriendo, riendo, haciendo amigos, mientras ella estaba encerrada en su cabeza. Últimamente se sentía aún más alejada de todo, sumida en el silencio del dormitorio y en el calor veraniego que se extendía por el campus, arrullándola en una especie de vigilia inquietante.

—Debería ir a por la comida china ahora —dijo Hideo—. ¿Vienes conmigo? Tengo que ir a Stop and Shop, pero no voy a tardar.

—No, aquí te espero.

Temía que volviera a preguntarle por Noah o Carolyn. No quería hablar de ellos. Tampoco le gustaba la idea de ir en el coche escuchando la ruidosa música de Hideo, con esas notas que le raspaban los oídos como papel de lija. Últimamente estaba sensible, irritable; tal vez era otro efecto de este verano solitario y sofocante.

Cuando Hideo salió, Minerva revisó distraídamente sus apuntes, subrayando una palabra por aquí y otra por allá. Dio un último trago a su café, volvió a la biblioteca y miró las dos cajas de Thomas Murphy

Volvió a pensar en la última vez que lo había visto, cuando atravesaba la reserva de Briar y se lo topó en mitad de la noche. Estaba muy oscuro y apenas lo notó antes de que casi chocaran. Parecía asustado, ¿verdad? La había mirado con ojos muy abiertos y alarmados antes de alejarse sin decir nada.

Minerva abrió una de las cajas y sacó un libro, luego otro. Los dejó a un lado sin mirarlos realmente. Thomas no llevaba abrigo esa noche y, ahora que lo pensaba, tampoco llevaba gorro ni guantes. No podía ir muy lejos vestido así, sin nada que lo protegiera del frío, igual que la protagonista de *La desaparición.*

La protagonista que, según decían, estaba inspirada en Virginia.

Minerva negó con la cabeza y tomó los dos libros que había estado hojeando, dispuesta a guardarlos de nuevo. Pero, de entre las páginas de uno de ellos, se deslizó un trozo de papel. Lo tomó.

Era una hoja común y corriente, en la que Thomas había garabateado con tinta negra. Nada especial. Excepto que Minerva había visto dibujos como esos en The Willows: los dibujos se parecían a los bocetos a carboncillo que había fotografiado.

Minerva se quedó mirando la hoja. Luego empezó a buscar rápidamente más papeles dentro de los dos libros. No encontró ninguno. Entonces empezó a sacar otros libros de la caja, sin suerte. Por último, abrió un cuaderno: sus páginas estaban llenas de más y más dibujos que inexplicablemente se parecían a los de Virginia.

¡Esa flor! Había visto ese patrón floral en el archivo de The Willows. Círculos y más círculos. Y esas marcas a los lados, que parecían letras, pero no exactamente. Allí estaban, y también otros dibujos que, conforme pasaba las páginas, le recordaban por su atmósfera y estilo a las obras de Virginia.

Era como si Thomas hubiera fotocopiado los tres bocetos que ella había encontrado. Solo que estos estaban hechos con bolígrafo. La inquietante similitud hizo que un escalofrío le recorriera la espalda. Porque, en esencia, Thomas había desaparecido, al igual que Virginia, y hasta ahora no se había detenido a pensar seriamente en esa coincidencia.

Quizá exageraba. Quizá los dibujos no eran tan parecidos. No podía estar segura hasta que los comparara con las fotos que había tomado en The Willows. De todas formas, el corazón le latía con fuerza. Sentía un temor que no sabía nombrar.

Tomó el cuaderno y alzó la cabeza, escuchando con atención. El dormitorio estaba en silencio. No se oían pasos en el piso de arriba, no se abrían ni cerraban puertas. La casa permanecía en calma y silencio; las ventanas, cerradas y las cortinas, corridas. Y, sin embargo, creyó oír algo. O tal vez no. Tal vez se trataba de esa vieja sensación que su bisabuela solía llamar portento. Era como una espina clavada en la piel, que te punzaba y te hacía prestar atención.

Minerva dejó el cuaderno y se puso de pie. Fue a la cocina y se quedó junto a la mesa, intentando atisbar la oscuridad que se extendía afuera, pero manteniéndose alejada de las ventanas. Cuando Hideo salió, aún era de día, pero la noche parecía haber caído de golpe, cubriendo la casa con una opresiva negrura.

No había luz en el porche, así que no podía ver quién estaba fuera. Pero sabía que había alguien, aunque ninguna silueta se asomara a los bordes de las ventanas de la cocina.

Ese alguien no era Hideo, ni ninguno de los otros directores de residencias que pudieran estar haciendo sus rondas. Tampoco era común que se aventuraran en este sector del campus, ya que se suponía que Minerva estaba a cargo de la vigilancia de estos edificios.

Entonces empezó a oírlo: pisadas por el camino, luego en los escalones que conducían al porche. Había anticipado la visita, pero, de todas formas, el golpe en la puerta la sobresaltó tanto que se agarró al respaldo de una silla.

—¿Minerva? ¿Estás ahí?

Era la voz de Conrad Carter. Apretó los labios y dio un paso adelante, abriendo apenas la puerta.

—¿Qué pasa, Conrad? —preguntó.

—Vengo a hablar de lo de la otra noche. Ya sabes, para disculparme.

El joven le sonrió con su sonrisa más amable y carismática. Conrad podía ser divertido y encantador cuando se lo proponía. Minerva lo había visto desplegar todo su carisma con sus compañeros de residencia. Al principio, cuando lo conoció, se esforzaba por parecer simpático. Durante todo el mes de septiembre y hasta finales de octubre, la saludaba siempre con una sonrisa cálida.

—Gracias. Pero ya presenté el informe —dijo, devolviéndole la sonrisa con una mirada cautelosa.

—Ya lo sé.

—No puedo retirarlo, si es lo que estás pensando.

—Estaba pensando que esta noche estoy aburrido, que la televisión por cable de mi habitación no funciona y que el campus está desierto. ¿Quieres ir a Bailey's a jugar al billar? Te gusta el billar.

Minerva se cruzó de brazos. Había ido dos veces a Bailey's, ambas con Hideo y otros directores de residencias. La segunda vez se topó con Conrad Carter, jugaron y conversaron. Bueno, él habló. Ella había permanecido callada, como solía hacer en bares y lugares ruidosos y caóticos. Luego, cuando se excusó diciendo que volvía al campus, él le propuso acompañarla.

Fue un paseo agradable, en el aire fresco de octubre, y Conrad Carter no dejó de hablar, mientras ella solo respondía a sus preguntas. Se llevaban bien. Luego llegaron al límite de la reserva de Briar, y allí estaba el camino que él tenía que tomar para volver a su dormitorio, así que ella se preparó para despedirse.

Y justo antes de hacerlo, él la besó. Un beso fugaz, mientras el viento soplaba y mecía las copas de los árboles. En casa, Minerva rara vez había salido con alguien: siempre estaba tan ocupada con sus estudios y trabajos de medio tiempo... No se le daba aquello de relacionarse con otras personas; apenas podía reunir el valor para intentar algo semejante a un romance. Había tenido un novio en la preparatoria, una relación que no duró más que una temporada. En la universidad estuvo con Jonás, quien odió la idea de que se fuera al extranjero en cuanto se lo mencionó, y la acusó de ser tibia con él durante todo el año que salieron, lo cual era cierto. Ya en Estados Unidos, no había ido más allá de intercambiar mensajes en foros: así conoció al chico de Brookline con quien salió un par de veces.

La verdad es que no tenía ni idea de cómo manejarse con los ligues, y las citas eran igual de confusas. Además, Conrad era estudiante en una de las residencias que ella supervisaba.

Le había dado las buenas noches de forma apresurada y se había metido en su casa, dejando a Conrad Carter con cara de sorpresa y a Minerva perpleja.

Cuando le insinuó a Hideo que había conocido a un estudiante de posgrado interesante en una residencia cercana (¿sería ético salir con alguien de una residencia que técnicamente estaba bajo tu vigilancia?), él se rio y le preguntó de quién se trataba, Minerva negó con la cabeza, reacia a dar más detalles.

Había visto a Conrad en los días siguientes y le sonreía cuando se cruzaban, pensando que tal vez le preguntaría si quería ir al cine o a Bailey's el fin de semana. Pero cuando llegó el fin de semana de Halloween, caótico e interminable, se lo encontró fumando marihuana con una estudiante de tercer año disfrazada de bruja sexy.

Les levantó un reporte a ambos. Estaba haciendo su trabajo, aunque sospechaba que él lo interpretaba como un intento mezquino de vengarse por haberse enganchado con otra chica en vez de con ella. De todos modos, se alegraba de haber sido precavida con él. Era un mocoso, un niño mimado. Noah Yates seguramente era del mismo estilo.

—Tengo rondas con otro director en un rato —dijo.

—Bueno, entonces, supongo que lo intenté —respondió encogiéndose de hombros, dando un paso atrás.

Miró hacia la reserva de Briar, los árboles oscuros fundiéndose con el cielo como carbón. Quería que Conrad se fuera, pero se le escapó una pregunta.

—¿Te dijo Thomas adónde iba antes de las vacaciones de invierno?

Él se detuvo y frunció el ceño.

—¿Por qué habría de decírmelo?

—Eran compañeros de cuarto.

—No nos llevábamos bien. Y no era culpa mía. Sé que eso es lo que piensas, pero no era yo el que lo molestaba. Encontraba cosas raras para enloquecer.

—¿Cómo qué?

—Decía que yo le robaba cosas o las cambiaba de sitio. Luego tuvo la loca idea de que yo le miraba por la noche.

—¿Que lo mirabas?

—Y que lo seguía. Nuestra última pelea fue porque dijo que lo seguí por un camino, pero que después borré mis huellas. Esto te lo conté, está en uno de tus informes.

—No, no me lo dijiste.

Seguramente lo había escrito Hannah, o tal vez otro director residente. En invierno, había estado intentando evitar a Conrad, así que quizá hubo algún incidente que delegó a alguien más del personal. O tal vez la oficina administrativa se había ocupado del asunto directamente. El campus era un caos a final de cada semestre.

—Era un bicho raro. Y deberían haberlo reportado a él, no solo a mí. ¿Sabías que encendía velas en su cuarto? Hablaba solo. Cosas raras. Yo solo ponía CD por la noche.

—¿Te acuerdas de lo que hacía en diciembre, durante los exámenes finales?

—Saltarse las clases.

—¿Estás seguro?

—Se encerraba en su cuarto y se quejaba de cualquier ruido que yo hiciera.

—¿Cuándo fue la última vez que lo viste?

—No sé. Antes del Desayuno de Medianoche. Toqué a su puerta para ver si quería que fuéramos juntos a la cafetería y no contestó.

El Desayuno de Medianoche era una de esas tradiciones antiguas del campus, de cuando Stoneridge era un colegio solo para mujeres. Las chicas se reunían el primer viernes de diciembre en el comedor, donde se servían huevos, tocino y pan tostado a las estudiantes hambrientas que se preparaban para los exámenes. Seguía siendo una actividad popular, un acontecimiento que anunciaba el inminente fin de curso.

Minerva trató de acordarse del día exacto en que había visto a Thomas por última vez. Debió de ser después del Desayuno de Medianoche. ¿Quizás el fin de semana siguiente? Maldición, no estaba segura.

—¿Por qué me preguntas por Thomas?

—Su hermana vendrá a recoger sus cosas y me acordé.

Conrad asintió. Minerva no dijo nada más, pero él se quedó junto a la puerta, mirándola.

—¿En serio presentaste una denuncia? —preguntó.

—Sí.

—No vine solo a preguntar por eso, ¿sabes? En verdad tenía ganas de ir a Bailey's.

Tal vez era cierto, tal vez no. Conrad era un oportunista, y Minerva no creía que le importara soltarle un par de frases ensayadas con tal de que cambiara el reporte. Pero no tenía intención de hacerlo. Ya sabía lo suficiente sobre él; había aprendido la lección.

Negó con la cabeza.

—Tengo que trabajar en mi tesis.

—Está bien relajarse de vez en cuando. De lo contrario, te vas a quemar.

«Las brujas se queman», pensó. Al menos en los cuentos, en las películas de terror baratas. No en la vida real. En la vida real las habían ahorcado en el peñón llamado Proctor's Ledge, en la cercana Salem.

—Lo tendré en cuenta —dijo Minerva.

Él se encogió de hombros, con una de sus características sonrisas, y se alejó deprisa. Minerva cerró la puerta y regresó a la biblioteca. Miró las cajas de Thomas con ojos cansados. Una vez más, sintió esa opresiva ansiedad que parecía acompañarla cada vez con más frecuencia. Se inclinó lentamente a mirar la hoja con los dibujos que había dejado sobre un sillón.

«Isaiah Marsh, perdido en el mar», pensó. ¿Perdido como Thomas, que una noche no volvió a su habitación? ¿O como Virginia Somerset, que salió de su dormitorio una fría noche de diciembre? ¿Cuántas personas se perdían así, deslizándose en la oscuridad, para nunca volver a ser vistas?

Un ruido la hizo levantar la cabeza. ¿Había llamado alguien a la puerta? ¿Había regresado Conrad? ¿O era Hideo con la comida china? Caminó hacia la cocina y se quedó mirando la puerta.

—¿Hideo?

Pero no hubo respuesta. Había alguien afuera. Lo sabía. Apoyó los dedos en el marco de la puerta y la abrió de un tirón con la otra mano.

La oscuridad la recibió, una leve brisa le acarició el pelo y escuchó el susurro de los árboles cercanos.

Detrás de la membrana de normalidad de esa noche de verano, se escondía una suciedad que no podía nombrar, pero que percibía.

—Brujas —dijo.

La luna, deslizándose por el cielo, parecía sonreírle a Minerva, como una feroz bestia que enseña los dientes.

«Me estoy volviendo loca», pensó, y se preguntó si no debería haber aceptado la invitación de Conrad. O quizás tendría que haber subido al coche con Hideo. Así no estaría sola con sus nervios y las sombras de la casa como única compañía.

Karnstein maulló y se le acercó. Minerva se agachó para recoger al animal y lo abrazó contra su pecho. El gato ronroneó mientras ella entrecerraba los ojos y miraba las copas de los árboles antes de dar media vuelta y cerrar de un portazo.

1908: 6

Alba no había visitado antes Los Pinos. ¿Por qué lo haría? No era más que una aldea polvorienta al final de un camino angosto que serpenteaba por la montaña. Una cascada caía por una quebrada, salpicando las rocas cubiertas de musgo, y los pinos crecían rectos y altos, dando sombra. Era un paisaje hermoso, exuberante y lleno en vegetación, pero había pocas cosas que la atrajeran hacia ese lugar agreste. También tenía sus peligros, porque a veces la niebla descendía desde las montañas y cubría todo el camino, impidiendo ver qué había más adelante.

Se decía que las brujas de Los Pinos se convertían en bolas de fuego cuando caía la niebla, y que atraían a incautos viajeros hacia su perdición. Recordaba haber asustado a sus hermanos con esas historias, pero ahora aquellos inofensivos relatos la hacían tirar del pesado abrigo que llevaba sobre los hombros, deseando reprimir un escalofrío que no se debía nada más al frío que reinaba en la senda aquella mañana.

Se había enterado de qué era lo que Fernanda y Dolores habían hecho que había irritado tanto a su tío: se habían colgado unos dijes contra el mal de ojo y los llevaban en la muñeca. Él lo consideraba algo pagano y absurdo, y les había gritado.

—No quería ofender a tu tío —le dijo Fernanda a Alba, retorciéndose las manos con ojos llorosos—. Pero han pasado cosas extrañas aquí, niña Alba. Mi hermana vino a darme los amuletos; yo no se los pedí.

—No te preocupes. Seguro que ya se le olvidó —respondió Alba.

Y tal vez era cierto, pero significaba que, si su tío o su madre se enteraban de esta expedición con Valentín, se pondrían furiosos. ¿Debía emprender el viaje? Sabía que en el mundo abundaban los charlatanes. Valentín era su amigo, pero podía estar llevándola directo a las manos de un timador que no haría más que quitarle su dinero y burlarse de su ingenuidad.

Cuando por fin llegaron al pueblo, el sol ya se había abierto paso entre las nubes. En Los Pinos no había una plaza central; las casitas se agrupaban a lo largo de desordenadas veredas de tierra, y a los ojos de Alba todas lucían iguales, pintadas de un blanco ensuciado por los elementos y el tiempo. Pero Valentín parecía saber adónde iba, y recorría las callecitas laberínticas con facilidad, hasta que llegaron a una casa con una maltratada puerta amarilla.

Valentín la ayudó a desmontar y luego ató los caballos a un poste mientras Alba echaba un vistazo en torno. Se oía el cacareo de unas gallinas, pero por lo demás el pueblo estaba extrañamente silencioso. Unas casas más allá, una anciana remendaba una camisa, sentada en un banquito junto a la puerta. Un niño entró corriendo en otra de las viviendas. Eran las únicas personas que habían visto hasta el momento. A lo lejos, ladró un perro.

—La mayoría de los hombres y las mujeres trabajan en las fincas cercanas durante el día —explicó Valentín—. No hay mucho que hacer aquí.

—Excepto leer las líneas de la palma de la mano y vender amuletos —dijo Alba.

Valentín asintió. Llamó a la puerta amarilla. Una anciana abrió y los miró entrecerrando los ojos. Su pelo gris estaba recogido en una trenza desordenada y sobre los hombros llevaba el rebozo negro con la franja roja que identificaba a las brujas de Los Pinos. Siempre había brujas en cada pueblo, gente que sabía preparar cataplasmas y pociones de amor por igual. Aquí se agrupaban en la ladera de una montaña. ¿Habrían sido desterradas hasta este lugar? ¿O unido sus fuerzas en un antiguo pacto? Nadie lo sabía, pero hasta donde la gente de los pueblos vecinos podía recordar, habían existido Los Pinos y sus brujas.

—Doña Jovita, le traigo un regalo —dijo Valentín. Metió la mano en el morral de cuero que colgaba de un hombro y le entregó una botellita azul—. ¿Podemos pasar?

Jovita asintió y abrió la puerta de par en par, dejándolos entrar en un pequeño y oscuro recibidor. Sobre el marco de la puerta había colgadas una herradura, una imagen de San Martín Caballero y cruces de ocote.

Siguieron a la mujer por un pasillo.

Había muchos estantes a lo largo del corredor, todos atiborrados de frascos. Algunos contenían plantas secas, hierbas y hongos; otros parecían estar llenos de huesos molidos de coyotes, alas de mariposas, sapos secos, pieles de serpiente, obsidiana finamente molida y chapulines en polvo.

Entraron en una habitación que olía un poco a menta. Una gran ventana dejaba pasar buena luz y este espacio parecía menos atiborrado que el corredor. Aun así, pequeños manojos de ocote atados con hilo estaban acomodados en baldas, cajas con etiquetas ordenadas y más frascos a su alrededor. Debajo de un nicho con una estatua de yeso del arcángel Gabriel, había listones de colores clavados con tachuelas.

Alba y Valentín se sentaron a la mesa. La anciana sostenía la botella entre las manos y la miraba con interés. No se sentó. Alba se quitó los guantes de montar.

—Esta es la muchacha de la que le hablé, doña Jovita. Venimos a pedirle consejo —dijo Valentín, señalando a Alba.

Ella deslizó una bolsita sobre la mesa. Era el dinero que tenía para gastos menores.

Jovita dejó la botella sobre la mesa y salió de la habitación. Cuando volvió, llevaba un cuenco de madera en una mano y un huevo en la otra. Se sentó. Con dedos temblorosos, rompió el huevo y dejó caer su contenido en el cuenco. Luego dio un sorbo a la botella y se relamió, pero no dijo nada mientras miraba fijamente el cuenco.

Alba empezó a preguntarse si la mujer podía hablar. De nuevo se cuestionó sobre aquella excursión. Allí estaba ella, temblando, condenada a pescar un resfriado por haber cabalgado tan temprano por la montaña, ¿y todo para qué? Su tío tenía razón. No iba a encontrar respuestas en este lugar.

—Hay una sombra encima de ti —dijo la mujer—. Un *teyollocuani* acecha a tu familia.

Valentín debía de haber mencionado a la criatura que, según él, afligía a los Quiroga, igual que había sido él quien había organizado este encuentro. Aun así, la palabra llenó de espanto a Alba.

Jovita bebió otro sorbo de la botella y miró el cuenco. Alba solo veía la yema de huevo, pero la mujer parecía profundamente concentrada en ella.

—Un brujo así es peligroso. A un *teyollocuani* no le interesan las travesuras menores. Debes tener cuidado. Puede convertir a sus enemigos en animales, en cosas.

—¿Qué cosas? —preguntó Alba.

—Había una vez un muchacho de un pueblo cercano. Era guapo y gustaba a todas las mujeres, y a él le gustaban todas ellas. Pero cometió un error cuando hizo enojar a una joven de nuestro pueblo. Ella lo embrujó, lo convirtió en un banquito y se sentó encima de él. Ahí sigue, sentada en el banquito, en la puerta de su casa, sonriendo.

Alba se acordó de la mujer que había visto cerca, sentada en un banquito, remendando una camisa. Apretó las manos con fuerza.

—Ha habido muertes, ¿verdad? —preguntó la mujer—. Caballos. Chivos.

—Sí —confirmó Alba.

La gente hablaba de eso. Se dio cuenta de que, incluso sin Valentín, la mujer habría adivinado el motivo de su visita y le habría recomendado con facilidad algún remedio.

—Es un embrujo. Necesitamos hacer un talismán. Algo fuerte, algo que te proteja. Costará más que una botella de ron y unas pocas monedas. Mucho más.

—Ya veo —dijo Alba.

Empezaba a sentirse tonta, como una campesina boba a punto de ser engañada con trucos de feria. Pensó qué diría su madre si pudiera verla ahora. Su tío estaría horrorizado. En el mejor de los casos, ella se reiría de su ingenuidad; en el peor, le prohibiría volver a ver a Valentín.

—¿Cuánto? —preguntó Valentín.

—El anillo en el dedo de la muchacha —dijo Jovita.

Alba miró el anillo con la piedra verde que le había regalado su padre, y negó con la cabeza.

—Esto es una tontería —dijo, volviéndose hacia Valentín—. En lugares como este te inventan cuentos y se aprovechan de los que vienen.

—Alba, tienes que escuchar —le suplicó.

—No, no quiero. Llévame a casa.

—Por favor, es una mujer sabia.

—Valentín, no quiero...

—Tienes portentos —terció Jovita con calma, interrumpiéndolos.

Alba la miró y se quedó en silencio. No le había contado a Valentín de sus presagios. Solo había hablado de ellos con su tío Arturo. Temía que a su madre no le gustaran esas tonterías. Tal vez su padre habría sido más receptivo, porque ambos eran más cercanos al folclore y a las historias del pueblo, pero sentía que eran asuntos privados; secretos que debían compartirse con cautela.

Había hablado con Arturo de portentos porque era un alma especial, la única persona que comprendía su naturaleza.

Era un poeta, un soñador. Ni siquiera Tadeo, que había sido su confidente y compañero de juegos, podía comprenderla tan profundamente, porque estaban hechos de sustancias diferentes. Tadeo era casi su gemelo, pero no su doble.

—Sueñas y vislumbras cosas que serán, y a veces ves cosas que han sucedido —dijo Jovita—. Es un don.

—¿Un don? —Alba jugueteaba con uno de sus guantes de montar, tirando suavemente de él mientras hablaba. No podía quedarse quieta.

—Algunas personas tienen buen oído para los instrumentos, otras pueden correr rápido. Nacemos con ciertas peculiaridades en el alma y en el cuerpo.

—Suena como si estuvieras diciendo que nací para ser bruja, o adivinadora como mínimo —dijo Alba, soltando una risita burlona.

La mujer se encogió de hombros.

—¿Nace alguien para ser músico? Los que tienen dones pueden tener más facilidad para andar ciertos caminos, pero eso no significa que los recorran.

Alba respiró hondo.

—Muy bien. Tengo sueños y a veces veo cosas que van a suceder. ¿Y qué?

Se quedó callada. Giraba el anillo alrededor de su dedo.

—Una *teyollocuani* quiere alimentarse de la sangre de sus víctimas. Consigue un mechón de pelos, unos recortes de uñas, y con eso embruja a la persona. Puede hacer que granice en verano, o provocar sueños inquietos. Manda a sus emisarios, el búho, la serpiente, a rondar cerca de las casas por la noche. La víctima empieza a llenarse de miedo. Eso hace que la sangre sea más dulce: el dolor y el miedo. La *teyollocuani* se comió a tu hermano, eso es lo que hizo. Ahora sus huesos están en algún campo. Te devorará a ti también si no tienes cuidado. Muéstrame tus muñecas.

Alba dudó, pero ofreció las manos. Jovita las revisó y asintió.

—No tienes marcas de mordiscos. En tu cuello tampoco hay nada, ¿verdad?

—No —dijo Alba, y se llevó la mano al cuello por reflejo.

—Bien. Significa que no ha bebido de ti. Una vez que un brujo bebe la sangre de su víctima, su habitación no puede ser protegida con talismanes. Y cuanto más bebe, más fuerte se vuelve el brujo y más profundamente cae la víctima bajo su hechizo. Pero podemos espantarla con los amuletos adecuados.

—No estoy segura...

—Si no estás segura, vete —dijo la mujer, aunque no sonaba exasperada.

Una vez más, Alba giró el anillo en su dedo, sintiendo el frío de la piedra bajo sus dedos. Se lo quitó y se lo entregó a Jovita, que se lo guardó en el bolsillo y asintió.

La mujer se levantó, recorrió la habitación. Sacó un bulto de tela de una de las estanterías. Lo colocó sobre la mesa y lo desenvolvió. Dentro había una paloma muerta, embalsamada y atravesada por siete alfileres largos.

Alba ahogó un grito ante aquel espanto.

—¿Qué es eso?

—Lo pondrás en tu habitación. Rechazará cualquier cosa maligna que intente meterse por tu ventana.

—Colocó unas tijeras debajo de la cama y se oxidaron en una noche —dijo Valentín.

—Esto es más fuerte, mejor —respondió, mientras deslizaba con cuidado un alfiler fuera del cuerpo de la paloma—. Pínchate el dedo con esto y vuelve a clavarlo.

—¿Por qué haría una cosa así? —contestó Alba, asqueada.

—La sangre tiene poder. Por eso la beben. La sangre de alguien con tu don es aún más poderosa, mejor que la de los demás. Hay magia en ella. Pínchate el dedo.

Alba rozó las alas del pájaro, sintiendo la suavidad de las plumas. Los alfileres eran como espinas que sobresalían del lomo del ave, y no se atrevía a tocarlos.

Su padre había creído en los embrujos y seguramente habría consultado a alguien en Los Pinos. Pero su madre y tío Arturo no se dejaban llevar por esas supersticiones, y ella seguía dudosa, tratando de determinar qué era lo correcto.

—No es bueno caer en la trampa de un *teyollocuani*. Si bebe de ti, estarás perdida. La muerte no tarda en llegar. Después de eso, no hay remedio.

La mujer guardó silencio. Alba pensó en el pobre Tadeo, que llevaba semanas desaparecido, y en aquel sueño que había tenido en el que gritaba en los campos de cebada. Tal vez había sido solo eso: un mal sueño. Los ruidos afuera de su ventana podían ser provocados por un animal salvaje, el mismo que había matado a sus caballos y a sus chivos. Pero ¿y si era otra cosa? ¿Y si esa extraña sensación que le recorría la espalda, ese miedo e inquietud que la llenaban eran producto de fuerzas más oscuras?

Miró a Valentín y luego a la anciana. Dudó.

—¿Esto será suficiente? Si me llevo este amuleto, ¿nos dejará en paz? ¿A todos? —preguntó Alba—. No basta con proteger nada más que mi habitación. ¿Y mi madre? ¿Mis hermanos? Si ya se llevó a mi hermano, ¿por qué no habría de llevarse a otro? Si pudiera saber quién es ese brujo y destruir...

—No es sencillo hacer algo así. Además, la mayoría son oportunistas, temen ser descubiertos. Si percibieran una oposición, un talismán protector, podría dejarte en paz y buscar una presa más fácil.

—¿Y si no fuera así?

—Entonces hay que procurarse otro remedio, pero ya les digo que no es cosa sencilla, ni siquiera para una muchacha que tiene portentos.

Alba tomó el pájaro entre las manos. Con cuidado, sacó una aguja y la levantó.

—Mi padre hablaba de brujas malvadas. Decía que se comen los corazones de la gente porque de ahí obtienen su poder.

Y que para matar a una bruja hay que cortarle la cabeza o arrancarle el corazón.

—Tu padre tenía razón.

Un destello recorrió la aguja. Alba se pinchó el dedo rápidamente, y la punta de la aguja se manchó con su sangre, luego la deslizó de nuevo en el cuerpo del ave. El pinchazo la hizo estremecerse y Valentín le tendió un pañuelo.

—Toma el talismán. Mantenlo cerca. Haz otros como este y escóndelos por toda tu casa —la instruyó Jovita.

Alba apretó el pañuelo contra su dedo.

—¿Otras palomas muertas?

—Los colibríes son los mejores, pero las palomas servirán.

—¿Pero cómo lo hago? ¿No hace falta un conjuro, polvos especiales?

—Necesitas creer, eso es lo que necesitas. Debes agarrar al pájaro muerto y apuñalarlo con seis agujas, y a la séptima le dices: «mantenme a salvo, aleja cualquier mal», y le ofreces tu sangre, como acabas de hacer. Ese es el ingrediente clave. Ya has hecho hechizos antes, ¿no es cierto?

Miró a Jovita y abrió la boca. No sabía qué decir. Había habido unos cuantos hechizos, de esos que se aprenden en el campo. Como el del cordón y la tela amarilla para que alguien te visite. Pero eso no era nada, solo juegos. Había oído hablar de otros hechizos más elaborados, como cortar muñecas de papel y ofrecerles alcohol, copal y la sangre de una gallina negra para disipar enfermedades, pero nunca se había atrevido a hacerlos.

—Uno o dos —dijo Alba, retorciendo el pañuelo alrededor de su mano—. Para la suerte y cosas así.

—Entonces lo entiendes. No se trata de polvos o pájaros, muchacha. Esta es la forma física que adopta la magia.

Se acordó de cuando su padre salía a los campos y amonestaba a los nahuales para que dejaran sus cultivos en paz, a veces llevando consigo una vieja olla de hierro para ahuyentarlos, pues detestaban ciertos metales. Pero no siempre usaba la olla. Supuso que el comportamiento ritual era lo más importante.

—Muy bien —dijo Alba. Salieron y la puerta amarilla se cerró tras ellos.

Alba colocó el pájaro muerto en la alforja lateral y Valentín la ayudó a subir a su caballo. Ella se puso los guantes de montar. Cabalgaron uno al lado del otro. Cuando estaban a punto de dejar atrás Los Pinos, Alba vio a una mujer caminando por el sendero y frenó su montura.

La mujer iba vestida con una blusa blanca y una falda roja. Llevaba un chal negro en la cabeza.

—¿Qué pasa? —preguntó Valentín.

—La conozco —dijo Alba—. Es esa mujer, la del mercado. ¿Te acuerdas? La que discutió con mi hermano.

La mujer se volvió a mirarlos. Sus ojos se clavaron en Alba con la precisión de una flecha. La boca de la bruja se curvó con desagrado.

—Debemos irnos —dijo Valentín, apresurándola a continuar su camino.

—¿Y si es ella? ¿Y si es la bruja que mató a Tadeo?

—Debemos irnos —repitió en tono ronco y bajo.

La mujer miró al suelo y sacudió la cabeza.

Alba espoleó al caballo y reanudaron la marcha. La mujer los observó mientras pasaban junto a ella. Sus ojos eran oscuros como la obsidiana, profundos y punzantes. Alba tragó saliva. Miró varias veces por encima del hombro, temiendo que la bruja los siguiera, pero la única persona con la que se cruzaron mientras descendían fue un anciano que llevaba un ato de leña a la espalda.

Cabalgaron en silencio hasta su casa. Cuando llegaron al borde del campo de cebada, Valentín habló.

—Perpetua no te hechizaría —dijo—. Es una viuda que vende amuletos, pero nunca he sabido que intermedie en otro tipo de hechizos. Antes que ella, su madre hacía talismanes, y antes aún, su abuela. La gente habla y aprendes quién hace ciertos tipos de trabajo y quién no.

—¿Entonces es una bruja buena y decente que por casualidad abordó a mi hermano antes de que desapareciera?

—No puedo explicarlo. Pero no quiero que te apresures a sacar conclusiones. Aunque tuvieras razón, nunca deberías enfrentarte a una bruja abiertamente.

—¿Por qué no?

—Porque es peligroso. Incluso si Perpetua estuviera detrás de todo esto, sería imprudente acusarla.

—¿Qué tan bien la conoces?

—Ya te dije; vende amuletos. Solía ir con su hija a casa de los Molina y los Desoto a visitar a los trabajadores de allí.

—Entonces, ¿quién nos está haciendo daño? Dime, ¿quién? —exigió.

Valentín negó con la cabeza.

—No lo sé —dijo, y su rostro serio y apenado fue como una bofetada, algo en su angustia le dolía también.

Quería que él lo arreglara todo, que las cosas volvieran a ser como antes. Que trajera de vuelta a Tadeo.

—¡Yo no te importo! —exclamó Alba.

Valentín soltó un gruñido de frustración.

—¡Alba, me importas más que nada en el mundo!

—¡Mentiroso!

—Alba —repitió, y le apretó la mano con tal fuerza que casi le arrancó un jadeo. Entonces se inclinó para besarla.

Al principio estaba demasiado sorprendida para reaccionar, pero luego entreabrió los labios y le devolvió el beso. Sintió su mano en la mejilla mientras ladeaba la cabeza hasta encontrar el ángulo correcto. En ese instante entendió que él no podía darle respuestas fáciles, pero que sin embargo estaba allí. Lo abrazó con fuerza.

Los caballos se inquietaron, se movieron y finalmente se separaron.

Alba se ruborizó. Valentín se limitó a sonreír.

Se acomodó un mechón de pelo detrás de la oreja y recordó cómo las chicas Molina la habían molestado a causa de

Valentín. No la dejarían en paz si sospechaban que lo había besado. Y su madre se pondría furiosa si se enteraba. Miró hacia la casa a lo lejos y luego de nuevo a Valentín.

Era un hombre de aspecto agradable y además era bueno. Le había dicho a su tío Arturo que Valentín tenía las manos duras, de campesino, pero cuando él la besó y acarició su mejilla, no le importó que estuvieran callosas y curtidas por el trabajo del campo.

No obstante, Alba tendría que decirle que no debería tomarse esas libertades con ella. En lugar de eso, agachó la cabeza, tratando de mantener una expresión decorosa.

—Debo irme. Gracias por ayudarme… y por el pañuelo —dijo, y se lo entregó.

Él negó con la cabeza.

—Puedes quedártelo. Es solo un recorte de tela barata, no seda fina.

—Gracias.

—Cuídate, Alba.

En respuesta, ella le dio un rápido beso en los labios. Se miraron a los ojos y tal vez él habría querido besarla otra vez, pero Alba azuzó a su caballo, que trotó por el sendero que conducía a la puerta de su casa.

Alba sonrió.

1934: 4

Aquel noviembre, la nieve llegó temprano, espolvoreando las copas de los pinos y cubriendo de escarcha las ventanas. Con el descenso de las temperaturas, el humor de Ginny se volvió sombrío. Mientras las demás estábamos entusiasmadas por ir a patinar a alguno de los estanques o hacer un muñeco de nieve, Ginny permanecía en nuestra habitación. Muchas veces, la sorprendí mirando por la ventana, en dirección a la reserva de Briar.

Parecía vivir eternamente yendo de la biblioteca a nuestro dormitorio. Al lado de su cama, se acumulaban una pila de libros. No eran los volúmenes de arte y diseño a los que me tenía acostumbrada. Vi *Las supersticiones de la brujería, Viejos caminos y leyendas de Nueva Inglaterra, Las maravillas del mundo invisible, Historia de la brujería y la demonología* y muchos otros libros, todos sobre fantasmas, brujería y cosas que acechan por las noches.

Nueva Inglaterra está plagada de relatos sobre lo extraño. Casi todos los pueblos de Massachusetts cuentan con sus propias historias de brujas y maldad. Algunas de sus protagonistas son inocentes enviadas a la horca y otras son verdaderas agentes del mal. Hay una roca de las brujas en Rochester y otra en Peabody, y aunque no sean más que peñascos dejados atrás por glaciares de eras lejanas, marcan el paisaje de formas inusuales. A más de una chica de nuestro dormitorio le encantaba contar leyendas sobre parajes embrujados, lo que hacía que sus compañeras salieran gritando del cuarto. Y, como lo demostró nuestra propia sesión espiritista, algunas estaban dispuestas a asomarse al mundo de lo sobrenatural. Myrna Whitemyer, por ejemplo, sentía una especial fascinación por las cartas del tarot.

Es decir, el interés de Ginny por la brujería no era, en sí mismo, algo raro, no si considerabas su escritura automática o sus pinturas espiritistas, pero yo sentía que esto era fundamentalmente distinto de sus otras búsquedas. No había gozo en esta exploración, solo una sombría determinación.

Hubo otros cambios en su comportamiento conforme pasaban los días. Más de una vez, mientras caminábamos juntas, miraba por encima del hombro o se giraba de pronto como si esperara encontrar a alguien detrás de nosotras. Estaba distraída y a veces tenía que llamarla dos veces para que me prestara atención. Por las mañanas parecía cansada y tenía marcadas ojeras. Garabateaba sin cesar en sus libretas.

De aquel noviembre se me quedaron grabados dos incidentes, uno antes de Acción de Gracias y el otro poco después de que regresáramos al dormitorio tras las vacaciones, que por entonces se celebraban el último jueves del mes.

Edgar había prometido recoger a Ginny y llevarla a Boston para la cena de Acción de Gracias con su familia. Por mi parte, planeaba cenar con Mary Ann Mason y algunas chicas más en su casa de Gloucester.

La víspera de nuestra partida, mientras preparaba el equipaje, Ginny entró corriendo en la habitación, casi sin aliento, con el pelo alborotado. Antes de que pudiera decir palabra, me empujó a un lado y corrió hacia la ventana para mirar fuera.

—Ginny, ¿qué te pasa? —le pregunté.

No respondió. Me acerqué a ella y le toqué suavemente el hombro, hasta que por fin sacudió la cabeza y se volvió hacia mí.

—Pensé que alguien me estaba siguiendo otra vez.

—¿Otra vez?

—Ocurrió dos veces la semana pasada, y hace dos días había alguien mirando por nuestra ventana.

—¿Dónde?

—Paseando debajo de la ventana y mirando hacia arriba. Pensé que podría ser él otra vez, siguiéndome.

—¿Cómo es esa persona?

—No sé. Me pareció ver a un hombre con un abrigo azul, pero no pude verle bien la cara. Y han pasado otras cosas, Betty.

—¿Qué cosas?

—Luces en los árboles. Flotando allí —dijo, rozando la cortina con la mano.

—Podría ser luz de hongos. Algunos de ellos pueden brillar como joyas en la oscuridad.

—Flotando, Betty. Arriba en los árboles.

—¿Un búho, quizás?, con la luz de la luna reflejándose en su plumaje... O puede que sea un fuego fatuo. Leí una explicación sobre ese fenómeno en un libro.

—No. No es algo natural.

Miré hacia fuera, en la misma dirección en la que ella miraba, hacia el sendero que atravesaba la reserva de Briar. De repente, Ginny sujetó la cortina fuertemente con una mano. Una figura se acercaba por el camino. Contuvimos la respiración.

Dos o tres personas más pasaron corriendo por el camino hacia Joyce House. Enseguida nos dimos cuenta de que se trataba de tres compañeras de clase, riendo a carcajadas con los libros entre los brazos. Ginny cerró las cortinas y se sentó en la cama, se la veía agotada.

Yo seguí empacando y poco después apagamos las luces y nos fuimos a dormir. Ginny me despertó temprano a la mañana siguiente.

—Betty, ven rápido —dijo.

Edgar no llegaría hasta el mediodía y Mary Ann Mason no nos llevaría a Gloucester hasta por lo menos la una, así que no teníamos que madrugar, pero apenas debían de ser poco más de las seis de la mañana cuando abrí los ojos, aún medio dormida.

—¿Qué pasa? —pregunté.

—Vístete, tenemos que salir. Rápido.

Me puse unas botas, encontré mi vestido de lana gris y me puse el abrigo sobre los hombros lo más rápido que pude. Salimos corriendo de Joyce House. Ginny me tomó de la mano y señaló el suelo con emoción.

—¿Ves? ¡Huellas! Alguien estuvo parado aquí ayer mirando a nuestra ventana.

Me agaché y observé la nieve. Las huellas de los zapatos se habían conservado intactas, pero lo único que podía deducir por su tamaño era que probablemente pertenecían a un hombre. Pero eso no significaba que hubiera estado mirando o merodeando bajo nuestra ventana. Podría haber sido el novio de alguna de las chicas o cualquier otra persona.

—Alguien me está siguiendo. Esta es la prueba.

La expresión de mi rostro debió de delatar mi escepticismo.

—Betty, es una prueba. ¿Ves? —insistió—. Huellas.

—Es la marca de un zapato.

Sus ojos brillaban grandes, dolidos. Ginny regresó a la casa furiosa. Di un suspiro y la seguí. Cuando llegué al cuarto, Ginny ya se había metido bajo las mantas. Yo hice lo mismo, con la esperanza de dormir un par de horas más.

Conseguí otro rato de sueño y luego seguí con mi rutina de la mañana. Me duché, me vestí y desayuné algo aprisa. Al pasar por el salón, me encontré por casualidad con Carolyn y su padre.

Era un hombre imponente, de mirada acerada y canas pintando sus sienes. Siempre vestía impecable. Ese día llevaba un pesado abrigo azul marino que casi rozaba el suelo.

—Tienes que apurarte —le decía ella—. No servirá de nada la próxima temporada.

—No se puede apresurar algo así —respondió, golpeando su puro contra el cenicero. Le gustaba mucho fumar esos cigarros. Siempre que yo visitaba The Willows, lo veía envuelto en una nube de humo.

—La situación se está volviendo insostenible. La colegiatura del próximo trimestre vence en enero.

—Sabes bien que no es una situación fácil. Tengo a los acreedores encima de mí gritándome cada semana. Me encantaría resolverlo todo mañana, pero por ahora no es posible.

—Será una Navidad miserable si no haces algo pronto. Yo ya hice mi parte y no hay resultados. Sería mucho más fácil si fuera uno solo. ¿Por qué necesitamos dos?

—Ya sabes por qué dos. Simetría. No me digas cómo deben hacerse las cosas, niña.

Me sorprendió enterarme de que los Wingrave estaban pasando apuros económicos, a pesar de lo que Benjamin nos había contado durante el baile de Halloween. Parecían tener dinero de sobra y Carolyn nunca había insinuado que le faltara algo. No es que ella me lo fuera a contar, pero pensé que habría notado algo si las cosas andaban mal. ¿Qué necesitaban? ¿Dos préstamos, quizás?

En ese momento me vieron. Les sonreí incómoda y me avergoncé de que me hubieran sorprendido escuchando su conversación.

—Señor Wingrave —dije—, ¿cómo está usted? ¿Vino a buscar a Caro?

—Muy bien, Beatrice —respondió, estrechando mi mano entre sus enormes y fuertes manazas. Tenía un apretón que podía triturar huesos—. Sí; si no viniera yo mismo a por ella, esta niña podría pasarse otra hora arreglándose frente al espejo. Intento evitar que se lleve diez pares de zapatos a The Willows.

—¡Papá, exageras! Vamos, ayúdame a empacar —dijo Carolyn, y me tomó del brazo.

Subimos las escaleras hasta su habitación, y empezó a revisar con parsimonia su armario, sacando un vestido y desechándolo, y luego otro. Como Carolyn vivía en una habitación individual, probablemente la más espaciosa de toda la residencia, tenía vestidos suficientes para vestir a dos chicas.

—Debería ir a ver cómo se encuentra Ginny. Esta mañana estaba muy nerviosa —dije.

—Es normal. Está a punto de cenar con su futura familia política en el día de Acción de Gracias.

—No, no estaba nerviosa por eso.

—¿Azul o verde? No me decido —Carolyn me mostró un par de suéteres.

—Creo que algo le pasa. Dice que alguien la sigue.

—Siempre hay algo malo con Gin-gin. Es una chica tan melodramática... —Carolyn dejó caer los suéteres—. Betty, tienes que peinarme, la criada de mamá nunca lo hace como me gusta.

—¿Y si tiene razón, Caro? ¿Y si alguien la ha estado espiando? Sé que suena raro, pero...

—Te preocupas demasiado. Ginny tiene mariposas en el estómago de tanto mirar a Edgar, eso es todo. Tal vez está un poco alterada, pero el amor veces hace eso; te vuelve loco durante una temporada. Mi pelo, Betty, haz tu magia.

Carolyn se sentó en su tocador. Otra de las ventajas de tener una habitación individual era que podías meter muebles extra y se miró al espejo con ojos expectantes. Había peinado y rizado el pelo de Carolyn muchas veces y no me importaba ser una especie de sirvienta para ella, pero aquella mañana me sentía exasperada. Carolyn no prestaba atención a nada de lo que le decía.

Estaba a punto de empezar a cepillar el pelo de Carolyn cuando el grito de Ginny sacudió las paredes de Joyce House. Solté el cepillo en el acto y corrí a mi habitación.

Cuando entré, encontré a Ginny señalando su cama, con los ojos muy abiertos. Una rata muerta yacía sobre las sábanas. Estaba boca arriba, con las patas encogidas.

—Alguien la dejó ahí —dijo Ginny—. Alguien la dejó.

Carolyn me había seguido y miró por encima de mi hombro. Sacudió la cabeza.

—¿Todo este alboroto por una rata? Virginia, seguro que comió veneno y se metió en tu cama. Por Dios, no llores. Voy a pedirle a la encargada que la limpie. ¿Virginia? ¿Gin-gin?

Ginny no respondió. Parecía como si se le hubiera escapado el alma del cuerpo. Solo quedaba el cascarón de una chica, apoyada en el marco de la puerta.

Otras compañeras empezaron a asomar la cabeza, preguntando qué pasaba. Tomé a Ginny de la mano y bajé las escaleras con ella mientras sollozaba hablando de la rata. Esperaba que el señor Wingrave no hubiera oído los gritos; la madre de la casa se pondría furiosa si se enteraba de que uno de los padres había presenciado semejante alboroto. Eso hablaría mal de ella; significaría que no tenía el debido control sobre las chicas. Y entonces podría decidir castigarnos o volverse más estricta. No quería problemas. Solo quería calmar a Ginny.

Salimos de la casa. Ginny tomó una bocanada de aire fresco y se cruzó de brazos.

—Caro tiene razón. Debe de haber ingerido veneno y se metió en tu cama —dije, aunque hasta donde sabía, el encargado de mantenimiento usaba trampas, no veneno, para lidiar con las alimañas. Pero las ratas lo mordisqueaban todo. Tal vez había comido algo indebido.

—He encontrado varias moscas muertas en el alféizar. Y también dos polillas. Todo se está muriendo en esta casa —dijo Ginny, con el aliento flotando como humo en el frío aire de noviembre.

Me apretó la mano con fuerza, pero sobre todo me apretó el corazón. Quise abrazarla y protegerla, pero en ese momento un auto se acercó a la puerta de la casa. Edgar bajó de él y Ginny corrió a su encuentro.

Prácticamente saltó a sus brazos y Edgar rio feliz. Regresé a la casa y subí a la habitación de Carolyn. La peiné como a ella le gustaba, con dedos lentos y mecánicos. Después, me quedé de pie en la puerta de nuestra habitación y miré hacia dentro. Alguien, probablemente la madre de la casa, se había deshecho de la rata y se había llevado la ropa de cama. Ginny, al parecer, se había ido con Edgar sin despedirse de mí. Su repentina partida me dejó con el ánimo por los suelos.

Sin embargo, el Día de Acción de Gracias fue un acontecimiento alegre, con mucha salsa de arándanos, puré de papas, *gravy* y un delicioso pavo para alimentar a un ejército. Pensé en Ginny, me preguntaba cómo estaría, y la pequeña herida que me había causado se desvaneció como un moretón. Tenía ganas de verla otra vez.

Las vacaciones duraron cinco días.

Volví al campus el sábado y me sorprendió encontrar que Ginny ya estaba de vuelta. La mayoría de las chicas procuraban extender las vacaciones hasta el último momento y regresaban el domingo por la tarde, sobre todo las que tenían familia en la zona. Había imaginado que Ginny querría pasar más tiempo con Edgar.

La razón por la que yo había vuelto antes a Joyce House era el programa de trabajo-estudio: tenía que terminar de preparar unas lecciones de francés.

Cuando abrí la puerta, Ginny estaba sentada en el suelo con una navaja de bolsillo en las manos. Me miró y sonrió. Me sorprendió y me limité a mirarla; sentía una mezcla de alegría y aprensión por su regreso.

—Betty, ¿qué tal Gloucester? —preguntó.

—Estuvo bien —dije con cautela—. ¿Pasa algo malo?

—La verdad es que no. —Se puso de pie y se sacudió la falda—. Bueno, tal vez sí, pero es difícil de explicar. Betty, si te lo cuento, no debes enojarte conmigo, por favor. Edgar ya está enfadado.

—¿Por qué? ¿Qué pasa?

—Últimamente tengo la sensación de que algo va mal. Se lo conté a Edgar, pero no parece entender de qué se trata.

Mientras estuve con su familia, escribí un poco y los espíritus me dieron respuestas. Puse amuletos protectores alrededor de la habitación.

—¿Qué quieres decir con amuletos protectores?

—Hablé con los espíritus al respecto y lo busqué en este libro —dijo, tomando con entusiasmo uno de los volúmenes de la pila que había junto a la cama y me lo entregó.

—*Historia de la brujería.* —Leí el título de la portada. Tomé un segundo libro y luego un tercero—. *El culto a la brujería en el oeste de Massachusetts.* Ginny, ¿qué es todo esto?

—Me mantendrá a salvo. Pero Edgar está convencido de que es mi interés por el espiritismo lo que me tiene trastornada, que esa es la raíz de mis problemas. No es así.

—Entonces, ¿cuál es la raíz de esto?

—Brujería. Ahora estoy segura.

Me reí. Era una risa floja y nerviosa. No pretendía burlarme de ella. Pero al instante, noté recelo en su rostro. Era como si alguien hubiera apagado una luz. Me quitó el libro de las manos, lo arrojó sobre la cama y tomó la navaja.

—Debería devolverle esto a Santiago —dijo—. Está abajo, arreglando algo en las habitaciones de la madre de la casa.

—Ginny, lo siento.

—Está bien, Betty. Me doy cuenta de lo ridícula que debo de parecerles a todos ustedes. No me extraña que Edgar esté cansado de mí.

—No eres ridícula. ¡Jamás!

Suspiró. Bajamos las escaleras. La puerta del departamento de la madre de la casa estaba abierta y la llamamos por su nombre. En lugar de la mujer, nos saludó Santiago, frotándose un trapo entre las manos y asintiendo.

—La señorita Price está en Ledge House. Dijo que volvería enseguida.

—Quería devolverte esto —dijo Ginny, entregándole la navaja—. Gracias.

Santiago la metió en un bolsillo de su uniforme de mezclilla.

—De nada, señorita Virginia. Gracias por hablarle de mí a la señorita Carolyn. Tal vez encontró algo para mí en el negocio de su padre.

—Eso es maravilloso, Santiago —repuso Ginny.

Me mordí la lengua. Si la conversación que había oído entre Carolyn y su padre indicaba algo acerca de sus finanzas, dudaba que lo emplearan. Pero supuse que Carolyn estaría intentando mantener las apariencias.

El joven sonrió y bajó la mirada. Se metió el trapo en otro bolsillo. Ginny y yo fuimos a la cocina y nos preparamos dos tazas de té.

—Discutiste con Edgar, ¿verdad? —pregunté—. Por eso volviste antes de lo esperado.

—Sí. Cree que soy una tonta. —Ginny tomó con cuidado su taza de té y bebió un sorbo—. Pero lo volví a ver, Betty. Mientras estábamos en Boston. Frente a la casa de Edgar.

—¿El hombre del abrigo azul?

—El mismo.

—Tal vez deberías ir a la policía. Podría tratarse de un criminal que merodea a chicas como nosotras.

—No se trata de un criminal. ¿No lo ves, Betty? Hay algo perverso allá fuera. Puedo sentirlo, como si pudiera tocar el frío que hay del otro lado del cristal —dijo en voz baja.

Miré el paisaje a través de la ventana. Los árboles y la suave blancura de la nieve recién caída y, más allá de los árboles, los dormitorios, los dos estanques, la biblioteca y los salones de clase que conformaban Stoneridge. Una universidad de postal, el tipo de lugar idílico de las tarjetas navideñas. ¿Qué clase de mal podría habitar allí? Sin embargo, mientras seguía cayendo la nieve, incluso en aquella cálida y acogedora cocina, tuve que reprimir un escalofrío.

—De todos modos, esta vez tampoco le vi la cara. Pero sabía que era él. Siempre es él. La rata muerta, las moscas muertas y las polillas, las luces en los árboles... son tan solo el síntoma. Él es la enfermedad.

—¿Le contaste esto a Edgar?

—No todo. Pero él piensa que estoy loca. Mi padre lo llamó por teléfono mientras yo estaba allí. Alguien le escribió diciéndole que tengo los nervios de punta, que necesito ayuda. Pasaron media hora hablando de mi «estabilidad mental» o de la falta de ella. No pude evitarlo. Rompí a llorar y Edgar me abrazó, pero no me cree.

Dejó la taza sobre la mesa y me tomó de las manos; la angustia surcaba su bello rostro, trastornado por el miedo.

—Betty, pase lo que pase, debes creerme. Prométemelo, por favor. Aunque el resto del mundo diga que me he vuelto loca, prométeme que tú me vas a creer.

—Te creo —le dije.

Mis palabras la tranquilizaron y volvió a sujetar su taza. Unos minutos después, vimos a Santiago caminando por la nieve en dirección a la reserva de Briar. Llevaba su raído abrigo de invierno y una gorra calada sobre el cabello oscuro.

Era el primero de diciembre. El 19 de diciembre, Virginia desaparecería. Nos quedaban menos de tres semanas juntas, aunque, claro, yo no podía saberlo. O quizá sí lo sabía. Después de todo, había una terrible e inquieta oscuridad, que la venía cercando día tras día. La había sentido, casi saboreado..., pero la había desechado como una tontería.

Al final, a pesar de mis promesas, no la creí.

Al final, la dejé sola. Sola ante esa oscuridad que quería devorarla.

1998: 7

Minerva sacó con cuidado los libros y cuadernos de Thomas de las cajas y los fue distribuyendo a su alrededor. Entre ellos encontró dos volúmenes sobre leyendas de Nueva Inglaterra y lo que parecía ser una bibliografía más extensa sobre el mismo tema, probablemente elaborada para un curso impartido por Christina Everett, cuyo nombre aparecía en varios documentos, entre ellos un programa de estudios y algunas hojas de asistencia. Se dio cuenta de que *Campana, libro y vela: la brujería en el Nuevo Mundo* figuraba entre los títulos de la bibliografía y había sido encerrado en un círculo rojo, con las palabras «es crucial conseguirlo» al margen. Había otros títulos afines: *Una historia del folclore de la brujería, El delirio de la brujería de 1692, El culto a las brujas en el oeste de Massachusetts* y varios más. Todos los títulos coincidían con los que Ginny había estado leyendo en 1934, antes de su desaparición, y que Betty había registrado tanto en su diario como en su manuscrito.

Se dirigió a la biblioteca y se acomodó en uno de los sofás. Mientras marcaba un número telefónico, su mirada se posó en los pájaros disecados y las vitrinas con mariposas que decoraban las paredes de Ledge House. Recordó a Nana Alba sentaba junto a la ventana, hablándole a un loro muerto, con la mente ya nebulosa. La vejez podía arruinar el cerebro humano, pero tal vez los pensamientos insidiosos podían corroerlo durante la juventud, minando la cordura poco a poco.

—¿Hola? —dijo una voz de mujer.

—Hola, ¿hablo con Emily Murphy? Soy Minerva, una de las directoras de residencias de la universidad Stoneridge.

—Stoneridge. Sí, claro. Alguien ya me llamó con respecto a las cosas que dejó mi hermano, pero mi coche se encuentra en el taller, así que no sé cuándo podré ir a recogerlas.

—No te preocupes. No hay prisa. —Minerva hizo una pausa y jugueteó con la espiral de un cuaderno—. En realidad, quería preguntarte por Thomas. ¿Se ha comunicado contigo? El último correo electrónico que recibimos de él fue en enero.

—Sí, ese fue el último que me mandó a mí también.

—¿Y desde entonces no han hablado? —preguntó, recostándose en el sofá. Dejó el cuaderno a un lado.

—No.

—¿No te preocupa? Han pasado meses.

La mujer suspiró. Hubo un breve silencio.

—No es la primera vez que lo hace. Dejó la universidad en su primer año, dijo que era demasiado para él. Se fue a vivir con una chica de la que nunca había oído hablar y tres meses después ya estaba de vuelta en Massachusetts. Abandonó así, de golpe. Pensé que esta vez había resuelto su vida, aunque supongo que me equivoqué. Es inteligente, pero muy nervioso. No maneja bien la presión.

Minerva enrolló el cable del teléfono entre sus dedos.

—Mira, nunca hemos estado muy unidos, en especial desde que dejó la escuela para averiguar qué quería hacer con su vida y básicamente vivió de mí durante meses. Es mi hermano, es cierto, pero vivimos en un departamento pequeño y él puede ser un poco difícil, ¿sabes?

Minerva recordó las constantes peleas entre Thomas y Conrad Carter y se imaginó una situación similar.

—Ni siquiera vino a casa por Acción de Gracias. Está a una hora de distancia y prefirió cenar con ese amigo suyo.

—¿Qué amigo?

—Noah algo. Le dio clases particulares, no recuerdo de qué materia. Probablemente arte. Sí, arte. Eso es lo que le interesaba a Tom.

—¿Noah Yates? —Minerva preguntó, apretando el teléfono contra el oído.

—Tal vez. Escucha, tengo que irme. El mes que viene paso a recoger sus cosas. Puede que incluso haya vuelto para entonces, ¡quién sabe!

—Sí, quién sabe —musitó Minerva.

Colgó el teléfono y empezó a hurgar de nuevo en las cajas. Sacó otros libros, papeles marcados y algunos discos compactos. Encontró una agenda en la que había una copia impresa del horario de clases de Thomas.

—Noah Yates, martes y jueves, seis de la tarde —susurró—. AMS 513.

Sacó un catálogo de cursos de debajo de una pila de libros y hojeó sus páginas. AMS 513 correspondía a un seminario especial titulado *La religión en la Nueva Inglaterra puritana*, impartido por Christina Everett. No tenía nada que ver con arte.

En una carpeta en la que encontró el papeleo de las tutorías y los materiales de clase de Thomas también estaba el programa de estudios de AMS 513, que coincidía con algunos, aunque no todos los libros que había encontrado en la hoja con la bibliografía. *Campana, libro y vela: La brujería en el Nuevo Mundo*, de Robert Derie, que al parecer era fundamental para él, no figuraba como lectura obligatoria.

—«Crucial» —dijo, mirando de nuevo la hoja—. ¿Crucial para qué? ¿Qué estabas investigando?

Encendió su *laptop* y lo conectó al puerto Ethernet. Entró en la página de las bibliotecas NOBLE y tecleó el título en el buscador. Había un ejemplar del libro en Stoneridge, pero estaba en préstamo. Probó con otros títulos. *Una historia del folclore de la brujería* no estaba disponible en ningún lugar cercano. Cambió entonces a la página de la Biblioteca Pública de Boston y el título apareció en pantalla. Fue publicado en 1928 y había un ejemplar disponible en la Biblioteca Central. *Campana, libro y vela: La brujería en el Nuevo Mundo* también era bastante antiguo, de 1925, lo cual explicaba por qué eran difíciles de encontrar.

Golpeteó con un bolígrafo contra su bloc de notas, desplegó un horario del transporte del área y llamó a Noah.

—¿Sí? —dijo.

—Hola, soy Minerva. Me preguntaba si podríamos vernos hoy.

—Mi abuela no está en este momento. Supongo que quieres revisar los documentos, pero si necesitas hablar con ella, tendrás que esperar. ¿Te parece bien?

—No. Quiero decir sí. Sí quiero ver los documentos. Y me preguntaba si podría hablar contigo. Tengo que tomar el tren a Boston, pero volveré después de... —Hizo una pausa, mirando el horario—. Después de las seis. ¿Es muy tarde?

—Está bien.

Colgó y marcó el número de Hideo y le pidió que la llevara a la estación. Él llegó unos minutos más tarde. Dos ambientadores con forma de palmera se balanceaban de un lado a otro de su espejo retrovisor.

—¡Sube!

—Eres mi salvavidas —dijo, y arrojó su mochila en el asiento trasero—. Gracias.

—Tenía que ir a la ciudad de todos modos. No tengo ya refrescos. No se puede escribir una tesis sin cafeína y burbujas. ¿A qué hora te recojo?

—Estaré en el tren de las cinco y cuarto.

—Estupendo. Podemos cenar y hacer la ronda a las nueve.

—En realidad, ¿te importaría pasar a dejarme en The Willows al regreso?

—¿Vas a volver a mirar documentos?

—Sí. No puedo cenar, y no te preocupes por las rondas, yo me encargo.

—No, las hacemos juntos —dijo en un tono que indicaba que sería más fácil si ella simplemente accedía.

—Está bien, te llamaré cuando vuelva a casa, ¿qué te parece? Te traje un regalito por tu esfuerzo —dijo, sosteniendo una caja de CD entre dos dedos.

—¿Es el de Sneaker Pimps que quería?

—No. Pero puede que te guste.

Pulsó un botón y el reproductor de CD cobró vida. Molotov sonó mientras se dirigían a la estación de tren. Hideo golpeó el volante con los dedos.

No había estado en Boston hacía tiempo, y era extraño salir de la estación del Norte y encontrarse con el caos del tráfico y el enredo de las calles de la ciudad. Después del silencio del campus, aquello era una cacofonía de sonidos. Sacó el discman de la mochila y se puso los cascos. Era más fácil entender la música, incluso si el cantante gritaba como un loco, que la gente en la calle o el claxon. En la música podías perderte. Tomó el metro hasta Copley Square y subió las escaleras de la biblioteca mientras *Babes in Toyland* sonaba en sus oídos. Encontró *Una historia del folclore de la brujería* y caminó hacia Bates Hall. La gran sala de lectura de la Biblioteca Pública de Boston parecía una basílica romana, con un techo alto y ornamentado y con la luz filtrándose por sus altas ventanas. Sobre las mesas de roble oscuro había lámparas de cristal verde y los visitantes leían sus libros en reverente silencio. Acercó una silla y abrió el libro.

Al revisar el índice, no parecía un compendio especialmente interesante, y no acababa de entender por qué a Thomas y a Virginia les había gustado tanto. Observó que una esquina del libro estaba doblada hacia abajo, como para marcar una página, y lo abrió por esa sección.

En la parte superior aparecía una cita de *Daemonologie*, escrito por el rey James en 1597:

Se dice que, transformados en la forma de una pequeña bestia o ave, pueden entrar en cualquier casa o iglesia aunque todos los accesos estén cerrados, por dondequiera que el aire pueda colarse.

—Umbrales y marcas de brujas— dijo en voz baja, mientras sus dedos recorrían la página:

> Una marca apotropaica, también llamada «marca de bruja», es un símbolo o dibujo que se graba en las paredes de un edificio para protegerlo de los malos espíritus. La palabra «apotropaico» proviene del griego y significa «que aleja el mal».
>
> Estas marcas solían grabarse en piedra o madera, sobre todo cerca de puertas, ventanas y chimeneas. Adquirían muchas formas. En Inglaterra, solían comprender motivos florales o círculos entrelazados.

Pasó la página y observó el dibujo de una marca apotropaica medieval procedente de una iglesia de Suffolk. Se parecía inquietantemente a los bocetos realizados por Virginia y Thomas.

> Las marcas apotropaicas también podían adoptar la forma de laberintos y líneas diagonales. Las formas y los patrones repetitivos podían utilizarse para engañar a los espíritus malignos. En Irlanda, el enterramiento de cráneos de caballo bajo el suelo puede haber servido para un propósito similar.

Minerva miró otra ilustración que mostraba más símbolos tallados en el dintel de una chimenea.

Su bisabuela hablaba de cosas así. De amuletos para alejar el mal. Los suyos estaban hechos con alfileres y el cuerpo de algún ave, pero el propósito era el mismo: proteger la casa de las brujas. En la mayoría de los casos, decía su bisabuela, la brujería maliciosa no causa grandes daños. Las brujas podían jugar con una persona, amargarle un día o dos de su vida y luego seguir con otra cosa. Su magia solía ser leve. Solo unas pocas brujas, las nacidas en un día propicio o las descendientes de una estirpe poderosa, podían atacar de maneras más nefastas. Pero aun así, por lo general se trataba de seres oportunistas: robarle un cerdo al vecino en venganza llegaba a ser el peor de sus actos.

Pero un embrujo... Esa era una historia diferente: una campaña, un asedio. Y contra eso, era necesario tomar otras medidas. ¿Cómo se embruja a alguien? Los hechizos adoptan múltiples formas. Una bruja puede hacer una efigie de su enemigo, llenar una botella con clavos o simplemente dibujar un sigilo en su propiedad. Eso contaba Nana Alba, y ahora la mente de Minerva volvía a las marcas negras que había encontrado en su puerta.

Salió de la biblioteca con *Una historia del folclore de la brujería* y otro libro sobre la brujería en la Inglaterra medieval.

Hideo la recogió en la estación de tren a la hora acordada. Puso *New Music Machine* y le ofreció un *konpeit* de una lata. Minerva se metió uno de los caramelos en la boca mientras él movía la cabeza.

Hideo se detuvo frente a The Willows y silbó.

—¡Vaya! Esa es una casa grande. Esta gente está forrada.

—Ya sé —dijo mientras se desabrochaba el cinturón.

Noah abrió la puerta de la casa antes de que ella pudiera bajar del auto. Ya no llevaba el atuendo demasiado formal de la vez pasada. En esta ocasión lucía una camiseta desteñida. La saludó de pie desde la entrada.

—¿Es ese Noah Yates? —preguntó Hideo con casi medio cuerpo fuera del coche, intentando verlo bien.

—Sí.

—Bastante guapito. Pero el corte de pelo es terrible. Uno pensaría que con todo ese dinero el hombre encontraría un estilista decente. Oye, ¿y te invitan a cenar cuando vienes?

—He tomado el té con la señora Yates.

—¿Qué sirven con el té? Quiero decir, ¿caviar? Sabes, fui al «Té de los maestros» en noviembre, y hoy en día no sirven bebidas en estricto sentido, pero me contaron que en los años cincuenta tenían vino y martinis y...

—¿El «Té de los maestros»?

—Sí. Ya sabes, la recepción que dan en Walden Hall. Es parte de una serie de conferencias.

—No se llama así.

—¿Cómo se llama, entonces?

—Tengo que irme —dijo mientras tomaba su mochila del asiento trasero.

—Bueno, ¿te dan caviar o no?

—Adiós —dijo de forma enfática.

Hideo se encogió de hombros y ajustó el volumen del estéreo.

—No eres divertida, Minerva.

Él se alejó y ella se apresuró hacia la puerta.

—Lo siento, mi amigo habla como un loro. Gracias por acceder a recibirme.

—No hay problema. Pasa. Carolyn está en Boston haciéndose exámenes de todas las enfermedades conocidas por la humanidad, así que, si tienes preguntas sobre Betty Tremblay, tendrás que regresar en otro momento. No volverá hasta mañana.

—¿Está bien? ¿Sus manos le están dando problemas?

—Ella está bien. Le encanta hacerse revisiones cada seis meses. Adora cuando va al hospital y los médicos revolotean a su alrededor. Dice que piensa vivir más de cien años.

—Mi bisabuela vivió hasta los ciento un años.

—¿En serio?

Entraron en la sala donde habían tomado el té la vez anterior. Noah se dejó caer en la silla de respaldo alto que había utilizado su abuela. Detrás de él se alzaba el retrato del hombre canoso.

—Mi bisabuelo también fue longevo —dijo Noah—. Vivió hasta los noventa y ocho años, y probablemente por eso Carolyn quiere batir su récord de longevidad.

—Es él detrás de ti, ¿verdad?

Noah miró por encima del hombro y asintió.

—El señor Wesley Noah Wingrave, que me da nombre. No es que mi abuela me considere digno de ese nombre. Carolyn pintó ese retrato. —Se volvió para mirarla de nuevo—. En fin, ¿dijiste que querías hablar de algo?

—Sí. Supe que eres amigo de Thomas Murphy. Yo era su directora de residencias.

—Thomas era mi tutor —dijo Noah—. Venía a veces a ayudarme con mis trabajos. Aunque no lo podría llamar amigo.

—Pero lo invitaste a la cena de Acción de Gracias.

—Fue mi abuela quien lo invitó. Le daba pena el chico. Su hermana estaba enojada con él porque le debía dinero y él no quería cenar con ella. Su padre vive en Miami y no iba a viajar hasta allá. Se la pasó casi todo el tiempo conversando con Carolyn, no conmigo. Yo estaba ocupado bebiendo hasta el estupor. ¿Por qué me preguntas por él? Dejó la universidad.

—Mero papeleo —dijo Minerva—. Dejó un par de cajas en la residencia y tengo que devolvérselas. Su hermana no sabe dónde está, pero mencionó tu nombre. ¿Has hablado con él últimamente?

—No. De lo único que hablábamos era de las tareas y de todas esas estupideces de las clases. No me agradaba mucho que digamos. Era recíproco. Conversaba con Carolyn sobre arte. A mí me importaban un bledo los pintores y los escultores.

No supo qué más decir y agradeció que Noah se ofreciera a acompañarla a la biblioteca. Después de unos minutos, él se marchó y ella sacó rápidamente los dibujos de Virginia y los colocó sobre la mesa. Luego sacó los dibujos de Thomas y su ejemplar de *Historia del folclore de la brujería.* Los dibujos de Thomas y Virginia eran casi idénticos. Tenían un extraño parecido con las marcas apotropaicas del libro.

Christina Everett impartía AMS 513, lo que significaba que probablemente conocía bien a Thomas y tal vez incluso habría sido su asesora. La página con la bibliografía podría corresponder a un trabajo de una de sus clases, o bien era parte de una investigación para la tesis de Thomas. Minerva decidió enviarle un correo electrónico y preguntarle si sabía algo sobre el trabajo de Thomas, porque no lograba sacudirse la sensación de que, si seguía buscando por allí, encontraría algo. Un hilo oscuro parecía unirlo todo.

Pero, por ahora, lo que necesitaba era concentrarse en su propia investigación y no dejarse arrastrar por su loca cabeza. Tomó el manuscrito de Beatrice y empezó a tomar notas con diligencia. Noah llegó un poco más tarde con una bandeja con dos platos y dos vasos de leche. Minerva se quitó los auriculares maltratados y pausó el discman, silenciando a Bowie en mitad de *Strangers When we Meet.*

—Los empleados tienen el día libre porque Carolyn no está, así que hoy te toca sándwich de mortadela. Cuando era niño y venían mis amigos, es lo que preparaban.

Ella se rio.

—¿Qué? —preguntó él.

—Mi amigo me preguntó si servías caviar.

—Los domingos es cuando lleno la alberca de caviar.

Esto le provocó otra carcajada. Estiró los brazos y se frotó la nuca antes de tomar el sándwich. Llevaba dos horas encorvada sobre la mesa y sentía el cuerpo rígido e incómodo.

—Es difícil de creer lo que pasó, ¿no?

—¿Perdón? —respondió ella.

—Salem —dijo, y señaló su libro sobre brujas de Nueva Inglaterra. Lo había dejado abierto en una página en la que aparecían hombres con trajes puritanos desnudando a una mujer y señalando a su espalda, seguramente a una marca de nacimiento o una verruga que se utilizaría como prueba contra ella—. Salem ahora es un carnaval. Pueblo de brujas USA. Lo único que hacen es vender recuerdos con brujas de caricaturas sentadas en escobas o lindos gatos negros entre calabazas. Pero antes la gente se tomaba estas cosas en serio.

—Hay una teoría que dice que fue por el pan con moho.

Noah la miró extrañado. Ella le dio una mordida al sándwich.

—Linnda Caporael teorizó con que hubo un brote de ergotismo. Básicamente, hay un tipo de hongo que puede crecer en los cultivos y causar alucinaciones en las personas que lo consumen.

—Cuando era niño, me aterrorizaban las historias de brujas y de demonios.

—Dijiste que creciste oyendo cuentos de jinetes sin cabeza y gatos negros malvados.

—Claro. Y me moría de miedo. ¿Supongo que te gustaban esas historias? Cuentos de terror. Películas como *El Horror de Amityville* y *Poltergeist*.

—En cierto modo —repuso ella, con cautela.

Él rio.

—No quieres que sepa nada de ti, ¿verdad? ¿Qué haces para divertirte, puedes decírmelo?

Arrancó lentamente la corteza del sándwich y se encogió de hombros.

—Me pareció ver un fantasma una vez en la fábrica —dijo, y Minerva levantó la mirada—. Ah, ahora tengo tu atención.

Ella sonrió. Y él parecía satisfecho con su reacción. Supuso que estaba acostumbrado a que la gente lo encontrara encantador y esperaba que ella actuara en consecuencia. No es que supiera cómo comportarse con gente encantadora. Y siempre existía el riesgo de que todos esos encantadores fueran imbéciles disfrazados, como Conrad Carter. Pero pensó que al menos podría responder a su pregunta con sinceridad.

—Siempre me ha inquietado la idea del mal absoluto. En todas esas historias, hay crueldad. Brujas que hacen cosas terribles por pura diversión…, pero si le das la vuelta y piensas en los juicios por brujería, tienes a gente inocente acusada de algo solo porque un vecino les guardaba algún rencor.

—Rencor y pan con moho.

Ella asintió y miró su reloj.

—Sí… Debo volver al campus. Tengo rondas a las nueve. Gracias por el sándwich.

—¿Rondas? Pero si no hay nadie.

—Hay unas cuantas personas y es parte de mi trabajo —dijo mientras guardaba sus libros y su cuaderno en la mochila.

—Te llevo. Es mejor y más rápido que volver caminando en la oscuridad.

—Gracias. Te lo agradezco.

Ese día conducía el coche blanco antiguo. Cuando le abrió la puerta, ella alzó una ceja.

—Pensé que no debías tomar prestado el coche de tu abuela.

—¿Vas a delatarme?

—No —repuso, y se subió.

Durante el corto trayecto, mordisqueó la tapa de un bolígrafo azul, esperando que Hideo no hubiera llegado antes que ella y la estuviera esperando. Pronto apareció la silueta de Ledge House. El coche de Hideo no estaba. Había llegado justo a tiempo.

Noah se estacionó y se volvió hacia ella.

—De puerta a puerta.

—Gracias de nuevo.

—Bueno, no te quejaste de mi horrible sándwich de mortadela, así que merecías un premio. Por cierto, si quieres ver el interior de la fábrica, podríamos hacerlo mañana, antes de que vuelva Carolyn. Podemos tomar las llaves y entrar y salir rápido. No es como nadar en una alberca de caviar, pero algo es algo.

No le interesaba especialmente ver la fábrica por dentro, pero era una oportunidad para volver a hablar con él, y quería ver si podía sacarle más información. Aunque no estaba muy segura de lo que buscaba. Quería preguntarle por Thomas, pero luego pensaba que más bien debía centrarse en Beatrice, y después se planteaba que lo importante era hablar de Carolyn.

—Está bien. ¿Paso a las once?

—Perfecto.

Noah se marchó y ella subió los escalones hasta la puerta trasera de la casa. Tiró la mochila al suelo y encendió las luces. Dios, le dolía el cuello. Tenía una postura terrible. Su madre le decía que por encorvarse tanto sobre los libros, a los cuarenta terminaría con una joroba. Quizá tenía razón.

Minerva cerró los ojos y se frotó la nuca. Volvió a abrirlos. En la mesa de la cocina vio un bulto oscuro y se acercó: era una rata muerta, con las patas tiesas apuntando hacia arriba.

1908: 7

Aunque jóvenes y sanas, varias de las gallinas habían dejado de poner huevos. Su madre aceptó la noticia con estoica practicidad. Dijo que las sacrificarían y se las comerían para cenar.

La matanza siempre le provocaba a Alba estremecimientos. Su madre agarraba una gallina por las patas, colocaba la cabeza sobre la tabla de cortar y la cercenaba de un solo hachazo. Luego ataba las patas del ave y la colgaba para evitar que el cuerpo descabezado se revolviera por el suelo.

Alba odiaba todo el proceso, desde hervir el agua hasta cortar la carne. Aquella tarde, su madre decapitó dos aves y las colgó, mientras que Alba colocaba un balde debajo de los animales para recoger la sangre.

El siguiente paso era escaldarlas y desplumarlas, pero Alba no dejaba de pensar en Tadeo y en cómo siempre se burlaba de ella cuando tenía que manipular los animales. La llamaba «princesa» y se reía de que fuera tan melindrosa. Una vez, cuando rompió un huevo y encontró sangre en el centro, gritó horrorizada y Tadeo la molestó durante toda una semana.

Él le hacía burla, se peleaban, y ella también se burlaba de él, aunque al final sus peleas terminaban con un abrazo. Pero él ya no estaba; no sonreía durante la cena ni le preguntaba si se había desmayado esta vez.

La madre de Alba decía que una mujer no debía temer la sangre. Al fin y al cabo, la sangre era el destino de una mujer, cada mes había sangre entre sus muslos, así que la sangre de un pájaro no debía asustarla.

Alba extrajo las vísceras de una de las aves, que brillaban como joyas sobre la palma de su mano, y se preguntó si la bruja habría abierto así a su hermano y le habría sacado el corazón rojo como el rubí.

Comenzó a llorar. Fernanda y Magdalena, que ayudaban a su madre en la cocina, la miraron sorprendidas.

—¿Qué te pasa? —preguntó su madre.

—Estamos malditos y Tadeo está muerto —dijo sin pensar.

A Fernanda casi se le cae la olla que llevaba en las manos, y Magdalena las miró confundida. Su madre tomó a Alba del brazo y la sacó de la cocina bruscamente.

—No digas esas cosas, y mucho menos delante de la servidumbre. —La reprendió casi en un siseo—. No necesito que piensen en fantasmas cuando están trabajando.

—Es la verdad, madre. Nos han embrujado.

—Lo que es verdad es que la gente es supersticiosa y, si los asustas, se irán, y entonces ¿quién va a ayudarnos aquí? No seas tonta, Alba. Así no me sirves para nada. Ve a lavarte y vuelve, que hay más trabajo que hacer.

Subió corriendo las escaleras y se lavó las manos en el aguamanil de porcelana, tiñendo el agua de rosa por la sangre. En lugar de regresar con su madre, bajó en silencio y entró a la sala. Se frotó los ojos con una mano.

—¿Te sientes mal, Alba? —preguntó Arturo.

Ella se dio la vuelta y negó con la cabeza.

—Estaba cortando cebollas —mintió.

Se quedó en la puerta y la miró con escepticismo.

—Debió de ser una gran cantidad de cebollas —dijo mientras pasaba junto a ella, dirigiéndose hacia el piano.

—Supongo que la cocina no es mi lugar.

—Supongo que no.

Sacó la banca del piano y aporreó las teclas con los dedos, arrancando una hermosa melodía al instrumento. Ella se acercó a él, hipnotizada por la música.

—¿Te gusta? La toqué en un salón en Ciudad de México. Es un vals de Waldteufel.

—¡Sí! Es hermosa, pero deberías tocar *Sobre las olas*. Esa me encanta. Me gustaría bailarla en una gran fiesta algún día.

—¿Te pondrías un vestido bonito?

—Sí, un vestido de tafetán rosa de seda tornasolada —dijo, y sonrió, deslizando los dedos por el hueco de su garganta—. Y diamantes en los aretes y alrededor del cuello.

Arturo volvió la cabeza y la miró.

—Podría haber pensado en comprarte diamantes, si no fuera porque parece que no te gustan mis regalos.

—No sé a qué te refieres.

—El collar que te regalé. —Pulsó una tecla y repitió la nota una y otra vez—. Parece que lo has cambiado por un medallón barato.

Bajó la mirada, apretando el relicario de Valentín.

—Estaba en la cocina matando pollos, tío. Allí no puedo llevar perlas —dijo, pues no quería confesarle que el medallón estaba bendecido y temía quitárselo para que no le ocurriera un terrible mal.

—No, supongo que no.

Su rostro estaba tenso y las notas que sacaba del piano esta vez parecían duras. Empezó a golpear las teclas con fuerza, sus dedos subían y bajaban.

Una criatura de pasiones, una veleta, eso era Arturo. Se lo había oído decir a su padre muchas veces. No era un cumplido, pero Alba encontraba esa imagen atractiva. Ser capaz de girar y dejarse llevar por el corazón con la rapidez con que una hoja es arrastrada por la corriente en lugar de echar raíces como un roble: eso le parecía excitante y digno de admiración.

Y sin embargo, esa frenética energía era diferente de la cólera. Y esta oscura tensión, esta rabia aguda que se adivinaba entre las notas, no era algo que disfrutara.

Las manos de Arturo se detuvieron sobre las teclas. La habitación quedó en silencio. El cuerpo de Alba se había tensado tanto como la cuerda del piano; el rápido cambio de humor de Arturo la llenaba de inquietud.

—Eres un músico talentoso, tío —dijo ella para tratar de disipar la nube oscura que se había entrometido en sus pensamientos—. Seguro que te aprecian mucho en la ciudad.

—Supongo que sí —repuso. El cumplido pareció surtir efecto. Su expresión se relajó. Le encantaba cuando la gente hablaba de la ciudad, le fascinaba describir sus calles y sus vistas.

—Estoy segura de que la extrañas. Toda la gente y las fiestas... —«Y a tu amante», pensó. Por poco no se tapó la boca con una mano para evitar hablar.

—¿Y qué más? —le preguntó, mirándola con curiosidad.

No debía hablar de relaciones ilícitas: su madre se enfurecería si se enteraba de que había estado haciendo preguntas sobre esas cosas. Pero Alba se mordió el labio y se sentó a su lado en el banco del piano. Habló en voz baja.

—Y la dama que amas. Con la que no puedes estar. ¿Le caes mal a su familia? ¿Por eso no pueden estar juntos? ¿Está casada?

Arturo se echó a reír.

—¿Es esa la imagen que tienes de mí? ¿Un canalla que seduce a mujeres casadas?

—Eres guapo, y todas las damas deben de encontrarte encantador —dijo. También le gustaba que halagaran su aspecto, su encanto, y ella sabía que sus palabras arrancarían otra risa de sus labios.

—¿Incluso las casadas?

—Sí. La dama en cuestión debe de ser hermosa, pero su marido será horrible. Te perseguiría por la calle con una pistola si supiera de ti.

—Tienes una imaginación perversa.

—¿Acerté? —preguntó ella.

Arturo se inclinó hacia delante, con los labios muy cerca de su oído.

—No te lo voy a decir.

Bajó la mirada. Las pestañas de Arturo eran largas y finas como puñales, y la inclinación de su boca al sonreír parecía sacada del más encantador de los retratos.

—Tú eres el perverso —dijo, y sonrió a su vez—. ¡Confiesa! Quiero oírte hablar de tus pecados y locuras.

—No.

La miró de repente, con los ojos serios. Su sonrisa había desaparecido.

—Supón que realmente soy pecador, ¿qué harías entonces, Alba? Me importa mucho lo que opinas de mí, Alba. No puedo permitirme que pienses mal de mí.

Hablaba con una tristeza desoladora y su expresión melancólica transformaba su atractivo aspecto en algo que rozaba lo hipnótico.

—Nada de lo que digas podrá alterar mis sentimientos —respondió ella, en un tono lastimero, parecido al suyo.

Tan cerca estaban sus rostros y tan alineados sus cuerpos que con apenas inclinar la cabeza podrían haber compartido el aliento. Su pulso se aceleró como el de un pájaro, y supo que había algo perverso latiendo en su sangre.

—Tal vez —dijo él y en sus ojos brilló un ansia peligrosa, rápida y feroz como un rayo, pero volvió a bajar la mirada.

Arturo se levantó, estirándose con la agilidad de un gato. Volvía a sonreír, cortésmente, y ella se dio cuenta de que aquella sonrisa era como una máscara. Su voz también sonaba impostada, falsamente agradable como su expresión.

—Te diré el nombre de mi amante, pero hoy no —dijo con falsa jovialidad, y ella se rio de él con un humor también fingido. Estaban jugando. No era más que una pequeña broma.

Luego él salió de la habitación.

Alba estiró una mano y rozó las teclas del piano donde los dedos de él habían descansado; luego se levantó resuelta, sacudió su falda y salió corriendo. Necesitaba aire. Necesitaba respirar. Corrió hasta llegar a la orilla del río, tropezó y se dejó caer sobre la hierba.

Permaneció allí recostada junto al río, sobre un lecho verde, durante un tiempo interminable, contemplando la luz moteada que se colaba por entre las ramas de los árboles. Se quedó así, temblando con suspiros entrecortados. Cerró los ojos.

Sus pensamientos se precipitaron, impetuosos, hacia Valentín. Recordó su beso y la presión de sus manos ásperas contra su mejilla. Nunca pensó que desearía a un hombre así. Siempre creyó que terminaría con alguien culto, elegante, alguien más como... Bueno, más como tío Arturo.

Por un segundo, se imaginó que había inclinado imprudentemente la cabeza hacia delante cuando estaban en el piano y que lo había besado.

Abrió mucho los ojos.

Se apoyó en los codos y miró ansiosa en dirección a Piedras Quebradas.

Debería volver corriendo a la cocina. Su madre se enfadaría si no lo hacía. Pero temía que Luisa la mirara a los ojos y descubriera su naturaleza pecaminosa. La hierba había manchado su vestido y el sol empezaba a descender.

Con un revuelo de faldas, entró a toda prisa a la sala, y encontró a su madre inclinada sobre un trozo de tela, aguja en mano. Su hermana Magdalena también estaba ocupada cosiendo algo. A los pies de su madre, Lola y Moisés jugaban tranquilamente con un par de caballitos de madera. En el piano, los gemelos practicaban sus escalas.

Era una encantadora imagen de vida doméstica. Alba se sentó de inmediato y empezó a bordar el pañuelo que Valentín le había regalado. Había pensado devolvérselo con sus iniciales. El trabajo constante de la aguja la tranquilizó, y pudo mantener la mirada baja, ocupada en su labor, para que su madre no pudiera ver sus ojos.

—¿A dónde fuiste? —preguntó su madre.

—A pasear por el río.

—Estuviste afuera mucho rato.

—¿En serio?

Notó la pesada mirada de su madre, pero Alba no levantó la vista. Sintió que, si hubieran estado solas, la habría interrogado más a fondo. Pero rodeada de sus hermanos, Alba pudo protegerse con el silencio.

Aquella noche le costó dormirse. Daba vueltas y vueltas en la cama, moviendo las almohadas, abrazándolas fuerte y luego alejándolas. Se acostó boca arriba en la oscuridad. Un rayo de luz lunar se coló entre las cortinas y Alba volvió la cabeza hacia la ventana.

La luz que se filtraba en su habitación era extraña. Tenía un tinte verdoso que la hizo fruncir el ceño. Se levantó y se acercó a la ventana y abrió las cortinas, mirando hacia fuera.

La luz no provenía de la luna. Parecía descender de un árbol de pirul, como si alguien hubiera colgado un farol entre sus ramas. Pero a diferencia de la luz de un farol, aquel resplandor verdoso no tenía fuente visible: era difuso, tan difícil de localizar como la niebla. Era, de hecho, tan tenue que apenas se alcanzaba a ver, y por un momento Alba pensó que se trataba de una ilusión óptica.

Mientras Alba la miraba, la niebla pareció condensarse y su color se hizo más intenso, pasando de un verde pálido a un tono más brillante, más cercano al de una esmeralda. Ahora parecía una esfera, que temblaba entre las ramas del árbol y ardía como una brasa.

Ese fantasmagórico resplandor la hizo pensar en carne enferma, en putrefacción y descomposición. Se alejó de la ventana, reconociendo aquella extraña luz. Nunca la había visto con sus propios ojos, aunque había oído hablar de ella muchas veces durante su infancia. Sabía cómo llamarla: era el resplandor de una bruja, frente a su ventana, como una horrible y gigantesca luciérnaga.

La bola de luz emitió un grito prolongado y lastimero, un ulular parecido al de un búho. Pero Alba había oído búhos toda su vida, conocía su canto y el aleteo de sus alas, y esto era diferente.

Las ramas del pirul se inclinaron, como si un gran peso las empujara.

Se apartó de la ventana, apretando con fuerza el medallón que colgaba de su cuello. El resplandor pareció intensificarse, bañando su habitación con tonos de esmeralda que se extendían por el suelo, como largos dedos que se arrastraran en su dirección.

Alba sintió un miedo como nunca antes. El terror le arañaba la garganta con la misma fiereza que un tigre, impidiéndole emitir ni siquiera un suave gemido, y su corazón latía tan deprisa, su respiración se aceleraba con tal violencia que se sentía mareada y casi se desmayó.

Consiguió llegar hasta la puerta y, con manos torpes, tanteó el pomo. Por un segundo, la luz verdosa fue tan brillante que era como mirar al sol o a una llama abrasadora.

Logró abrir la puerta de un tirón y salió tambaleándose hacia el pasillo. Unas motas verdes bailaron ante sus ojos mientras corría a la habitación de su madre, golpeando la puerta con las manos.

—¿Qué pasa?

—Hay algo allá afuera.

La madre de Alba abrió la puerta. Llevaba en la mano derecha un candelero de latón con una vela a medio quemar.

—Tienes que venir conmigo —dijo Alba antes de que su madre pudiera preguntar algo.

La tomó del brazo y fueron tan rápido como pudieron, pero cuando se pararon en la puerta de la habitación de Alba, todo estaba en penumbra.

—Estaba aquí —dijo Alba, y señaló la ventana—. En los árboles. Estaba flotando allí. Me despertó. Gritó.

—¿Un búho? —preguntó su madre.

—No, aunque era igual de ruidoso. Brillaba. Ardía.

Miraron por la ventana. No había viento que agitara las ramas del árbol, ni susurros en las copas. La luna estaba oculta entre las nubes. Afuera estaba tan oscuro que incluso si alguien hubiera tenido una linterna en la mano, habría sido difícil distinguir nada entre los árboles.

—Fue una pesadilla —le dijo su madre.

—Era real. Es una bruja. Nos está provocando —insistió Alba, sin aliento, con palabras atropelladas.

Su madre suspiró.

—Alba, ya te he dicho que no digas tonterías. Si los criados o los niños te oyeran...

—Pero hay algo ahí afuera —repitió Alba—. Y se llevó a Tadeo.

—Lo más probable es que a Tadeo lo hayan secuestrado unos bandidos.

—¿Qué bandidos? Ya lo habrían devuelto. Una bruja lo mató y se comió su corazón.

—Cállate. —La reprendió con severidad, y cerró las cortinas con un brusco movimiento de muñeca—. Fue un mal sueño.

—Es la verdad. Podría atravesar una ventana esta noche y llevarse a uno de los pequeños, podría...

—Basta —le ordenó su madre. Sus ojos se entrecerraron con fría furia.

Alba le devolvió la mirada con fijeza. La luz de la vela, que sostenía con firmeza en su mano, acentuaba las oquedades y las líneas de su rostro de huesos prominentes.

—¿Crees que es fácil vivir así, Alba? Soy viuda. Perdí a un hijo. Debo cuidar de mis hijos menores y ser para ellos madre y padre a la vez en una finca rebasada por las deudas y las desgracias. Por Dios, Alba, hay mañanas en las que apenas tengo fuerzas para levantarme de la cama. No me ayudas. Eres una niña indolente que evade sus responsabilidades y pasa el tiempo soñando despierta. ¿Crees que puedo permitirme pensar en fantasmas y brujas? Tal vez tú sí puedes. Sales corriendo de la cocina para preocuparte por tu pelo y tus vestidos. Yo no puedo.

Alba sacudió la cabeza y bajó la mirada. Su madre no le daría ningún consuelo ni respuesta. Su tío tampoco podía consolarla. No creían en maldiciones ni en brujas. No podían ver lo que ella veía, protegidos por su mundanidad.

La madre suspiró. Apoyó una mano en la mejilla de Alba.

—Lo siento, Alba. Estamos todos exhaustos. Vete a dormir.

Alba no apartó los ojos del suelo. Oyó el suave chirrido de la puerta al cerrarse. Despacio, se metió de nuevo en la cama. Se volvió hacia la ventana, que era un rectángulo negro, un vacío.

1998: 8

Entrar en la fábrica era como deslizarse en el vientre de una ballena muerta y deambular por su carcasa, porque este lugar alguna vez estuvo vivo y ahora no era más que una solitaria cáscara de sí mismo.

Echaron un vistazo al interior de los talleres, donde las máquinas tejedoras circulares permanecían cubiertas por una fina capa de polvo. Las paredes verdes del edificio estaban desconchadas, y las herramientas, olvidadas sobre los bancos, oxidadas. Había estantes repletos de cajas de madera que guardaban hilos de vivos colores que contrastaban con el apagado gris del entorno. En un rincón, abandonadas para ser hiladas, había un montón de fibras teñidas de un orgiástico tono rojo.

Esa mañana había despertado con una sensación extraña, un viejo cosquilleo en la nuca que su bisabuela solía llamar portento. Algo en esas fibras rojas la hizo retroceder; ese color le provocó una sensación de repulsión que no podía explicar.

—¿De verdad jugabas aquí cuando eras niño? —preguntó, desviando la mirada de aquel rincón a Noah.

—Sí.

—No parece muy seguro —dijo, mirando dubitativa al techo—. ¿Dices que cerró en los años ochenta?

—Siempre lució bastante descuidado, incluso cuando estaba abierto. Los buenos tiempos del negocio fueron probablemente los años cuarenta. Fabricaban uniformes para la guerra. La fábrica revivió de entre los muertos, pero después de eso fue cuesta abajo. Durante un tiempo, Carolyn soñó con que mi padre o mis tíos le dieran la vuelta, que la resucitaran.

Se imaginaba la fábrica llena del ruido y el traqueteo de una gran maquinaria bien engrasada; el rítmico chasquido y el golpeteo de los telares y las voces de los trabajadores reunidos para comer.

Volvió a mirar las fibras rojas y tuvo la desagradable sensación de ser observada. ¿Qué demonios le pasaba últimamente?

Salió de esa sección de la fábrica a paso veloz. Noah la siguió con más calma.

—Mi padre no tenía el talento para esto. Mi bisabuelo, el venerado Wesley Noah Wingrave, era un tiburón. Pero sus hijos y nietos no dieron el ancho. Mi tío Roy es mujeriego y alcohólico y lo único que sabe es cobrar una mensualidad y nada más. El tío Timothy, todo nervios, es todavía más inútil. Papá tenía la inteligencia, pero odiaba el negocio. Durante unos meses, en los sesenta, se volvió *hippie* y se unió a una comuna.

—¿En serio? ¿*Hippie*?

—No por mucho tiempo. Carolyn lo encontró y lo arrastró de vuelta a casa. Era el mayor, el heredero, y ella no iba a dejar que se le escapara. Él volvió, se casó, me tuvo a mí y siguió siendo una gran decepción para mi abuela. Poco antes de que murieran mis padres, él quería que nos mudáramos a Vermont y abrir allá una tienda de alimentos orgánicos o algo por el estilo. Por supuesto, Carolyn odiaba la idea. Le prohibió siquiera pensarlo.

Estaban en medio de una nave larga y vacía con altos ventanales. Dos de los cristales habían sido sustituidos por vidrios de colores: uno amarillo y otro verde. Se inclinó y miró a través de uno de ellos. El mundo exterior adquirió un tono esmeralda.

—¿Cómo era tu madre? ¿También fue *hippie* en algún momento?

—No. Ella era una Cushing, de la Cushing Manufactory. Mi abuela siempre ha sido estratégica con los matrimonios. Te casas con alguien por los fríos fajos de billetes, no por amor. Mis padres pasaron muchos años miserables juntos antes de ser enterrados en dos bonitos lotes, uno al lado del otro. Es una tradición familiar, ya sabes, permanecer junto a alguien a quien no soportas.

Miró hacia abajo, hacia las desgastadas tablas del suelo, y luego levantó la vista hacia Noah.

—¿Cómo murieron tus padres?

—Un absurdo accidente. Un camionero tuvo un ataque al corazón y chocó con ellos —repuso sin ambages.

—¿Cuántos años tenías?

—Ocho.

—Lo siento.

—Sí, ya dijiste eso —contestó, y por un instante ella pensó que se había molestado, pero era esa capa de indiferencia que se estaba desprendiendo, mostrando los contornos en carne viva del hombre. Se encogió de hombros.

»En fin, después de eso me fui a vivir con mis abuelos. El abuelo murió, y ahora somos Carolyn y yo.

Carolyn. Más que pronunciar su nombre, lo escupió. Noah se metió las manos en los bolsillos con una media sonrisa.

—¿Te llevabas bien con tu abuelo?

La sonrisa seguía dibujada en su rostro, pero tomó aire y le temblaron las comisuras de los labios.

—Supongo que sí. Es curioso crecer con gente mayor. Hablaban del pasado. De lo bueno que fue, de lo mucho que lo añoraban. Creo que por eso me gustaba cuando Betty venía a casa a visitar a mi abuelo. Al menos entonces hablaban de historias de fantasmas, aunque me asustaran un poco. Era algo distinto. Todavía me acuerdo de casi todas ellas. ¿Quieres que te cuente una?

—¿Cuál fue la más aterradora?

—Creo que la historia de Anya Martin. Era una niña que fue atraída al mar por una misteriosa voz que cantaba y murió ahogada. Dicen que se puede ver su fantasma cuando caminas por Glass Cove. No era una historia especialmente aterradora. Supongo que me asustaba más que las otras historias que me contaron porque se trataba de una niña.

Noah se agachó a su lado para mirar por el cristal amarillo sucio.

—Era un poco morboso cómo se sentaban frente al fuego e intercambiaban historias de fantasmas. Carolyn lo odiaba, pero a mí, en general, me gustaba. Lo único que me molestaba era la Lista Negra.

—¿Qué es eso?

Apartó la vista de la ventana y se levantó.

—Vamos a tomar un café y te lo cuento.

—Dijiste que me hablarías de cuando viste un fantasma en este edificio.

—También te lo cuento con un café —dijo con despreocupación.

Salieron del edificio, Noah cerró la puerta por la que habían entrado y se dirigieron a Temperance Landing. En la calle principal había una sola cafetería: P. Jessup's Java Hut; el anuncio, con letras amarillas brillantes, parecía diseñado en los años sesenta y nunca actualizado. El lugar solía estar lleno en la época de exámenes, pero durante el verano parecía tan desierto como la fábrica que acababan de visitar. El tablón de anuncios, que normalmente estaba tapizado con avisos de clases particulares o eventos locales, tenía un solo folleto que promocionaba un club de lectura para niños en la biblioteca.

Se sentaron junto a la ventana. Los muebles y la decoración interior conservaban la estética psicodélica de los tiempos de cuando los estudiantes que visitaban el lugar decían expresiones como *dig it* y *groovy*, algo así como «a todo dar» y «¡órale!», y les parecía que el papel tapiz amarillo y naranja estaba de moda y era vibrante, en lugar de horrible.

—Mi abuelo creía que vivíamos cerca del Triángulo de las Bermudas por culpa de la Lista Negra. Era una especie de álbum de recortes. Betty y él llevaban un registro de las personas desaparecidas. No solo de Temperance Landing, sino de toda Nueva Inglaterra.

Minerva midió con cuidado una cucharadita de azúcar mientras él vaciaba el azucarero con total despreocupación.

—¿Qué tan larga era esa lista? Apuesto a que hay cientos de desaparecidos cada año, entre los que se fugan y los crímenes —dijo ella, dando un sorbo a su café.

—La lista tenía ciertos criterios. Si había trazas de una fuga adolescente común y corriente o indicios claros de que se trataba de un crimen, queda descartado. Tenía que haber algo sobrenatural. Creo que así lo definía Betty.

—¿Sobrenatural cómo?

Noah se encogió de hombros.

—No lo sé. Las historias eran raras. De esas que te ponen la piel de gallina.

—Dame un ejemplo.

Echó la cabeza hacia atrás y tamborileó los dedos sobre la mesa.

—Jean Welden en Vermont. Estudiaba en el Bennington en los años cuarenta. Salió a caminar, la vieron doblar una esquina del sendero y… desapareció. O Danny Williams, que estudiaba en Harvard, estaba relacionado de alguna forma con la *Factory* de Warhol en los sesenta. Volvió a casa, a Rockport, tomó prestado el coche de su madre y nunca más se le volvió a ver. Pero encontraron su ropa tirada cerca del mar. Esas eran las historias que más los interesaban, las que sucedían en Massachusetts, y, mientras más cerca de Temperance Landing, mejor.

—¿Cuántas desapariciones han ocurrido cerca de Temperance Landing?

—No me acuerdo de todas. ¿Cinco, tal vez seis en tiempos recientes? También hubo casos más antiguos. Recuerdo el de Susan King, que vivía en Temperance Landing en los años sesenta. Había tenido un derrame cerebral y solo podía caminar con bastón. Estaba confinada en su casa. Dos enfermeras y su sobrina la cuidaban.

»Una mañana llegó una de las enfermeras para su turno. Encontró una tetera y una taza de té caliente en la mesa del comedor. Pero la señora King no estaba en la casa. Como la anciana no podía caminar sin bastón y se movía muy despacio, y como la taza de té aún estaba caliente, la enfermera pensó que no podía estar muy lejos. Salió a buscarla y no estaba. Y nunca volvió a aparecer. Lo único que dejó fue la taza de té.

—¿Y qué pasó con el álbum de recortes? No lo he visto en los papeles que he estado revisando. ¿Tu abuela lo tiene guardado en otro lugar?

—No sé qué fue de él. Tal vez Benjamin Hoffman se lo quedó. ¿Ya hablaste con él?

—No, estoy tratando de ponerme en contacto con su antiguo editor.

—Bueno, si lo tiene, que se lo quede. Era aterrador. Bueno, ¿y qué?, ¿ya estás asustada?

Se imaginó la casa de Nueva Inglaterra, con sus contraventanas blancas y su acogedora cocina, y allí, sobre la mesa, la taza de té sobre su platito, sin nadie para tomarlo. La imagen era más perturbadora que cualquier esqueleto o monstruo horroroso que apareciera en las portadas de las revistas sensacionalistas, porque no era la presencia del mal, sino la ausencia de algo.

—Las desapariciones suenan más espeluznantes que las historias de jinetes sin cabeza.

—Definitivamente, es otro nivel de morbo —concedió—. Pero supongo que Betty y mi abuelo encontraban gozo en esas historias.

—Tal vez pensaban que tenían que contarlas. Que sería peligroso si se olvidaran —dijo, y pensó en su bisabuela en sus últimos días, divagando sobre Piedras Quebradas. Un viejo secreto, que le susurró al oído. El final de una historia que nunca contó completa.

Noah la miró con curiosidad:

—¿Peligroso?

—Todos los cuentos de hadas tienen un mensaje oculto, una moraleja que descubrir. O tal vez no —dijo Minerva, trazando un nudo en la superficie de madera de la mesa.

Él mantuvo los ojos fijos en ella y sonrió.

—¿Crees que hay un mensaje oculto en los escritos de Beatrice Tremblay?

—Probablemente haya un mensaje oculto en la obra de todos los escritores —dijo, y se apartó un mechón de pelo de la cara. Empezaba a sentirse inquieta.

Se cruzó de brazos. No le gustaba mucho hablar con la gente. Podía entender a los personajes de los libros, y los complicados argumentos académicos de los artículos no suponían ningún problema para ella. Pero las personas… eran un enigma que no lograba descifrar. Pasar mucho tiempo hablando con la gente la agotaba.

Además, supuso que él era el tipo de persona que siempre la ponía nerviosa, a la que le gustaba hacer preguntas, levantar un velo y asomarse a mirar debajo de él. Se sentía atrapada; la mesa parecía demasiado pequeña. Quería salir a respirar aire fresco, pero cuando lo decía, la gente solía tomárselo a mal. Suponían que estaba molesta, o que la estaban aburriendo.

También estaba esa sensación persistente que había tenido desde la mañana. El portento. Tal vez estaba a punto de un ataque de nervios. Y claro, la maldita rata muerta no había ayudado, y el libro de brujería junto con sus pensamientos recurrentes la tenían mareada de ansiedad. Apretó la cucharilla con fuerza, luego la soltó y la dejó de lado.

—¿Qué? —preguntó, con la risa contenida.

—No me has hablado del fantasma de la fábrica. —Cambió de tema, porque no quería que él supiera lo que realmente pensaba.

Noah se inclinó hacia delante, apoyó los codos en la mesa.

—Una vez vi a alguien fuera. Era un muchacho con un overol y una gorra plana, que me miraba fijamente a través de una ventana. Me asustó. Salí para gritarle que estaba invadiendo una propiedad privada y que llamaría a la policía. Pero cuando salí, ya no estaba.

—Esa no es una historia de fantasmas. Podría haber sido cualquiera que husmeaba por allí.

—No dije que fuera una buena historia.

—Es triste, la fábrica —dijo ella, y se llevó con cuidado la taza de café a los labios.

—¿A qué te refieres?

—Al hecho de que esté en ruinas y cerrada. ¿No la extraña tu abuela?

—Ya la escuchaste, va a hacer un centro de alta tecnología, a partir de sus huesos —respondió con desdén—. Quizá le importaría si tuviéramos problemas financieros, pero mi familia siempre ha conseguido esquivar cualquier problema económico. Somos tremendamente ricos.

—Y tampoco te importa lo que le pase.

—¿Es reproche lo que detecto en tu voz? —replicó Noah, pero sonaba satisfecho.

—No.

—Sabes, a Thomas Murphy le gustaban las historias de fantasmas.

—¿Ah, sí? —dijo Minerva, mirándolo con interés.

—Sí. Es lo único que sé que le gustaba. Ya sabes, alguna vez me dijo que creía en fantasmas. O estaba juntando historias de fantasmas. No lo sé, era un ratón de biblioteca. Seguro que se quedaba a dormir entre los libros.

—No es realmente la persona con la que saldrías.

—No. —Negó con la cabeza y sonrió.

Thomas Murphy se parecía a ella, pensó. Un tipo callado, estudioso, más cómodo en la biblioteca que en un club nocturno. Desaparecido, Thomas Murphy. Un Tom inadvertido y discreto. Minerva apoyó la barbilla en el dorso de la mano y miró a Noah con atención.

—¿Por qué te apuntaste a Religión en la Nueva Inglaterra puritana? —preguntó.

—Necesitaba una optativa, y que no fuera temprano. Además, mi asesor me la recomendó. Me fue pésimo en el primer examen y entonces me recomendaron a Thomas como asesor. Carolyn está empeñada en que apruebe las materias, así que supongo que seguiré teniendo que abrirme camino a trompicones en esta carrera.

A pesar de su frivolidad, Noah era divertido. Su cinismo servía para limar asperezas que a ella normalmente le habrían parecido exasperantes. Le sonrió.

Terminaron el café y Minerva fue a recoger el rollo fotográfico que había dejado para revelar. Noah la llevó de vuelta al campus.

—¿Quieres pasar mañana y ver más material de archivo?

—Claro. ¿Está bien a mediodía?

—Perfecto.

Estaba a punto de bajar del coche cuando él volvió a hablar.

—¿Puedo preguntarte algo?

—Claro.

—¿Siempre supiste que querías dedicarte a la academia?

—Sí, creo que sí. Aunque últimamente no me siento muy académica. A veces me parece una inutilidad. ¿Para qué escribo artículos que seis personas van a leer sobre una persona que lleva un montón de tiempo muerta? ¿En qué beneficia eso al mundo? Podría hacer algo más práctico, más tangible.

—¿Entonces por qué sigues con eso?

Pensó en darle una respuesta prefabricada y bajó la mirada hacia su regazo. En lugar de eso, habló con seriedad.

—Por romanticismo. Es como si mantuvieras una relación amorosa secreta y apasionada. Conoces cada detalle de alguien, cada palabra y cada pensamiento. Cuando lees sus escritos, te sientes desmayar por un fragmento de frase o por un giro. Es como si, a través de la bruma del tiempo, alguien te tocara la mano.

Lo miró, preguntándose si sus palabras le parecerían extrañas o tan solo desconcertantes. Pero parecía intrigado, no intimidado.

—Si alguien me hubiera explicado así la universidad, quizá me habría esforzado más —afirmó.

—Hace más difícil fijarse en la gente en el mundo real. Difícil hacer amigos, todas esas cosas.

Miró hacia Ledge House, que guardaba fielmente los libros y papeles que constituían toda su existencia.

—Música —dijo ella.

—¿Perdón?

—El otro día me preguntaste qué hago para divertirme: escucho música.

—¿De qué tipo?

—Te grabaré un CD —prometió.

Él le tendió la mano para despedirse y ella no le devolvió el saludo, sino que sujetó las correas de la mochila. Luego subió las escaleras y sacó la llave del dormitorio.

Después de dejar la mochila en un sofá, miró en el porche trasero y vio que el gato no se había comido la comida que le había dejado fuera. Por lo general, esperaba a que Karnstein apareciera para comer, pero aquella mañana tenía prisa.

Después se sentó a la sombra de los pájaros disecados de la biblioteca y encendió la computadora. Seguía sintiendo esa molesta y desagradable sensación de cosquillas en la nuca, aunque después del café se había convertido en un latido sordo.

Miró las fotos que había hecho de los dibujos de Ginny. Al verlas, volvió a sorprenderse de las similitudes que guardaban con los garabatos de Thomas. Los colocó uno al lado del otro y abrió *Historia del folclore de la Brujería* y hojeo la sección sobre las marcas de las brujas. El libro que había elegido sobre brujería en la Inglaterra medieval también mencionaba estos símbolos y otros métodos de protección.

> Bajo los tejados y en los suelos podían encontrarse gatos secos, a menudo en posturas como si estuvieran cazando ratones. Margaret Howards indica que los gatos se utilizaban como portadores de suerte o como sacrificios para protegerse de la magia y la peste.

Su dedo se deslizó por la página.

> Los amuletos escritos solían encontrarse en huecos entre las duelas. A veces se colocaban en botellas que se escondían detrás de las paredes. También se consideraba que un clavo de hierro envuelto en lana roja constituía una protección contra las brujas. La creación de estos amuletos podía requerir una gran cantidad de rituales.

Ginny, en esencia, había estado imitando a personas de hacía cuatro siglos, aquellas que habrían recurrido a la «sabiduría popular» para resolver sus problemas. Al crear patrones repetitivos en sus dibujos para alejar el mal, Ginny estaba practicando una forma de magia folclórica. Claro que Betty no habría podido comprender ese tipo de comportamiento, pero en el contexto de las prácticas mágicas, tenía mucho sentido.

Minerva estaba sentada en su escritorio, revisando sus apuntes. Hacía calor dentro de Ledge House y abrió las ventanas, sorbiendo su tercer café del día. Su madre decía que las bebidas calientes refrescaban en los días calurosos. No tenía ni idea de si era cierto, pero bebió su café mientras redactaba un correo electrónico a su madre, resaltando su progreso, omitiendo cualquier problema y cerrando con una nota alegre.

Cuando cayó la noche, abrió la puerta trasera y llamó al gato. Se quedó de pie en la puerta y se cruzó de brazos, esperándolo. El gato no apareció.

Tenía que hacer su ronda, así que tomó la linterna y su portapapeles. Siguió el camino de la reserva de Briar, en dirección a Briar Hall. El dormitorio estaba en penumbra. Una luz en el vestíbulo se encendía automáticamente por la noche y el único piso que estaba habitado, el de Conrad, también tenía luces automáticas, pero el resto de la casa permanecía a oscuras para ahorrar energía.

Se detuvo ante la puerta cerrada de Conrad. Al parecer no estaba. Bajó las escaleras e inspeccionó cada piso y las zonas comunitarias. Cuando terminó, marcó la lista en su portapapeles y anotó la hora y la fecha.

Cuando llegó frente a Briar Hall, tuvo la sensación de que alguien la observaba y levantó la cabeza. A su derecha estaba Joyce House, cerrado, esperando la remodelación. Allí no había nadie. Delante de ella estaba la reserva de Briar y sus árboles.

Levantó la linterna, pero el haz de luz no reveló nada fuera de lo normal. Minerva esperó un minuto, con el ceño fruncido, tratando de averiguar qué era exactamente lo que la molestaba, antes de sacudir la cabeza y dar un paso adelante.

La noche se había vuelto fresca y agradable, disipando el sofocante calor del día, y ella había trabajado unas tres horas esa tarde. Quizá lograría avanzar una hora más en cuanto terminara sus rondas.

Sonrió al pisar una ramita seca que crujió bajo su peso. Detrás de ella, alguien pateó una piedra por el sendero.

Se dio la vuelta, linterna en mano.

—¿Hola? —llamó.

El camino estaba vacío. Una leve brisa agitaba las ramas de los árboles. Sostuvo la linterna, estirando un poco el cuello y luego se encogió de hombros y siguió caminando.

Dio seis pasos y entonces oyó claramente el sonido de una pisada.

Minerva se dio la vuelta rápidamente. De nuevo, tuvo la sensación de que la observaban. De nuevo, no vio a nadie. Aceleró el paso. El camino de la reserva de Briar no era largo, y por eso la gente lo usaba, porque servía de atajo. Pero ahora parecía diferente, como si se hubiera alargado.

Minerva caminaba a paso rápido, con la linterna bien apretada en una mano y el portapapeles en la otra. A esas alturas, ya debería haber llegado a su dormitorio, estaba segura. Hacía ese camino todos los días. Prácticamente podía recorrerlo con los ojos cerrados.

Sin embargo, el camino seguía y seguía; los árboles eran un mar de verde que no terminaba. Las copas de los pinos parecían más altas, el dosel era como una tapa de ébano que ocultaba la luz de la luna y la linterna que llevaba en la mano no daba más que un tenue hilito de luz. La sacudió, como si con ese movimiento pudiera obligarla a brillar más.

«Las brujas te engañan», eso decía su bisabuela. Te hacen seguir el camino equivocado hasta que caes en una enredadera.

Sacudió la cabeza.

Detrás de ella escuchó un ruido de pisadas. Miró por encima del hombro y seguía sin haber nadie.

Pero alguien la seguía. Sentía una mirada ardiente e insistente clavada en ella.

Minerva se precipitó por el sendero mientras detrás de ella alguien se precipitaba también. La linterna era como una luciérnaga parpadeante, prácticamente inútil mientras intentaba ver lo que tenía delante.

Al doblar un recodo del camino, su pie se enganchó en la raíz de un árbol y tropezó. La linterna se le escapó de las manos y rodó por el suelo.

—¡Carajo! —gritó.

Una mano se posó en su hombro y ella lanzó un grito ahogado. Retrocedió arrastrando los pies, agitando las manos como una loca, tratando de apartar a quienquiera que la alcanzara, hasta que chocó la espalda contra el tronco de un árbol y escuchó la voz de un hombre.

—Minnie —dijo.

Miró a Conrad a la cara.

Su respiración era agitada, como si hubiera corrido una maratón en lugar de caminar unos metros entre dos dormitorios. Se apartó el pelo de la cara y lo miró boquiabierta.

—¿Estás borracha? —preguntó—. ¿Quieres que te lleve a tu dormitorio?

Su corazón latía desbocado; el cosquilleo en la nuca era ahora un fuerte zumbido sordo, como un tambor. Él se inclinó, le tocó el brazo y ella lo apartó de un empujón. Él la miró con ojos grandes e indignados.

—¡Oye! ¿Qué te pasa?

—¡Me has estado siguiendo, tarado enfermo! Eso es lo que me pasa —gritó, y se puso torpemente en pie.

—¿Estás loca? Te vi en el suelo y pensé que tenías problemas.

Levantó la linterna que se le había caído y se apretó el portapapeles contra el pecho. Apuntó la linterna hacia él y sintió que un hilillo de sudor se deslizaba por el cuello de su blusa.

—Estoy bien —dijo.

—Estás loca —declaró con firmeza.

Minerva se apartó de él y corrió de regreso a Ledge House. Esta vez llegó rápido, de un salto subió al porche y abrió la puerta con manos temblorosas. Una vez dentro, corrió directamente hacia el teléfono y llamó a Hideo. Sintió que sonreía al responder, pero lo interrumpió de inmediato.

—Alguien me siguió desde Briar Hall —dijo.

—¿Qué quieres decir? ¿Un estudiante?

—Tal vez. —Iba de un lado a otro de la sala, arrastrando el largo cable del teléfono por el suelo—. Me topé con Conrad.

—¿Entonces fue Conrad?

Cerró los ojos y se llevó una mano a la boca, con el puño apretado.

—¿Sigues allí?

Abrió los ojos de golpe.

—No lo sé. Alguien me siguió desde Briar Hall, me caí, y luego allí estaba Conrad.

—Mira, si alguien te está molestando, podemos llamar a la seguridad del campus.

Corrió las cortinas y miró por la ventana.

—¿Minerva?

—No estoy segura de que fuera Conrad —dijo contemplando los árboles del exterior.

—Voy para allá.

Diez minutos después, Hideo estaba en su cocina. Puso a hervir agua para el té mientras ella se sentaba a la mesa y examinaba las manchas oscuras de las palmas de sus manos. Se las había ensuciado al tropezar y caerse.

—No tienes una gran selección de tés —dijo mientras le ponía una taza delante.

Se limpió las manos con una servilleta.

—Prefiero el café.

—No creo que necesites cafeína ahora. ¿Qué pasó?

Minerva jugueteó con el hilito de la bolsa de té.

—Algo… algo extraño. Algo malo. Me desperté y tuve la sensación de que algo pasaría hoy. Mi Nana Alba solía llamarlo portento, y es cuando tengo esta sensación, esta sacudida, como si algo importante fuera a ocurrir. Pero hoy ha sido diferente y alguien me ha seguido, aunque yo no podía verlo. Era invisible.

—¿Invisible?

—Como fueron invisibles para Ginny —dijo, recordando aquel incidente después del baile, cuando Virginia contó que alguien la había seguido.

—No te sigo…

Minerva sacó la bolsita de té de la taza y la puso encima de la servilleta.

—No importa.

—Minerva, no me mientas.

Ella negó con la cabeza.

—No sé qué pasó, Hideo. Pensé que alguien me seguía. Pero no creo que fuera Conrad.

—De acuerdo, quizás no. De todas formas, deberíamos reportarlo a la seguridad del campus.

—No. Mira..., estoy cansada —dijo frotándose las manos—. Estoy... Creo que es mi ansiedad, ¿sabes? Últimamente todo es tan jodidamente difícil... No puedo escribir bien y mi asesora se va a poner furiosa si no... Es todo muy duro.

Apoyó las manos en la mesa. Hideo palmeó una de ellas.

—Sé que la tesis te trae frita, pero las vas a sacar. Mira, pasas demasiado tiempo encerrada. ¿Por qué no vamos al cine con Patricia? O a una fiesta que está planeando.

Eso no iba a solucionar nada, pero Minerva sabía que no se libraría de Hideo si no aceptaba. Accedió, dijo que podían ir al cine, y su amigo regresó a su dormitorio.

Fue hasta su escritorio y contempló con recelo las notas en las que había estado trabajando. Sus ojos se fijaron en la colección de relatos breves de Tremblay, que estaba a un lado de su computadora. Tomó el libro y miró la portada. Era una edición más reciente de *Hábitos perversos y otros cuentos*, impresa a mediados de los ochenta, cuando el terror en rústica estaba en su apogeo, y el artista había decidido pintar la imagen estridente de una mujer corriendo hacia el lector con la boca abierta en un grito.

Minerva apartó el libro y se fue a la cama.

1908: 8

La lluvia empapaba los campos y, al atardecer, la niebla descendía desde lo alto de las montañas, acariciando los árboles y coloreando la tierra con matices grisáceos. Afuera, el mundo parecía envuelto en una gasa, y ella contemplaba la niebla con ojos atentos. Aquella mañana había tenido un portento, una sensación de que algo saldría mal. Después de todo, su padre solía decir que los días de lluvia y viento eran propicios para lanzar hechizos.

Durante todo el día, Alba se dedicó con mucha atención a sus quehaceres. Cuidó de sus hermanos, atenta a las letras que trazaban en una pizarra o escuchándolos leer en voz alta un libro. Todo el tiempo se preguntaba qué desgracia estaba a punto de sucederles.

El misterioso resplandor fuera de su ventana no había regresado, pero eso no significaba que Alba se sintiera más segura. Tal vez el interior de su casa fuera un refugio, pero ¿quién sabía lo que acechaba entre los árboles, en los campos?

—¿Qué estás viendo? —preguntó su madre.

—Nada —dijo Alba, y se sentó al instante. Ajustó la bola de madera dentro del calcetín que se suponía que estaba zurciendo.

—Estoy pensando en invitar al padre Aguilera a la finca la semana que viene para tomar una taza de chocolate. Jacobo y Belisario también han estado hablando por lo bajo sobre maldiciones. La presencia del padre Aguilera debería calmar a todos.

—¿Crees que se irán?

Su madre llevaba el hilo adelante y atrás, manejando con destreza su aguja de zurcir.

—No. Pero necesitaremos contratar jornaleros para la cosecha, y no vendrán si creen que aquí pasan cosas extrañas. Y no me arriesgaré a que Fernanda se largue. No lleva mucho tiempo con nosotros, y si alguien tuviera que irse, sería ella. Ya no tenemos suficiente gente —suspiró—. Arturo tiene razón, Piedras Quebradas es una causa perdida. Sin Tadeo no podemos supervisar...

Alba miró con atención a su madre, que parecía a punto de llorar. Pero las lágrimas no brotaron. Luisa apretó los labios. En un instante, la mujer se recompuso y sus hábiles manos volvieron a tirar del hilo con obstinada determinación.

—¿Cómo hacen los gemelos para acabar con semejantes agujeros en los calcetines? No puedo siquiera imaginarlo —remató.

Siguieron trabajando bajo la luz mortecina. El día estaba llegando a su fin y la noche se cernía sobre ellas. La pesada e incierta sensación de Alba no había disminuido, pero se cuidó de ocultarla mientras continuaba con su trabajo, sin dejar que su madre se diera cuenta. Ya tenía suficientes problemas.

Alba se puso el camisón, se lavó cuidadosamente la cara y se peinó. De vez en cuando se asomaba por la ventana hasta que, por fin, cerró las cortinas. En un rincón de la habitación había escondido el talismán que le había dado la mujer de Los Pinos, y alrededor del cuello llevaba el medallón de Valentín.

Valentín, que la había besado en el campo de cebada. El recuerdo la hizo sonreír, era una memoria dulce. Luego volvió a pensar en el piano, en Arturo tocando el vals de Waldteufel. La dulzura fue sustituida por la desvergüenza al pensar en besarlo.

Qué idea tan perversa, aunque por lo mismo resultaba una idea tentadora. Se sonrojó, avergonzada de sí misma. Qué tonta era al pensar esas cosas. A la mañana siguiente, debía leer la Biblia y arrepentirse.

Dijo sus oraciones y se quedó dormida.

Sus sueños solían estar llenos de color. Soñaba con la ciudad, con sus paisajes, con llevar bonitos vestidos y asistir a lujosas fiestas.

Su sueño de esa noche fue diferente.

Sintió que había alguien sentado a la cabecera de su cama y que extendía una mano, y le acariciaba el rostro con suavidad. No sintió miedo. La presencia era tranquilizadora; sus caricias, suaves como la seda.

Aquel ser informe se acostó a su lado y la acercó hacia él, pasándole una mano por el cuello.

Una boca se apretó contra sus labios. Un beso, y luego otro, y otro más, pero todos suaves como mariposas. El amante de ensueño que buscaba su compañía estaba tejido de oscuridad y niebla. La habitación en torno era penumbra, sombras y manchas grises. Ella no podía verlo.

Vagamente, recordó la historia de Cupido y Psique. También recordó vagamente el beso de Valentín. Pero el recuerdo del campo de cebada y del cielo sobre sus cabezas parecía lejano, como si aquel fuera el verdadero sueño.

Una voz murmuró en su oído, profunda y firme. Le hablaba en un idioma que ella desconocía, o tal vez las palabras se confundían con la somnolencia onírica. Sin embargo, intuyó el significado, pues era amor lo que expresaban, y respondió con el mismo susurro de palabras, haciéndose eco de la voz.

Ella suspiró y, con gesto lánguido, alzó los brazos para tomar el rostro del fantasma que buscaba su abrazo y rodeó con ellos un cuerpo sólido y firme. Podría ser niebla, pero su aliento le rozaba la piel. Él le llevó las manos por encima de la cabeza con la misma parsimonia con que ella lo había hecho, y entonces ella sonrió.

Su cabello se desplegaba sobre la almohada, y su cuerpo, tenso, se arqueaba mientras las yemas de sus dedos rozaban la cabecera labrada. Él se tendió sobre ella, y aun así era ingrávido, insustancial... y a la vez no, pues podía percibir la fuerza de sus músculos, sus manos que aferraban con firmeza sus muñecas.

La besó bajo la oreja, besó el hueco de su cuello, posó los labios sobre su pecho, y ella se retorció y estremeció, deseando atraerlo aún más hacia sí.

Los labios contra su carne se convirtieron de repente en dos agujas que atravesaron su piel, clavándose profundamente en su pecho. El dolor punzante se extendió por su vientre. Lanzó un grito e intentó apartar al fantasma, pero las agujas se hundieron más, clavándola en la cama, y el cuerpo sobre ella era ahora como un bloque de hierro.

No podía respirar y abrió mucho los ojos. La habitación se había transformado en una mancha bermellón, un color que la sofocaba.

Qué frío sentía. Sentía sus extremidades congeladas y el aliento del espectro que había invadido su cuarto era como una ráfaga de viento helado. Presionó una mano contra la carne, sintió el latido acelerado de un corazón antes de que se derritiera y se encontrara aferrando la nada. Pensó que no era la historia de Cupido y Psique, sino la de Perséfone arrastrada a las profundidades del inframundo. Era un sacrificio ctónico.

Pasó una eternidad y la presencia se desplazó, alejándose poco a poco, con las uñas arañando su torso y sus piernas antes de despegarse de su cuerpo.

Inspiró con fuerza y volvió la cabeza. En la oscuridad, Alba distinguió unos ojos grandes y hambrientos, fijos en ella. Los ojos no tenían rostro; pertenecían a una sombra con el contorno de un cuerpo, pero ella no podía discernir sus rasgos. Ni nariz, ni boca, ni dientes.

Solo los ojos, enormes y terribles, sin parpadear, eran claramente visibles. Abrió la boca, alzó una débil mano, intentando protegerse de la mirada de la aparición y, cuando volvió a mirar la sombra, se deslizó por el suelo, como un río de alquitrán, y se escurrió bajo la cama.

Sacudió la cabeza de un lado a otro y las sábanas se enredaron en sus piernas como una mortaja. Entonces la sábana se le escapó de los dedos y la cama se desmoronó en polvo. Fue arrojada a un abismo.

Alba despertó sobresaltada y miró al techo. Era de día y la luz se filtraba por debajo de las cortinas. Apartó las sábanas y se levantó, pero tuvo que sentarse de inmediato. Sentía sus extremidades como papel mojado y el sueño todavía hacía galopar su corazón.

Tocó las sábanas, alarmada, temiendo de repente que algo pudiera escurrirse desde debajo de ellas y se colara al suelo. Con un movimiento brusco, las apartó y contuvo la respiración.

Quería asomarse debajo de la cama, pero la idea de hacerlo hizo que su corazón latiera aún más rápido.

—Dios te salve, María, llena eres de gracia, el Señor es contigo; bendita tú eres entre todas las mujeres y bendito es el fruto de tu vientre, Jesús. Santa María, madre de Dios, ruega por nosotros pecadores, ahora y en la hora de nuestra muerte. Amén —dijo, orando apresuradamente y haciendo la señal de la cruz.

Al cabo de un minuto se arrodilló junto a la cama con las manos apoyadas en el colchón, como si fuera a rezar. Luego miró debajo. Pero no había nada.

Alba dejó escapar una exhalación contenida. Qué sueño tan extraño había tenido. Aunque tenía que admitir que al principio había sido bastante agradable. Pero luego se había vuelto horrible, y apretó ambas manos contra el medallón, sintiendo el frío metal bajo los dedos.

Se levantó y abrió las cortinas. El movimiento de sus brazos la hizo estremecerse; un dolor punzante se extendió por todo su cuerpo. Bajó la mirada y vio que el camisón tenía una mancha color granate en el pecho. Esa mancha no estaba allí cuando se acostó.

Se quitó rápidamente el camisón y quedó desnuda frente al espejo. Sobre el corazón tenía un corte, como si se hubiera hecho una incisión con un cuchillo. La piel alrededor del corte estaba amoratada con un color violáceo. Alba se inclinó hacia delante, rozó el corte con los dedos, presionándolo con cuidado.

Retrocedió horrorizada. Su mente era un caos. Quería llamar a gritos a su madre, pero sabía que sería inútil. No la creería. Si se lo contaba a su tío, le diría que había escuchado demasiados cuentos tontos. Tal vez pensarían que se estaba volviendo loca y que se había lastimado a sí misma.

Con esfuerzo, consiguió vestirse y recogerse el pelo, luego bajó a toda prisa las escaleras y encontró a las criadas en la cocina.

—¿Pueden avisar a mi madre de que salí a visitar a las hermanas Molina? —les pidió, sin esperar respuesta.

Corrió a los establos y sacó una silla de montar del cuarto de los arreos. Cuando Tadeo estaba todavía, era él quien le preparaba el caballo. Ahora debía hacerlo sola. Había perdido a su hermano. El mal se lo había llevado y podría arrebatársela a ella también.

—¿Vas a dar un paseo? —preguntó Arturo, sobresaltándola con su pregunta.

Estaba de pie en la puerta de los establos y la observaba con curiosidad.

Alba se ajustó los estribos.

—Quiero ver si las chicas Molina tienen ya esas nuevas revistas que se suponía llegarían este mes.

—Tal vez llueva —dijo Arturo, alzando la vista hacia el cielo.

—No voy a tardar —repuso, intentando sonar despreocupada y serena, aunque en su interior temía que él quisiera acompañarla. Pero, claro, a él no le gustaba montar a caballo. Prefería la carreta, que era lo más parecido que tenían a un carruaje.

—De acuerdo.

La ayudó a montar. Alba le dio las gracias, pero Arturo mantuvo la mano en las riendas, mirándola con interés.

—Te ves cansada, Alba. No te estarás enfermando, ¿verdad?

—Estoy bien.

Él se despidió y Alba emprendió la marcha a paso lento, pero en cuanto perdió de vista las caballerizas, espoleó al caballo.

Cuando llegó a la finca de los Molina, buscó a Valentín de inmediato. Él se acercó con su sombrero de ala ancha en la cabeza y una sonrisa en los labios, pero luego, al notar que algo no iba bien, la sonrisa se borró y fue sustituida por una expresión de preocupación.

—¿Pasa algo? —preguntó.

—¿Puedes acompañarme a Los Pinos?

—¿Ahora? Debo... —empezó a decir.

—Estaba en mi habitación —dijo mirando al suelo—. La bruja entró en mi habitación y me mordió. No sé qué hacer, Valentín. Tengo miedo.

Él tomó sus manos entre las suyas. Luego asintió.

El sendero hacia el pueblo estaba envuelto en bruma y olía a tierra mojada; el agradable y fresco olor del ocote resinoso los envolvía, calmando los sentidos. Pronto sus caballos atravesaron las silenciosas calles del pueblo hasta que llegaron a la casa de la puerta amarilla. La anciana abrió antes de que llamaran y los miró con ojos graves. Valentín le tendió una botella que había llevado consigo. Jovita la tomó con un movimiento de cabeza, aunque parecía molesta.

—Pasen —dijo.

Jovita los condujo a la habitación que olía a menta y se sentaron a la mesa. A pesar de la luz que entraba por las ventanas, Alba temblaba como si hubiera sentido un frío chiflón.

—Regresaron pronto.

—Pensé que tu talismán me mantendría a salvo. Pensé que funcionaría. No fue así y necesito otro remedio.

—Funciona. Claro que funciona. Colocas los alfileres en el cuerpo del pájaro y le ordenas a la bruja que se mantenga alejada.

—Me mordió.

Jovita guardó silencio. Miró a Alba y luego a Valentín. Sacudió la cabeza.

—Si ha captado tu aroma y ha probado tu sangre, no soltará a su presa.

—Debe de haber una manera —dijo Valentín—. Hay historias sobre cómo atraparlos. Los nudos...

La anciana le lanzó una mirada fulminante.

—Calla. No digas tonterías —ordenó, y volvió a mirar a Alba. Su expresión cambió; un atisbo de compasión apareció en su rostro—. No hay finales felices cuando te enfrentas a una criatura así. Huye. Si huyes lejos, quizá no te siga. Deja que encuentre otra víctima.

—Podría matar a alguien más de mi familia —dijo Alba—. Si mató a mi hermano y luego vino tras de mí, ¿quién puede decir que no atacará a mi madre? ¿O a mis hermanitos?

—Podría ser. Pero el peligro es demasiado grande. No puedes enfrentarlo.

—¿No me ayudarás? —preguntó.

—Puedo sentirlo —dijo la anciana, y levantó la mano con cuidado, haciendo una mueca—. Es demasiado poderoso, más fuerte de lo que pensaba. Podría venir tras de mí si digo algo más. Debes irte. Esa es la respuesta.

—¿Y dejar que mi familia muera?

La anciana no respondió. No hacía falta. Su silencio era la respuesta. Por un segundo, Alba lo sopesó. Pensó en abordar un tren, con una bolsa y un puñado de monedas en el bolsillo. Consideró abandonar Piedras Quebradas. Abandonar a los suyos para no enfrentarse a la ira de una bruja.

Alba se levantó de golpe de su asiento. Salió corriendo de la casa y se quedó junto a la puerta, abrazándose a sí misma.

—No te preocupes. Lo arreglaremos —dijo Valentín, corriendo tras ella y poniéndole las manos sobre los hombros.

Alba cerró los ojos. La boca le sabía amarga; sabía a bilis.

—¿Cómo vas a arreglarlo? —preguntó, pero su voz no era más que un hilo lastimero.

—Haremos lo que dicen las historias. La atraeremos y la atraparemos.

Ella lo miró. Valentín asentía.

—Sí, como en esa historia que contaba mi abuelo. Esperamos a que caiga la noche, desollamos un animal y dejamos su cadáver en el suelo. Entonces, esperamos en las sombras hasta que el olor de la sangre atraiga al *teyollocuani.* Cuando se acerque, tomamos una cuerda, hacemos un nudo y decimos algunas palabras. Luego hacemos otro nudo y decimos más palabras. Cuando hayas hecho doce nudos, estará atrapado. Entonces puedes matarlo.

—¿Qué palabras?

—La primera palabra es «tierra». Le dices que le estás atando con tierra. Luego dices que le atas con agua, luego con fuego y por último con aire. Lo repites hasta llegar a doce. Una vez que empiezas a hacer los nudos, no puedes dejar de hablar. Ese es el truco. Puede que intente asustarte o engañarte, pero debes continuar.

—¿Y si tu abuelo olvidó algo? ¿O si lo inventó? ¿No nos habría recomendado eso doña Jovita? ¿Por qué tú conoces esta historia y ella no? O tal vez sí la conoce, pero, como dijo, es demasiado peligroso.

—Tú has oído historias como esta, lo sé.

—He oído hablar de brujas que controlan el viento atándolo con nudos.

—¿Ves? Y piensa bien, te acordarás de otras. Sé que lo harás.

—Es un riesgo muy grande. No, no, no. Es una locura —dijo sacudiendo la cabeza.

—Alba, debes confiar en mí —repuso Valentín—. Estoy seguro de que funcionará. Podemos pedirle al sacerdote que bendiga mis balas, para asegurarnos de que hieran al *teyollocuani*. Con balas benditas, no hay forma de que sobreviva.

—El medallón estaba bendito y no sirvió de nada —se lamentó, y se llevó una mano al cuello. Debajo estaba el trozo de metal, pero al lado estaba el moretón con el pequeño corte. La criatura se había colado en su habitación como si fuera de humo. Alba apartó la vista, parpadeando para contener las lágrimas—. Si fallamos, me matará. Lo sé. No tienes ni idea del miedo que siento. Anoche vi sus ojos, y eran unos ojos terribles. No puedo olvidarlos. Aunque viva mil años, no podré hacerlo.

Lo decía en serio. Era el terror lo que la hacía temblar como una hoja, de eso estaba segura. El miedo se le había metido hasta la médula de los huesos. No podía quitárselo de encima, y ni siquiera el abrigo que llevaba sobre los hombros podía calentarla, porque era el frío de la tumba lo que había sentido en su cama.

—Alba— dijo Valentín, y la abrazó.

Ella también lo abrazó. Valentín le acarició suavemente el pelo.

—No dejes que me atrape —le suplicó—. Oh, no dejes que recuerde sus ojos.

Volvió la cara hacia Valentín y lo besó. Quería aferrarse a alguien real, alguien que fuera de carne y hueso, no una sombra que se colara en su cama y la besara con labios de hielo.

Cuando se apartó, le acarició con cuidado la sien y lo miró a los ojos.

—Dentro de unas noches, lo atraparemos y lo mataremos —prometió Valentín, y rápidamente le besó el dorso de la mano—. Haré que el cura bendiga mis balas y lo atraparemos. Iré al pueblo esta misma tarde, en cuanto te lleve a casa.

Cabalgaron juntos y de nuevo Valentín se detuvo junto al borde del campo de cebada. La ayudó a desmontar. Se quedaron frente a frente; Alba apoyó sus manos en el pecho de Valentín.

—Ten cuidado —dijo él—. Vendré a verte pronto y podremos discutir cómo haremos para tender esa trampa.

—Gracias, Valentín, muchísimas gracias.

Se abrazaron. Su rostro estaba cerca de su cuello, y ella lo besó allí antes de que él volviera la cara hacia abajo y besara sus labios. Ella sonrió y él se sonrojó.

—Debería empezar a cortejarte como se debe —le dijo.

—Supongo que sí —repuso Alba.

Él sonrió, tan feliz como podía estarlo, y ella se alejó del joven, agarrando las riendas de su caballo. Mientras lo conducía de regreso al establo, empezó a caer una ligera lluvia. Una vez más, recordó que su padre solía decir que los días lluviosos eran propicios para lanzar embrujos, y aceleró el paso, temerosa de permanecer demasiado tiempo a la intemperie.

1934: 5

El tiempo es un amante traicionero. En nuestra juventud fluye lento y profundo; los días se alargan interminablemente. Cuando somos niños, un verano parece durar un siglo. Pero a medida que envejecemos, el tiempo se acelera. De repente, un año desaparece en un tronar de dedos. Qué rápido se nos escapa el tiempo, con qué facilidad nos engaña.

Cuando pienso en el final de 1934, lo recuerdo como una gélida blancura interminable. Aquel diciembre parece haber transcurrido en cámara lenta, como si nuestras vidas hubieran quedado tan congeladas como el estanque donde los estudiantes patinaban.

Ciertas frases, ciertas palabras me vienen de repente a la memoria, y puedo recordar con asombrosa nitidez un momento que creía olvidado. Pequeños detalles emergen, como si el deshielo primaveral los trajera a la superficie. Incluso décadas después puedo recordar el timbre de la voz de Ginny, el sonido de sus pasos en las escaleras, las enredaderas bordadas que adornaban los puños de sus guantes de invierno.

Después de las vacaciones de Acción de Gracias, la melancolía y la ansiedad de Ginny empeoraron. En los primeros días de diciembre discutió con Edgar por teléfono. Yo no oí lo que dijeron, pero Mary Ann Mason, que tenía por costumbre escuchar a escondidas las conversaciones de todos los que usaban el teléfono de la casa, subió corriendo a contárnoslo a Carolyn y a mí.

—Ginny le colgó a Edgar —anunció, instalándose en el borde de un sofá mientras yo peinaba a Carolyn. Esa noche iba a salir y otra vez yo debía hacer de su doncella.

—Mary Ann, debería darte vergüenza andar husmeando —le dije, aunque hacía poco yo misma había escuchado a escondidas una conversación entre Carolyn y su padre.

—Ay, ¿qué? Estaba bajando por un libro que se me olvidó y por casualidad los oí —rebatió Mary Ann—. De todas formas, está muy rara últimamente, ¿no creen?

—Le encanta el melodrama —dijo Carolyn—. Seguro que intenta parecer más interesante.

—No creo que lo haga para llamar la atención —intervine.

—Betty, sé que le tienes cariño, pero debes admitir que es una chica rara y que cada vez lo es más. Si no lo hace para llamar la atención, entonces algo no anda bien allá arriba —dijo Carolyn, y se dio un golpecito en la frente con el dedo índice para enfatizar antes de volver a juguetear con su joyero—. Eso sí, Gin-gin puede ser una dulzura a veces, pero también es un manojo de nervios.

—Tienes toda la razón —concedió Mary Ann con entusiasmo—. Por cierto, ese collar es una preciosidad. ¿Adónde vas esta noche, Caro? No me digas que vas a salir con David Dundy.

Carolyn se probó el collar de perlas frente al espejo.

—No es David.

—¿Quién, entonces?

—Alguien —respondió con indiferencia.

—¿Un amante secreto?

—Mary Ann, si te lo digo, dejaría de ser un secreto.

Me uní a las risas de Mary Ann, ansiosa por alejarnos del tema del comportamiento de Ginny. No era algo que pudiera discutir con Carolyn, que nunca había comprendido la personalidad de Ginny y ahora parecía aún menos dispuesta a entender el delicado estado de nuestra amiga común.

Pero ¿acaso alguien la entendía? ¿La entendí yo? Décadas después, esta pregunta aún me atormenta. ¿Conocía yo a Ginny? Si la hubiese conocido, ¿habría podido salvarla?

Al día siguiente de aquella discusión por teléfono, mientras trabajaba en una tarea, escuché el ruido de un motor y miré por la ventana: el reluciente auto de Edgar avanzaba por el camino de entrada y se detuvo frente a la residencia. Bajó del coche y me saludó con la mano. Le devolví el saludo, me puse un suéter y los guantes y bajé corriendo a recibirlo.

—Ginny está en clase —le informé—. No volverá hasta las tres.

—Ya lo sé. Me preguntaba si podría hablar contigo.

—La madre de la casa no está en este momento, así que no puedes entrar.

—Entiendo. ¿Quieres dar una vuelta en coche?

Edgar tenía un carácter ligero y efervescente, pero ese día su rostro se veía sombrío y serio. Lo que fuera que deseaba discutir debía de ser importante. Sospeché, por la forma en que me miraba por encima del hombro, que, aunque hubiéramos podido entrar juntos a la residencia, no le habría gustado. Allí no habría garantías de privacidad, no con personas como Mary Ann cerca.

Condujimos por la carretera que llamaban la ruta panorámica, que discurría paralela al mar. El invierno había transformado el paisaje, dándole un aire melancólico. Nos detuvimos en una cala desierta, junto a un zarzal silvestre, cuyas ramas se doblaban bajo el peso de la nieve. En septiembre, al comienzo del curso escolar, varias chicas, entre ellas Ginny y yo, habíamos hecho allí mismo un picnic.

La cala estaba muerta y silenciosa, y el aire de diciembre era frío. Yo llevaba mi feo suéter y guantes en las manos. El abrigo de Edgar parecía caro y abrigador. Nos quedamos mirando el océano.

—Estoy preocupado por Ginny —dijo finalmente—. Necesito saber si te ha contado algo sobre..., bueno, sobre hacerse daño.

Lo miré sobresaltada.

—No. ¿Qué te ha dicho? ¿Acaso...?

—No me ha dicho nada.... nada explícito, pero ha hablado de la muerte y de morir.

—¿Qué?

Se cruzó de brazos y negó con la cabeza.

—Ni siquiera puedo explicar lo que ha dicho, solo que por varias alusiones y comentarios tengo la impresión de que la muerte ocupa constantemente sus pensamientos. Y en los últimos tiempos la noto muy diferente, Betty. Seguramente tú también debes de haberlo notado. Lo ansiosa que parece, cómo cada ruido la sobresalta... ¿Te contó lo que pasó en Acción de Gracias?

—Estabas molesto con ella porque hablaba de fantasmas.

—No solo de fantasmas. De hombres sin rostro que acechan tras las ventanas y se asoman a su habitación. ¡Esos demenciales garabatos suyos! ¿Has visto sus cuadernos? Pasó dos días tratando de comunicarse con los muertos y escribiendo sus lamentos.

¿Qué podía decir? Claro que me había fijado en sus dibujos, sus garabatos, las pilas de libros de brujería y ocultismo que se amontonaban alrededor de su cama. Su evasividad, su rostro tenso, cómo cada crujido de las tablas de la vieja casa la hacía incorporarse expectante, cómo sus ojos recorrían la habitación de un lado a otro. La había oído hablar de hombres que la seguían, de hombres que se paseaban bajo las ventanas y de vagas inquietudes que se convertían en murmullos incoherentes. Era como una orquídea que se marchita en una maceta, pero no me gustaba hablar de esto, ni con él ni con nadie.

—Temo que se esté volviendo loca. Creo que sería mejor llevarla lejos. Quizá un sanatorio sea el mejor lugar para ella.

Aquellas palabras fueron como un golpe en la sien. Sentí que iba a perder el equilibrio y lo miré con los ojos muy abiertos, llena de sorpresa. ¿Un sanatorio? ¿Acaso se refería al hospital estatal de lunáticos de Danvers, aquel viejo e imponente edificio encaramado como un buitre sobre una colina?

¿Le pondrían a Ginny una camisa de fuerza? ¿Le harían tomar mil píldoras, tinturas y remedios? Me lo imaginé arrastrando a Ginny por el pelo hasta un desván donde la encerrarían.

—Ginny tiene ciertas excentricidades. ¡Pero locura no!

—Locura. Nervios. No tengo ni idea de cómo llamarlo.

Me aparté de él, con los pies pisando la nieve fresca. Ese paisaje blanco y frío era como un cuchillo en mi garganta. Mi voz salió ronca y dolorida.

—¡Cómo puedes decir tal cosa! Tú que se supone que la amas.

—Es porque la amo por lo que te lo estoy diciendo.

—Seguro que te acobardaste y tal vez ya no quieres casarte con ella —le dije. Tuve una repentina esperanza de que así fuera, y que nos dejaría en paz a Ginny y a mí. De que no tendría que separarme de su lado. Yo la cuidaría. Sí. No la abandonaría.

Edgar negó con la cabeza con vehemencia.

—Sí quiero casarme con ella. Más que nada en el mundo. Pero no puedes decirme que no ha cambiado. No puedes decirme que está bien.

No, no podía. Abrí la boca y suspiré, dejando escapar una bocanada de aliento tibio. Nos habíamos alejado del coche y ahora dábamos la vuelta, siguiendo las huellas que habíamos dejado en la nieve.

—Betty, me da miedo que se haga daño; eso es lo que pasa. Ella no me escucha, pero quizás a ti sí. Un médico no es el fin del mundo, ¿verdad? Al menos si pudiera hablar con uno... Quiero que se quede con mi familia durante las vacaciones de Navidad, y después sería fácil ver al doctor Landis mientras estamos en Boston. Eres su amiga íntima; si alguien puede hablar con ella, eres tú.

—¿Yo, Edgar? ¿Qué le puedo decir? No sabría cómo plantearlo.

—Al menos prométeme que la vigilarás de cerca, Betty. Llamo todos los días, pero sigo preocupado. Por favor, cuídala.

Su angustia era evidente y cuando asentí sonrió con esa gran sonrisa que Ginny adoraba. ¡Pobre Edgar! La desaparición de Ginny le robó la juventud y su alegría fácil; esa sonrisa rara vez volvió a adornar sus labios. A mí también me robó algo. Inocencia y sosiego. Nunca más pude mirar la oscuridad afuera sin preguntarme qué acecha en los rincones. Cuando los faroles de la calle se encienden, me asomo a través de las cortinas y contemplo las sombras.

¿Quién anda allí?, me pregunto. ¿Qué hay allí?

El invierno también cambió para mí. De niña, era la estación de las guerras de bolas de nieve y los trineos. Después de que Ginny desapareció, el invierno se convirtió en la estación de la muerte y el dolor. Durante algunos años viví en Arizona, con una mujer a la que amé mucho, y escapé de los inviernos de Nueva Inglaterra. Pero al final volví, atraída de nuevo por las latitudes septentrionales. Atraída otra vez por las preguntas y la incertidumbre.

El invierno trae consigo demasiados recuerdos; el calor y la alegría de una chimenea dan paso a recuerdos dolorosos cuando volteo y contemplo la nieve. Recuerdo la noche en que Ginny desapareció. No vi a nadie fuera, ningún intruso que pudiera estar acechándola.

Sin embargo, nunca he podido deshacerme de la sensación de que, al apretar una mano contra el tronco de un árbol, aquella noche no estaba sola. Que algo observaba, hambriento, esperando en la oscuridad.

Cuanto más envejezco, más cortos me parecen los días, y estoy segura de que lo que sentí aquella noche era la sombra de la muerte. Pero me estoy adelantando. Voy demasiado deprisa.

Por ahora, volvamos al coche, donde Edgar juega con la radio y yo contemplo los árboles cubiertos de nieve. Volvamos a esos primeros días de diciembre, cuando mi corazón aún está entero y la sonrisa de Edgar se extiende por su rostro. Quedémonos allí, un segundo más.

1908: 9

La lluvia no convocó a ningún horrible fantasma. El sol salió, volvió a ponerse. La paz reinaba en la casa. El recuerdo del terror que había atacado a Alba se hacía cada vez más tenue con el paso de las horas. Sin embargo, un miedo amorfo le roía el corazón. Miraba con cautela por la ventana, observaba con recelo las sombras de su habitación al anochecer.

La cuarta noche después de hablar con Valentín, se despertó sollozando en su cama.

No podía recordar lo que había soñado. No había sido el mismo sueño de antes, el de la criatura que la mordió y le sacó sangre. Por un lado, no tenía ninguna marca fresca en la piel y, por otro, la calidad del sueño era diferente. Estaba segura de ello, aunque el sueño solo volviera a ella en fragmentos borrosos. Recordaba el rojo de la sangre y cómo le temblaban las manos. Recordaba una pena terrible que la hacía llorar al despertar, aunque no entendía por qué lloraba.

Estaba ayudando a lavar la ropa. El sol se había asomado entre las nubes, así que Dolores y Alba se apresuraban a colgar las sábanas en el tendedero antes de que cambiara el tiempo. Sin embargo, el sol no le calentaba la cabeza; más bien Alba sentía como si le enfriara las extremidades. Sus dedos se movían lentos, torpes, mientras sacaba las pinzas de madera de una cubeta.

Volvió a tener esa extraña sensación dentro en el cráneo, ese portento. Levantó los brazos y tendió la sábana en el tendedero. Dos de sus hermanos jugaban cerca, pero sus chillidos de alegría se interrumpieron cuando Dolores les advirtió que no tocaran la ropa limpia.

Alba se agachó para recoger una funda de almohada y, cuando levantó la vista, el mundo se convirtió en una oscura mancha roja. Las sábanas que colgaban de los tendederos eran escarlatas y las nubes que flotaban a lo lejos estaban teñidas de carmesí. Era como mirar a través de un vitral en una gran catedral gótica. Incluso sus manos, cuando las observó, estaban pintadas de un terrible tono bermellón, como si hubiera exprimido cerezas podridas y dejado que el jugo se le escurriera por los brazos.

Alba dejó caer la funda de almohada que sostenía y dio un paso atrás.

—¿Niña Alba? —preguntó Dolores, mirándola con curiosidad.

Algo terrible iba a ocurrir. Podía sentirlo. El sueño, los retazos enmarañados que aún quedaban en su memoria, parecían recomponerse como fragmentos astillados de cerámica.

«Valentín», pensó, y parpadeó. El rojo se desvaneció. Se dio la vuelta y entró corriendo a la casa, precipitándose en el lavadero, donde Fernanda estaba inclinada sobre una pila de lavar de piedra y movía las manos con un ritmo hipnótico tallando una camisa.

Alba pasó junto a la criada; abrió de par en par la puerta que daba a la cocina.

Ese día, la madre de Alba estaba haciendo jabón. Usaban ceniza y manteca, y cuando era niña a Alba le gustaba ver cómo el brebaje hervía en una olla y su madre añadía grasa o lejía según hiciera falta, contemplando maravillada la masa espumosa mientras se solidificaba. Aquella alquimia era más afín a sus gustos que los fuertes olores a sangre y vísceras que salían de la cocina.

—Madre, debo ir hoy mismo al rancho de los Molina —anunció.

Su madre, con un pañuelo atado a la cabeza, estaba ocupada junto a la estufa y no miró a Alba mientras hablaba.

—¿Para qué? Si acabas de estar allí.

—Sí, pero cuando estuve allí Valentín me dijo que me buscaría un tónico para dormir y quiero recogerlo.

Ahora su madre sí volteó a mirarla y negó con la cabeza.

—Para esas ojeras, el remedio es el té de manzanilla, ya te lo dije, y puedo prepararlo esta noche.

—Pero sería rápido, lo prometo, y ya ayudé a Dolores a tender la ropa.

—Deja que la niña tome un descanso —intervino Arturo—. Yo la acompañaré.

No había visto a su tío de pie junto a la puerta y se sobresaltó al oír su voz. La madre de Alba suspiró y se secó las manos con un trapo. Sacudió la cabeza y miró a su hermano, luego a Alba.

—Bien. Pero no comas nada mientras estés allí. Si no, picotearás la comida por la tarde.

—Iremos enseguida y volveremos rápido —prometió Alba.

—Primero debemos cambiarnos con ropa adecuada —dijo Arturo.

—No veo nada malo en tu ropa —respondió ella. Su tío tardaba muchísimo en prepararse y ella temía que incluso quisiera darse un baño antes de salir de casa. Debía marcharse cuanto antes.

—Veo muchas cosas mal en la tuya. Alba, no puedes salir con ese vestido y el pelo así —le dijo su madre.

Alba bajó la mirada hacia el viejo vestido marrón con los puños sucios, que estaba bien para las tareas del hogar, pero obviamente inapropiado para visitar a los amigos.

—¿Qué voy a hacer contigo, Alba? Estás en las nubes últimamente.

—Me cambiaré —accedió, y corrió a su habitación.

Se recogió el pelo y se puso otro vestido lo más rápido que pudo. Luego llamó a la puerta de la habitación de Arturo.

Fueron a las caballerizas. Alba encontró su caballo y se volvió hacia su tío, tratando de sonar despreocupada, intentando que la ansiedad no se apoderara de su voz.

—Sé que no te gusta montar, tío, así que no hace falta que me acompañes —dijo.

—Ya te he dicho que sí sé montar —replicó él y alargó una mano, levantando su barbilla hacia arriba como para mirarla mejor—. Además, el aire fresco nos vendrá bien a los dos. —Su pulgar rozó su mejilla—. Tu madre tiene razón: tienes ojeras.

—Una lechuza no me ha dejado dormir —mintió. No quería hablar del sueño que la había hecho llorar.

—Debemos espantar a ese pájaro travieso, ¿no? De lo contrario, el insomnio podría estropear este bello rostro.

Alba bajó la mirada, se mordió el labio y se ocupó de la montura de su caballo, deseando que la hubiera dejado sola. Así habría podido ir más rápido. Además, no podría hablar con Valentín con Arturo a su lado. Qué enredo. Pero necesitaba ver a Valentín ese mismo día.

Siguieron el ancho camino que llevaba al rancho de los Molina. Su tío iba despacio y más de una vez ella trató de apurarlo, solo para que él le dijera que no había prisa. Por fin, llegaron a la finca. Arturo se ofreció a llevar los caballos a las caballerizas y Alba desmontó deprisa y llamó a la puerta principal de la casa. Se sorprendió cuando la señora Molina abrió la puerta. La mujer dejó escapar un suave sonido que no era una palabra.

—Señora Molina —dijo Alba, sonriendo—. Perdón por venir sin invitación. Valentín había quedado en procurarme un tónico y he venido a recogerlo.

La señora Molina tomó del hombro a Alba. Sus labios temblaron y entonces habló.

—Lo siento mucho. Falleció hace media hora.

La sonrisa de Alba se derritió como cera caliente. Se quedó mirando a la mujer. La invitaron a pasar y entró aturdida a la sala. En algún momento entró Arturo y le dio una explicación, pero Alba no la escuchó del todo. Apenas le llegaron fragmentos.

«Un animal salvaje. Solo. Cabalgando».

Belisario condujo la carreta hasta el pueblo. Mientras Arturo la ayudaba a subir, Alba pensó, sombría, que al menos todos seguían vistiendo de luto.

Los parientes de Valentín miraron a Alba y a su familia con recelo cuando entraron en la iglesia. También lo hicieron otros vecinos del pueblo. Ya circulaban rumores sobre los Quiroga y ahora se multiplicaban. La gente cuchicheaba mientras se sentaban.

Detrás del velo negro, el mismo que Alba había llevado en el funeral de su padre, sus ojos permanecían muy abiertos y secos. La pena se había manifestado como un amargo silencio. No había llorado, aunque temía que esa entereza no durara mucho.

Alba tomó asiento, inclinó la cabeza, intentando mantener la mente en blanco, intentando no sollozar. Miró al Cristo en la cruz detrás del púlpito, miró sus guantes, miró la Biblia entre sus manos.

Cuando el sacerdote pronunció el nombre de Valentín, se levantó y salió por una puerta lateral.

Afuera no estaba mejor. Le faltaba el aire y se quitó los guantes. El medallón de Valentín colgaba pesado de su cuello y en la mano derecha aferraba su pañuelo.

Oyó la voz de Belisario y la de un mozo de los Molina; ambos estaban recargados en la carreta y no la habían visto.

—Un puma no le habría arañado así —dijo el mozo—. Deberías haber visto cómo quedó. Tenía las tripas casi fuera.

—Entonces, ¿qué pudo haber sido?

—Ya sabes qué. Es brujería, simple y llanamente. Las tierras de los Quiroga están malditas.

—No estaba tan cerca de Piedras Quebradas.

—Pero iba por el camino que lleva allá. ¿Adónde más podría haber ido? No hay nada en esa dirección excepto Piedras Quebradas.

—¿Qué hacía por allí de noche?

—Tal vez iba a ver a Alba. El pobre diablo estaba enamorado de ella.

Alba apretó el pañuelo contra la boca para ahogar un sollozo y se alejó corriendo de la iglesia. Corrió por un callejón, por calles angostas con casas que tenían macetas en las ventanas, pasó por una plaza con una fuente rota hasta que, sin aliento, se detuvo ante las puertas de una casa vieja y abandonada. Arrojó el pañuelo y podría haber arrancado el medallón de su cuello para lanzarlo lejos, pero tan pronto como sus manos tocaron el relicario, se dejó caer hasta el suelo y se quedó allí sollozando.

—¡Alba! —llamó una voz—. ¡Alba!

Levantó la vista. Arturo estaba al otro lado de la calle. La vio y corrió a su lado, arrodillándose frente a ella.

—¿Cómo me encontraste? —preguntó, y se secó bruscamente las lágrimas con la palma de la mano.

—No fue tan difícil. Ven, Alba. Debemos volver a la iglesia.

—No —dijo ella, apartando su mano cuando él se la ofreció—. ¡No!

Lo empujó. Sus manos golpearon su pecho con fuerza, pero él no se inmutó. Arturo le acarició la mejilla con el dorso de la mano y la miró a los ojos.

Un grito quedó atrapado en su garganta y se convirtió en un gemido bajo. Le rodeó el cuello con los brazos y lo abrazó con fuerza.

—No puedo quedarme aquí. Está maldito, sí, esta tierra está maldita. Quiero irme, por favor, debemos irnos.

—Mi niña —le dijo mientras la abrazaba—. Dejaremos este lugar, sí, lo haremos. Lo juro.

—¿Cómo? ¿Adónde podríamos ir?

Ella volvió el rostro y se miraron fijamente. Exhaló con fuerza, no podía respirar de manera uniforme mientras lo miraba y la mano de él se alzaba de nuevo para acariciar su mejilla, esta vez con la palma abierta.

—Venderemos esa miserable finca y volveremos a la ciudad. Que se la queden los Molina; de todas formas, es un desastre. Seremos mucho más felices en la capital. Podemos comprar una casa y un carruaje decente. Te llevaré a la ópera y te compraré cosas bonitas. No debes llorar, Alba. Al final todo estará bien.

—Al final —repitió ella.

Él sonrió, asintiendo.

«Sí —pensó Alba—. Sí, quiero vender la finca y escapar». Pero entonces imaginó las dificultades de tal transacción. Aunque se realizara con rapidez, podría tardar demasiado tiempo.

Suponiendo que lograran escapar, ¿qué pasaría con las personas que se quedaran? Los Quiroga podrían huir, pero los Molina y sus otros vecinos se enfrentarían a un mal hambriento que mataría y mutilaría.

No había visto el cadáver de Valentín; el ataúd estaba, por fortuna, cerrado. Y, sin embargo, en su mente se había formado la imagen de su muerte. Tal vez fuera producto de su imaginación, o tal vez fuera como había dicho la vieja bruja de Los Pinos: que uno podía soñar y vislumbrar cosas que habrían de ser, y otras que ya habían sido.

Fuera lo que fuera, el resultado era el mismo. Allí sentada, con Arturo a su lado, Alba sabía exactamente cómo había perecido Valentín. Cabalgaba hacia Piedras Quebradas para encontrarse con ella. En una curva del camino lo aguardaba un atacante, oculto, protegido por las sombras.

Chilló, pero su grito no era el grito de la lechuza ni el de un coyote, ni tampoco el de un ser humano, sino de los tres encadenados y fundidos en un único sonido. Valentín tiró de las riendas de su caballo. Por un instante lo vio y luego desapareció. Oscuridad en forma de persona, plumas, dientes, garras, allí y no allí y entonces...

Podía seguir el arco del primer zarpazo, oír los gritos ahogados de Valentín mientras intentaba desesperadamente escapar de las garras de la criatura. Valentín era fuerte; sus manos se hundieron en la carne de aquella criatura, apretando un cuello robusto: tendones, escamas, una mezcla impía de ave, reptil y lobo que le lanzaba dentelladas. Pero era más fuerte y tenía los dientes afilados, y al morder el brazo de Valentín, desde el codo hasta la muñeca, todo estaba perdido. Lo destrozó y cuando Valentín trató de darle una patada, la bestia empezó a roerle el vientre.

Mucha sangre se filtró en la tierra, tiñendo de rojo las raíces de un álamo, y ella supo que, mientras Valentín jadeaba y resollaba, sus manos arañando la tierra y las piedras, mientras miraba al cielo y a la luna allá arriba, había pensado en ella en sus dos últimos alientos.

Alba cerró los ojos con fuerza. Detrás de sus párpados todo volvió a ser carmesí y luego negro. Su corazón también era carmesí y negro, herido tan profundamente que apenas podía latir dentro de su pecho. Pero debía latir, debía vivir, debía luchar. La bruja sería destruida. La mataría, aunque tuviera que vencerla sola, ella sola. Hacer otra cosa no solo sería cobardía, también sería la peor traición a la memoria de Valentín y de su hermano, ambos habían perecido a manos de un monstruo.

Sonó una campana. El servicio religioso había terminado. Alba parpadeó y se puso de pie, tambaleante, como una polilla que sale de su capullo.

Había dejado caer los guantes y los recogió. También su pañuelo y lo dobló formando un cuadrado perfecto.

—Volvamos a la iglesia.

—Podríamos quedarnos aquí más tiempo, para que descanses —ofreció Arturo, y su mano encontró su mejilla una vez más.

Sacudió la cabeza.

—No, estoy lista.

Arturo le ofreció su brazo y juntos, lentamente, emprendieron el regreso.

1934: 6

Diciembre nos trajo exámenes finales y trabajos por entregar, pero también una buena dosis de actividades sociales en el campus. Había intercambios de regalos y fiestas organizadas por los profesores. Una noche fría, después de beber demasiado ponche al que alguien había echado ginebra de un frasco oculto, llegué a Joyce House con la cabeza ligera y el ánimo alegre. Entré en el salón, donde cuatro de las chicas charlaban.

—Cielos, ya es tarde. Pensábamos que te ibas a saltar el toque de queda —dijo Mary Ann.

—Aún me quedan quince minutos —respondí mientras me quitaba los guantes.

—¿Dónde está Ginny? —preguntó Bertha Trumbull.

—¿Cómo? ¿Qué quieres decir? —repliqué.

—Pensamos que estaría contigo.

—Sí, imaginé que estaban en Enfield House —dijo Carolyn—. ¿No estaban en la rifa de un pavo o un jamón o alguna otra cosa graciosa allí esta noche? —Estaba sentada en un sofá y hojeaba una revista. No levantó la mirada para verme, y cuando habló se volvió hacia Mary Ann, mostrándole la foto de un vestido.

Mi alegría se desvaneció con el tictac del majestuoso reloj que dominaba la esquina de la sala. Ginny no había dicho nada de salir esa noche. Estaba segura de que, si la hubieran invitado a una fiesta, me habría pedido que la acompañara. La biblioteca estaba a punto de cerrar. ¿Podría estar allí, trabajando en alguna tarea? O tal vez estaba en otro dormitorio, estudiando con una amiga. Aunque, para ser sincera, últimamente se la veía bastante sola, y no me la imaginaba participando en una celebración improvisada de fin de curso.

Cuando el reloj dio la hora, subimos antes de que la madre de la casa nos echara de la sala común y nos instalamos en la habitación de Carolyn. Carolyn y Elizabeth Gardner se sentaron en su cama y siguieron hojeando revistas. Bertha se había apoderado del sofá y Mary Ann y yo nos quedamos de pie.

—¿Creen que está con Edgar? —preguntó Bertha—. Tal vez fueron a dar un paseo y su coche tuvo una avería.

—Te apuesto a que, si sale con alguien, es con Santiago —dijo Mary Ann, con una sonrisita maliciosa, feliz con su ocurrencia.

—¡No! —chilló Elizabeth.

—¡Sí! Lo vi hace unos días, afuera de la residencia. Parecía que estaba esperando a alguien, y cuando me vio se puso rojo como un tomate. No es la primera vez que anda por aquí. Lo vi el lunes, abrazando a una chica que debía de ser Ginny.

—¿Debía de ser...? El lunes caminamos juntas ida y vuelta de Joyce House a las aulas y luego cenamos juntas. Estuvo aquí toda la tarde —dije.

—Estaba atardeciendo y no pude verle bien la cara, pero llevaba un abrigo gris como el de Ginny con el cuello levantado. ¿Quién más podría ser?

—Es un abrigo bastante común. Carolyn tiene uno con el cuello levantado —repliqué—. Estoy segura de que otras chicas también tienen un abrigo así. Elizabeth tiene un abrigo gris.

—Espero que no pienses que Elizabeth o yo andaríamos con ese portugués —cortó Carolyn con desdén.

—Él la miraba bastante cuando hacía las reparaciones de la cocina —murmuró Bertha—. ¿No sería una locura que prefiriera elegir a un don nadie en vez de a Edgar Yates?

Se rieron. Me irritaron sus acusaciones sin fundamento.

—No deberían andar inventando chismes tontos —les reproché, y mi voz fue bastante cortante y brusca—. ¿Y si tuvo un accidente? ¿Y si le pasó algo malo? Eres cruel al hablar así de una amiga.

Las chicas me miraron. Las risas y las sonrisas murieron en sus labios. Carolyn alzó una ceja y arrojó su revista a un lado.

—No seas exagerada. Solo nos estamos divirtiendo un poco.

—¡No me parece divertido!

—No estás enojada, ¿verdad?

Estaba demasiado alterada para responder y me temblaban las manos. Carolyn se levantó y me llevó aparte, con la preocupación sustituyendo ahora su frivolidad.

—Volverá en cualquier momento. Seguro que está en Enfield House y viene de regreso. Tal vez incluso ganó la rifa. Dios, solo estamos bromeando, Betty. Si pensáramos que algo pudiera haberle pasado...

—¿Y si le pasó algo? No lo sabríamos, ¿verdad? Podría estar desangrándose en la nieve.

Carolyn abrió mucho los ojos, sorprendida por mis palabras.

—¡Qué macabro! Betty, si de verdad te preocupa tanto, podemos hablar con la madre de la casa. Vamos a darle unos minutos más, ¿quieres? Aún no es tan tarde.

Asentí y pasé los siguientes minutos mordiéndome las uñas. Lily Gardner no tardó en entrar corriendo en la habitación, con ojos brillantes.

—¡Ginny ha vuelto! Oí a la madre regañándola.

—A ver qué excusa pone —observó Mary Ann.

Corrí a mi habitación y dejé escapar un suspiro de alivio. Ginny estaba junto a la ventana. Se había quitado el abrigo y el gorro de punto y se estaba quitando los guantes. La nieve que se había desprendido de sus hombros se derretía y creaba un charco junto al radiador.

—Gracias a Dios —le dije—. Estábamos preocupadas. ¿Qué pasó?

—Le dije a la señorita Price que estaba en una fiesta.

—¿Y es verdad? —Porque tanto su rostro como el modo en que lo dijo me hicieron dudar. Estaba pálida, sin una gota de color en las mejillas. Ni el rubor del alcohol ni el de un romance coloreaban su semblante. Estaba segura de que no había estado en una fiesta ni había pasado el rato con un enamorado, fuera Edgar o Santiago.

No, parecía congelada, como un explorador que hubiera estado deambulando por la cima de una montaña nevada, en lugar de una chica que volvía de una celebración nocturna.

Se sentó en la cama y empezó a desabrocharse las botas.

—No me creerás si te digo la verdad.

—Dímela.

—¿Por qué?

—Ginny, por favor.

Se quedó callada.

—Estaba en la biblioteca y me perdí. —Se quitó una bota y empezó a desatar los cordones de la otra—. El camino cambió.

—¿Qué quieres decir?

—Quiero decir exactamente eso. Estaba en el camino y de repente era diferente, y no estaba segura de hacia dónde girar. Era casi de noche cuando salí de la biblioteca, pero tardé una eternidad en encontrar el camino a Joyce House. Se hacía cada vez más oscuro y yo daba vueltas y más vueltas.

Ginny tomó la bota y la colocó sobre su regazo. Trazó con los dedos la silueta del tacón, y de pronto la arrojó con rabia. Permaneció rígida, con los puños apretados sobre las piernas, y luego se levantó para sentarse en el escritorio, donde comenzó a dibujar en un papel. Me acerqué a ella con cautela, como quien se acerca a un animal salvaje.

—Quizá deberías hablar con un médico —le dije con la mayor delicadeza posible—. Estoy preocupada.

Ginny se rio. Se pasó una mano por el pelo, húmedo por la nieve derretida. Sus ojos seguían fijos en el dibujo: círculos conectados a otros círculos.

—¿Por qué te preocupas?

—Ginny, no haces más que garabatear en esos cuadernos tuyos, ¡y los libros que lees son tremendamente extraños! —dije, apoyando una mano sobre uno de sus libros de brujería—. Y luego hablas de fantasmas y aseguras que puedes hablar con ellos... Por supuesto que estoy preocupada.

Ella apartó el libro de inmediato y lo apretó contra su pecho, como si acunara a un bebé.

—Hablo con ellos. Ya te lo expliqué. Hablo con mi madre. Eso me mantiene cuerda. Eso me mantiene a salvo.

—Ginny, si hablaras con el doctor Landis, tal vez te sentirías mejor.

Me miró con ojos agudos y furiosos.

—¿Cómo sabes lo del doctor Landis? Has estado hablando con Edgar, ¿verdad?

Empujó la silla hacia atrás y se puso de pie.

—Vino a verme, sí.

—¿Cuántas veces has hablado de mí con él?

—Una vez. Vino solo una vez. Tiene miedo de que quieras suicidarte. Hablas de la muerte...

—¡No quiero suicidarme, Betty! Es exactamente lo contrario. No lo entiendes. ¡Ninguno de los dos lo entiende!

De un manotazo, apartó sus papeles, libros y lápices del escritorio. El estrépito de los objetos contra el suelo de madera dio paso a un doloroso silencio. Nos quedamos mirándonos fijamente.

—Ginny —murmuré, extendiendo la mano hacia ella.

Negó con la cabeza y se sentó en la cama. Con los hombros hundidos, agarró una manta y cerró los ojos.

—Cada día siento un mal, como una soga invisible que se aprieta un poco más alrededor de mi cuello —susurró, llevando ambas manos a la garganta—. Algo terrible me persigue. Es magia. Estoy bajo un hechizo y no puedo escapar. No sé quién lo lanzó. Si lo supiera... Le he preguntado a mi madre, pero ella no puede ver, y tengo miedo... Pero si no descubro la respuesta pronto, será demasiado tarde.

Abrió los ojos de par en par. Me arrodillé frente a ella y tomé sus manos, apretándolas con fuerza entre las mías.

—No te va a pasar nada —le aseguré—. No lo permitiré.

—No estoy loca, Betty. Un médico no me serviría de nada porque no estoy loca. Si me llevan, no podré protegerme. ¿No lo ves? Al menos aquí estoy un poco segura, pero en un sanatorio no me dejarían hablar con mi madre, no me dejarían dibujar. Betty, no dejes que me lleven.

—No, no, no lo harán —prometí. Y lo decía en serio. Si diez enfermeros hubieran llegado, no los habría dejado acercarse a ella.

Poco después logré convencerla de que debíamos prepararnos para dormir. Yo caí enseguida en un sueño intranquilo y desperté con el ruido de unos pasos y el crujido de una tabla del suelo. Alcé la cabeza, parpadeando, y distinguí a Ginny de pie junto a la puerta.

—¿Ginny? —llamé.

No respondió. En vez de eso, salió de la habitación. Me incorporé en la cama, me calcé deprisa y la seguí.

—Ginny —dije mientras bajaba la escalera, aferrada al pasamanos. La casa estaba en penumbra, y temí rodar hasta la planta baja.

Al llegar al vestíbulo, vi que la puerta principal estaba abierta y los copos de nieve se colaban perezosos, posándose sobre la alfombra. No iba bien vestida, solo me había puesto los zapatos, y el frío me mordió la piel cuando asomé la cabeza fuera.

Ginny estaba a unos metros de la casa, de espaldas a mí. Corrí hacia ella lo más rápido que pude. Mis pies se sentían torpes y pesados sobre la nieve.

—Ginny, tenemos que volver dentro —dije.

Pero cuando llegué a su lado, no me miró. Estaba observando en dirección a la reserva de Briar.

—Está allí. Entre los árboles —susurró.

—¿Qué hay allí?

Levantó una mano y señaló, pero lo único que vi fue un tronco de árbol caído cubierto de nieve. Suspiré y me crucé de brazos, esforzándome por que no me castañearan los dientes.

—He intentado ver su rostro, pero se oculta en las sombras. Espera y quizás lo veas.

Sus palabras me hicieron estremecer. Hablaba bajo y con un ritmo de pánico reprimido, como si mirara un espectáculo atroz y no un simple tronco caído en la nieve. Esto, más que nada, me hizo pensar en la locura. Imaginé el imponente manicomio de Danvers con sus muros de ladrillo rojo y sus cuidados jardines. La vi allí, encerrada, y negué con la cabeza.

—No hay nada —dije, tirando de su brazo—. Volvamos adentro. Me estoy congelando.

Regresamos a la casa juntas y nos deslizamos en la cama. Esa noche no vi nada. Ninguna sombra entre los árboles. Cuando la respiración de Ginny se hizo lenta y constante y cayó en un sueño profundo, me incorporé y corrí las cortinas. Miré la blancura de alabastro que cubría los árboles e intenté una vez más ver algo, cualquier cosa fuera de lo común.

Mis ojos no percibieron nada. Sin embargo, mientras permanecía en la ventana, oí un sonido agudo que al principio tomé por el viento haciendo crujir las ramas de los árboles. Después de unos segundos me di cuenta de que la nieve caía recta y constante, sin que ninguna ráfaga fuerte doblara los árboles. Aquella certeza me sobresaltó, pero no pude detenerme a pensar en la verdadera fuente del ruido porque había cesado.

¿Había sido un búho u otro pájaro? Sí, seguramente. Y mientras permanecía en la ventana, escuché a Ginny hablar.

—Está ahí fuera otra vez —musitó—. No se lo digas a Edgar. Me encerrarían en un manicomio, Betty. No le digas nada sobre esta noche.

Sus ojos cansados se fijaron en mí por un instante, luego se volvió y quedó de espaldas, mirando la pared.

No se lo dije a Edgar. Me he preguntado muchas veces qué habría pasado si lo hubiera hecho. ¿Cuál habría sido el resultado si lo hubiese llamado a la mañana siguiente? Si no a él, quizá podría haber hablado con el padre de Ginny. ¿Se la habría llevado de vuelta al calor de California? ¿Habría vuelto a hablar con ella alguna vez después de eso?

Sin embargo, la mayoría de las veces temo que nada habría cambiado. Que Ginny estaba condenada, y que era tal como ella lo decía: un lazo invisible se había cerrado alrededor de su cuello. Con cada hora se apretaba más. La tarde del 19 de diciembre, la última vez que la vería, se acercaba con paso implacable.

1998: 9

Llevaba dos días seguidos dejando comida para el gato sin que este apareciera. Minerva llamó a Karnstein media docena de veces antes de admitir su derrota. Al final, vació otra lata de alimento en su platito y lo colocó junto a la puerta trasera. Le dolía la cabeza y no tenía ganas de pasarse horas inclinada sobre una mesa, mirando los papeles de Beatrice Tremblay. Pero, de todas formas, se dirigió a The Willows y continuó su trabajo, con el bolígrafo moviéndose rápidamente por el cuaderno: un segundo, con los ojos puestos en el manuscrito y al siguiente, en una entrada del diario. En su discman sonaba *Amor amarillo* de Gustavo Cerati y ella marcaba el ritmo con el pie.

En un momento dado, abrió *Una historia del folclore de la brujería* y se quedó mirando la página que mostraba las marcas apotropaicas, luego pasó las hojas hasta que se topó con una ilustración de varios animales —un sapo, un gato, un perro— que actuaban como sirvientes de las brujas.

> Se pensaba que los espíritus familiares cumplían la voluntad de los brujos. Cuando se los asociaba con practicantes de magia popular, su función era mucho más bondadosa.

Leyó en voz alta.

Aunque con frecuencia se manifestaban como animales, también podían parecer humanos. Tales espíritus familiares demoníacos podían permanecer invisibles para todos menos para el brujo.

Minerva comenzó a marcar más rápido el ritmo con su pie, y se quedó mirando el cuadro de Ginny al otro lado de la habitación. Se levantó y caminó despacio hacia él, deslizando sus dedos por el marco. Suspiró y volvió a sentarse, totalmente perdida.

Cuando Carolyn Yates la avisó de que quería tomar el té con ella, Minerva se estiró y guardó sus cosas en la mochila.

Carolyn estaba tomando el té en la terraza, como la primera vez que se conocieron. El sol brillaba a través de las ventanas, la anciana colocó un marcador de plata entre las páginas de un delgado librito y sonrió a Minerva.

—Un terrón de azúcar, ¿verdad? —preguntó, dejando caer el cubito en la taza antes de que Minerva tuviera oportunidad de responder.

Minerva dejó su mochila en el suelo y se sentó.

—Sí. Gracias.

—Cuando éramos jóvenes, recibíamos a nuestros pretendientes para tomar el té en los dormitorios. Entraban bajo la mirada de la madre de la casa y nosotras les servíamos. Aquel horrible Benjamin Hoffman se metía un terrón de azúcar en la boca mientras bebía. ¡Qué modales tan espantosos! —comentó Carolyn, y sorbió un poco de té—. Por cierto, ¿cómo va su exploración del manuscrito de Betty?

—Voy encontrando mi camino —repuso Minerva con una sonrisa, lo cual era una mentira descarada; en realidad, no estaba segura de lo que hacía—. El proceso de tesis siempre es complicado.

—Imagino que sí. Parece cansada.

—Noches largas sin dormir —dijo, y se llevó la taza de té a los labios—. Quería preguntarle si notó algo extraño cuando Ginny desapareció.

—¿Extraño? ¿En qué sentido?

—Beatrice habla de muchas cosas raras en su manuscrito y en sus diarios. Ginny sentía que alguien la observaba, que la seguían. Me pregunto si usted llegó a ver a alguien merodeando por el dormitorio, o tal vez en el campus.

—¿Un merodeador? No. Tampoco vi ningún fantasma. Sé lo que le pasó a Ginny y no es un gran misterio: se fugó con el chico portugués.

—Pero nadie la vio con él.

—Nuestra buena amiga Mary Ann los vio juntos.

—Tal vez no era ella. En su manuscrito, Beatrice deja claro que estaba con Ginny el día que Mary Ann creyó ver a Santiago con una chica. Además, Mary Ann nunca pudo verle el rostro a ella.

—No empiece a seguir el camino de las historias de terror como hacían Edgar y Beatrice, señorita Contreras. Se pasará toda la vida persiguiendo fantasmas. Hay otras posibilidades, pero las probabilidades son escasas.

Minerva supuso que era un buen consejo. Después de todo, sus crecientes pensamientos extraños y paranoicos no ayudaban en nada a su investigación. Por ejemplo, ¿qué había pasado la otra noche, cuando se encontró con Conrad?

Se sintió desinflada y se removió en su asiento. Carolyn se ajustó el turbante que llevaba en la cabeza; los anillos de sus dedos destellaron a la luz del sol.

—He estado mirando su expediente, en la parte de los becarios. Es usted hija única, ¿verdad?

—Sí. Así es.

—Su madre no puede ayudar mucho con sus gastos, ¿es correcto? Por eso trabaja en el campus.

—No, no puede —admitió Minerva con sencillez.

—Supongo que su situación es muy parecida a la de Betty. Pobrecita, la hacían trabajar hasta el cansancio enseñando francés.

Carolyn la miró de arriba abajo, con sus ojos agudos, fríos y tan serios que Minerva tuvo la incómoda sensación de que la estaba diseccionando como a una rana, con las entrañas expuestas bajo el bisturí.

La anciana se encogió de hombros.

—Por otra parte, el dinero no siempre es la solución. Mire a Noah, por ejemplo.

—No estoy segura de a qué se refiere.

—Es flojo, como su padre. Como mis otros hijos. Hay cierta ambición que corre por la sangre, pero puede saltarse fácilmente una o dos generaciones. Piense en mi padre y en mí: los dos éramos especímenes decididos y vigorosos —aseveró Carolyn, dejando la taza con firmeza. Un poco de té se derramó en el platito—. Y luego está mi Noah. Los mejores tutores, las mejores oportunidades, y el chico no puede terminar la universidad ni fijar una fecha de boda. Tiene veinticuatro años, ¿puede creerlo?

Minerva posó su propia taza con mucho cuidado.

—Hoy en día, la gente ya no se casa tan joven como antes —comentó, recordando la acusación de Jonás de que carecía de capacidad para la intimidad, para el compromiso.

—El matrimonio es un paso crucial para asegurar nuestro legado y, sin embargo, él no puede cumplir con una tarea tan sencilla. ¡Me saca de quicio! —exclamó Carolyn, alzando las manos con dramatismo. Sonrió con condescendencia—. Usted, en cambio, mantiene calificaciones perfectas a pesar de los plazos y responsabilidades. Un modelo de madurez.

—No estoy tan segura de estar manejando bien mis responsabilidades estos días, señora Yates. Pero sigo intentándolo —respondió Minerva.

Su madre no había querido que estudiara en Estados Unidos. Decía que sería demasiado exigente, demasiado agotador.

Incluso ahora, en sus correos electrónicos, seguían las recriminaciones: Minerva estaba demasiado lejos, Minerva no volvería a visitarla en las vacaciones de verano. Pero Minerva había deseado Nueva Inglaterra con todas sus fuerzas, aunque ya le hubieran advertido mil veces lo difíciles que serían sus estudios.

—Hagamos un trato. Yo pagaré su alojamiento y comida en otoño, además de sus gastos de manutención. Así no tendrá que estar trabajando en dos empleos y podrá concentrarse en su tesis —dijo Carolyn con aparente ligereza.

Demasiado sorprendida al principio para decir una palabra, Minerva se limitó a mirar fijamente a la señora Yates.

—¿Y bien? ¿Qué me dice?

—No podría... Sería muy generoso —acertó a decir, recordando lo que Betty había escrito sobre Carolyn: que agitaba su varita como un hada madrina.

—No es nada. Ya lo he hecho antes, con otros jóvenes de recursos limitados. Pero debe prometerme que se centrará en su trabajo. Sé lo difícil que puede ser llevar un proyecto a buen término. Todos esos meses de incertidumbre que se apilan a su alrededor. ¿Ha mirado alguna vez mis cuadros? ¿Cuántos meses cree que se necesitan para perfeccionar una pincelada, para captar la sonrisa de alguien, el rizo de su cabello?

»Pinto desde que era una niña y, cuando comencé la escuela en Stoneridge, todavía no sabía lo suficiente. Es más que sostener un pincel lo que hace al artista, y más que teclear palabras lo que hace al erudito. Usted tiene algo, puedo verlo. No debe rendirse.

—Gracias —murmuró Minerva.

—Gracias a usted, señorita Contreras. Mi nieto no es muy dado al té y la conversación. Me hace un favor charlando conmigo —añadió Carolyn, sonriendo mientras le daba unas palmaditas en la mano.

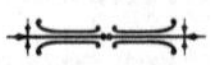

Minerva presionó una mano contra la sien y cerró los ojos. Sus dedos rozaron el botón del estéreo del coche; bajó el volumen. Había puesto su propio CD, una recopilación de los Pixies.

—¿Estás bien? —preguntó Noah.

—La cabeza me está estallando —respondió ella.

—¿Carolyn te estuvo interrogando por algo?

—No. Llevo toda la mañana con migraña.

—Ella también sufre de migrañas. Son terribles. De niño pensaba que tenía un tumor y que la cabeza le iba a explotar. Deberías probar a masticar menta. Dice que le funciona mejor que una aspirina.

Minerva abrió los ojos. Lo que necesitaba era una siesta. No dormía lo suficiente. Los pensamientos discordantes daban vueltas en su cabeza hasta el amanecer y la ansiedad subía como la marea.

La noche anterior había soñado con su bisabuela en los últimos días antes de morir. «Simplemente sobrevives», le había dicho.

Esas palabras la habían seguido toda la mañana, como una melodía atascada en su cerebro.

Noah la miró de reojo.

—De todos modos, si Carolyn dijo algo desagradable, deberías ignorarlo. Ella puede ser un verdadero dolor de cabeza, pero no vale la pena darle vueltas.

—No fue desagradable. Me ofreció pagar mi alojamiento y comida. No sé cómo funcionaría eso, pero lo dijo.

—Debería ser bastante fácil. Ya hizo algo así para Thomas, así que la universidad debe de saber cómo canalizar el dinero.

—¿Para Thomas Murphy?

—Sí, cuando me daba tutorías y venía a la casa, se ponían a hablar. Arte, como te dije. Luego, durante la cena de Acción de Gracias, yo estaba medio borracho, así que Carolyn y él se pusieron a conversar. Ella pensaba que era un «joven prometedor».

Minerva frunció el ceño y se volvió para mirar a Noah.

—¿Por qué dejaría los estudios si tenía todos los gastos cubiertos? Quiero decir, tenía una beca completa.

—Quizá estaba harto de la academia. Puede pasar, ¿sabes?

Quizá. El agotamiento no estaba fuera de cuestión. Minerva probablemente estaba en medio de una crisis existencial.

Noah frenó el coche.

—¿Te habló de mí? —preguntó con una sonrisa torcida.

—Algo.

—Vamos, si estuvo hablando de su grupo de prodigios, seguro que mencionó la gran decepción que soy. Le encanta hacerlo.

—¿Su grupo de prodigios?

—Los chicos desfavorecidos a los que ha dado becas, ayudas y esas cosas. La Fundación Yates se dedica a «fomentar las mentes jóvenes más brillantes de su generación». Le encanta revisar sus expedientes, con sus fotos, leer sobre los concursos de ortografía que ganaron o los trofeos en sus estanterías. Pequeños prodigios como tú, con sus altos cocientes intelectuales y sus cuentas bancarias vacías.

—Insinuó que eres inmaduro y dijo que deberías casarte —soltó Minerva sin rodeos, dado que él también había sido igual de directo.

Resopló.

—Por supuesto que lo dijo.

Minerva se cruzó de brazos y miró al océano. Noah tamborileó con las manos sobre el volante y suspiró.

—No debería haber dicho eso de las cuentas bancarias vacías.

—Es verdad —respondió ella con naturalidad.

—Es de imbéciles.

—Bueno, sí, lo eres.

—Eso también es cierto —replicó él sonriendo.

Minerva negó con la cabeza y le devolvió la sonrisa.

—¿De verdad tienes una prometida? —preguntó mientras el coche entraba en el campus.

Se arrepintió inmediatamente de haber hecho la pregunta; era demasiado personal y directa. Noah se echó a reír.

—¿Crees que alguna mujer de carne y hueso saldría conmigo?

—No dije eso.

—Siempre hay un subtexto en tus palabras.

—¿Y eso qué significa?

—Hablas con notas a pie de página en cada frase. —Volvió a reír, descarado y de buen humor—. Carolyn la eligió para mí. Hasta eligió el anillo. Otra brahmán de Boston que se une a nuestra ilustre familia. ¿Qué, te sorprende que todavía se arreglen matrimonios hoy en día?

—Eres muy melodramático, ¿te das cuenta? —Minerva volvió a preguntar, nerviosa por el intercambio.

—Es parte del encanto —dijo, y detuvo el coche frente a su dormitorio—. No te ofendiste, ¿verdad? Porque...

—No —dijo rápidamente, y la residencia de Ledge House, que normalmente le parecía hermosa y señorial, de pronto se le antojó inquietante, incluso traicionera. Se estremeció en el asiento—. ¿Thomas te habló alguna vez sobre el tipo de investigación que estaba haciendo? Sé que dijiste que solo trataban cosas de clase, pero eso tendría que ver con brujería y Nueva Inglaterra, quizás.

Realmente no quería pasar tanto tiempo pensando en Thomas Murphy; ni siquiera estaba segura de por qué seguía dándole vueltas. Sí, había algo que le recordaba de forma inquietante a Ginny cuando pensaba en él, y también le recordaba a ella misma, pero probablemente estaba creando conexiones donde no las había. Su mente ansiosa y deprimida estaba fabricando misterios y acertijos.

—No realmente. Tal vez le contó los detalles a mi abuela. Yo no tengo nada que ver con la fundación ni con a quién elige para las becas académicas. Tenía otra carrera, no estábamos en la misma onda. ¿Por qué lo preguntas?

—Creo que sus intereses de investigación coincidían con los míos —dijo con diplomacia, mientras recogía su mochila. Abrió la puerta—. Gracias por traerme.

—Encantado. Oye, eres amiga de Patricia, ¿verdad? —preguntó, pulsando el botón de expulsión y entregándole el CD.

Ella lo volvió a meter en su estuche.

—Sí.

—Va a dar una fiesta el sábado.

—Patricia siempre está organizando una fiesta. O una *luau*. O algo así.

—¿Vas a ir?

—No es mi estilo —respondió, aunque ya podía imaginarse a Hideo insistiéndole para que fuera. Minerva había conseguido evitar ir al cine la noche anterior, pero solo porque Hideo tuvo una cita inesperada con un estudiante de filosofía de Harvard.

—Yo sí pienso asistir. Y no vomitar en los arbustos esta vez. —Parecía como si esperara que continuaran conversando, pero Minerva no sabía qué más debía decirle. No tenía intención de participar en juegos de tragos, *shots* de gelatina y escuchar a Ace of Base en bucle. Lo que necesitaba era descansar.

—Gracias de nuevo por traerme.

—No hay problema. Es buenísimo, ¿sabes? —dijo señalando la caja del CD.

—Sí. Mierda, se me olvidó... Te quemaré una copia más tarde. O de otro disco. Siempre regalo música a mis amigos, pero he estado distraída —dijo mientras metía el estuche en su mochila.

—¿Estoy siendo ascendido a amigo?

Cerró rápido su mochila, evitando su mirada divertida.

—Amistad a prueba —dijo.

Minerva se apresuró a llegar a la puerta principal en lugar de rodear el edificio. Fue directamente al baño y buscó el frasco de aspirinas. Se dirigió a la cocina y se tomó las pastillas con un sorbo de café frío.

Dios, ¡le estallaba la maldita cabeza! Hacía mucho calor dentro de la casa, lo que empeoraba aún más las cosas, así que abrió la puerta trasera y su mirada se clavó en el cadáver del gato anaranjado.

Le habían torcido y roto el cuello de una forma tan violenta que al principio no entendió lo que veía. Parecía una toalla retorcida. Se agachó y tocó la cabeza del animal.

Sintió un fuerte tirón en la nuca, como si la hubieran golpeado con un objeto pesado, y retrocedió de un salto. Cerró la puerta con llave y se quedó de pie en medio de la cocina, respirando entrecortadamente.

Minerva corrió al teléfono y llamó a Hideo. La línea ocupada resonó en sus oídos tan fuerte como una explosión de dinamita. Colgó el auricular de golpe y se dejó caer en el sofá.

El dolor parecía irradiarse por su espalda y se acurrucó y cerró los ojos.

«Simplemente sobrevives». La frase invadió su mente.

Cuando abrió los ojos, había anochecido. Alguien llamaba a la puerta. Se arrastró hasta la cocina y abrió la puerta de un tirón. Hideo le sonrió.

—¿Lista para las rondas? —preguntó.

Minerva miró hacia el cadáver del gato. No estaba allí.

—No se te había olvidado, ¿verdad? Traje el coche para que pudiéramos hacer el recorrido más rápido.

Se apartó el pelo de la cara con ambas manos.

—¿Dónde está?

—¿Dónde está qué? —repuso Hideo.

—Alguien mató a Karnstein y dejó su cuerpo. Ahora ya no está.

—¿El gato al que le dejas comida?

—Sí. —Minerva salió corriendo y bajó los escalones traseros de la casa. Miró entre los arbustos.

—El animal que lo mató probablemente arrastró el cadáver.

—No fue un animal. Alguien le rompió el cuello al gato. Estaba justo allí.

Hideo miró en la dirección que ella señalaba.

—¿Estás segura?

—¡Sí, estoy segura! Lo dejaron para que lo encontrara. Ellos... ¡mierda!

Se quedó mirando la casa. Hideo se acercó despacio.

—Está bien, ¿llamaste a la seguridad del campus?

—¿Qué?

—Si alguien te ha gastado una broma pesada, tienes que reportarlo. ¿Fue Conrad? La otra noche dijiste que Conrad...

—Un *embrujo* —dijo.

—¿Perdón?

—Hechicería. Los animales muertos, la sensación de que me siguen... Apuesto a que las flores se marchitarían dentro de la casa.

—Minerva, ¿de qué estás hablando?

—De maleficios, de maldiciones, como quieras llamarlo. Mi bisabuela solía hablar de esto, y Beatrice Tremblay escribió exactamente lo mismo.

—Beatrice Tremblay... Espera, ¿estás hablando de tu tesis?

—No de mi tesis. De la de verdad. Lo real. ¿Y si las brujas existen, Hideo? ¿Alguna vez te lo has preguntado? No como en *Hechizada*, no hablo de las brujas graciosas con sombreros puntiagudos. Hechiceras que siguen patrones antiguos y bien conocidos. Conceptos universales. La física es universal, ¿no? No importa si estás en Japón, México o Salem: la manzana caerá del árbol. ¿Y si es así para la magia? Encuentras las constantes, las haces funcionar. Alteras la realidad.

»¿Qué hay de...? ¿Qué hay de cuando me hablaste de los *inugami*? ¿Te acuerdas? Son parecidos a los espíritus familiares creados por brujas al sacrificar a un perro. Mi bisabuela me contó una historia sobre algo así, sobre crear un espíritu servil...

—Esos son cuentos viejos —objetó Hideo, interrumpiéndola—. Ya nadie cree en esas cosas.

—Tal vez deberían. Deberían creer en espíritus familiares y hechizos y maldiciones y en las marcas de brujas.

Los faroles del sendero que conducía al dormitorio se encendieron automáticamente con la llegada de la oscuridad y Minerva pudo ver claramente la expresión preocupada de Hideo bajo la cruda luz.

—Minerva, sé que has estado estresada últimamente. Quizá deberías contactar con servicios de salud.

Hideo pensaba que estaba perdiendo la razón, pero ella no iba a llamar a los servicios de salud. Eso iría a parar a su expediente y su asesora la llamaría, ¿y si le retiraban la beca o le quitaban los trabajos del campus? Claro, Carolyn Yates había dicho que podía tener una beca completa, pero si estaba demasiado loca para ir a clase, no la iban a dejar continuar sus estudios durante mucho tiempo. También le quitarían su visa de estudiante. Tendría que volver a México con un título a medias, balbuceando historias de brujas y de espíritus.

—Sí —murmuró, contemplando a una polilla revolotear cerca de la bombilla de una farola—. Sí, perdón, no he dormido mucho. Enviaré un *e-mail* a los servicios de salud.

—¿Por la mañana?

—A primera hora de la mañana —aseguró—. Déjame ir por mi portapapeles.

—Puedo hacer las rondas solo.

—No. ¿Estás bromeando? Voy por el portapapeles.

Se apresuró a entrar y cerró los ojos, y respiró hondo. Cuando los abrió, recogió el portapapeles y salió. Hideo la miró con atención durante todo el trayecto. Al regresar, Minerva le preguntó si quería tomar un refresco o agua o algo. Una vez que estuvieron en la cocina, él pareció relajarse.

—¿Seguro que estás bien? —preguntó antes de marcharse.

—Sí, he estado viviendo a base de café y *pretzels*. Te juro que llamaré a los servicios de salud y me acostaré temprano.

—De acuerdo. Pero mañana pasaré a ver cómo estás. Y vendrás conmigo a la fiesta de Patricia.

—Claro —dijo ella, deslizando las manos en los bolsillos.

—¿Lo dices en serio?

—Sí iré. Noah Yates estará allí. Ya había planeado encontrarme con él —mintió.

—Perfecto —dijo Hideo, y sonrió satisfecho.

«Mierda», pensó. Ahora tendría que aparecer en la maldita fiesta después de todo.

En cuanto perdió de vista el coche de Hideo, cerró la puerta trasera y se dirigió a la biblioteca. Contempló la colección de pájaros disecados que la miraban desde las paredes. Tomó un canario que probablemente tenía más de cien años. Sacó un costurero del fondo de un cajón. Luego entró en el baño.

Sujetó el canario con una mano, calibrando su peso, y se miró en el espejo. Sobre el lavabo había colocado siete alfileres del costurero.

Todo este tiempo se había aferrado a la racionalidad, evitando caer en la superstición y el miedo. Pero ya no.

—Uno —dijo, se pinchó el pulgar y deslizó la aguja ensangrentada en el cuerpo del pájaro.

1908: 10

«Sigue el plan, simplemente síguelo», pensó. Este estribillo, repetido a cada paso, ayudó a adormecer su cerebro para no regresar corriendo a la seguridad de la finca, a su cama, donde estaría si se hubiera dejado guiar por la razón.

Levantó la linterna con la mano izquierda para iluminar el camino, atenta a todos los sonidos de la noche: el viento en los árboles, el canto de los grillos, el crujido de las ramas bajo sus zapatos.

El costal de arpillera pesaba como si estuviera lleno de plomo. Le sudaban las palmas de las manos y cada dos minutos parecía aflojar el agarre, como si su propio cuerpo conspirara en su contra, deseando que Alba soltara aquella carga y corriera de regreso a casa.

«Sigue el plan».

Era muy tarde. La luz de la luna apenas rozaba el suelo, y el resplandor de la lámpara era tan tenue que la oscuridad parecía casi impenetrable. Caminaba despacio, cada paso deliberado y cuidadoso.

Cuando Alba llegó al claro junto al río, respiró hondo y dejó la linterna en el suelo. Durante el día había inspeccionado el área, había recorrido el río de arriba abajo, y había decidido cómo proceder hasta que todo le pareció una obra de teatro y ella una actriz interpretando un papel. Pero por la noche el paisaje había mutado, y extrañas sombras cruzaban por el suelo, haciéndola estremecer.

Abrió el costal de arpillera y metió la mano dentro. Agarró el conejo que había sacado del corral y al que había asestado un golpe fuerte y rápido en el cráneo. Una presa fresca: su cuerpo aún estaba caliente.

Volvió a meter la mano y sacó el pañuelo, la cuerda y el cuchillo. Colocó los objetos junto al conejo y los contempló mientras se frotaba los brazos.

Por fin, se arrodilló junto al animal y lo colocó boca abajo. Pellizcó la piel cerca del cuello e hizo un corte, luego tiró con una mano hacia atrás y con la otra hacia la cabeza. La piel empezó a desprenderse y a separarse.

Siempre le había sorprendido, cuando realizaba esta tarea en la cocina bajo la atenta mirada de su madre, la facilidad con que la piel se deslizaba, como papel de seda que se rasga, revelando músculo y grasa, un brutal recordatorio de la fragilidad de todos los seres vivos.

Esta vez temblaba tanto que temió no ser capaz de terminar el desuello, pero al fin logró quitar toda la piel y el cadáver quedó expuesto ante ella.

Alba se limpió las manos con el pañuelo y se puso de pie. Colgó la lámpara de aceite de la rama de un árbol que prácticamente hundía sus raíces en el río. Luego tomó la cuerda y apoyó la mano en la pistola de su hermano, ceñida en el cinturón que también había pertenecido a Tadeo. Nunca había tenido un cinturón de armas propio, pero tampoco había tenido una pistola. Cuando su hermano o Valentín la llevaban a practicar tiro, utilizaba sus armas. Ella no cazaba.

«¿Sería muy diferente de disparar a un blanco?», se preguntó. ¿Con qué facilidad perforaba una bala la carne en vez de una lata? ¿Podría una bala sin bendecir matar a una bruja?

Valentín estaba muerto y no tenía a nadie que la guiara en esta tarea. Todo lo que sabía sobre cómo atrapar a una bruja eran murmuraciones y cuentos medio olvidados, que podrían estar equivocados aunque los recordara con claridad. Todo lo que tenía era lo que Valentín le había dicho, y ahora él ya no estaba.

No le quedaba nada más que esa pistola, la cuerda y el conejo desollado. Pero ese día había tomado una decisión: cargaría la pistola y no regresaría a casa hasta que la bruja estuviera muerta.

Alba nunca se había preguntado el origen de sus portentos. Para ella, eran como el lunar de su cuello, simplemente una parte de sí misma. Ahora sentía que esa cualidad que permitía que los presagios se manifestaran también le daba una pista instintiva sobre qué palabras decir y cómo proceder.

Se aclaró la garganta y habló.

—¡Te traigo una ofrenda de carne y sangre! —gritó.

Se apartó del cadáver del conejo y agarró la cuerda. Esperó.

El árbol bajo el que se encontraba estaba a pocos pasos del río, de modo que, en caso de ataque, podría lanzarse a la corriente y huir nadando. No había garantía de que el agua la protegiera, pero era la única vía de escape que había trazado. Además, conocía la zona, conocía la ribera. Tadeo y Alba habían caminado por las piedras del río, habían saltado a la cuerda, habían dibujado figuras en el barro con un palo.

La débil luz de la luna se colaba entre las ramas del árbol y el viento le revolvía el cabello, le tiraba de la falda, pero ninguna criatura sedienta de sangre acudió a buscarla.

Apoyó la espalda contra el tronco del árbol y esperó un poco más.

Un grito le hizo levantar rápidamente la cabeza. Era el extraño grito que había oído una vez, afuera de su ventana, casi un gruñido, y parecía venir de lejos, aunque cuando volvió a sonar, sonaba peligrosamente cerca.

Algo se acercaba muy rápido.

Se pasó una mano por los labios y miró a su alrededor, intentando distinguir algún movimiento en la distancia. La noche no le ofrecía pistas sobre el origen del ruido. El viento jugueteaba con la hierba junto al río y agitaba suavemente los juncos. Una hoja cayó del árbol y se enredó en el pelo de Alba.

Entonces lo vio, deslizándose por el borde del claro. Era como si una onda atravesara la negrura de la noche, como si alguien hubiera arrojado un guijarro a la oscuridad y esta se hubiera despertado. Una sombra se deslizó y la sombra era una cosa que tenía el cuerpo y la cabeza de un enorme perro, con un hocico largo y orejas puntiagudas.

A medida que la cosa se acercaba al conejo muerto, olfateando y bufando, parecía arrastrar consigo un velo de sombras, de modo que no podía ver con claridad, aunque distinguía ciertos detalles de su anatomía. Vio la hilera de plumas que recorría su huesuda espina dorsal, las garras como las de un búho, la piel resbaladiza de una anguila, porque aquella era una criatura imposible, ni mamífero ni ave, sino algo intermedio que se movía con la deslizante fluidez de una serpiente.

La criatura empezó a morder el cadáver del conejo, y ella oyó el agudo chasquido de un hueso, las babas de un animal rabioso y voraz.

Su corazón latía con furia y por un momento pensó en lanzarse al río y dejar que la corriente la arrastrara. «Sigue el plan, simplemente sigue el plan».

Ató un nudo y habló.

—Te ato con tierra —dijo, sus manos trabajando con rapidez mientras hablaba—. Te ato con agua. Te ato con fuego. Te ato con aire.

Cuando hizo el cuarto nudo, la cosa en el claro echó la cabeza hacia atrás y ella se fijó en sus ojos: eran de un verde resplandeciente y estaban vacíos, como si el cráneo de la criatura hubiera sido vaciado y se hubiera colocado una vela en su interior.

—Te ato con tierra —repitió, comenzando la secuencia de nuevo y atando el quinto nudo.

El monstruo siguió masticando. La sangre goteaba de su boca al suelo. Cuando ató el séptimo nudo, gruñó y mostró los dientes, inquieto. Sus plumas se agitaron; arqueó el lomo y escupió lo que quedaba del cadáver que había estado royendo. Sus orejas se pegaron planas contra el cráneo.

—Te ato con aire —murmuró, y ató el octavo nudo.

Comenzó a moverse hacia ella. Lentamente. Bajó y levantó la cabeza, y cuando ella hizo el noveno nudo y pronunció la novena frase, soltó un chillido que era el sonido de un cuchillo cuando está siendo afilado, metálico, estridente.

La criatura abrió la boca, sacó su larga lengua bífida y clavó sus sobrenaturales ojos verdes en Alba. Sintió como si sonriera.

Alba dio un paso atrás y sus dedos trabajaron en el décimo nudo.

—Te ato con agua —dijo.

La cosa se irguió sobre sus patas traseras. Era tan alta como un hombre y, por un momento, ya no parecía un perro, sino otra cosa, algo casi humano, con la piel húmeda y viscosa, como embadurnada de alquitrán o sangre. Habló.

—Alba, detente —dijo, y sus dedos se paralizaron. Quedó muda. Porque era la voz de su hermano. Era Tadeo quien hablaba.

Se quedó mirando a la criatura, su carne de anguila y sus ojos verdes brillantes y ansiosos.

No podía ser él.

Retrocedió. Le temblaban las manos. «Una vez que empiezas a hacer los nudos, no puedes dejar de hablar. Debes continuar». Eso era lo que Valentín había dicho. Pero tenía la garganta seca y la cuerda le pesaba en las manos.

—Alba, debes detenerte —repitió la criatura.

—Te ato con fuego —dijo apresurada, y ató el undécimo nudo.

La criatura apretó los dientes. El agudo sonido la hizo estremecerse. Se quedó inmóvil, los ojos desorbitados. Sí, se oía como Tadeo, pero las brujas siempre intentaban engañarte. Su hermano estaba muerto, Valentín estaba muerto, y ese engendro no era su sangre. Sacudió la cabeza.

—Te ato con aire —susurró, y ató el último nudo.

La cosa en el claro se agazapó y empezó a arañar el suelo con las garras. Resopló y abrió las fauces.

Alba sacó la pistola de la funda mientras sujetaba la cuerda con la otra mano. La levantó.

—Padre, dame fuerzas —suplicó.

—Alba —dijo la criatura, y clavó en ella sus ojos verdes.

Esa mirada la detuvo. Le tembló la mano. Aunque había planeado esto, aunque se había creído lo bastante valiente, ahora el miedo y la confusión la abrumaban. Alba soltó un sollozo.

Como si se hiciera eco de ella, un sonido salió de la garganta de la criatura, y entonces saltó hacia ella con tal velocidad que Alba no tuvo tiempo de reaccionar, ni siquiera de gritar. La arrojó al suelo y presionó con fuerza sobre su pecho, inmovilizándola. Abrió la boca; el hedor a carroña le revolvió el estómago.

La criatura echó la cabeza hacia atrás antes de volver a clavar sus ojos en los de Alba. Ese resplandor verde era tan intenso que parecía una llama abrasadora. No pudo gritar, aunque deseaba gritar de horror, y le devolvió la mirada en silencio.

La cosa inhaló y gruñó, pero no la mordió.

—Alba —dijo.

Lentamente, se apartó de ella y entonces pudo mover el brazo y apuntar con la pistola. Pero ese sutil movimiento hizo que la criatura bufara; la estrelló de nuevo contra el suelo, su cráneo golpeó la raíz de un árbol con tal fuerza que esta vez sí dejó escapar un alarido de dolor.

Sintió sus dedos contra su cuello. Las malvadas garras dibujaron una fina línea de sangre y entonces el ser sonrió, chasqueó los dientes en el aire antes de agachar la cabeza, dispuesto a devorarla.

La pistola se le escapaba de la mano, medio aturdida por el golpe en la cabeza.

Apretó el gatillo y la detonación retumbó. Al principio pensó que no había conseguido nada. La criatura seguía mirándola, con los dientes a un suspiro de su cuello, pero de pronto rodó a un lado, sus extremidades agitándose con furia.

Se contorsionó en agonía, todo su cuerpo palpitaba; la carne de anguila parecía casi líquida. Por un momento recuperó el control de sus músculos y se incorporó. Alba también se levantó tambaleante y, con los ojos nublados por las lágrimas, apretó el gatillo de nuevo.

El monstruo retrocedió con un gemido y cayó al suelo.

Alba permaneció inmóvil hasta que recuperó el aliento. Un hormigueo le recorrió la columna vertebral.

La respiración de la criatura era ruidosa, afanosa, y ella se acercó despacio. Le dolía la mano izquierda de tanto apretar la cuerda, pues no la había soltado ni un segundo. Miró a la criatura en el suelo, que se estremeció y abrió la boca, y entonces le disparó por tercera vez en el pecho. El resplandor verde de sus ojos se apagó.

La viscosa piel de anguila se disolvió y las garras se desprendieron, revelando unas manos y, enseguida, un torso desnudo, y allí, en el suelo, estaba su hermano. Tosió y escupió sangre.

Y en ese instante supo, con una certeza que casi la asfixiaba, que se trataba efectivamente de Tadeo. Había sido envuelto en magia negra y transformado, convertido en una horrible bestia al servicio de la bruja.

Alba había sido engañada.

La pistola se le cayó de las manos mientras se arrodillaba y tocaba su rostro.

—Alba —susurró él.

Desesperada, lo ayudó a incorporarse.

—Lo siento, Tadeo. Dios mío, no sabía…

Le apretó las manos, frías como el hielo. Él tosió, sangre negra como tinta se deslizó por su barbilla.

—Debes vivir, Alba.

—Tú también debes vivir. Tadeo, por favor.

Tadeo sonrió, devolviéndole el apretón. Por un momento fue el mismo chico de sonrisa traviesa con el que había crecido, que la había molestado y podía montar los caballos más salvajes, y el tormento de la magia oscura que había retorcido su cuerpo y el dolor de las balas en su pecho parecieron desvanecerse.

Luego cerró los ojos y se quedó inmóvil. Su cuerpo comenzó a derretirse, escurriéndose entre las manos de Alba como cera caliente. Intentó sostenerlo, pero se quedó sujetando unas pocas plumas negras y mirando una mancha oscura en el suelo.

Lloró hasta que no pudo derramar más lágrimas, toda la pena le fue arrancada y la dejó exhausta.

1998: 10

—Te ves cansada —comentó Hideo en cuanto ella se acomodó en el coche.

Minerva abrochó el cinturón de seguridad, abrió el termo y dio un sorbo de café con un leve encogimiento de hombros.

—Lectura nocturna —respondió.

Era una verdad a medias. Había estado ocupada leyendo y trabajando en la computadora, sí. Pero también se había dedicado a tallar cuidadosamente marcas de brujas en las ventanas y las puertas de la casa. La madera y el yeso mostraban ahora la huella de su labor, aunque los círculos que había dibujado eran diminutos y discretos. En varios lugares, en lugar de tallar la madera, había levantado una tabla y colocado debajo un trozo de papel con las marcas de bruja.

En su mochila llevaba el pájaro que había atravesado con una aguja tres días atrás, un talismán que ahora la acompañaba a todas partes, aunque no se había alejado mucho del dormitorio. La tarde anterior, por fin había conseguido el número de teléfono de Benjamin Hoffman, y él le había dicho que estaría encantado de recibirla en persona. Eso significaba un viaje a Boston.

—¿Te pusiste en contacto con los servicios médicos?

—Sí.

Había dejado un mensaje en su buzón de voz, sabiendo que no se pondrían en contacto con ella hasta septiembre, y el mensaje había sido vago de todos modos. Una solicitud para hablar con el consejero cuando tuviera tiempo; nada urgente. Pero Hideo no necesitaba saber esos detalles.

—El tipo que vas a visitar, ¿conocía a Beatrice Tremblay?

—La conocía muy bien. Eran amigos desde que tenían más o menos nuestra edad.

—Es un gran hallazgo, entonces. Tu tesis debe de ser bastante sólida, con toda la información que tienes de Carolyn Yates y ahora de este tipo.

—Me estoy acercando a algo.

—Ten cuidado, ¿sí? La otra noche estabas... rara.

—Es presión acumulada. Estaré bien mientras la libere, y creo que ya descubrí cómo hacerlo.

Hideo aparcó junto a la estación del tren y se giró hacia ella.

—¿Estás segura?

—Ajá.

—Bueno. Pero recuerda que mañana vamos a la casa de Patricia. Te vendrá bien para soltar un poco de esa tensión.

—Iré contigo, está bien —dijo ella con un suspiro.

—¿A qué hora piensas regresar?

—No lo he decidido. Tal vez camine de regreso al campus.

—De acuerdo. ¿Cenamos, entonces? Así me salvas de pasar el resto del día haciendo mi bibliografía.

—¿Vas a cocinar?

—Sí, soba.

—Te llamo antes de volver —prometió ella.

En el tren, dibujó círculos en su cuaderno mientras meditaba sobre las historias de su bisabuela. De niña había amado esos relatos fantásticos de personas que se transformaban en animales y bolas de fuego que surcaban el cielo nocturno, pero siempre ocurrían en un mundo ajeno a ella. Hacía mucho tiempo, en lo alto de las montañas. Nunca imaginó que se pudiera tener una historia de brujas moderna. Era como si el vidrio y el acero de los edificios de oficinas las repelieran. Pero en su mochila estaba el talismán, y entre sus manos, el cuaderno con sus círculos ociosos.

El hierro y el cristal podrían no ser suficientes.

Caminó desde la estación de tren hasta el departamento de Hoffman, ubicado en el North End, sobre una charcutería italiana. Varios de los edificios de ladrillo y apartamentos estaban en remodelación para convertirlos en desarrollos de lujo, pero el edificio de Hoffman parecía intacto ante esos cambios.

Dos ancianas sentadas en sillas de plástico en la acera de enfrente, abanicándose, la miraron con curiosidad. Minerva tocó el timbre y le abrieron. Subió la estrecha y oscura escalera hasta el tercer piso.

Hoffman llevaba unas gafas pequeñas y redondas, un audífono en el oído izquierdo y pantuflas negras. En cuanto Minerva entró a la sala, él le ofreció una taza de té. A diferencia de Carolyn Yates, no tenía un juego de té elegante y le entregó una taza que decía «Asociación de Atletismo de Boston» mientras él sostenía otra con un dibujo de Snoopy escribiendo a máquina. En las paredes colgaban fotos de paisajes marinos, conchas, un muelle. Un piano vertical, en un rincón, tenía encima más fotos, quizás de familiares y amigos.

—Me alegró recibir noticias tuyas. A Betty le habría encantado saber que hay gente interesada en su trabajo. ¿Dijiste que querías ver algunos papeles que puede que yo tenga?

Le tendió un posavasos hexagonal y ella dejó la taza encima de la mesita.

—Carolyn Yates me dio acceso a los diarios de Betty y a un manuscrito en el que estaba trabajando. Pero me dijo que usted podría tener otras cosas suyas.

—Así es. Tengo tres cajas.

Minerva sacó su grabadora y su cuaderno.

—¿Le importaría...?

—Adelante, adelante.

Pulsó el botón de grabar.

—Conoció a Betty cuando estaba en primer año en Stoneridge, ¿correcto?

—Así es. Yo era amigo de Edgar Yates y de otros jóvenes que solían frecuentar Stoneridge. Organizaban muchas reuniones sociales allí. Era una forma sencilla de conseguir pareja para bailar: bastaba con pedirle a un amigo que te consiguiera una invitación para los bailes formales. Las chicas siempre buscaban compañeros de baile. ¿Todavía organizan bailes en Cohasset House?

—Ya no tenemos bailes formales.

—Qué pena. Me gustaba tanto bailar —dijo con nostalgia.

—Usted y Betty parecían muy cercanos, pero no era la relación típica que uno podría esperar.

Hoffman sonrió.

—No, no era el romance universitario que muchos buscaban. Conectamos porque ambos éramos distintos. Betty era una chica pobre intentando abrirse camino, y yo, un muchacho judío de Brighton. Además, a ella le gustaban las mujeres y yo... no encontraba a nadie atractivo. Eso nos puso en un lugar diferente al de los demás. Nos hicimos amigos y mantuvimos el contacto con los años. Una vez fui a Chicago y conocí a Irene, su pareja de toda la vida. Cuando se mudaron a Arizona, me invitaron a pasar tiempo con ellas allá. Finalmente, Betty regresó a la costa este.

—¿Irene sigue en Arizona?

—Creo que falleció hace unos años. Pero puedo ver si tengo información de contacto de sus amigos y familiares.

Minerva levantó la taza. El té sabía negro y amargo. Hizo una mueca.

Se rio y le acercó un plato con terrones de azúcar.

—Pon uno entre los dientes y luego bebe el té. Así lo tomábamos nosotros.

Ella obedeció y asintió con una sonrisa.

—¿Mejor? —preguntó él.

Ella asintió y sonrió.

—Betty pasó sus dos últimos años aquí, conmigo. Yo era el único que quedaba. Irene y Betty habían terminado mucho antes. Tenía un hermano que murió durante la Segunda Guerra Mundial y una hermana que falleció años antes. No tenía más familia para ayudarla al final, y nunca logró ganarse bien la vida. Trabajaba como correctora de estilo. Escribía sus historias y novelas en su tiempo libre, pero nunca colaboró con las grandes revistas, así que no había mucho dinero. Puedes revisar las cajas si quieres, ver fotos de Betty cuando era joven.

—Sería maravilloso.

—Bien, ¿y qué más necesitas? ¿Alguna otra pregunta que pueda responder?

—Esperaba saber más sobre Virginia Somerset. *La desaparición* parece estar inspirada en lo que le ocurrió. Usted también la conoció, ¿verdad?

Hoffman guardó un breve silencio antes de responder.

—Ginny Somerset proyectó una larga sombra sobre las vidas de Betty y Edgar.

—Solían hablar de ella, ¿verdad? Al menos tengo la impresión de que la mencionaban a menudo.

—Sí, con el tiempo. Durante varios años Betty y Edgar no estuvieron en contacto. Cuando ella se mudó a Nueva York, se reencontraron. Betty venía, se quedaba conmigo unos días y luego iba a visitar a Edgar y Carolyn. Qué caso tan triste, la desaparición de Ginny.

—Me han dicho que la teoría más popular era que Ginny se fugó con un muchacho.

Minerva se estaba acostumbrando al sabor del té y bebió más.

—Santiago, sí, escuché eso. Nunca lo creí. No cuadraba. No cuando observabas bien la cronología —replicó Hoffman, frunciendo el ceño.

—¿Qué quiere decir?

Hoffman entrelazó las manos y se inclinó hacia adelante.

—Yo trabajaba en un periódico cuando Ginny desapareció. Naturalmente, traté de cubrir su historia. Santiago Ferreira vivía en una pensión en Temperance Landing. Como muchos jóvenes de allí, tenía dificultades para conseguir empleo. Estábamos en plena Gran Depresión, la gente saltaba de un trabajo a otro. Tenía poco dinero y carecía de auto.

»Lo que significa que, si Santiago y Ginny se hubieran fugado juntos, habrían tenido problemas para desplazarse. Por supuesto, podrían haber ido caminando hasta la estación de tren y tomarlo desde allí, pero nadie vio a dos jóvenes andando por la carretera ese día. Tampoco los recuerda nadie en el tren. Ni hicieron autoestop.

—Supongo que alguien fuera de la pensión podría haberlos llevado —aventuró Minerva, intentando imaginar la escena. Una cita secreta y luego una huida rápida en un vehículo prestado. Era improbable, pero no se sentía con libertad para exponer teorías más siniestras.

—Sí. Pero aquí está el problema: ¿cómo podía Santiago estar organizando una fuga cuando llevaba cinco días desaparecido?

Minerva sacudió la cabeza sorprendida.

—No entiendo. ¿Santiago se extravió antes que Ginny?

—Cuando hablé con sus compañeros de pensión, me dijeron que no lo habían visto desde el 14 de diciembre. Ginny desapareció el 19. ¿Se fue y luego volvió por Ginny? Si fue así, ¿por qué no recogió también su ropa, su dinero, su correspondencia? Todo eso seguía en la pensión. Además, había conseguido un empleo a tiempo completo en la Wingrave Manufacturing Company, en donde empezó a trabajar los primeros días de diciembre.

»Uno de los otros hombres de la pensión también trabajaba allí. Él y Santiago solían caminar juntos hasta la fábrica y de regreso. Quise hablar con más empleados de la fábrica, tal vez averiguar si Santiago había dejado alguna pista sobre su paradero en su casillero, pero el señor Wingrave no quiso saber nada del asunto. No quería que nadie asociara su empresa y a su personal con la desaparición de Ginny. Mala prensa y todo eso, especialmente si resultaba que el hombre le había hecho algo. Llamó a mi editor, quien después me dijo que me olvidara de Ginny y Santiago. Yo era un aprendiz que intentaba ser periodista. Hice lo que me dijeron.

—¿Le contó algo de esto a la policía?

—Hablé con un agente y le dije que las pertenencias de Santiago seguían en su cuarto y que no había dado ninguna pista de que pensara ir a ningún lado. Dudo que lo investigaran.

—Habría pensado que Edgar les habría pedido que lo investigaran.

—Probablemente sí lo hizo, pero me dio la impresión de que la familia de Ginny no quería que la gente hurgara demasiado en el caso. Oí que se había fugado con un tipo uno o dos años antes. Su padre la arrastró de regreso desde Chicago. Pensaron que estaba haciendo sus travesuras habituales.

—Entiendo. ¿Pero nadie investigó la desaparición de Santiago?

—A la policía no le importaba lo que le pasara a gente como Santiago; no era más que un obrero de molino, un don nadie. No se esforzaron mucho en el caso de Ginny, y ella era una chica rica. ¿Crees que se molestarían siquiera en abrir un expediente para alguien como Santiago?

Minerva se quedó callada. Hoffman se puso de pie.

—Voy a traer las cajas.

Las cajas estaban marcadas con la palabra *Betty* en tinta negra, y Minerva abrió las solapas con dedos cuidadosos, casi reverentes. Dentro encontró un álbum de recortes que no contenía fotografías ni recuerdos familiares. En cambio, cada página estaba cubierta de noticias pegadas y fragmentos fotocopiados de libros antiguos: «Desaparecido desde el 1 de noviembre de 1979». «Visto por última vez en 1954». «Desaparecida en 1960».

—La Lista Negra —murmuró—. Seguían historias de personas desaparecidas y se contaban historias de fantasmas.

—Era su forma de sobrellevarlo. La muerte duele, aunque la herida se cura. Pero cuando Ginny desapareció, dejó un vacío. No se pudo formar tejido cicatrizal.

—¿Cómo empezó todo? Lo de contar cuentos de fantasmas y de hacer la Lista Negra.

Hoffman se sirvió más té, le hizo un gesto a Minerva, quien asintió y también rellenó su taza.

—Supongo que empezó en el verano del 66. Fue cuando Betty se fue a Nueva York. Después de Irene, sus otras relaciones fueron efímeras y, cuando intentó irse a vivir con alguien nuevo, esa novia la engañó. Se sentía sola, nostálgica. Estaba terminando su novela.

Se refería a *La desaparición*. Se publicó en 1969. La primera reimpresión llegó tres años más tarde, cuando los romances góticos estaban de moda, y se presentó como uno de esos libros, con una mujer huyendo de un castillo en la portada, aunque no hubiera ningún castillo en ninguna parte de la novela. La segunda reimpresión fue en los años ochenta, durante el *boom* del terror.

—Betty contactó a Edgar y se reunieron, comenzaron a rememorar viejos tiempos. Después de eso, hicieron un esfuerzo por verse cada año y jugaban «el juego». Así llamaban a sus cuentos de fantasmas.

Sacó varias fotos en blanco y negro: una joven Beatrice Tremblay sosteniendo una raqueta de tenis, Beatrice con Benjamin frente a un cine, un grupo de chicas junto a un muelle, un apuesto joven riendo hacia la cámara.

—Ese es Edgar, cuando era joven —indicó Benjamin, señalando la foto que ella estaba mirando.

La siguiente foto era de Carolyn, con un vestido elegante y un sombrero chic.

—¿Carolyn jugó alguna vez al juego?

—No. No creo que disfrutara de las visitas de Betty; francamente creo que hubiera preferido que Betty no visitara The Willows, pero fue la única vez que Edgar se impuso. No dejó de hablarle.

Miró a Benjamin sorprendida.

—Carolyn y Betty eran amigas. ¿Por qué no querría verla?

—Claro, Betty la consideraba una de sus grandes amigas. Siempre le estuvo agradecida. Fue Carolyn quien la ayudó a conseguir un trabajo en Chicago después de graduarse, y ella nunca lo olvidó. Nunca oirías a Betty decir una mala palabra sobre Carolyn en público.

—Pero tal vez usted sí tenga algo que decir en privado.

—Quizá pueda decir lo que pienso cuando terminemos de examinar estos objetos —dijo Hoffman, pero no se explayó sobre el tema.

En su lugar, siguieron hojeando el anuario de Betty. Él abrió un delgado volumen de poesía donde Betty había prensado una flor entre las páginas, habló del tiempo que ella pasó con Irene y de otra novia con la que vivió tres años en Brooklyn, antes de instalarse en un apartamento en Beekman Street, cerca de lo que alguna vez fue el Fulton Fish Market.

Volvió a rebuscar en las cajas, sacó postales, un par de programas de teatro, cartas con tinta descolorida en los sobres. Más fotos.

—¡Qué lástima! —comentó ella.

—¿Perdón?

—Carolyn dijo que usted podría tener algunos dibujos de Ginny, pero no veo ninguno. Ella tiene algunos en casa.

—Puede que el colegio tenga más en sus archivos. Edgar quería que se exhibieran, así como quería preservar el trabajo de Betty.

—Siempre pensé que Carolyn había financiado el archivo de Betty, pero su nieto me dijo lo mismo: que Edgar fue quien reunió sus papeles.

—Es correcto.

Minerva halló unas cuantas páginas manuscritas que no coincidían con la letra de Betty. Estaban fechadas en 1934. ¿Sería esa la correspondencia espiritual de Ginny? Las apartó y encontró otro paquete de fotos.

Había una en la que Ginny abrazaba a Edgar. Otra de ella sentada, pensativa, en un escritorio. Minerva las dejó sobre la mesa de centro junto a las páginas. Luego, casi incongruentemente, apareció una imagen de Carolyn y Edgar juntos, posando para una foto de boda. Su rostro parecía más duro, más envejecido que en las fotos anteriores.

—Debe de haber sido extraño cuando Carolyn se casó con Edgar, considerando que todos ustedes conocieron a Ginny.

—Fue algo muy rápido. Carolyn no perdió tiempo en ofrecerle su hombro para llorar. Edgar se casó con ella en agosto de 1935.

—Supongo que necesitaba mucho ese hombro —dijo ella.

Hoffman frunció el ceño. Tomó la foto de Edgar, aquella en la que estaba solo, mirando alegremente a la cámara.

—Estaba hecho pedazos y Carolyn lo sabía. No digo que se aprovechara de él, pero fue un poco indecoroso lo rápido que entró en su puerto, por así decirlo. Sí, sí, era un hombre adulto. Aun así, me pareció de mal gusto. No sé, quizá Ginny me gustaba mucho más que ella.

Hoffman acarició pensativamente la superficie de la foto.

—Nunca volvió a reírse así. Se pasó el resto de la década borracho, dando tumbos por casa. Hasta que nació su primer hijo no se le pasó la borrachera, pero solo por un tiempo. Pasó de la sobriedad a las borracheras. Unos años bien, otros en una neblina de alcohol.

—¿Y Betty? ¿Cómo le fue a ella?

—Betty era ansiosa. Frágil. La duda siempre giraba a su alrededor. Amaba a Irene, pero temía tanto perderla que acabó alejándola. Como dije, cuando Ginny desapareció dejó un vacío. Un agujero negro. Ninguno de ellos pudo llenarlo jamás.

El reloj dio la hora. Hoffman se volvió a mirarlo.

—Me temo que debo acortar nuestra reunión. Tengo otra cita. Pero puedes volver a visitarme cuando gustes.

—Gracias. ¿Puedo llevarme esto? —preguntó Minerva, señalando el álbum de recortes—. ¿Y estas páginas también?

—Por supuesto. Espero que te sean de ayuda.

La acompañó hasta la puerta. Ella le estrechó la mano.

—No me ha dicho lo que piensa de Carolyn, y estoy a punto de irme.

Hoffman suspiró y se quitó las gafas.

—Me temo que no tengo una buena opinión de ella, aunque tampoco es que ella me tuviera en alta estima. Yo era el chico judío que se había colado en su círculo social y, como no se molestó en guardar las apariencias conmigo, pude verla bien. Era una mujer que utilizaba a la gente. Su padre era igual, un hombre despreciable que trataba a sus empleados como basura. Yo esperaba que su maldito negocio se hundiera, pero los Wingrave siempre salen bien librados.

—Aunque al final sí se hundió.

—Sí, aunque el dinero de Edgar lo mantuvo con vida. Pero cuando la fábrica cerró, Carolyn y su familia seguían siendo ricos. Ahora sé que las fábricas siempre fueron duras, no importaba si estaban en Lowell o Temperance Landing o Ludlow. Sindicalización, supervisores aprovechándose de los trabajadores inmigrantes o acosando sexualmente a las mujeres, eso es lo que se encontraba en muchas fábricas. La Wingrave Manufacturing Company era un excelente ejemplo de estas tácticas.

—Supongo que a Edgar no le importaba cómo se manejaba el lugar ni cómo se gastaba su dinero.

—Para él era el negocio de la familia de Carolyn; así lo veía. Firmaba cheques cuando era necesario y lo dejaba estar. Además, se encontraba enfermo, el alcohol lo preocupaba más que los asuntos financieros. Murió menos de un año después de que Betty falleciera. Siempre supe que sería así.

—¿Cómo era su relación con Carolyn, si se puede saber?

—Él estaba atormentado, y ese tormento se filtraba en su matrimonio. A veces era... tempestuoso.

—¿Entonces ella no lo amaba?

—Oh, no. No dije eso. Carolyn adoraba a Edgar. También quería a Betty. No estoy insinuando que no los quisiera. Y todo iba bien y alegre mientras las cosas fueran como Carolyn quería, y ella se encargaba de que así fuera, te gustara o no. Nunca he podido soportar la agresividad pasiva. Me gusta que las cosas sean abiertas y directas. Carolyn no era así. Quizá soy un viejo amargado que guarda rencores, ¿eh?

—Yo creo que usted es muy amable, señor Hoffman —dijo Minerva.

—Mantente en contacto. Quiero ver lo que escribes al final sobre mi Betty —dijo, y cuando sonrió, Minerva pudo vislumbrar al joven que había bailado todas las noches en Stoneridge.

Volvieron a estrecharse la mano. Ella se puso los cascos y presionó *play* en su discman. Era un día agradable y siempre le había gustado caminar por Boston, sobre todo con música que le hiciera compañía.

Poco después de salir del departamento, sintió que alguien la seguía. Se giró varias veces, pero no supo quién la observaba. La sensación desapareció y volvió, mucho más fuerte que la primera vez, cuando llegó a la calle Causeway.

Minerva se detuvo, se quitó los auriculares y se los dejó colgando del cuello. El tren de la Línea Verde que pasaba sobre las vías elevadas hizo retumbar la estructura, y ese cosquilleo en la nuca que nunca era buena señal comenzó a aflorar.

Al otro lado de la calle había un teléfono público decorado con pintas de colores. Dos obreros de la construcción conversaban fuera de un bar. Delante de ella, un hombre de negocios avanzaba a toda prisa con un maletín en la mano.

The Cardigans seguían sonando, la música escapaba de los auriculares. Caminó más rápido, apresurándose hacia la estación de tren, y se sentó. En el banco de al lado, alguien había dejado un ejemplar de *The Phoenix* abierto en la sección de anuncios personales para adultos. Agarró el periódico y fingió leerlo, levantando los ojos un par de veces, intentando ver si podía identificar a la persona que la seguía. Porque definitivamente alguien la acechaba; alguien la miraba, aunque no lograba ubicarlo.

Entonces la sensación se desvaneció y llegó el momento de subir al tren. Sujetó su mochila durante todo el trayecto de regreso, abriendo a veces un bolsillo lateral para acariciar las plumas del talismán guardado dentro.

En lugar de llamar a Hideo, se detuvo en la licorería y compró una botella de vino y un *six-pack* de cervezas. Los metió en la mochila y caminó hacia el campus. Quería más tiempo para relajarse.

Cuando llegó al departamento de Hideo, se sentía mucho mejor.

—Traje regalos —dijo, y sacó la cerveza.

—Mientras no seas griega... —bromeó—. Ve a sentarte. Aparta los libros. Yo traigo la comida.

La mesa del comedor estaba cubierta de papeles y libros. Los apiló en un rincón.

Entre los libros, cómics, los estantes llenos de CD y DVD y el burbujeo de la pecera, se dio cuenta de cuánto había echado de menos pasar tiempo con él. Verdaderamente, había estado descuidando a sus amigos ese verano.

Hideo reapareció con dos tazones y palillos. Se sentaron a comer.

—¿Estabas trabajando? —preguntó Minerva, señalando los libros que había apartado.

—Intentando pulir la bibliografía y perdiendo el tiempo con videojuegos. Al final, probablemente haga un análisis aburrido y clásico de *Una vuelta de tuerca*. Estaba pensando en emparejar *Romance de la ropa antigua* con el segmento de *Pelo negro* de *Kwaidan, El más allá*, pero no creo que funcione. ¿Y tú qué hiciste hoy?

—Escuchar historias de fantasmas de otro tipo.

—Qué poético. Oye, estaba en un foro donde contaban una historia que quizá te guste. Al parecer, el *Necronomicón* está oculto en Bradford College. Lovecraft salió con una estudiante de allí y lo enterraron en algún túnel debajo del campus.

—Esa es buena. Lovecraft le habría tenido más miedo a las estudiantes universitarias que a los horrores innombrables de más allá de las estrellas.

—Nunca se sabe. A veces hay algo de verdad en toda esa ficción. Oye, ¿no practicaba brujería Shirley Jackson?

Minerva asintió.

—Creo que decía que era una forma de canalizar el poder femenino —respondió, golpeando los palillos contra el tazón—. Si vas a trabajar con *Una vuelta de tuerca,* deberías pedirme prestado mi ejemplar de *Anatomía de Una vuelta de tuerca* de Cranfill y Clark.

Hideo había preparado un *cheesecake* de *matcha* para el postre. Lo comieron mientras veían un VHS con episodios de *Aeon Flux*, y luego hablaron sobre James y la visión no-aparicionista frente a las interpretaciones sobrenaturales de Peter Quint y Miss Jessel.

Después, Hideo la llevó en coche hasta su dormitorio.

Minerva guardó la botella de vino bajo la encimera de la cocina y se dirigió a la biblioteca. Observó los pájaros disecados en la sala y dos cajas entomológicas con mariposas y polillas.

Se imaginó la casa como habría sido en tiempos de Beatrice Tremblay, cuando las estudiantes entraban y salían de la biblioteca y una madre de casa imponía el toque de queda, cuando todavía se celebraban bailes formales y Benjamin Hoffman y Edgar Yates podían llegar con los zapatos recién lustrados y el cabello peinado para una noche de diversión.

Empezaba a oscurecer y encendió las luces. Una sensación de normalidad plácida reinaba después de su velada con Hideo; los fantasmas y las apariciones eran solo ejercicios académicos mientras se sentaba en uno de los sillones y hojeaba la Lista Negra. Como Noah había dicho, todos los recortes de prensa y relatos se referían a desapariciones.

Las épocas y circunstancias variaban y las ubicaciones estaban repartidas sobre todo por la costa este. Había algunas excepciones. Un puñado de historias llegaban hasta Canadá, cerca del valle del río South Nahanni, donde buscadores de oro habían desaparecido hacía más de un siglo. Pero la mayoría de las desapariciones se concentraban en la costa este.

Los nombres y las circunstancias empezaron a mezclarse en su mente. Alice Corbett desapareció en 1925 de su dormitorio en Smith College, Northampton. Dorothy Forstein se desvaneció de su hogar en Filadelfia en 1949; dejó tras de sí su bolso, dinero y llaves; la puerta principal de su casa estaba cerrada.

El caso más escalofriante fue el de Joan Risch, un ama de casa de la cercana Lincoln que desapareció en 1961 de su casa dejando un rastro de sangre. Una mujer que coincidía con su descripción fue vista más tarde caminando por la autopista, con las piernas ensangrentadas. Risch había estado investigando casos de personas desaparecidas antes de esfumarse.

En esta narración no estaba incluida Ginny, que había desaparecido durante el mes de diciembre, hacía mucho tiempo. Su historia permanecía en los espacios en blanco entre las páginas del álbum, porque, en última instancia, esta era una búsqueda inútil de alguna pista sobre su paradero. Ahora una pregunta rondaba la mente de Minerva, una pregunta sobre Santiago. Estaban vinculados, los dos, pero no como amantes. No, Minerva sentía que era algo más.

Pasó del álbum de recortes a las páginas escritas a mano. Comparó la letra con las fotos que había tomado del diario de Betty. En efecto, no era su caligrafía. Estas cartas estaban bellamente elaboradas, mientras que Betty escribía con un trazo más descuidado.

A pesar de la preciosa caligrafía, resultaba difícil dar sentido a lo escrito. Había fragmentos de frases y párrafos interrumpidos.

Un fragmento le pareció interesante: «Cuidado. Cuidado. Coloca sellos protectores, cierra las ventanas, cuidado. Esta habitación es segura. Te persiguen. Están aquí...».

Una mancha de tinta ocultaba el resto de las palabras y una raya cruzaba la parte inferior de la página, como si la pluma se hubiera presionado demasiado fuerte contra el papel. Minerva imaginó a Virginia Somerset en su escritorio, garabateando con desesperación, la tinta manchándole los dedos.

Un coche se acercaba, sus faros brillantes interrumpían la soledad de Minerva. Levantó la cabeza, preguntándose quién podría ser. Entonces se dio cuenta de que la luz no tenía el color correcto: era de un verde suave.

Minerva apartó el álbum de recortes y las páginas y se dirigió hacia la ventana.

No había ningún auto. En su lugar, una bruma tenue se deslizaba hacia la casa, envolviéndola como la seda de una telaraña se aprieta alrededor de una mosca indefensa. Brillaba, y ese resplandor parecía intensificarse mientras la niebla se condensaba, volviéndose más espesa, concentrándose en un punto hasta formar una esfera verde flotando en el aire, acechando cerca de la ventana.

Contuvo la respiración. Tenía la mano congelada sobre el cristal. El verdor palpitaba y pensó en correr, en salir de casa y huir. La normalidad había sido aniquilada. Ahora lo extraño perforaba la noche.

—No —dijo negando con la cabeza. Lentamente, levantó la mano.

Cerró la cortina y se alejó de la ventana, mirando alrededor de la habitación, contando los sellos protectores que había colocado en esa sección de la casa: pequeñas marcas junto a las puertas, y otras ocultas bajo tablones que había aflojado con cuidado. Deberían resistir. A menos que estuviera equivocada en todo esto y las marcas de brujas no sirvieran para nada. Eso también podía ser cierto.

El teléfono de la biblioteca empezó a sonar, tomó el auricular, pero la línea estaba muerta. Golpeó el aparato contra su base y de nuevo empezó a sonar, más fuerte y estridente, como címbalos discordantes. Parecía gritarle. Minerva tiró del cable, desconectando el teléfono.

Sacó de su mochila el talismán del pájaro. La luz era cada vez más intensa y su resplandor esmeralda se esparcía inquietante por debajo de las cortinas y se extendía por el suelo.

Retrocedió, evitando la luz, que se arrastraba como largos dedos extendiéndose en la habitación, amenazando con atraparle los tobillos. Tropezó con un sofá y casi perdió el equilibrio.

Algo golpeó la puerta trasera y volvió a golpear, más fuerte, hasta que ya no era un golpe, sino un aporreo con puños. Luego se movió hacia la derecha, arañando bajo una ventana, rascando otra, sus uñas deslizándose sobre el vidrio, raspando las contraventanas.

El ruido cambió de nuevo; parecía moverse alrededor de toda la casa. Sobre su cabeza, la madera crujía y gemía, como las tuberías en invierno cuando se quejan con el frío. El suelo vibraba bajo sus pies, y luego más fuerte, como si se tratara de un terremoto que ganaba intensidad. Pero jamás había sentido un temblor así, y ella había crecido en Ciudad de México y sobrevivido al gran terremoto del 85.

Se apoyó contra el marco de una puerta, agarrándolo con fuerza para sostenerse.

A lo lejos oyó un tintineo de cristal: se dio cuenta de que era la gran araña de la escalera, que temblaba como un árbol sacudido por un viento helado. En la cocina, las cucharas y los tenedores repiqueteaban en sus cajones y las ollas chocaban entre sí. Las luces parpadeaban. En las estanterías, sus libros se deslizaban hacia un lado. Su despertador en el dormitorio comenzó a sonar. Una de las cajas entomológicas cayó al suelo. Su cristal se hizo añicos; minúsculos fragmentos brillantes se esparcieron sobre la alfombra, y los delicados cuerpos de mariposas y polillas, clavados hacía un siglo, quedaron esparcidos en el suelo.

Aferró el talismán con más fuerza. Uno de los alfileres le arañó la mano, haciéndola sangrar.

Las cortinas se agitaron y una silla cayó violentamente al suelo, pero entonces, tan repentinamente como había comenzado, el movimiento cesó y la casa quedó en silencio. El resplandor había retrocedido.

Con cautela, se acercó a la ventana y miró afuera. Había un brillo verde sobre la reserva de Briar, pero se estaba disipando rápidamente y, en lo que dura un parpadeo, desapareció. No quedaba más que la noche veraniega afuera. Podría haber soñado todo el incidente.

Excepto que estaba completamente despierta y la sangre le goteaba por la mano izquierda.

Se sentó en uno de los sofás unos minutos, sin saber qué hacer a continuación. Finalmente fue al dormitorio y apagó la alarma que seguía sonando. Luego se lavó las manos y buscó una venda.

Cuando regresó a la biblioteca, comenzó a recoger los objetos del suelo. Tomó las páginas que había estado leyendo y se quedó mirando las palabras garabateadas allí: «Cuidado. Cuidado. Coloca sellos protectores, cierra las ventanas, cuidado. Esta habitación es segura. Te persiguen. Están aquí...».

1908: 11

Durante tres días fue un fantasma. Se movía por la casa en silencio, ocupándose de sus quehaceres, con la mirada baja y los pasos lentos. La pena le nublaba la vista. Dos veces estuvo a punto de romper a llorar en la mesa.

—Eres demasiado ociosa, niña —le dijo su madre mientras subían las escaleras que conducían a sus dormitorios.

Alba esperaba que la regañaran por su apatía, pero su madre le apartó un mechón de cabello del rostro con suavidad.

—Te entiendo, Alba. Perdí a mi madre cuando tenía tu edad. Ahora he perdido a un esposo y a un hijo. Hay una oscuridad que quiere tragarte, pero no debes permitirlo.

Pensó en su hermano, en la masa viscosa de plumas y cartílagos que había apretado contra su pecho y que se había disuelto en la nada. Llegaron a lo alto de la escalera y se detuvo a mirar el suelo.

—Valentín era tu enamorado, ¿verdad?

Alba no habló, porque habría sido demasiado difícil expresar lo que había sentido por Valentín. Había sido, tal vez, el inicio de un amor arrancado antes de que pudiera florecer de verdad.

—Guárdale luto. Pero no intentes seguirle hasta la tumba. Te enfermarás si continúas así.

—Lo sé —respondió ella.

Permanecieron en silencio durante unos minutos. Alba apoyó una mano en la barandilla de hierro.

—Mañana, tu tío y yo iremos a ver al alcalde y quizás hablemos con el padre Aguilera. Necesito que ayudes a Fernanda en la casa y colabores con la cocina. Fernanda es una chica encantadora, pero no ha descubierto la importancia de la sal y Dolores se queja de que da más trabajo que ayuda.

—Lo haré, madre —dijo Alba, aunque su mente estaba llena de pensamientos desordenados y la visita de su madre al pueblo avivó en ella una idea peligrosa.

El cuarto día, mientras limpiaba las planchas con cera y se preparaba para abordar el planchado de la semana con Fernanda, su madre entró en la habitación y le deseó un buen día, prometiéndole que volvería en unas horas.

Alba asintió. En cuanto su madre y su tío se marcharon, apartó la canasta con la ropa húmeda que debía alisar antes de plancharla y subió a su cuarto. Con manos temblorosas se quitó el delantal y se cambió de ropa. Había pasado la mitad de la noche pensando en lo que haría cuando su madre y su tío no estuvieran, cuando tuviera la oportunidad de salir de la casa sin ser vista. Se dirigió al establo.

Una vez encima de su caballo, su propósito y su fuerza regresaron; sus manos sostenían las riendas sin el más mínimo temblor. Cabalgó sin miedo ni vacilación. El dolor se cristalizó en rabia mientras seguía el camino hacia la montaña.

Los Pinos estaba silencioso y desierto mientras guiaba al caballo por sus calles. Junto a un pozo vio a dos adolescentes llenando cántaros de agua y les habló.

—¿Saben cómo llegar a la casa de Perpetua? —preguntó.

Una de las chicas le indicó y Alba le dio las gracias.

Poco después estaba frente a una casa sombreada por un árbol enorme y nudoso. Una enredadera marchita trepaba por las paredes, envolviendo la construcción. La casa parecía ensamblada de forma más tosca que las otras del pueblo;

las piedras estaban apiladas al azar y las ventanas, pequeñas y bien cerradas con postigos.

Empujó la puerta principal y entró, con la pistola de su hermano en la mano.

Se deslizó hacia una habitación dividida por una vieja cortina y la apartó sin esfuerzo. Entró en un dormitorio convertido en nido de sombras, repleto de frascos sobre estantes tambaleantes, igual que en la casa de Jovita. En el suelo había un montón de mantas.

Apuntó con la pistola a la mujer que dormía bajo las mantas y, al hacerlo, la bruja abrió los ojos y la miró fijamente.

—He venido a preguntarte por qué odias a mi familia y luego a matarte —le dijo a la mujer. Su voz no evidenciaba temor alguno. Había dejado atrás el miedo durante el ascenso.

Pero la bruja tampoco parecía sorprendida ni asustada por su presencia. Incluso en la penumbra, Alba pudo notar que permanecía imperturbable.

—Enciende una vela —dijo Perpetua, señalando una mesa—, a menos que quieras hablar en la oscuridad.

Sobre la mesa había una caja de cerillos y una vela. Alba la encendió. La mujer se sentó sobre un gran baúl y Alba arrastró la única silla disponible.

—Deberías bajar eso —dijo Perpetua.

Su largo cabello negro caía por su espalda y llevaba un vestido oscuro, con un chal de franjas rojas anudado sobre los hombros. Sus manos permanecían ocultas entre los pliegues de la tela. Ambas se observaron fijamente.

Alba negó con la cabeza, apuntando la pistola hacia la mujer.

—No hasta que hables.

—Si no hubiera querido que entraras, nunca habrías podido abrir esa puerta. No te haré daño, aunque sea lo que quieras.

—Pero sí has hecho daño a mi familia.

—No fui yo. Hay más de una bruja por aquí.

—Te vi hablando con mi hermano.

—Me viste tratando de advertirle, pero él no quiso escuchar. No creía en maldiciones. Pero tú sí. Has venido a morir, ¿verdad? Niña tonta. Pues yo no te mataré. No guardo rencor contra ti.

Sí, había venido a morir. Se había aventurado imprudentemente en aquella casa no con la esperanza de vengarse, sino con el deseo de desaparecer. Ahora la mujer se lo negaba. En cambio, miraba a Alba con ojos serenos y firmes. Tenía la quietud de un icono pintado; Alba no percibía amenaza ni oscuridad. Y entonces bajó lentamente la pistola y la dejó sobre la mesa, lo bastante cerca de su mano como para poder disparar si era necesario.

—Si no fuiste tú, ¿entonces quién nos maldijo? ¿Dónde está la bruja?

—Pensé que ya lo sabrías, con tus dones. Los tienes, igual que él. Me doy cuenta. Siempre los han tenido, los Quiroga, y tal vez la familia de él también sea portadora del don.

—¿La familia de quién?

La mujer inclinó ligeramente la cabeza y la luz atrapó el brillo plateado de sus sienes. No era vieja, no realmente; quizás tenía la edad de la madre de Alba, aunque las dos líneas que enmarcaban su boca estaban marcadas con severidad.

—Cuando era pequeño, solía venir al pueblo con ese amigo suyo. Muchachos ricos que querían comprar amuletos, cortejar a alguna chica del pueblo y robar un par de besos; siempre acababan en Los Pinos. Chicos aburridos, chicos tontos. Les vendíamos baratijas. Y él era listo, hacía preguntas inteligentes. Muchas, muchas preguntas inteligentes.

—¿Quién? —preguntó una vez más. Sus dedos se deslizaron sobre la pistola, pero no la tomó, simplemente rozó el metal del cañón, asegurándose de que el arma seguía allí.

—Venía a Los Pinos con ese muchacho, Desoto.

—¿Quién? —repitió Alba con la boca seca. Sus palabras eran más un graznido que una voz.

—Arturo Velarde. Es el brujo que buscas.

Entonces tomó la pistola y apuntó directamente al rostro de la mujer.

—Mi tío no es ningún brujo, ¡mentirosa!

—¿No me crees? Hazle una prueba. Coloca una flor contra sus labios mientras duerme y observa cómo se marchita.

—Si es verdad, entonces todo es culpa tuya. Lo maldijiste y lo convertiste en una criatura maligna, eso es lo que hiciste.

—Yo no puse esa ambición en su sangre. Él eligió su propio camino.

—¡Mentirosa!

—Le advertí a tu hermano. Le advertí a mi hija. Si quieres apretar el gatillo, hazlo. Pero no soy ninguna mentirosa. Lo sabes. Lo sientes. Él mató a mi Elena.

El nombre... era el que ella había intentado adivinar, y recordó lo molesto que se había mostrado Arturo ante esa suposición. Alba miró a Perpetua y bajó lentamente la pistola. La mujer permanecía inmóvil: sus labios se movían, pero su cuerpo era el de una estatua. Su rostro, sereno.

—Ella era un año mayor que él. Jugaban juntos. Él sabía un par de trucos, ella conocía otros. Yo le había enseñado, y ella compartió mis enseñanzas con él. Venía con sus monedas y me hacía preguntas, traía ingredientes, escuchaba y escribía en un cuaderno. Así que también le enseñé algunas cosas. Otras las encontró por sí mismo.

—Le enseñaste magia negra.

La mujer soltó una risita; un atisbo de emoción se insinuó en su perfecta quietud.

—No existe tal cosa. La gente elige su camino. Algunos curan huesos, otros los rompen. Ese chico era divertido. No se ven muchos niños ricos por aquí que vengan aprender esas cosas.

—Él no es un hombre rico.

—Más rico que nosotros, con una moneda de sobra en el bolsillo.

—Y le vendiste hechizos peligrosos.

—Tenía una hija que alimentar y había poco peligro en ello. A ti también te han enseñado hechizos, estoy segura. Tu padre creía, igual que los otros antes que él.

Pensó en su padre, en cómo les hablaba a las cosechas y en las supersticiones que a su madre le desagradaban porque eran propias de gente inculta del campo. Alba conocía retazos de magia popular: conjuros para asegurar un pretendiente o atraer la buena suerte. Pero nunca había pensado que eso tuviera verdadera importancia.

—¿Qué pasó entonces? —preguntó.

—Cumplió catorce años y tu padre lo mandó lejos. Se fue y, cuando regresó de visita, ya era un joven. Debió de haberse perfeccionado en ese tiempo, porque en cuanto lo vi, sentí su poder, y tuve miedo porque su corazón estaba lleno de rencor. Le dije: «no vuelvas a molestarnos, vete». El problema fue que mi Elena no tenía miedo. Solo veía al señorito apuesto y, aunque le advertí: «no te cruces en el camino de ese hombre», no me hizo caso.

La cera de la vela se había derramado sobre la mesa, dibujando lentos y pálidos riachuelos. Alba rozó la cera endurecida con la uña.

—Una noche, cuando estaba ocupada con otras cosas, ella salió de la casa. No regresó. La busqué, pero nunca la encontré. Sé que él la mató.

—¿Cómo puedes saberlo?

—*Teyollocuani*. Hacen su magia con sangre. Beben la sangre, se comen el corazón. Si alguien tiene un don especial, su sangre es potente, y mi Elena tenía el don también. Él se comió su corazón crudo.

—Yo conozco a Arturo…

La mujer sonrió con sorna.

—Tú conoces al señorito elegante con sus trajes. No conoces al brujo que convierte a sus enemigos en animales. O tal vez simplemente no quieres verlo con claridad.

Levantó lentamente una de las manos que guardaba en su regazo, bajo los pliegues de su largo chal. Le faltaban tres dedos, los muñones terminaban en la segunda falange. Seguía serena; parecía una santa exhibiendo las heridas de su martirio.

—Después de que Elena desapareciera, intenté matarlo. Fracasé y casi pagué con mi vida por mi fracaso.

—Tus dedos... Él no pudo haber hecho eso.

—Me los arrancó de un mordisco. Como un animal salvaje. Así, como un animal salvaje, desgarró la garganta de tu amigo.

—Arturo no es un monstruo.

—Puede crear monstruos.

—Pero él no es...

La santa dio paso a una mujer que hablaba con voz ronca, cerrando los puños con fuerza.

—Huele a carroña si le quitas el perfume. Tienes un don; sabes que digo la verdad. Quizá seas tan tonta como Elena, o peor que ella.

Alba cerró los ojos con fuerza. Ninguna de las dos dijo una palabra, no por un buen rato. Cuando abrió los ojos, la mujer había vuelto a ocultar sus manos.

—Alguien me dijo que se ata una cuerda; se ata y se dice...

—Él es más fuerte que eso. Las palabras no lo atan.

—Entonces, ¿qué puede detener a un brujo?

—Nada. Toma tu pistola y vete. Le advertí a tu hermano cuando aún podía servir de algo. Le dije que lo enviara lejos, y quizás se habría marchado. Pero ahora tiene el olor de la sangre, ahora ha probado a su presa.

—Pero hay historias sobre cómo someter a una bruja. ¡Balas! ¡Balas benditas!

—Has visto lo que me hizo. Ninguna bala rozará su piel. Ciertos trucos sirven con brujos menores, pero no con él.

—Valentín contaba historias, y los nudos funcionaron. Funcionaron... Yo... maté... Así que debe de haber... Debe de ser posible... —dijo, y luego no pudo continuar porque el recuerdo de su hermano muerto, de aquel amasijo de plumas y carne que se disolvió entre sus dedos, fue demasiado poderoso.

Echó la silla hacia atrás, tomó la pistola y se puso de pie, apartando la delgada cortina que conducía a la entrada. Se volvió hacia la mujer, que seguía sentada con el chal apretado contra el cuerpo.

—Dímelo, aunque sea por el bien de la hija que perdiste —dijo Alba.

Se miraron fijamente. La mujer se acomodó en la silla.

—Hay una historia —dijo Perpetua casi en un susurro—. Habla de una joven que cae bajo el hechizo de un brujo. Cada noche él vuela hasta su cuarto y la muerde en el cuello. Así ocurre durante seis noches y su familia está desesperada, porque cada día ella está más débil y enferma. Pero en el séptimo día, sus hermanos consultan a una sabia.

»La sabia les dice que quemen un retrato de su madre, que amaba mucho a la joven y ha muerto. Que mezclen las cenizas con sal y el ala triturada de una polilla y coloquen la mezcla en una copa llena de vino. Que susurren al vino, pidiéndole que proteja a la muchacha. Luego deben darle el vino a la joven y abrir la ventana de la habitación para que el brujo pueda entrar volando. La sabia les advierte de que el brujo beberá de la joven, pero la sangre será como un veneno lento para él. Sus venas se llenarán con el vino hechizado y caerá dormido. Entonces, cuando esté inconsciente, los hermanos deben entrar y cortarle la cabeza.

»Hacen todo como se les indicó y entran en la habitación. Encuentran al brujo dormido y le cortan la cabeza. Pero al volverse hacia su hermana, descubren que su cuerpo está frío y muerto.

Perpetua apoyó lentamente las manos sobre la mesa, con los ojos fijos en los de Alba.

—Esa es la historia que conozco.

—Gracias —dijo Alba.

Entonces la bruja asintió y apagó la vela.

⁂

Cuando Alba regresó a Piedras Quebradas, su madre y su tío aún no habían vuelto. Dijo a las criadas que no se sentía bien y que dormiría la siesta y cenaría en su habitación. Luego subió corriendo las escaleras y se tiró en la cama, enterrando la cara en las almohadas.

No podía sentarse a la mesa con Arturo y los demás. La sangre le corría desbocada, con un pulso discordante por todo el cuerpo. Temía desmayarse si entraba en el comedor. Cerró las cortinas y se metió bajo las sábanas de espaldas a la puerta. Más tarde llegó su madre.

—¿Qué te pasa? —preguntó.

—Un resfriado —dijo Alba.

Su madre apoyó una mano sobre su frente.

—Te dije que te enfermarías.

—No es nada. Mañana estaré bien.

Su madre no contestó. Alba sintió su mano deslizándose por su cabello, acomodando un mechón con suavidad.

—No olvides tus oraciones antes de dormir.

—No las olvidaré.

Permaneció así hasta que la casa se volvió quieta y silenciosa. Se acercaba la medianoche; todos se habían ido a la cama. Alba se puso una bata sobre el camisón y bajó a buscar la maceta blanca donde florecían los claveles. Cortó una flor carmesí y subió de nuevo las escaleras.

El pasillo que conducía al dormitorio de Arturo era amplio y oscuro, tan oscuro que con la tenue luz de una sola vela para mostrar el camino parecía cavernoso, negro y suave como el terciopelo. Caminó deprisa y, cuando su mano tocó sobre la puerta de su tío, deseó que estuviera cerrada y no pudiera entrar.

Pero la puerta cedió ante ella, estaba sin cerrojo, y vaciló en el umbral antes de lanzarse al interior. Conocía la habitación, conocía la casa. Los muebles, los cuadros y el espejo de la pared le eran familiares y se dirigió hacia la cama con facilidad. Sin embargo, la presencia de Arturo había convertido la habitación en un lugar extraño. Sobre una silla había dejado colgado un abrigo grueso como el pelaje de una bestia, y frente al espejo se alineaban sus utensilios de afeitado: la navaja, la brocha, el jabón, y la botella de colonia. La estancia había cambiado, se había vuelto suya.

El pasillo y la habitación se habían transformado, eran irreconocibles, pero a la luz de la vela su rostro era el mismo rostro apuesto que ella conocía. Alba exhaló un suspiro de alivio. Tal vez la bruja estaba equivocada, o quizá había mentido. Alba había sentido su honestidad, pero tal vez no era más que un engaño. Allí estaba su tío, con la cabeza plácida sobre la almohada, los ojos cerrados, la respiración serena. No era un monstruo con dientes feroces capaces de devorar corazones y atravesar la piel. Por un momento pensó salir y dejarlo en paz, pero en su mano izquierda sostenía el clavel recién cortado. Se inclinó sobre él y sostuvo la flor cerca de sus labios.

El clavel se marchitó entre sus dedos; los pétalos se encogieron, se arrugaron y ennegrecieron.

Se echó atrás horrorizada, y, antes de que pudiera siquiera pensar en gritar, fue empujada contra el armario. La vela cayó al suelo, rodó y se apagó.

En la penumbra de la habitación sintió, más que ver, sus ojos, ahora abiertos de par en par, clavándose en los suyos. Su mano le cubría la boca. La apartó del armario y la lanzó a un sillón en el otro extremo del cuarto. Alba se levantó de inmediato y corrió hacia la puerta. La puerta se cerró de golpe frente a ella, como si una ráfaga de viento hubiese recorrido la estancia.

—Ven aquí —dijo él, y aunque estaba a varios pasos de distancia, algo la arrastró de regreso, la jaló con la facilidad con que se zarandea una muñeca de trapo y la arrojó de nuevo al sillón con tal fuerza que se quedó sin aliento.

Él recogió la vela caída, la encendió otra vez y la colocó sobre la mesa.

—Si intentas gritar, te ataré la lengua. Y aunque no lo hiciera, nadie podría oírte aquí dentro. Podría dispararle a un elefante en este cuarto y no lo sabrían. Así que seamos civilizados.

Ella se encogió en el sillón, agarrándolo con fuerza. Su rostro parecía distinto. Ni más feo ni más hermoso; sus facciones no se habían alterado, pero era como si se hubiera quitado un velo. Allí estaba la arrogancia que siempre había poseído, pero ahora Alba veía algo más. Poder. Crudo, embriagador. Casi podía saborear la magia en su lengua.

Tragó saliva.

—Es verdad. Eres un brujo y mataste a mi hermano y a Valentín.

—No, Tadeo mató a Valentín y tú mataste a tu hermano —replicó con ironía.

—No sabía que era él. Lo transformaste en una bestia salvaje. ¿Cómo pudiste aprender magia oscura y estas cosas malvadas?

Él se sentó en un sillón frente a ella. Sus ojos, atentos y fijos, no pestañeaban.

—Tú también has aprendido algunos hechizos. Atando cuerdas, haciendo talismanes.

—Para protegerme.

—Mucho antes de eso.

Ella ignoró sus palabras y negó con la cabeza.

—¿Por qué nos hiciste daño, por qué nos aterrorizas?

—Tadeo no quiso vender la finca. Con él fuera del camino, pensé que sería más fácil convencer a tu madre. Todos esos animales muertos, toda esa mala suerte... Incluso la gente más obstinada cede cuando todo empieza a salir mal. Por cierto, creo que muy pronto aceptaremos la oferta de los Molina.

—Quieres el dinero de mi padre. ¿De eso se trata todo esto?

—Es una de las cosas que quiero —repuso con languidez.

Alba recordó la sombra que se había colado en su habitación y la había mordido. Se llevó la mano al pecho, en el lugar donde la había herido.

—Tadeo tenía razón, eres un parásito.

—Cuidado, dije que seríamos civilizados.

—Quieres matarme. Como a la muchacha. Elena. Eres una sanguijuela...

Por primera vez pareció sorprendido. Su boca se curvó en una mueca que podría haber sido de desagrado.

—Te comiste su corazón; bebiste su sangre. Has bebido la mía. Y al pobre Valentín, lo hiciste pedazos.

—Pobre Valentín, sí, metiéndose en asuntos en los que no debía. ¿Fue él quien te enseñó cómo matar a tu hermano?

—Tú destruiste a mi hermano, no yo. Igual que destruyes todo lo que te rodea. Carroñero.

Arturo se levantó de la silla. A la velocidad del rayo, estaba frente a ella, con los dedos en la mandíbula, en el cuello, como buscándole el pulso. Ella no retrocedió ante la ira de su rostro, no podía, demasiado furiosa para temerle en aquel momento.

—¿Me abrirás para tus hechizos? Eso es lo que haces, ¿no? —preguntó, y pensó que tal vez la cortaría desde la barbilla hasta el ombligo en ese instante, tan brillantes y encendidos eran sus ojos.

Pero él rio, bajo y amargo.

—¿Recuerdas que estabas tan ansiosa por saber el nombre de mi amante? Dije que no tenía ninguna, aunque había una mujer a la que deseaba. ¿Ahora ya sabes su nombre?

Separó los labios y una de sus manos se posó en el pelo de ella. Ella miró sus ojos afilados, llenos de avidez, e intentó apartar la cabeza, porque no podía seguir viéndolo, no podía hablarle más. Pero la mano en su cabello la sostuvo con fuerza.

—Lo que más he querido eres tú, así como tú me deseas a mí. Te he querido en silencio, desde hace tiempo. Y tú también me quieres. ¿No te preguntaste por qué tu talismán no funcionó? Ese pobre pajarito muerto. Hay que tener cuidado con los hechizos. Nunca me prohibiste entrar en tu cuarto. Siempre estuve invitado allí.

—No.

—«Nada de lo que digas podrá alterar mis sentimientos» —le dijo, repitiendo sus propias palabras.

—No —protestó, pero fue un reflejo y una mentira. Recordó cuándo le había dicho esa frase y comprendió el poder de tales palabras. La magia no era polvos ni pájaros, como había explicado la bruja. Era más que la repetición mecánica o una lista de ingredientes. Ella había deshecho cualquier hechizo, anulado cualquier protección que pudiera haberlo mantenido alejado porque en el fondo había querido a Arturo cerca.

Sus dedos rozaron su boca, delinearon el contorno de sus labios.

—Tú me invocaste. Me llamaste, y vine. ¿Recuerdas cuando anudaste esa cuerda alrededor de un trozo de tela lo que pediste? Lo que deseabas. La magia es deseo, Alba.

—No te pedí que lastimaras a nadie —dijo.

—Ningún hombre puede escapar a los límites de su naturaleza.

Sus ojos eran imposibles de contemplar, extraños, y ella temió que su mirada le abrasara la piel. Él mordió su boca, extrajo sangre, y luego la besó; tan rápido y fluido fue el movimiento que al principio Alba no reaccionó. En lugar de encenderse, se volvió piedra. Pero luego su carne se ablandó, abrió la boca, le devolvió el beso, cerró los ojos, olvidando todas las cosas terribles que él había dicho, o más bien recordando la fuerza de su deseo.

Porque lo había deseado con intensidad, en silencio, desde hacía tiempo.

Él decía la verdad.

Saboreó sombras en sus labios, el regusto cobrizo de su propia sangre, y lo disfrutó. Sin embargo, el recuerdo del cuerpo destrozado de su hermano era como un hierro candente en su mente y la silueta del ataúd de Valentín se pintaba de blanco intenso bajo sus párpados.

Sus dedos se aferraron a sus hombros y lo empujaron con fuerza. Corrió hacia la puerta e intentó abrirla. No cedió.

Entonces su mano se posó en el picaporte, y ella alzó la vista. Una gota de sangre manchaba sus labios. Él la lamió y giró la perilla, abriendo la puerta para ella.

Alba corrió de regreso a su habitación y buscó la pistola de su hermano, luego se volvió hacia la entrada, pensando que su tío la había seguido. Pero estaba sola. Contempló el pasillo oscuro, la pistola pesada a su lado, y recordó la mano mutilada de la bruja. No había utilidad en las balas; se lo habían advertido y sabía que era verdad. Había sentido su poder. Él le había mostrado su verdadero rostro. Había hecho esto porque se sabía invencible, inmune a las armas de los hombres.

Alba cerró la puerta y volvió a meter la pistola en el cajón.

1934: 7

Ginny estuvo callada el día que desapareció. Thérèse Audrain me había ofrecido alojamiento durante las vacaciones de invierno, cosa que agradecí enormemente. No tenía los recursos económicos para abandonar el campus y pasar las vacaciones en un lugar lejano, como hacían algunas de las chicas, ni podía recurrir a parientes cercanos. Detestaba la idea de pedir un permiso especial para quedarme en Stoneridge, como única habitante de la residencia. El invierno anterior había pasado las vacaciones en casa de Carolyn, pero este año ella esperaba visitas y no me había invitado.

Madame Audrain y su familia me ofrecerían una cena casera y un poco de alegría. A cambio de su generosidad, había aceptado ayudarla durante una cena que organizaba para otros miembros de la facultad con el fin de celebrar el final del semestre. Esta tarea consumiría gran parte de mi día y sabía que se esperaba que me quedara durante la fiesta. Así se lo dije a Ginny, quien estaba sentada en su escritorio, con un montón de libros apilados, y escribiendo en un cuaderno. Encima de su sillón de lectura tenía la cesta con los materiales de tejido, agujas, tijeras e hilos.

—¿Estarás bien? Volveré antes del toque de queda.

—No te preocupes.

—¿A qué hora pasará Edgar a recogerte el viernes?

—A las dos —repuso.

—¿Por qué no vas a la habitación de Carolyn y lees allí?

—Estoy bien.

—Seguro que las chicas están tramando algo divertido, apuesto que...

—Estoy a salvo de cualquier maldición en esta habitación.

Me estaba poniendo la bufanda, pero me detuve al oír aquello y, antes de que pudiera pensarlo mejor, hablé exasperada:

—Dios mío, Ginny, ¿te estás escuchando? Hablas como si realmente te hubieras vuelto loca.

Levantó la cabeza y dejó el lápiz a un lado, apoyando las manos en el regazo. Luego me miró sin decir palabra. Me sentí miserable. Sabía cuánto le dolían mis palabras, cuánto temía que la gente la percibiera de ese modo. Pasaría las vacaciones con la familia de Edgar, pero la sola idea la ponía profundamente nerviosa. El sanatorio, el encierro rondaba por su mente, y sospechaba que el hombre al que amaba la llamaría loca algún día.

Me arrodillé a su lado y apreté su mano. Qué suave era, qué delgada y frágil.

—Ginny, perdóname.

—No estoy enojada.

No sabía cómo ayudarla, cómo tranquilizarla, pero fue Ginny quien me tranquilizó, pasándome una mano por el pelo. Apoyé la cabeza en su regazo. El reloj de pie dio la hora en el piso de abajo y me levanté, cansada.

—Te dejaré el número de teléfono de la casa de madame Audrain, por si me necesitas —dije, y lo garabateé en un trozo de papel—. Prométeme que llamarás si pasa algo.

Metió el trozo de papel debajo de su cuaderno.

—Estaré bien.

—Bueno, entonces llámame si te aburres.

—Terminaré de tejer el gorro que te prometí. No te preocupes —me dijo, y me regaló la más deslumbrante de sus sonrisas.

Me apresuré a salir del dormitorio y me reuní con madame Audrain. Su casa estaba en Temperance Landing. Era una pésima anfitriona capaz de quemar la sopa si se la dejaba sola, pero tenía una cocinera y cada temporada recurría a una o dos estudiantes que pudieran recorrer la sala con bandejas de canapés, colocar los abrigos en el armario para los invitados o poner la mesa. Yo estaba acostumbrada a pagar mi alojamiento y comida de un modo u otro, y entré en la cocina para ayudar en los preparativos con una sonrisa.

Casi eran las siete cuando los invitados comenzaron a llegar a la casa y sonó el teléfono. Madame Audrain se volvió hacia mí.

—¿Puedes tomar el recado, querida? —me pidió.

Descolgué el auricular esperando escuchar a algún profesor excusándose por no poder asistir esa noche.

—Hola, residencia Audrain —dije.

—Betty, soy yo. Sé quién me embrujó.

La voz de Ginny sonaba baja y tensa. Apenas podía entender las palabras y me acomodé mejor el auricular.

—¿Ginny? ¿Qué ha pasado?

—Sé sus nombres, pero no puedo pronunciarlos. Me ataron la lengua. Si algo sale mal, busca campana, libro y vela.

—¿Qué?

Colgó y cuando llamé de nuevo, la línea estaba ocupada. Un segundo me pareció una eternidad mientras apretaba el auricular contra mi oído, temiendo no poder comunicarme con ella.

No debía salir de casa de madame Audrain hasta mucho más tarde, y ella había prometido llevarme de vuelta al campus después de la fiesta. Pero aquella enigmática llamada me hizo ponerme inmediatamente el abrigo y presentar una débil excusa. Antes de que la señora Audrain pudiera protestar, salí corriendo por la puerta principal y bajé los escalones en la fría noche de diciembre.

Sin coche, tendría que regresar a pie, y en la nieve; lo que habría sido un paseo tranquilo se convertiría en una tarea lenta y complicada. Pero no podía pensar en otra cosa que hacer. No había taxis en el pueblo. Cuarenta minutos. Tardaría cuarenta minutos en volver al dormitorio.

Por suerte, había dejado de nevar. Me metí las manos en los bolsillos y me apresuré a bajar por la carretera. Desde la casa de madame Audrain era fácil llegar a Stoneridge: la calle que llevaba al colegio era la avenida principal del pueblo. Pasaba frente a la biblioteca y el parque con su quiosco, rodeaba el cementerio central y luego bordeaba el océano. Había recorrido esta ruta muchas veces.

Sin embargo, la nieve en el suelo y la noche alteraban el pueblo y ciertos puntos de referencia desaparecían. Como era de esperarse, me encontré caminando por Neptune Street en lugar de seguir por Pickman Road. Iba en la dirección equivocada.

Di la vuelta, cambié de rumbo, pero el frío me calaba hasta los huesos. Mi aliento era una columna de humo. Solo un coche pasó por la calle que estaba siguiendo, y no se detuvo cuando le hice señas, esperando que me llevara.

Intenté caminar más deprisa, me esforcé hasta correr y, para cuando llegué a la puerta de Joyce House, las gotas de sudor me escurrían por el cuello. Entré corriendo y casi resbalé en la escalera.

Cuando llegué a nuestra habitación, la puerta estaba abierta de par en par.

Ginny no estaba allí.

Su abrigo de invierno colgaba de un gancho, la bufanda y los guantes estaban en la repisa donde solía dejarlos, y las botas metidas debajo. Su cesta de tejido yacía en el suelo, volcada, pero por lo demás nada parecía fuera de lugar. No podía haber salido sin su ropa de invierno. Tenía que estar dentro de la residencia.

Corrí por el pasillo, esperando encontrarla en la habitación de Carolyn o con otra de las chicas. La puerta de Carolyn estaba cerrada y no parecía estar dentro. Me encontré con

Bertha Trumbull y le pregunté por Ginny. Bertha no la había visto.

Bajé corriendo las escaleras y me fijé en el teléfono de la casa. El auricular estaba descolgado. Lo coloqué con cuidado en su sitio. Un nudo de angustia se formó en mi estómago. Sentía que el tiempo se agotaba.

Salí, rodeé la casa y encontré un rastro de huellas que se alejaban de la residencia y de los terrenos de la universidad. Había dejado de nevar apenas una hora antes, lo que significaba que las huellas eran recientes.

Seguí su rastro. La luz de la luna reflejada en la nieve era tan brillante que la tierra a mi alrededor parecía resplandecer, y no tuve problemas para ver por dónde iba.

De forma abrupta, las huellas se convirtieron en un revoltijo confuso y el rastro terminaba en la curva de un camino, debajo de un árbol. En la nieve había una única mancha, como una flor roja que se abría paso a través de la blancura helada. Era una gota de sangre.

La visión me aterrorizó.

—¡Ginny! —grité a la noche, pero no hubo respuesta.

Sentía las manos rígidas por el frío, y el sudor que había corrido por mi cuello empezaba a helarse. Tropecé, bajando torpemente hacia la carretera sin saber adónde me dirigía.

Entonces me detuve.

Tuve la sensación de que había algo cerca, algo peligroso, astuto y afilado. No vi nada, no oí nada, pero el corazón me latía deprisa y el miedo iba creciendo hasta convertirse en pánico.

—¡Ginny! —grité de nuevo.

Di un paso atrás, retrocedí hasta apoyar la mano contra el tronco de un árbol; sentí cómo la corteza se enterraba en mis dedos.

Comenzaba a nevar otra vez, y mientras entrecerraba los ojos para mirar en la oscuridad, noté una alarma que se extendió desde la nuca hasta la planta de los pies, haciendo que mis ojos lagrimearan y mis dientes castañetearan con violencia.

Una vez, cuando Irene y yo fuimos de campamento a Arizona, tropezamos por accidente con el nido de una serpiente de cascabel. Cuando vi aquel reptil, mi reacción fue instantánea: salté hacia atrás, impulsada no por la razón, sino por un miedo ciego. Tal vez fuera una respuesta instintiva.

Puedo comparar ese momento en la nieve con mi encuentro con la serpiente. Era como si la oscuridad encerrara un terror primitivo, y mi única reacción posible fue la respuesta límbica de huir. Corrí a ciegas, tropezando en la nieve.

No me detuve hasta llegar al dormitorio, y solo después de abrir la puerta de golpe, de aferrarme a una taza de té caliente y de hablar en murmullos ansiosos con la madre de la casa, la sensación de que algo hambriento y peligroso acechaba en el exterior empezó a desvanecerse.

Desde el principio, la investigación sobre la desaparición de Ginny fue un desastre. Las fuerzas gemelas del decoro y el prejuicio parecían decididas a sofocar cualquier pista. Los policías ineptos que llegaron a nuestra puerta minimizaron el caso. Dijeron que probablemente Ginny había salido de fiesta y que regresaría más tarde. Las súplicas desesperadas de Edgar lograron que hicieran algunas preguntas y tomaran declaraciones en los días siguientes.

Sin embargo, los avances fueron escasos. Pronto, la teoría de que Ginny se había fugado con Santiago tomó fuerza, y los agentes parecieron perder interés en el caso, si es que alguna vez lo tuvieron. La familia de Ginny, en el oeste, al enterarse de los rumores de una aventura amorosa secreta, pareció complacida de dejar el asunto atrás.

Después de hablar con el padre de Ginny, me enteré de que dos años antes se había fugado con un chico llamado Terry, que había robado un auto. Los trajeron de regreso a casa a los pocos días y todo el asunto se mantuvo en secreto. Esto bastó para sellar el caso en la mente de la mayoría. Edgar proclamaba en voz alta que no creía que Ginny hubiera huido.

La gente lo compadecía. Decían que era un ingenuo.

Se habló de leyendas locales, incluidas historias sobre el Soto de la Bruja. Una adolescente había desaparecido cerca del colegio, más de cincuenta años atrás. Durante unas semanas, todas las chicas de Joyce House susurraban, nerviosas, sobre estas viejas historias de fantasmas y algunos temores más realistas. Un loco podría haberse llevado a Ginny. ¿Quién sabía si no se llevaría a otra chica? O tal vez fuera el diablo, de quien se decía que moraba en aquella arboleda, la reserva de Briar, el Soto de la Bruja.

Los estudiantes caminaban en parejas por la noche y observaban con atención a cualquier forastero que estacionara su auto o que llamara a la puerta de alguna de las residencias. Pero el invierno continuó tranquilo y rutinario, y muy pronto las estudiantes respiraron aliviadas.

Para marzo, la madre de la casa había empaquetado las pertenencias de Ginny y se las había enviado a su familia y había devuelto sus libros a la biblioteca. Tenía una nueva compañera de cuarto. Joyce House bullía de preparativos para el cotillón de primavera y Ginny había sido olvidada.

Me gradué de Stoneridge con honores y me dirigí al oeste. Conseguí un empleo, viajé un poco, me enamoré, me desenamoré, conocí a Irene, formé un hogar en Arizona, regresé a la costa este, volví a amar, viví sola.

Escribía relatos cortos en mi tiempo libre. Narraciones extrañas y macabras que aparecían en pequeñas revistas. Con el tiempo, escribí una novela corta, luego una novela, seguí escribiendo. Me cansé de todo eso. Mi cabello se volvió gris y las estaciones cambiaron.

De vez en cuando, pensaba en ella. Se colaba en las líneas de un manuscrito, infectaba las teclas de mi máquina de escribir, su misterio perduraba y me tentaba década tras década. ¿Adónde fue? ¿Qué le ocurrió? ¿Quién le hizo daño?

Nunca hubo respuestas satisfactorias, o quizá hubo demasiadas para poder vislumbrar la verdad. El misterio es el más seductor de los venenos; intoxica el alma.

Irene nunca lo comprendió. Carolyn tampoco. Benjamin empatizaba. La mayoría pensaba que era una locura desenterrar el pasado como yo lo hacía. Déjala ir.

Solo Edgar lo entendía. Nos aquejaba el mismo mal. Cuando las hojas cambiaban de color y un frío descendía sobre Temperance Landing, me dirigía a su casa para compartir sombríos cuentos de fantasmas y pegar las historias que cuidadosamente habíamos recortado de los periódicos en nuestro álbum negro de recortes.

Pero nunca nos acercamos a la verdad. La desaparición de Ginny siguió sin resolverse. A diferencia de otras personas desaparecidas, su rostro nunca decoró ningún cartel, no figuró en ninguna base de datos, su historia no apareció en programas de televisión baratos. El nuestro fue un dolor privado. Puede que algunos piensen que fue un destino más amable, pero nos aisló. Nos convirtió en los únicos receptáculos de su memoria. Nos hizo morbosos, eso decía Carolyn. Tenía razón. Intercambiábamos recortes y nos contábamos cuentos de fantasmas para aliviar nuestro dolor.

¿Por qué volver a ese momento, por qué regresar a ella?

No fue una elección. Era una enfermedad que brotaba de nuevo, como los hongos que surgen de la tierra negra y húmeda, con sus largos filamentos amarillos infiltrándose en la materia muerta y en la madera podrida.

Una vez, mientras compraba un abrigo nuevo en Filene's Basement vi una bufanda roja que me recordó el tono exacto de aquella gota de sangre sobre la nieve. Rojo sobre blanco. Tan crudo era el recuerdo que me temblaron las manos.

En otra ocasión, mientras viajaba en la Línea Verde, vi a una chica junto a las puertas que me recordó a ella. De espaldas, su cabello era igual al de Ginny, largo y oscuro. Cuando bajó del metro, la seguí por Back Bay durante un par de cuadras antes de recobrar la sensatez y darme la vuelta, porque la muchacha era joven y esbelta y Ginny ya habría envejecido, como yo. Y una tarde, al pasar frente a una tienda de ropa usada, lloré al ver un maniquí envuelto en un abrigo verde antiguo que parecía algo que ella podría haber llevado.

Las historias tienen un ritmo. Un principio, un desarrollo, un desenlace. Los misterios claman respuestas, las narraciones exigen conclusiones. Quizá por eso Ginny me impresionó tanto: su historia no tenía un final adecuado.

Era un bucle sin fin, un círculo perfecto.

Abres una puerta y Ginny se ha fugado, imprudente, a los brazos de un amante secreto.

Abres otra puerta y Ginny se ha adentrado en la nieve, enloquecida, con la mente escindida por un mal secreto.

Abres otra puerta y Ginny es la víctima de un crimen atroz. Un desconocido avanza por la carretera nevada, la arrastra hasta un auto y la asesina.

Abres otra puerta y no es un desconocido. Es un acosador, oculto en las sombras, que entra en el dormitorio, la obliga a salir de la casa y la secuestra.

Abres otra puerta y un monstruo, un demonio, un ser sobrenatural la arrastra hasta las profundidades de la tierra.

Pero ¿qué puerta elegir?

Ninguna y todas.

Hubo una vez una gran roca en las cercanías de Dighton que llamó la atención de los primeros colonos con sus petroglifos. Aunque ahora se encuentra en un museo en lugar de en el lecho de un río, nadie puede decir qué significan sus figuras y líneas. La tribu de nativos americanos que talló la Roca Dighton, quizá los Mashpee Wampanoag, nos dejó una historia, pero no podemos interpretarla correctamente, porque carecemos de comprensión de sus símbolos, de sus metáforas. No obstante, estas marcas en las rocas indican un lugar de importancia, un lugar de poder y un lugar de memoria.

Así es conmigo y Ginny. Aunque hace tiempo que se fue, y aunque no puedo comprender el final de su historia, vuelvo a ella porque tiene poder y debe ser recordada por esa razón. Por lo tanto, la he escrito lo mejor que he podido, con los frágiles instrumentos del papel y una máquina de escribir, para que pueda preservar una fracción de la memoria de Virginia Somerset, tal como yo la conocí en 1934.

1998: 11

Resultaba casi cómico que, al despertarse después de una noche en la que su dormitorio había sido literalmente sacudido hasta sus cimientos por una fuerza sobrenatural, la primera preocupación de Minerva fuera el café. Se le estaba acabando, pero por suerte pudo preparar una cafetera y llenar su termo.

Ese día tenía una reunión en The Willows y no creía que fuera capaz de funcionar sin cafeína corriendo por sus venas. Antes de salir del dormitorio, revisó su correo electrónico y se alegró de ver que Christina Everett por fin había regresado de sus vacaciones y se mostraba dispuesta a reunirse con ella. Minerva no había mencionado que estaba interesada en hablar sobre Thomas Murphy, pensando que sería un correo demasiado largo y extraño, y en su lugar había redactado un vago mensaje sobre la necesidad de una tercera persona en su comité de tesis. Lo cual era cierto, aunque en realidad no había pensado en Everett para ese puesto. Tras un par de correos más, Minerva había conseguido una cita para el lunes.

Cargada de cafeína, y con la promesa de esa reunión en la bandeja de entrada, Minerva caminó hacia The Willows con un optimismo despreocupado que no había sentido en mucho tiempo, aunque al acercarse a la casa su buen ánimo se disipó.

Había conseguido bloquear espectacularmente lo sucedido la noche anterior, pero el viento que susurraba en los árboles y las tranquilas calles que seguía evocaban una soledad que la hizo detenerse. Se preguntó si Ginny y Betty habrían caminado por el mismo sendero que ella, de camino a casa de Carolyn. Entonces pensó en su bisabuela, muerta hacía ya muchos años.

Caminaba con las manos en los bolsillos, sintiéndose extraña, como la niña de un cuento de hadas que se adentra en el oscuro bosque. Siguió andando y pronto tuvo a la vista The Willows y giró por el sendero que conducía a la puerta principal.

Noah volvió a abrirle la biblioteca y ella tomó las cajas con material de archivo y las colocó sobre la mesa.

—Carolyn dice que se reunirá contigo a la una. Vendré a buscarte.

Asintió y empezó a sacar cosas de la mochila. El cuaderno, el bolígrafo, la cámara. Noah la observó con interés.

—Eres muy organizada —dijo.

—No se puede llegar lejos sin un cierto sentido de la disciplina.

—Eso es lo que piensa Carolyn.

—¿Y tú qué piensas?

—Intento no hacerlo —respondió él con ligereza—. Te llamé anoche. No contestaste.

—El teléfono no funcionaba.

No especificó que lo había desconectado porque no dejaba de sonar, como si estuviera infectado por la misma magia que había girado en torno a la casa. Porque había habido magia; de eso no tenía dudas. Quitó la tapa de una caja.

—¿No vas a preguntar por qué te llamaba?

—Tengo la sensación de que me lo dirás. —Él resopló y ella le miró—. ¿Y bien?

—La fiesta de Patricia, es esta noche. ¿Quieres que te lleve?

—Hideo me llevará —dijo ella. No recordaba si le había dicho que lo haría. Estaba profundamente cansada; no había dormido bien después de la conmoción. Pero se negó a alterar su agenda prevista.

—Supongo que quieres trabajar ahora.

Ella no respondió. En su lugar, se colocó los auriculares, apretó los labios y comenzó a pasar páginas de los documentos de Ginny. Él pareció sorprendido por su actitud cortante, quizá un poco dolido, y abrió la boca como si fuera a decir algo, pero ella se obstinó en mirar hacia abajo, concentrándose en el escritorio, y subió el volumen.

Noah la dejó sola, que era lo que ella quería. Las personas la ponían nerviosa y ahora estaba más susceptible que de costumbre. Tendría que encontrar una excusa para irse temprano de la fiesta. Allí no habría sellos protectores: estaría expuesta. Aunque llevaba el talismán en la mochila, aun así le parecía más peligroso salir de noche.

—Maldita sea —murmuró. No quería empezar a pensar así. No quería ver el mundo como una vasta colección de peligros. Había que hacer algo; tendría que idear una solución. Pero no sabía muy bien cómo proceder. Por ahora, había que investigar. Concentrarse. Escribir con cuidado en la libreta. Ahogar cualquier ruido con el sonido de Neutral Milk Hotel en los auriculares.

Finalmente, Noah regresó a por ella y la condujo a la sala. Carolyn Yates estaba sentada en su sillón negro de respaldo alto, con el retrato de su padre colgado detrás. En esta ocasión no había té. Noah no se unió a ellas.

—¿Ha tenido una mañana productiva? —preguntó Carolyn. Llevaba su habitual turbante, esta vez negro y dorado, y alrededor del cuello, un pesado collar incrustado de gemas. En sus manos, múltiples anillos centelleaban cuando le indicó a Minerva que tomara asiento. Tenía el aspecto de un ídolo en su santuario.

—Sí, bastante.

—Quería tener una idea más clara de cómo va su investigación. Ha estado aquí en varias ocasiones y me pregunto cuántas visitas más necesitará para completar su trabajo.

—¿La estoy molestando, señora Yates?

—No, en absoluto. Simplemente tengo curiosidad. Me interesa la investigación de los jóvenes académicos.

Su grupo de prodigios, como Noah los había llamado.

—Como Tom Murphy —dijo Minerva.

—El señor Murphy, sí. —Carolyn asintió—. Un chico listo. Me dio pena saber que se había transferido.

—Abandonó sus estudios.

—¿Ah, sí? Bueno. No puedo recordar todos los detalles de los estudiantes a los que financiamos. Por cierto, mi secretaria tendrá que ponerse en contacto con usted para que llene la documentación de la fundación para el próximo semestre. Bien, ¿qué puede contarme?

Minerva se removió incómoda en el asiento, agotada, tratando de reunir las palabras adecuadas.

—He terminado de leer el manuscrito de Beatrice y su diario de 1934. Me temo que no he profundizado demasiado en otros asuntos; ha sido una lectura compleja. Ahora tengo una mejor comprensión de lo que estoy viendo y de lo que necesito, después de hablar con el señor Hoffman.

—¿Así que habló con Benjamin?

—Fui a verlo y revisé el material que tiene guardado.

—¿Encontró algo útil?

—Quizá. Parece que Santiago trabajaba en la fábrica de su padre en diciembre. También parece que desapareció ese mismo mes.

—Por supuesto que desapareció. Se fugó con Ginny —soltó la mujer con desdén.

El tono de Carolyn despertó algo iracundo y crudo dentro de Minerva; su voz fue más cortante de lo que debería.

—Él desapareció antes de que Ginny se esfumara. Betty o su esposo debieron de haberle mencionado ese detalle.

—Betty y yo rara vez hablamos de Virginia Somerset.

—¿Y su esposo? Seguro que le pidió que revisara los registros del personal de la fábrica en aquella época.

La sonrisa de Carolyn se desvaneció. Apoyó la barbilla sobre el dorso de la mano.

—Mi padre no vio ninguna necesidad de eso. Como dije, todo el mundo sabía que se habían fugado juntos. Quien inventó una teoría distinta fue Betty, porque tenía la imaginación de una escritora. Querida Betty, siempre con sus cuentos fantasiosos.

Minerva había captado el aroma de algo. Esto era importante. Lo sabía. Pero no podía descifrar exactamente cómo encajaba todo. Tiró del hilo, preguntándose adónde la llevaría.

—Benjamin no creía que Santiago se fugara con Ginny, y dudo que Edgar lo creyera. Él la amaba, quería preservar su arte. No creo que hiciera eso si de verdad pensara que ella lo había abandonado.

—Como le dije en su momento, mi padre dirigía esa fábrica y nunca mencionó nada interesante sobre los registros del personal. Todo lo que había, en cualquier caso, era la dirección de Santiago en esa pensión. No suponía precisamente una gran pista.

—Entonces, ¿sí revisaron los registros y él, en efecto, trabajaba allí? ¿Por qué no me dijo antes que había trabajado para su familia? De hecho, usted mencionó que los registros de la fábrica estarían reducidos a polvo, pero su padre los consultó, de lo contrario usted no sabría lo de la pensión.

—No hacía falta revisar los registros para saber que Santiago vivía en la pensión.

—¿Por qué? ¿Usted y él hablaron? ¿Santiago le contó dónde vivía? —preguntó, y supo que estaba molestando a la mujer. Pronto la vaga diversión en sus ojos se convertiría en exasperación.

Carolyn chasqueó los dedos como espantando una mosca. Las gemas centellearon al atrapar un rayo de luz.

—No tengo idea de por qué está hablando de todo esto.

Carolyn la miró fijamente y Minerva supo que debía callarse. Aun así, el final del manuscrito de Betty seguía rondando su mente, lleno de preguntas y callejones sin salida.

—Cuando Betty fue al dormitorio el día que Ginny desapareció, vio una gota de sangre sobre la nieve. Es posible que...

—Virginia Somerset era una joven perturbada que creía poder hablar con los muertos y que había tenido un comportamiento errático antes de desaparecer —dijo Carolyn, con voz dura e inflexible—. Y si se enredó con un hombre como Santiago, y si él le hizo daño, entonces ella fue la única culpable.

Carolyn la fulminó con la mirada, sentada en su sillón con el aire de una emperatriz caprichosa, la barbilla erguida. Minerva sostuvo la mirada, que la retaba a seguir hablando, y tiró del hilo una vez más.

—No creo que Ginny se haya fugado con nadie.

El hilo se rompió. Cuando Carolyn habló, sonaba indignada. Sus manos temblaban y las juntó con fuerza.

—Es igual que ellos, susurrando y compartiendo teorías idiotas. Betty y Edgar no paraban de parlotear. Como si lo sucedido hace sesenta años debiera importar. Ella se fue. —Los ojos de Carolyn la fulminaron, y se levantó de su asiento—. Si me disculpa, tengo asuntos más importantes que atender.

—Señora Yates...

—Buenos días.

Eso era todo. Había agotado la buena voluntad de la mujer, y también la de Noah. Él no se despidió, ni se ofreció a llevarla. Minerva se sintió realmente aliviada; se echó al hombro la mochila y salió de la casa. No quería hablar con ninguno de los dos, no quería indagar en el misterio de la chica desaparecida. Estaba cansada. Todo a su alrededor estaba impregnado con el hedor de la brujería y caminó deprisa, con las manos metidas en los bolsillos y Nine Inch Nails sonando a todo volumen en los auriculares, hasta que llegó al dormitorio y arrojó el discman en el sofá con un fuerte suspiro.

Se dejó caer y se tapó los ojos con el brazo. Pensó una vez más en la última historia que le había contado su bisabuela. Sobre la bruja que rondaba la finca.

Se quedó dormida. Cuando despertó, ya era había anochecido. La casa era un nido de sombras. Encendió todas las luces del departamento y se metió en la ducha. Se puso un vestido negro con flores plateadas que le llegaba hasta los tobillos, medias negras y un par de botas negras, se untó sombra de ojos y se recogió el pelo en un moño. No tenía ganas ni de arreglarse ni de salir, pero si intentaba escapar de esa fiesta, Hideo le preguntaría qué le pasaba, y no necesitaba que él fuera diciendo por ahí que estaba perdiendo la cabeza.

Tenía clavadas en su tablero de corcho las fotos que había hecho de la pintura y los dibujos de Ginny. Se quedó mirando los dibujos mientras terminaba de arreglarse.

Cuando llegó Hideo, Minerva metió rápidamente el talismán del ave en un bolso y salió. Por suerte, Hideo quería ponerle un CD de Luna Sea que había grabado, y pasaron el corto trayecto en coche escuchando la música, lo cual le vino muy bien.

La fiesta, sin embargo, le dio dolor de cabeza, como siempre. Música, gente, risas, y tuvo que sonreírle a Patricia, a Hideo y a todos los demás. Al cabo de un rato, se dio cuenta de que el dolor de cabeza no se debía al ruido, sino a que, una vez más, tenía esa sensación perniciosa en la nuca. Un portento.

Sintió un par de ojos clavados en su espalda y se dio la vuelta para encontrarse con que Conrad Carter la miraba fijamente. Por supuesto que lo habían invitado. Patricia era amiga de prácticamente todos los estudiantes de Massachusetts. Conrad se llevó una botella de cerveza a los labios y le sonrió.

Minerva se dejó caer en una silla y se frotó las sienes, procurando no mirar en su dirección. Aun así, sintió sus ojos clavados en ella. Se dirigió hasta la diminuta cocina, lo que resultó ser una mala idea, porque la gente entraba sin cesar a tomar cervezas. Conrad entró en la cocina y ella fijó la vista en el suelo de linóleo. No quería entablar conversación con él, pero él no dejaba de mirarla. Antes de que pudiera abrir la boca, salió de la cocina y se encerró en la seguridad del baño.

Parecía que siempre acababa allí. Había olvidado sus aspirinas y rebuscó en el botiquín hasta encontrar un par de pastillas, que tragó rápidamente. Apoyó ambas manos en el lavabo del baño y se quedó mirando su reflejo. En el espejo trazó círculos, recordando las marcas de bruja.

Cuando salió al pasillo y echó un vistazo a la sala, Conrad Carter miró en su dirección, luego se rio y volvió a hablar con una joven. Minerva sintió la pesada mirada de alguien sobre ella, aunque esta vez no sabía precisar de dónde procedía.

«Está aquí», pensó.

No veía nada extraño, pero la casa parecía haberse oscurecido. Algo agitaba las sombras y hacía que el CD que estaba sonando saltara. La luz del pasillo a su espalda se hizo más tenue. Le lagrimeaban los ojos y sentía un nudo en la garganta, como si hubiera entrado en contacto con una sustancia tóxica. Hacía un calor sofocante.

Metió la mano en el bolso, apretando el talismán, y se apresuró a salir de la fiesta. Tropezó con Hideo, que le sonrió. Minerva murmuró algo acerca de tomar un poco de aire. Una vez fuera, se alejó a toda prisa de la casa.

Una brisa de verano agitaba los árboles. Respiró hondo. A pocos pasos de la casa pudo volver a respirar con normalidad. El aire de la noche refrescó sus pulmones y la tensión de su cuerpo se relajó. Se secó el sudor de la frente con el dorso de la mano.

A unas cuantas calles de la casa, volvió esa sensación de que estaba siendo observada.

Se dio la vuelta, mirando los setos y las casas. Un farol en la esquina parpadeaba como una luciérnaga. Caminó más deprisa y sacó el talismán del bolso; lo llevaba en la mano izquierda.

El repiqueteo de sus zapatos resonaba en la calle, marcando claramente su camino. Detrás de ella, algo se deslizaba entre los arbustos; lo sentía acechándola, siguiéndola, y aceleró el paso. Otro farol parpadeó más adelante y Minerva giró bruscamente a la derecha, cruzando la calle sin mirar. Aquello la siguió, sigiloso y silencioso.

Echó a correr, pensando en la seguridad de la residencia. A su alrededor las calles estaban tranquilas y silenciosas, mostrando la pintoresca belleza de Nueva Inglaterra. Al aproximarse a Neptune Street le llegó el aroma del océano y el murmullo de las olas. Era la ruta corta para volver a Ledge House.

Algo golpeó a Minerva con tal fuerza que la hizo rodar por el suelo. Quedó tendida en medio de la calle, con los oídos zumbándole. Aquello invisible que la había estado persiguiendo le había dado alcance.

Apretó con fuerza el talismán. Un alfiler se clavó en la carne de su mano, y la presencia que la seguía vaciló, se desvaneció como humo que sube hacia el cielo. Se elevó y desapareció.

Minerva consiguió ponerse de rodillas y abrir las manos. Permaneció así sentada durante lo que podría haber sido un minuto, o diez.

Inspiró hondo y se puso de pie. Las piernas le temblaban, y caminó tambaleándose calle abajo. Una luz cegadora le dio de lleno en el rostro, y oyó el chirrido de los neumáticos, el lejano rumor de un motor.

—¡Mierda! ¿Qué haces ahí? ¿Estás bien?

Alzó una mano y parpadeó. Noah Yates había saltado de su Jeep y la estaba ayudando a acercarse a su coche.

—¿Qué te pasó? —preguntó.

—Mi bolso —dijo ella—. ¿Dónde está mi bolso?

Miró a su alrededor. El bolso se le había escapado de las manos y estaba en el suelo, junto con sus llaves y su cartera. Todo se había desparramado. Minerva recogió sus pertenencias con desesperación, buscando el talismán. ¿Dónde se había metido?

—Mierda.

—¿Minerva?

—Perdí algo…

—¿Qué?

El talismán. Pero no podía decirlo. Se dio la vuelta y lo miró fijamente. Tenía las rodillas despellejadas, las palmas de las manos en carne viva le dolían por la caída, y la cabeza a punto de estallar. Se había mordido el labio. Saboreó la sangre y se la tragó.

—¿Puedes llevarme a mi dormitorio?

—Sube.

Subió a su coche. Noah la miró de reojo mientras conducía.

—Me dirigía a la fiesta de Patricia. ¿Volvías de allí?

—Sí.

—¿Qué pasó?

—Nada. Tengo que volver al campus —dijo ella, bajando la cabeza y tocándose la mejilla.

—¿Estás drogada o algo así?

—¿Parezco drogada?

—Ibas tambaleándote.

Ella no contestó.

—Mira, no te voy a juzgar —dijo—. Nos conocimos porque estaba vomitando en los arbustos.

«Estoy embrujada», pensó.

—Estoy bien —fue lo que le dijo.

Cerró los ojos. Cuando los abrió fue porque habían llegado a Ledge House. Se alzaba pálida y solitaria a la luz de la luna, acunada por la oscuridad. Noah la miró con curiosidad. Ella se apartó el pelo de la cara y tomó su bolso. Él extendió una mano y la tomó de la muñeca.

—Si necesitas ver a un médico…

—Estoy bien.

Minerva salió del coche y Noah también. Rodeó el auto y frunció el ceño. No estaba convencido. Ella sacó las llaves del bolso y lo miró.

—No me vas a contar lo que te pasó —dijo cruzándose de brazos y recargándose contra el cofre del Jeep.

—De nada serviría.

—Creía que ya éramos amigos.

—Somos algo amigos, algo no —respondió ella.

—Ah, de acuerdo. Entonces eres mi amiga solo cuando necesitas algo de mí, como que te lleve o te dé información —se lamentó con amargura.

—No te pedí que me trajeras. No te pedí que me dieras una vuelta por la fábrica. No te pedí que comiéramos juntos. No actúes como si yo fuera la que exige…

—Bueno, qué idiota soy por preocuparme por ti, ¿no?

—Estoy ocupada —dijo ella.

Lo que realmente quería decirle era que no confiaba en él. No confiaba en nadie. El mundo se había vuelto loco y ella intentaba encontrarle sentido, encontrar respuestas. Subió las escaleras del dormitorio. La risa amarga de Noah la hizo detenerse en la puerta y pensó en invitarlo a tomar un café para disculparse.

Pero necesitaba estar sola, y una vez que cerró la puerta se deslizó hasta el suelo y apoyó la espalda contra la pared, sintiendo las tablas bajo sus pies y las marcas secretas que había escondido allí debajo.

Confeccionó un segundo talismán antes de salir de casa para su reunión con Christina Everett el lunes, clavando alfileres en el cuerpo de un colibrí. Los dedos le ardían por el pinchazo de las agujas y por algo más. Un débil zumbido llenaba sus oídos.

Llamó a un taxi que la dejó delante de una casa georgiana de ladrillo rojo con una antigua aldaba de hierro en la puerta. Christina la condujo hasta su despacho. Tenía unos cincuenta años, con el pelo rubio recogido en una coleta y llevaba una sudadera con el logotipo de la universidad.

—Siento hacerte venir hasta mi casa, pero con todas las remodelaciones del campus, mi oficina es un desastre. Están rehaciendo esa ala del Centro Elroy prácticamente hasta los cimientos.

—Sí. Van a remodelar algunos dormitorios en otoño —dijo Minerva. Se sentó frente a un gran escritorio que estaba casi enterrado bajo una gruesa capa de papeles, libros y revistas—. Están restaurando Joyce House y Thistlewood también.

—La biblioteca será la próxima, ¿sabes? Eso sí que será un caos —comentó Christina, levantando las manos—. ¿Así que Nell Quinn es tu asesora?

—Sí, y Brian Derleth aceptó formar parte de mi comité de tesis. Pero creo que me vendría bien alguien de fuera del Departamento de Inglés. Busco a alguien que pueda ayudarme con el tema de la brujería de mi tesis. Tengo entendido que usted estuvo trabajando con Thomas Murphy en algo similar. Usted fue su asesora, ¿correcto?

—Ectoplasma —dijo Christina—. Tom estaba estudiando el espiritismo y el arte, como en la obra de Mondrian, pero centrándose en artistas estadounidenses. Estaba investigando la obra de una artista que asistió a Stoneridge.

—Virginia Somerset —dijo Minerva. El nombre era casi como un hechizo en sí mismo, conjurando secretos.

—Sí. ¿Eras amiga de Tom?

—Yo era su directora de residencia. Pero pensé que estaba estudiando la brujería en la América colonial —atajó, tratando de esquivar las preguntas sobre su relación con Tom.

—Me temo que no hablamos de eso. Aunque no me extrañaría que cambiara el enfoque de su investigación. Tom era inteligente, pero tendía a perder pronto el interés en las cosas. Me decepcionó cuando abandonó sus estudios. A pesar de sus excentricidades, pensé que tenía un don para la historia.

—¿Qué excentricidades?

—La *ouija* y las cartas del tarot. Le encantaba hacer lecturas. Pensaba que lo acercaban a las ideas de la gente que estudiaba.

La *ouija*. De repente, recordó el allanamiento en Joyce House justo antes de Halloween y la *ouija* y las velas abandonadas a toda prisa. Había sospechado que los de primer año eran los responsables, pero ¿y si había sido Tom Murphy quien se había colado en la residencia para comunicarse con los muertos? Específicamente, con Ginny.

—Ahora que lo pienso, el libro que dejó era sobre brujería —dijo Christina—. ¿Dónde lo puse?

—¿Dejó un libro?

Christina echó la silla hacia atrás detrás del escritorio, y revisó entre las baldas.

—Lo olvidó después de nuestra última reunión. Iba a devolverlo a la biblioteca, pero pensé que podría resultarme útil. Verás, imparto un seminario sobre religión en la Nueva Inglaterra puritana y quería echarle un vistazo para la sección sobre superstición.

—AMS 513.

—Correcto —Christina estaba apartando libros y papeles—. Ah, aquí está.

Christina le tendió un ejemplar de *Campana, libro y vela: la brujería en el Nuevo Mundo*. Minerva abrió el libro y sus dedos acariciaron con cuidado la cubierta de cuero. En la portada, alguien había dibujado un símbolo que ella reconoció: la marca de bruja con los círculos superpuestos, y debajo las palabras «Busca bajo las tablas del suelo».

Pasó al final del libro y encontró una antigua ficha de préstamo con las fechas en las que se había sacado el libro. Pocas personas lo habían solicitado. Había permanecido olvidado en las estanterías durante muchos años. Hasta que, allí estaba, en 1997, Tom lo había sacado en préstamo. Pero décadas antes, en 1934, bajo la columna «prestado a», había otro nombre: V. Somerset.

Ginny había escrito ese mensaje en la portada, en un libro que había tomado prestado, y que probablemente había sido devuelto a la biblioteca tras su desaparición, y nadie lo había leído, nadie había comprendido su importancia. Pero Minerva sí comprendía.

Cerró el libro de golpe y miró a Christina, intentando parecer tranquila y contener los rápidos latidos de su corazón.

—¿Puedo llevármelo? —preguntó—. Llevo tiempo buscándolo y estaba en préstamo.

—Asegúrate de devolverlo a la biblioteca antes del comienzo del trimestre. Me matarán si sigo olvidando la fecha de entrega. ¿De qué trata exactamente tu tesis?

Minerva murmuró algo sobre literatura, terror y leyendas de Nueva Inglaterra y consiguió superar la reunión sin problemas. Cuando le estrechó la mano a Christina, le había prometido que le enviaría una bibliografía completa y una propuesta de tesis más coherente antes de mediados de septiembre, y Christina, a su vez, le dijo que consideraría seriamente la posibilidad de formar parte del comité de Minerva si le enviaba esos documentos y llenaba el papeleo correspondiente. Luego dejó que Minerva usara su teléfono para llamar a un taxi, y se dirigió de nuevo al campus con el libro bajo el brazo.

1908: 12

El miedo parecía eclipsar el sol. Debía contarle a su familia las horribles fechorías de Arturo, pero temía su ira. Se refugió en su habitación, sin saber qué decir ni cómo. Desesperada, hundió la cara en la almohada y fingió dormir.

Su madre pasó a verla a mediodía para ver cómo se encontraba.

—¿Sigues sintiéndote mal? —preguntó—. Tendremos que llamar al médico si continúas así.

Alba no contestó, se envolvió en las mantas y miró hacia otro lado.

—¿Qué pasa?

—Madre, él... —empezó a decir, pero en cuanto abrió la boca, comenzó a toser. Intentó hablar, intentó contarle acerca de Arturo, pero la tos se intensificó.

Su madre le tocó la frente.

—Dios mío, niña, tienes fiebre. Te herviré una taza de tila.

Alba sacudió la cabeza, pero no pudo pronunciar palabra. Se llevó una mano a la boca para amortiguar la tos y se dejó caer sobre las almohadas, exhausta. Tenía el pelo pegado a la frente por el sudor.

Fuera de su habitación, oyó a su madre hablando con su tío.

—¿Cómo está? —preguntó él.

—Se ha resfriado y tiene fiebre. Nuestra mala suerte no cesa.

—Esta finca es demasiado húmeda y mohosa. Afectaría a los pulmones de cualquiera. Cuando vendamos este lugar y nos mudemos, todo irá mejor.

—No sé si podré vender la finca.

—Es cruel mantenerla aquí. No solo el ambiente es malsano, sino que tendrá pocas oportunidades tal y como van las cosas. Todos esos vecinos supersticiosos hablan de maldiciones. El apellido Quiroga se está volviendo infame.

—¡Ya lo sé! Arturo, aunque estuviera dispuesta a vender este lugar, no sabría cómo hacerlo, cómo proceder. La tensión de estas últimas semanas es insoportable.

—No te preocupes. Yo me encargaré de la transacción. Siempre te ayudaré.

Las voces se apagaron, pero cuando abrió los ojos, Alba vio que Arturo estaba de pie en el umbral, mirándola con una sonrisa divertida.

—Es muy fácil hacer un hechizo para evitar que la gente hable de ti. Tomas la lengua de un animal pequeño y la clavas en la tierra —dijo—. Espolvoreas una pizca de tierra de cementerio sobre ella y listo.

Alba lo miró con los ojos muy abiertos y, cuando intentó gritar, la tos la redujo al silencio una vez más. Él se alejó y su madre entró apresurada en la habitación con una taza de té en una bandeja.

—Toma esto —le dijo, poniéndole la taza en los labios. Alba sorbió el líquido caliente.

Pasó la mayor parte del día en la cama, un momento temblando y al siguiente ardiendo como una brasa. La habitación a su alrededor parecía deformada, sus bordes deshilachados. Su madre le aplicó compresas frías en la frente y, antes del anochecer, la fiebre había bajado y la tos había cesado. Su madre la besó en la mejilla y se retiró.

Al día siguiente, Alba fue al río, contempló sus aguas durante largo rato, recorrió con la mirada los contornos de la ribera donde había jugado con Tadeo, encontró aquel árbol viejo donde había matado la cosa en la que él se había convertido. Era tarde cuando regresó a casa. Seguía indispuesta y cenó en su habitación. A solas, se colocó frente al retrato en acuarela de su hermano e intentó rezar.

Cuando la casa quedó en silencio, Alba abrió una ventana. El aire fresco de la noche le erizó la piel y se frotó los brazos mientras miraba la luna. Las lágrimas corrían por sus mejillas. Incapaz de permanecer de pie, se arrodilló en el suelo, ahogando un sollozo.

Algo rozó su mano y abrió los ojos. Una polilla marrón se posó en la punta de sus dedos. La miró con admiración mientras descansaba en la palma de su mano. Alba cerró los dedos y aplastó el insecto. Era una señal, debía seguir adelante, pero permaneció inmóvil durante largo rato antes de dejar caer la polilla muerta en un cuenco. En la cocina encontró una botella de vino y la llevó a su habitación, junto con un pequeño recipiente lleno de sal. Una vez más, se paró frente al retrato de su hermano y pensó en la historia que le había contado la bruja.

En la acuarela, los ojos de Tadeo estaban reducidos a una mancha marrón, pero en realidad habían sido casi negros, y la sonrisa pintada no coincidía con la mueca traviesa que solía mostrar cuando la molestaba. Era el retrato de Tadeo, pero las pinceladas no habían captado gran parte de él, aunque fuera el retrato más fiel de su hermano. Esto solo intensificó el sentimiento de pérdida en su pecho. Tadeo se había ido, estaba destinado a desaparecer de su memoria y de sus pensamientos.

Presionó una vela contra una esquina del retrato, dejando caer las cenizas en el mismo plato donde yacía el cuerpo destrozado de la polilla. Sirvió una copa de vino y le añadió las cenizas, las alas de la polilla aplastadas y la sal.

—Protégeme, hermano —dijo.

Bebió el líquido y, cuando se levantó, se sintió mareada. La frente le ardía incómodamente. La fiebre se había reavivado, o quizá era el vino calentando su piel.

Se quitó el medallón de Valentín y, en su lugar, se abrochó la cadena dorada con la perla, sintiendo su fría suavidad en la hendidura de su cuello.

Alba alzó el candelabro de bronce y salió silenciosamente de la habitación por el largo y oscuro pasillo. Iba en camisón y no se molestó en ponerse una bata encima. Cuando llegó al cuarto de Arturo, abrió la puerta y entró.

Pasó junto a la mesa con el espejo y los utensilios de afeitar y dejó sobre ella el candelabro. Luego se acercó a la cama y sus dedos rozaron el pesado abrigo que Arturo había dejado sobre una silla, suave y lujoso.

—Tío —dijo.

Abrió los ojos y la miró. O tenía el sueño ligero o no había dormido nada. Estiró los brazos por encima de la cabecera, perezosamente, como un gato, y se incorporó.

—¿Te sientes mejor, querida?

—No gracias a ti —dijo ella—. Me has enfermado.

Él sonrió y se encogió de hombros. Su camisa de dormir era de un color oscuro, azul marino o gris, y a la tenue luz de la vela parecía fundirse con las sombras. La habitación se notaba bastante fría, tan fría que Alba pensó que su aliento podría convertirse en vaho. Se preguntó si era su presencia la que la hacía sentirse así, congelándole cada hueso cuando apenas unos momentos antes ardía de fiebre.

—Quizá aprendas a callarte ciertas cosas.

—Y si no lo hago, ¿entonces qué? ¿Sufriré un terrible resfriado y moriré al mismo tiempo? —preguntó, con una nota de pánico en la voz, pero la sofocó, mirando al suelo mientras se sentaba en la silla junto a la cama, con la mano izquierda agarrando el abrigo de él—. Quiero saber qué pretendes hacer. Estás presionando a mi madre para que venda la finca. ¿Qué será de nosotros si no tenemos dónde vivir?

—Tendrán un lugar donde vivir. Tal vez en Pachuca. Yo, por supuesto, administraré las finanzas de tu madre; será mi obligación ahora que es viuda y sus hijos no son mayores de edad. Haré visitas frecuentes a tu casa, no te preocupes.

—Sí, supongo que viajar no será un problema si tienes dinero para hacerlo.

—Tienes razón, no será ningún problema. Estoy considerando una gira por Europa y sus grandes ciudades. Se espera que un joven vea un poco de mundo. Por supuesto, tendría que ser después del funeral de mi padre. El querido anciano ha estado enfermo durante bastante tiempo. Sospecho que no llegará a fin de año. Mi hermana Julia es un encanto, pero algo hipocondríaca. No me sorprendería que un día de estos se pusiera realmente enferma.

Alba sacudió la cabeza, consternada.

—Supongo que sabes de enfermedades, y pretendes cobrar dos herencias, entonces.

—Pronto seré un hombre independiente. Como puedes ver, no tienes que preocuparte por tu madre. Estará bien cuidada. En cuanto a ti, mi querida sobrina, creo que te haría bien ver otros países. Mientras un miembro responsable de la familia pueda velar por ti, no creo que nadie se oponga.

Incluso en la oscuridad, sus ojos brillaban con intensidad y, cuando sonreía, mostraba unos dientes blancos y afilados. Todo en él era afilado y ella sintió la necesidad imperiosa de retroceder tres pasos por miedo a quedar atrapada entre sus mandíbulas. Hundió las manos en la suavidad del abrigo de la silla, dispuesta a permanecer allí.

—Será encantador. Hemos hablado de París, ¿verdad? Bailar el vals, asistiendo a *soirées*. A nuestro regreso, podrías volver a mi casa. Un soltero como yo necesita un ama de llaves de confianza, y no sería raro que un miembro de la familia asumiera ese papel.

—Especialmente si es una chica con pocas posibilidades, y sospecho que no tendré muchas en el futuro. —Vio cómo sus labios se curvaban en una sonrisa aún más grande, más afilada ahora. Era una cuchilla. Apretó los puños—. No quiero que se venda el rancho.

Su voz era tensa, apenas un murmullo entrecortado, tímida y asustada como estaba, atrapada bajo su intensa mirada.

»Esta era la tierra de mi padre y de su padre antes. Espero que algún día sea la tierra de mis hermanos. Si de todos modos vas a heredar una fortuna de tu padre, entonces la finca no puede hacer mucha diferencia. Tendrás tu independencia.

—Prefiero tener dos fortunas que una. Y tú vienes incluida en el trato. Carne y sangre.

—Entonces tenía razón y me vas a exprimir hasta dejarme seca.

—No creo que un mordisco de vez en cuando pueda calificarse como exprimir.

—¿Bebes sangre por placer o para avivar tu magia?

—Por ambas cosas. Además, no tiene por qué ser doloroso.

—Cuando viniste a mi habitación me hiciste daño, aquí —dijo, tocándose el pecho—. Sentí como si me clavaran una aguja en el corazón.

—Un pequeño percance, fácil de corregir. Estaba enojado y celoso.

—Valentín —susurró ella.

—Lo olí en tu piel, en tus labios.

Alba dejó escapar un suspiro profundo y tembloroso. Pensó en el pobre cuerpo desfigurado de Valentín. Él había pagado un precio muy alto por su cariño. ¿Qué podría hacer Arturo con ella si llegaba a sospechar traición? Las palabras que había pensado decir se le atragantaron en la garganta.

—Puedo negarme —dijo al fin.

—Te tendré, de una forma u otra —respondió simplemente. Poseía la audacia de un conquistador. Sin duda se imaginaba que la escritura de la finca, una vez en sus manos, le daría derecho a poseer todos y cada uno de los objetos que contenía, y a todas y cada una de las personas. Incluida ella.

Alba le miró fijamente y se rio, lo que pareció molestarle. Su rostro se ensombreció; la sonrisa se borró.

—No. No te gustaría de esa manera. No sería como lo has imaginado. Creo que lo has visualizado bastante —dijo Alba, con la voz baja, pero ahora no vacilaba—. Después de todo, yo también me lo he imaginado.

Había aprendido a descartar pensamientos furtivos sobre besos, sobre él, temerosa de adónde podrían conducirla semejantes fantasías. Pero había tenido esos pensamientos, y él lo sabía, y a su vez él debía de haber pensado muchas veces en ella, con el deseo filtrándose entre las palabras que decía, anidando en los silencios.

Él bajó la mirada, casi con timidez, como si quisiera ocultar sus pensamientos.

—Lo arruinaría, si tuviera que ser de esa otra manera —continuó Alba—. Juro que pelearé. Gritaré, patearé y te arañaré la cara. Será terriblemente desagradable. Te propongo algo diferente.

—¿Ah sí?

—El rancho no se venderá y yo cederé.

Alba se levantó, abandonando la seguridad de la silla. Estaba temblando. La habitación era un témpano y el camisón no la protegía del frío. Se sentó en la cama y lo atrajo hacia sí, tirando de su rostro hacia el suyo. Él la miró a los ojos, curioso, midiendo su osadía, y se quedaron así como suspendidos durante lo que pareció mucho tiempo. Él estaba hipnotizado, ella también.

Abajo, el reloj del salón marcó la hora.

—No necesito negociar contigo —dijo él, como si el sonido hubiera roto un hechizo, y sujetó su mano con fuerza.

—Entonces mátame ahora y cómete mi corazón, y eso es todo lo que tendrás de mí. Un pedazo de carne podrida. Ya has jugado bastante conmigo. Acepta mis condiciones o mátame como mataste a los otros, y el único placer que encontrarás conmigo será en la tumba —juró.

Él gruñó y empujó la mano de ella hacia atrás, doblándola lejos de su cuerpo, haciendo que le doliera la muñeca. Ella no gritó, aunque le dolía, sino que lo miró fijamente.

Siguieron mirándose, él con los ojos febriles y oscuros, reflejando los de ella.

—No tiene por qué ser doloroso —dijo Alba.

Él bufó, irritado, y la soltó. Antes de que pudiera persuadirla o maldecirla, ella lo besó, y él podría haberse apartado, pero ella puso una mano en la nuca de él y lo sostuvo en su sitio. Quizá creyó que no hablaba en serio, porque parecía genuinamente sorprendido. No obstante, le devolvió el beso con una rapidez y un ardor hirviente. Ella giró la cabeza con brusquedad y apartó la mirada, esquivándolo.

—Ya conoces mis condiciones —dijo, y esperó, con el corazón desbocado.

Arturo rozó con una uña la cadena dorada, jugueteando con la perla, como un gato que juega con su presa. Luego su pulgar rozó la hendidura de su cuello.

—Muy bien, entonces —susurró él en su oído—. Nunca he podido negarte nada.

Ella le ofreció la boca.

1998: 12

Para cuando llegó a Ledge House, ya había anochecido. Ninguna de sus marcas de bruja había sido alterada. Lo sabía y sabía que esa noche debía aventurarse en el antiguo dormitorio de Beatrice Tremblay. Aquella sensación de cosquilleo en la nuca había regresado, pero ahora parecía extenderse más abajo, y no dejaba de pensar en la anotación de Ginny.

Tomó el termo que había llenado temprano y bebió de él. Durante un rato se quedó de pie en medio de la biblioteca, mirando las cajas de sombras fragmentadas con sus insectos disecados. Mariposas, polillas y algunos escarabajos brillantes. En las paredes, los pájaros parecían suspendidos en pleno vuelo. Bebió otro sorbo.

Después, sacó la caja de herramientas de debajo del fregadero y rebuscó en ella hasta encontrar un martillo y un cincel. Los metió en la mochila junto con la linterna, un cúter y las llaves de Joyce House.

Atravesar la reserva de Briar aquella tarde se sentía como caminar por un bosque de brujas; las ramas de los árboles sobre su cabeza parecían entrelazarse unas con otras y el sendero que seguía era como un trazo de tinta negra desvaneciéndose, como en la ilustración de un cuento de hadas. Pero las historias de su bisabuela eran más oscuras que la mayoría de los cuentos, empapadas de sangre.

Se movía a paso firme, agarrando con una mano la correa de su mochila, y escuchó con atención el sonido de pasos y la rotura de una rama. Pero si alguien la seguía, era un acosador sigiloso.

Unos minutos más tarde, estaba frente al antiguo dormitorio de Ginny y Betty. Levantó la vista hacia el segundo piso y sintió el mismo tirón eléctrico que solía experimentar al mirarlo, sobre todo hacia esa ventana en particular. Antes había pensado que se trataba simplemente de su aprecio por la vieja casa, pero ahora lo reconocía como otra cosa: un leve rastro de magia.

Minerva abrió la puerta principal, entró y encendió un interruptor. La casa tenía paneles de roble, las paredes teñidas de un marrón oscuro casi negro y los techos muy altos. Esta gran mansión ya no estaba en sus mejores años: se había retirado la alfombra que una vez cubrió cada uno de los peldaños de la escalera, los cuadros con marcos dorados habían sido guardados en bodegas y ahora solo quedaban sombras y polvo. Pero Minerva aún podía percibir el encanto y el brillo de Joyce House, tal y como debió de haber sido cuando las adineradas señoritas de la alta sociedad charlaban en el vestíbulo.

Subió las escaleras y encontró otro interruptor; el pasillo se iluminó. Buscó los números en las puertas hasta dar con la correcta. Número 11. El antiguo cuarto de Ginny y Beatrice.

Abrió la puerta y entró. La única bombilla del techo emitía una luz anémica. No importaba, sabía que sería así. Era una suerte que todavía hubiera algunos focos, con la casa cerrada por restauraciones.

Encendió la linterna.

Durante su anterior incursión en la habitación, aquella noche en la que había encontrado la *ouija* y las velas, Minerva había estado demasiado ocupada hablando con el guardia de seguridad que la acompañaba como para observar el lugar con atención. Si hubiera estado sola, tal vez se habría dado cuenta de que aquella habitación era la misma que solía mirar con frecuencia, su vista resultaba atraída casi por inercia hacia aquella ventana en particular de Joyce House.

La casa se había interesado por Minerva mucho antes de que ella se hubiera interesado por la casa. Ahora le daba la bienvenida: una sacudida eléctrica recorrió su espalda mientras avanzaba por la habitación. Fue un latigazo agudo y le zumbaron los oídos. Se frotó la cabeza y permaneció inmóvil hasta que la sensación se disipó.

Apuntó el haz de luz por encima de la puerta y vio un grabado en la madera del marco. Una marca de bruja, muy parecida a las suyas. Se acercó a la ventana y pasó la mano por el marco, quitando el polvo, hasta sentir los remolinos de otra marca de bruja bajo las yemas de los dedos. Esta vez no hubo descarga eléctrica, solo la textura de la madera antigua.

Ginny había protegido la puerta y la ventana. Se había protegido a sí misma y a Beatrice. Ningún ente maligno podría haberse colado en esa habitación. Aunque alguno debía de haber traspasado la barrera, porque Ginny había desaparecido, probablemente se la habían llevado de allí. Las marcas de bruja no fueron suficientes, o tenían un fallo en su diseño, aunque seguían siendo potentes años después de su creación, tan potentes que Minerva podía percibirlas aunque no estuvieran destinadas a hacerle daño.

Pero, al igual que Nana Alba, Minerva tenía portentos y cada vez estaba más atenta a ellos. Ya no los desestimaba como simples migrañas. Quizá eso bastaba para provocar una respuesta, por pequeña que fuera, de la habitación.

Miró a su alrededor e intentó imaginar cómo habría sido cuando las estudiantes vivían allí, calculando la posición de las camas, los escritorios y las sillas. Asomó la cabeza al baño, que tenía un inodoro antiguo con depósito elevado y cadena, y una bañera con patas de garra.

Se miró en el espejo sobre el lavabo y vio reflejado el cansancio en su propio rostro.

Algo rozó su cuerpo, como si los filamentos de una tela de araña se estiraran contra su piel. Se dio la vuelta y la linterna iluminó una pared desnuda. No había nada, pero sentía algo cerca de ella. Algo que no podía ver, pero que se mantenía a escasos centímetros de su alcance.

El fantasma de Ginny. Lo sabía, podía percibirlo. Era un talento. Nana Alba podía predecir la llegada de un huésped a su departamento mucho antes de que tocara el timbre, podía charlar con un loro muerto. Minerva había pensado que su bisabuela era solo una anciana cansada, medio dormida, susurrando viejas historias. Pero Nana Alba tenía poder.

Ahora Minerva se concentraba e intentaba mirar más allá de las baldosas de la habitación, de la pintura descascarada, y vislumbrar algo. No sabía cómo proceder, cómo sacar a los muertos de las sombras.

—Virginia Somerset —llamó—. Intentaste hablar con Tom. ¿No querrás hablar conmigo?

El fantasma no se reveló, no hubo aparición lechosa ni manifestación ectoplasmática, pero volvió a sentirlo. Algo fuera de su alcance.

Estaba cerca.

Salió del baño, sacó el termo de la mochila y bebió un sorbo. Tenía la garganta tan seca como el polvo. Se limpió la boca con el dorso de la mano, abrió uno de los bolsillos de la mochila y sacó una vieja foto en blanco y negro. En ella aparecían Betty y Ginny juntas, sonriendo a la cámara.

—Me enteré de tu historia por Beatrice Tremblay, pero no del final —dijo sosteniendo la fotografía—. Me gustaría averiguarlo.

Al principio no hubo respuesta. El fantasma era tímido, quizá no sabía si confiar en ella, o tal vez era una presencia frágil y tenue que no podía hacer mucho. Los minutos pasaron lentamente.

Oyó un leve rasguño, que podría haber sido simplemente un roedor corriendo por la habitación. Pero sospechó que no.

Giró sobre sí misma y apuntó con la linterna a otra parte del cuarto; el sonido parecía moverse por el suelo, así que siguió con el haz de luz, iluminando una tabla del suelo tras otra.

El ruido cesó.

Minerva guardó la fotografía en el bolsillo, dio unos pasos y se agachó.

Una de las tablas del suelo tenía tres círculos grabados. Un diseño pequeño y tosco, que la mayoría no habría reconocido como una marca de bruja, para proteger de manos hechiceras lo que hubiera debajo.

El tiempo y los elementos habían encogido los bordes de la tabla, dejando una rendija, y Minerva deslizó con facilidad el cincel de hoja ancha en la abertura. Luego bastó usar el martillo para hacer palanca y levantarla.

Y allí estaba: un trozo de papel amarillento que alguien había colocado entre las tablas muchos años atrás. Ginny debió de esconder otros papeles bajo el suelo, dibujos con círculos concéntricos, amuletos para mantener el mal alejado. Pero esta tabla y este papel eran especiales.

Las tablas del suelo crujieron y gimieron, y se oyó un golpe contra la pared, luego otro. El fantasma de la habitación estaba inquieto, tal vez asustado.

Desplegó el papel. Allí, con la hermosa letra de Ginny, estaba el nombre de sus asesinos. El nombre que Beatrice Tremblay había deseado conocer y nunca sospechó. Era un nombre familiar.

—Wingrave —dijo Minerva, leyendo el trozo de papel en voz alta

La vieja bombilla sobre su cabeza se atenuó y parpadeó. Los hilos sedosos, como de telaraña, rozaron de nuevo su brazo, tirando de ella con tal fuerza que Minerva tropezó y chocó con el radiador antiguo. El fantasma la arrastró más hacia el interior de la habitación, alejándola todo lo posible de la puerta.

La casa pareció estremecerse, inquieta.

Oyó pasos y el crujido de la madera vieja de alguien que avanzaba por el pasillo y que de pronto se detuvo.

Carolyn estaba de pie en el umbral. Llevaba puesto uno de sus turbantes caros y un abrigo azul oscuro con un enorme cuello de piel de zorro que le cubría por completo el cuello. La mujer entreabrió los labios color carmesí y le dedicó una sonrisa. Sus dientes parecían cegadoramente blancos y peligrosamente afilados. Era la mueca de un depredador, de una criatura surgida de profundidades abismales.

—¿Qué encontraste? —preguntó.

Minerva apretó el trozo de papel entre las manos. El papel casi le resultaba cálido al tacto, o bien eran las yemas de los dedos las que parecían haberse incendiado. Una combustión bajo la piel, polvo humeante atrapado entre sus manos.

—Su nombre. Ginny no podía pronunciarlo, pero sí escribirlo. Fue usted quien la embrujó —dijo, pues era inútil hacerse la tímida ahora. Solo había una razón para que Carolyn estuviera de pie más allá del umbral, mirándola fijamente.

—Si quieres ponerte técnica al respecto, fue mi padre.

—¿Por qué?

Los dedos de Carolyn acariciaron la piel de su cuello, alisándola. Hizo un gesto en dirección a las escaleras.

—Sal de la habitación, te contaré la verdad.

—¿Por qué no entra usted?

No podía. Las marcas de bruja de Ginny seguían teniendo poder, sobre todo con su fantasma en la habitación. Algo en la presencia espectral combinada con las marcas ayudaba a mantener el espacio a salvo de la influencia de una hechicera maligna. Por eso el trozo de papel había permanecido debajo del suelo. Eso, y que Carolyn probablemente no tenía ni idea de que estaba allí. Ginny había dejado un mensaje para su amiga garabateado dentro de un libro, pero Betty nunca lo leyó. Thomas quizá estuvo cerca de descubrir la nota, pero Minerva debió de interrumpir su sesión espiritista.

Fuera como fuera, la habitación estaba blindada. Minerva estaba a salvo dentro de sus límites. Ni Carolyn ni ninguno de sus sirvientes podía entrar. La magia oscura no tenía lugar allí.

Carolyn tamborileó con los dedos sobre la pared.

—Deberías salir —murmuró en voz baja. Era una orden despiadada envuelta en seda.

Minerva negó con la cabeza. Carolyn suspiró. Volvió a tamborilear: una, dos, tres veces. Le temblaron los párpados y puso los ojos en blanco.

—Tu amigo tiene un coche azul, ¿verdad? De su espejo retrovisor cuelgan dos aromatizantes con forma de palmera.

Minerva no respondió. Sus manos se cerraron aún más sobre el papel, arrugándolo. Tragó saliva y sintió la garganta tan seca que le dolía.

—Los jóvenes de hoy son imprudentes. Conducen demasiado rápido de noche; no prestan atención a las señales de tráfico. Tu amigo... está a punto de tomar una curva peligrosa —continuó Carolyn, y levantó la mano, dibujando en el aire una curva sinuosa con los dedos.

—No puede hacerle nada —dijo Minerva, pero en el fondo supo que era un intento inútil de resistencia. Claro que podía.

—¿Nunca te contó mi nieto cómo murieron sus padres? Fue un accidente de coche. Cualquier cosa puede pasar cuando conduces de noche. Basta que un joven cambie la estación de radio, que se distraiga un segundo... y, de pronto, un árbol en medio del camino...

—¡Basta! ¡Él no tiene nada que ver con esto! —gritó Minerva.

—Eso depende de ti —dijo Carolyn, con esa sonrisa que era todo colmillos. La misma sonrisa que, décadas atrás, debió de haberle dirigido a Ginny. Minerva sintió su poder como un filo helado que parecía morder las paredes mismas de la casa.

El fantasma de Ginny rozó el brazo de Minerva, como advirtiéndole que permaneciera allí, que no se moviera. Pero ella tomó su mochila y dio un paso fuera de la habitación.

Carolyn parpadeó, fijando sus ojos en ella como un felino que observa a su presa. En el pasillo, la temperatura había caído en picada: el calor del verano había desaparecido, y su aliento se convirtió en una pluma de vapor, como si fuera una helada mañana de diciembre. Minerva estaba junto al umbral, y quizás habría podido saltar de nuevo al cuarto, acurrucarse en un rincón y esperar a que amaneciera.

Pero no se puede huir de una bruja. No de esa manera.

—¿Y ahora qué? —preguntó Minerva, con la voz más firme de lo que sentía.

—Ahora nos vamos a dar un paseo —dijo Carolyn.

1908: 13

Alba no solía cazar con su padre y su hermano. No le atraía, y su madre habría considerado que no era propio de una señorita aventurarse por las montañas en busca de ciervos. Pero sabía que un buen cazador era también un excelente rastreador, alguien que conocía bien el terreno. También era silencioso, sigiloso. Un cazador debe caminar con suavidad y lentitud, pensar antes de moverse y esperar. La paciencia es la mayor arma del cazador.

Cuando cazas venados, es relativamente fácil ocultarte tras un árbol, sostener el rifle con firmeza. Pero cuando hay un puma a unos pasos de ti, es más difícil mantener las manos quietas, resistir la tentación de huir por miedo a fallar el tiro y que el puma te hunda los colmillos en la pierna.

Cuando besó a Arturo, fue igual de difícil permanecer quieta, resistir el impulso de salir corriendo de la habitación. Porque después de eso, no habría vuelta atrás; había elegido su camino.

Se levantó junto a la cama y él entrecerró los ojos, quizá pensando que en realidad intentaba escapar. Pero Alba se quitó el camisón y lo dejó caer al suelo. Ahora estaba desnuda, con el pelo largo cubriéndole los hombros, ocultando a medias sus pechos. Temblaba, tanto por el frío de la habitación como por el peso de su mirada. Entonces él se despojó de su camisa de dormir y la arrojó a un lado, estirando una mano hacia ella. Alba acortó la distancia entre ambos y se deslizó en su cama.

Había crecido en una granja y, por tanto, comprendía el acoplamiento de los animales. Los libros de su padre, los tomos de anatomía y la enciclopedia encuadernada en cuero, le habían dado un conocimiento preciso de los procesos biológicos. Sabía lo que esto implicaba, aunque solo hubiera rozado los límites del deseo.

Había pensado en él durante los últimos dos años de una forma que se aproximaba a lo inapropiado, pero que nunca se convertía en pleno anhelo. Ahora, mientras se abrazaban, todo parecía un sueño febril; sus labios ardían con cada beso, la habitación se oscurecía cada vez más.

Mentiría si hubiera dicho que le resultaba indiferente el roce de su cuerpo contra el suyo, la forma en que sus manos descendían por sus pechos, haciendo que su piel hormigueara. Pero el miedo resonaba en cada movimiento y apenas podía responderle; su cuerpo estaba rígido, empapado en temor mientras recordaba el ataúd de Valentín y la muerte de su hermano en sus brazos. Arturo debía de sentir aquel pánico y, quizá, hasta le repugnaba. No era ese el trato que habían hecho. Él se movió como para salir de la cama.

Ella entró en pánico, angustiada ante la idea de perder esta oportunidad, su única oportunidad tal vez, y se agarró a sus brazos, tirando de él hacia arriba, besándolo. Entonces su boca se posó en su garganta y sus manos se enroscaron alrededor de sus hombros.

El pavor fue ahogado por el deseo mientras sus dedos la acariciaban y la exploraban con cautela, como si su piel fuese de una porcelana que no debía dañar. Besó sus manos, sus muñecas, su pulso acelerándose con cada roce.

—Nos iremos de aquí. Vendrás conmigo, ¿verdad? —le preguntó, y Alba soltó un gemido en respuesta, un roce de su pulgar hizo que sus caderas se estremecieran.

Su lengua pasó entre sus dientes y ella gimió, lo que pareció complacerle enormemente.

—Arrastraría al mundo para tenerte. Di que me amas.

—Te amo —respondió ella. Él sonrió, encantado.

Sus dientes perforaron con cuidado la suave piel de su muñeca y lamió la herida mientras Alba echaba la cabeza hacia atrás. La besó entre los pechos y volvió a sentir el mordisco otra vez, sorprendiéndola, y quedó atrapada entre dos oleadas: la de la agonía y la del placer.

—Siempre serás mía —dijo él, y bajó la cabeza, para sorber la sangre sobre su pecho mientras acariciaba su pezón.

Ella luchaba por respirar, por pensar, pero su mente se nublaba. Cuando él se deslizó dentro de ella, fue un movimiento suave y fácil; la punzada en su ingle hizo eco del dolor sobre su corazón. El tiempo se ralentizó; sintió que llevaba una eternidad con él. Sus movimientos eran deliberadamente pausados y su corazón apenas latía.

Su aliento escapó en un gemido bajo mientras él la llenaba. La abrazó con fuerza al culminar, y ella apoyó la frente en su hombro.

—Eres demasiado hermosa para describirte con palabras y tu sabor es exquisito —le dijo. La sincera satisfacción de su voz le llegó al alma.

Le pasó las manos por el pelo, por el cuerpo. Sus nudillos recorrieron una a una sus vértebras, cada caricia delicada, intentando borrar cualquier dolor que le hubiera causado. La acariciaba como quien acaricia a su gato favorito. Era un lindo juguete que había deseado durante tanto tiempo... Ahora era suya.

Alba respiró hondo y giró la cabeza para mirarlo.

Se había quedado dormido. En sueños era tan bello como una estatua, todo su cuerpo parecía cuidadosamente esculpido y carente de imperfecciones. Dormía plácidamente. Alba yacía a su lado; el sudor que cubría su piel se había enfriado y parecía una fina capa de escarcha. Sus extremidades eran de plomo y sus ojos le pesaban.

Alba apretó los dedos y clavó las uñas en la suavidad de las palmas, obligándose a incorporarse. Permaneció unos segundos sentada al borde de la cama. Las mordidas en la muñeca y el pecho le escocían, pero él apenas había bebido de ella, un sorbo o dos y nada más. Sin embargo, su fuerza era aterradora.

Tomó el camisón, y lo deslizó sobre su cabeza.

Por fin, se levantó y se dirigió hacia el tocador con su espejo. Temblaba. La oleada de emociones abrumaba su mente: él podría despertarse en cualquier momento y, aunque no fuera así, ¿qué era lo que ella estaba haciendo? Los cazadores pueden resultar heridos cuando persiguen a su presa. Un paso en falso, un movimiento equivocado, y la cacería puede acabar en muerte.

Cuando Alba llegó a la mesa, tuvo que apoyarse en ella para no caer. Respiró hondo. El juego de aseo de Arturo, bañado en plata, brillaba a la luz de la vela. Sus dedos rozaron las tapas de los frascos, el peine, hasta posarse en la navaja de afeitar.

La levantó y volvió a la cabecera de la cama. Arturo seguía durmiendo, con los ojos cerrados, y a ella le tembló la mano cuando se agachó junto a él, con la hoja en la mano. Los libros de anatomía y las enciclopedias trazaban un mapa de las venas y arterias del cuerpo humano. Las carótidas corrían a cada lado del cuello.

Se inclinó, más cerca, con una mano agarrando la navaja y la otra la sábana.

Él abrió los ojos.

Ella jadeó.

En un instante, antes de que ella pudiera atacar, él se incorporó y sus dedos rodeaban la mano que sostenía la navaja. Alba se quedó paralizada, con la boca abierta, mirando sus ojos brillantes y divertidos.

—Pude sentir tu engaño en el momento en que saliste de la cama —dijo—. Suelta este juguete.

Su mano se cerró sobre la de ella, sujetándola con fuerza y Alba dejó caer la navaja. Él la soltó y ella se apartó rápidamente, chocando con el tocador en su prisa, pero él fue igual de rápido; ya estaba detrás de ella, su pecho pegado a su espalda y una mano en su cintura.

—¿Cómo debería castigarte por esta insurrección? —preguntó.

Ella miró su reflejo en el espejo, contemplando sus grandes ojos que brillaban en la oscuridad como los de un búho o un gato. Cuando él sonrió, le mostró sus dientes, blancos como el marfil y demasiado afilados.

Alba agarró la vela sobre la mesa y se la lanzó a la cara.

Él lanzó un alarido poderoso de dolor y la soltó.

Alba echó a correr.

Se precipitó escaleras abajo y llegó hasta la puerta. Afuera estaban los campos de cebada, grises e incoloros a la luz de la luna. La tierra estaba húmeda y blanda bajo sus pies; la niebla que descendía de las montañas la había mojado. Eso dificultaba sus movimientos. Pero conocía el terreno, podía trazar sus contornos a ojos cerrados.

Debía dirigirse hacia el río, cerca del lugar donde había disparado a la cosa que había sido Tadeo. La cebada crujió tras ella, agitada por la brisa, y corrió por un estrecho sendero de tierra, obligándose a avanzar

Ni el frío ni la humedad de la noche enfriaron su piel. Estaba ardiendo y su corazón era un carbón humeante. Le quemaban los pulmones mientras avanzaba a trompicones.

Casi había alcanzado el árbol grande y antiguo donde una vez había colgado su lámpara de aceite cuando se estrelló contra el suelo. Intentó huir, pataleó, gimió y tembló. Todo era inútil. Unos brazos fuertes la sujetaron, alzó la vista y se encontró con el rostro de Arturo.

—No me hagas daño —suplicó.

—¿Pero tú sí puedes hacerme daño? No me parece justo.

—Pensé que beberías de mí hasta secarme.

—Debería.

—Me duele —dijo. Y era cierto, le dolía, no solo el dolor de su cuerpo, sino el dolor de su corazón.

—Bien —dijo por toda respuesta.

—Arturo...

—¿Adónde creías que ibas? Qué rápido pareces olvidar: ahora eres mía.

—¡Lo sé!

—Eres una encantadora mentirosa, profesando amor...

—¡Te amo y lo sabes! Iré al infierno por esto. Lo haré —sollozó. Eso también era verdad, era real, cada palabra.

Una parte de ella aún lo amaba y lo deseaba. Era el ideal de hombre que ella había imaginado, todo le parecía exquisito, desde su voz hasta su porte y su forma de tocar el piano, y existía entre ellos el lazo de un afecto largamente cultivado. Habían estado tan unidos, tan compenetrados...

—Eres una tonta —dijo él. Ella no estaba segura de si se refería a que era una tonta por temer las llamas del infierno o una tonta por amarlo. Sus dedos se hundieron en la carne de Alba.

Antes había mostrado cierta contención, pero ahora estaba furioso. El enfrentamiento había despojado al caballero de la fina capa de consideración que lo cubría. Había sorbido solo un poco de su sangre, nada más. Ahora la inmovilizaba y bebía con avidez. El dolor que le infligía era punzante, le ardía la piel. Alba se estremeció. Lo rodeó con los brazos y lo atrajo con desesperación, besándolo con fuerza en la boca.

Él había dicho que era capaz de sentir su engaño. Sin embargo, volvió a deslizarse dentro de ella con una facilidad irreflexiva, tal vez estimulado por la persecución a través de los campos. O tal vez fue la vehemencia de ella lo que encendió su deseo.

Su voracidad no era ahora solo por la sangre, sino también por su cuerpo. Antes se había mostrado dulce con ella, había jugado a ser un tierno amante, moviéndose con suavidad. Pero esa no era su naturaleza. Era un glotón.

Alba había pensado hacer de su carne un cepo, pero él era fabulosamente fuerte, y mientras hundía la cabeza en su hombro, gruñendo más que hablando, se preguntó si en realidad no era ella la presa.

Él la envolvía, la presionaba con fuerza contra la tierra, y el peso de su cuerpo era como ser enterrada viva, como descender a los infiernos.

Su pulso se aceleró mientras Arturo la mordía y le lamía la suave piel del cuello y de sus pechos. Luchaba por respirar, por pensar, mientras él le arañaba la garganta y la penetraba y su sangre le manchaba los labios. Tal vez la dejaría seca después de todo. Tal vez encontrarían su cuerpo por la mañana, flotando río abajo. Lo abrazó con desesperación febril mientras sentía el estallido del placer y cerraba los ojos.

Cuando volvió a abrirlos, él embestía con más fuerza. Ella lo miró a los ojos, salvajes y hambrientos. Arturo jadeaba. Su respiración se había vuelto afanosa; de pronto, sacudió la cabeza, su cuerpo vaciló, se quedó quieto.

—¿Qué me has hecho? —preguntó.

«Te he cazado», pensó Alba. Pero recordó que la caza no termina hasta que la presa yace inmóvil y fría

—Veneno —dijo—. Veneno para brujos.

—Estúpida..., ¿qué has hecho? —repitió, como si no pudiera creerlo, no pudiera comprender semejante osadía.

En la comisura de sus labios había un rastro de sangre. Empezó a toser. Sus manos se apartaron del cuerpo de ella. Un cambio rápido e inconfundible se había apoderado de él. Su sangre, que él había disfrutado con tanto deleite, estaba impregnada de magia, sí, infundida con veneno. En el frenesí de su unión no se había detenido, ni siquiera un segundo, a considerar el efecto que estaba teniendo en él, hasta que fue demasiado tarde y se estaba agarrando el pecho. Se había sentido loco por ella, pero ella también había tenido que estar loca para poder urdir semejante plan. Ahora lo entendía, veía esa locura, esa artimaña, y soltó un gruñido, sus dedos se enredaron en el cabello de Alba.

Ella lo empujó, y logró ponerse en pie. Las rodillas le temblaban y por un terrible momento pensó que se desplomaría junto a él. Pero pudo llegar hasta el árbol y tanteó con las manos entre sus raíces, buscando el tacto de la tela.

Desenvolvió el hacha y se giró para ver que él seguía tendido en el suelo, con el rostro pegado a la tierra, aunque trataba de levantarse. Su columna se arqueó con violencia y alzó la cabeza, sus ojos entrecerrados, brillantes y traicioneros, se clavaron en ella.

1998: 13

—¿Adónde nos dirigimos? —preguntó.

Aunque estaba sentada en un coche muy cerca de una bruja y asesina, el tono de su pregunta era neutro. Minerva sentía más curiosidad que miedo. Al menos por ahora.

—A la fábrica.

—¿Es ahí donde suele matar a la gente? —Minerva cruzó las manos sobre su mochila. Al no obtener respuesta, volvió a hablar—. Dijo que me diría la verdad.

—Sí, ese suele ser el lugar —confirmó Carolyn. No parecía ansiosa o agitada. Resultaba casi divertido cómo ambas eran capaces de conversar con tal templanza.

—Pero había sangre en la nieve la noche que Ginny desapareció. Y su fantasma sigue rondando en Joyce House. Por un momento pensé que la mató allí.

—La mayoría de los fantasmas se aferran al lugar donde murieron, eso es cierto. Pero unos pocos pueden volver a un lugar significativo para ellos.

Se preguntó si el fantasma de Ginny habría vuelto a Joyce House para estar cerca de Betty. Qué triste era pensar que Betty, desesperada por encontrar a Ginny, podría haber estado junto a ella todo el tiempo sin saberlo.

—¿Qué ocurrió esa noche de diciembre?

—Había bajado a hablar por teléfono y me atacó con unas tijeras cuando me vio. Qué idiota. Todavía tengo la cicatriz —dijo Carolyn, y Minerva miró sus dedos sobre el volante y la fea línea que le recorría el dorso de la mano derecha—. Luego salió corriendo hacia la nieve. Mi padre la esperaba fuera. Ambos la seguimos y le dimos alcance.

Eso significaba que la sangre en la nieve era de Carolyn. Seguro que había ocultado la mano herida bajo unos elegantes guantes o unas cálidas manoplas justo después del incidente. Después de las vacaciones de invierno, se le habría curado la mano o tendría preparada una excusa.

—No duró mucho —dijo Carolyn, y suspiró—. Fue una lástima. Habíamos planeado tenerla un tiempo. El dolor y el miedo endulzan la sangre.

—¿Es así como funciona su magia? ¿Tiene que beber sangre?

—La hace más potente.

—Y el corazón... también es potente.

Carolyn sonrió. Era una fina sonrisa, como una luna creciente.

—Parece que has aprendido un par de cosas sobre brujas.

Ginny también había aprendido un par de cosas sobre brujas, pero no le había servido de nada. Sus marcas de bruja no habían sido obstáculo para los Wingrave; la habían atrapado de todos modos. Pero eso había sido hacía años. Carolyn era entonces más joven, más fuerte.

—Parece que no lo suficiente —dijo Minerva—. ¿Por qué mató a Ginny?

—Ella tenía el don, podía hablar con fantasmas. Oh, claro que puedes lanzar un hechizo con la sangre de cualquier idiota, pero la sangre de alguien con el don..., esa es preciosa. Es como el vino. Hay cosechas simplemente maravillosas y luego está el vino de mesa barato. En fin, necesitábamos su sangre, necesitábamos ese poder. El negocio de mi padre estaba en ruinas.

—¿La mataron por problemas de negocios?

—¿Sería mejor si te dijera que la matamos porque quería a Edgar para mí?

—¿Lo quería?

Carolyn miró al frente, con las manos firmes en el volante. Las comisuras de sus finos labios esbozaron una sonrisa.

—Lo conocí antes que ella. Formábamos parte de los mismos círculos sociales. Hacíamos mejor pareja.

—Pero él nunca olvidó a Ginny. Conservó todos esos dibujos suyos como un santuario a su verdadero amor —dijo Minerva.

La reacción de Carolyn fue, como esperaba, una mezcla de irritación y orgullo.

—No, señorita Contreras. Yo conservé sus dibujos y el manuscrito de Betty. Podría haberme deshecho de ellos después de la muerte de Edgar, pero no lo hice. ¿Y sabes por qué? Nunca fueron un santuario para Ginny. Eran un trofeo. Un recordatorio de mi éxito. Maté a Virginia Somerset y nadie sospechó jamás la verdad.

Recordó lo que había dicho Benjamin: que Carolyn adoraba a Edgar. Se había equivocado. No lo adoraba, lo codiciaba. Edgar había sido otro tipo de trofeo que había ganado. Otra muestra de la brillantez de Carolyn, de sus logros.

El coche avanzaba lentamente, con gracia, siguiendo las curvas de la carretera, alejándose cada vez más del campus. Minerva apretó la mochila, sintió su peso sobre el regazo. Dentro llevaba el cúter y el termo. Carolyn no se había molestado en revisarla.

—¿Y Santiago? ¿Qué pasó con él?

—Queríamos a dos personas. Un hombre y una mujer. El embrujo funcionaría mejor así. Él también tenía el don, aunque era más débil que el de Ginny. Coqueteé con él un par de veces, lo convencí de que me interesaba, y luego concerté un encuentro.

—Entonces la mujer que vieron afuera con Santiago era usted. Pero nadie lo supo, y, cuando desapareció, usted debió de avivar las sospechas de todos, les dijo que Ginny se había escapado con él.

—Las chicas comparten chismes en los dormitorios —dijo Carolyn con naturalidad. Por un segundo, Minerva pudo imaginársela con veinte años, pasando alegremente de un baile de debutantes a la escena de un asesinato con un encogimiento de hombros. Sintió asco.

Minerva guardó silencio. No quería preguntar más. Pero tenía que hacerlo. Necesitaba respuestas. Además, si permanecía en silencio sería peor. El miedo la abrumaría. Las palabras mantenían el terror a raya. Así podría fingir que la muerte no la esperaba una vez que llegaran a la fábrica

—¿Qué pasó con Thomas Murphy? No creo que lo haya conocido por casualidad.

—Me gusta observar a los nuevos estudiantes que recibimos cada año a través de la Fundación. A veces, revisando sus expedientes o lanzando un sencillo conjuro de adivinación con sus fotos, puedo intuir si tienen el don. Por supuesto, el método mejor y más preciso es simplemente tocar a una persona y sentirla así. En una recepción le di la mano.

Recordó la primera vez que había conocido a Carolyn y cómo la había ayudado a servirse una taza de té. Después, Carolyn se había ofrecido a enseñarle los papeles de Betty. No era para menos.

—Le pedí a Thomas que diera clases particulares a mi nieto para tener una mejor idea de él. A veces esa primera impresión es errónea y el don está atrofiado, tenue. Inútil.

—Pero en el caso de Thomas no estaba atrofiado. Tenía una tabla de *ouija* y leía las cartas del tarot. Era auténtico. Un aficionado, pero sí. Suficientemente bueno.

—¿Le habló de Ginny y de su arte, o la estaba investigando por casualidad?

—Me aseguré de que supiera de ella. Despierta la imaginación, ¿verdad? Una chica joven, desaparecida hace muchos años. Deja atrás esas imágenes abstractas y nada más. Y él, por supuesto, trata de averiguar más sobre ella, y el triste y pobre fantasma de Ginny le cuenta media historia sobre brujas y hechizos, y cuando algo empieza a atormentar al pobre Thomas, se muere de miedo. El muy tonto casi se mea encima una noche.

—¿No le preocupaba que la descubriera? ¿Que Ginny le dijera quién estaba detrás de todo?

—No podía. Los fantasmas son criaturas toscas; comunicarse con ellos es difícil, y Thomas no era un médium experimentado. En el mejor de los casos, se enteró de lo suficiente para aterrorizarse y volverse paranoico.

—Lo cual le convenía.

—Su sangre tenía un delicioso matiz de terror. Lo mantuve vivo una semana entera. Quizá contigo me dé más tiempo.

Por eso hablaba con ella, para inducirle temor. Minerva se preguntó si habría hecho lo mismo con Ginny, explicándole todo lo que le ocurriría.

«Voy a morir», pensó. Debería haber salido corriendo, aunque eso era lo que Ginny había hecho; no le sirvió de nada. Había corrido por la nieve, aterrorizada, aferrándose a las tijeras, solo para tropezarse de lleno con los Wingrave. Quizá la habían metido en un coche muy parecido al que ahora ocupaba Minerva. O bien, por medios más esotéricos, habían transportado a su víctima a un lugar seguro donde pudieran devorarla a su antojo.

—Tienes una chispa excepcional, ¿sabes? —dijo Carolyn, con esa sonrisa que era apenas un filo de luna—. Te cortaste la mano hace unas semanas. Mi nieto debió de prestarte su pañuelo porque estaba en la lavandería, manchado de sangre. Y la olí, la probé. Estaba deliciosa.

Minerva se estremeció al imaginar a la mujer rebuscando entre las ropas de Noah y presionando con la lengua el sucio cuadrado de tela, lamiendo la sangre seca.

—Ah, hemos llegado —anunció Carolyn cuando llegaron a las puertas de la fábrica y detuvo el coche.

Ambas bajaron del vehículo. Minerva miró el edificio con recelo. Carolyn abrió su bolso, sacó un juego de llaves y abrió la verja. Se volvió hacia Minerva.

—Adelante —ordenó, en tono casi amable.

Entraron en la sala de trabajo con las paredes verdes y el montón de fibras rojas. La misma estancia que le había repugnado cuando exploró la fábrica con Noah. Había sentido un hedor en el aire entonces. Ahora la golpeaba con más fuerza y casi le provocaba arcadas. Minerva se detuvo en el umbral de la habitación y se tapó la boca con las manos, mientras Carolyn encendía las luces. Los fluorescentes brillaron sobre sus cabezas.

—Vamos, siéntate. —La invitó Carolyn—. Si no cooperas, te prometo que será muy desagradable para tu amigo.

Minerva dio dos pasos vacilantes y observó detenidamente el amplio espacio. Habían arrastrado al centro de la sala dos sillas metálicas y una mesa de trabajo, que estaba sin nada la última vez que estuvo allí y aparecía ahora cubierta con un grueso paño rojo.

—Alguien murió aquí —dijo Minerva, reconociendo lo que no había percibido la primera vez.

—Por supuesto que sí —respondió Carolyn agradablemente—. Siéntate, por favor.

«Voy a morir», pensó de nuevo, y casi tuvo que morderse la lengua para no reírse.

Minerva se sentó en una de las sillas. Carolyn tiró del paño rojo y lo apartó. Sobre la mesa de trabajo había un amplio surtido de viejas herramientas oxidadas. Un cubo lleno de clavos. Llaves inglesas. Un hacha. Carolyn abrió una caja negra.

Minerva no podía ver lo que contenía. Estiró el cuello mientras deslizaba despacio el cierre de su mochila. Sus dedos se detuvieron al sentir, más que ver, una sombra que se cernía en el borde de su visión. Tuvo la misma sensación que en

Joyce House: que había algo allí. Noah le dijo que había visto un fantasma en la fábrica, un hombre con overol y gorra plana. Minerva tuvo la misma impresión fugaz de un hombre. Santiago, tal vez, anclado a esta habitación décadas después de su muerte, como Ginny parecía atada a Joyce House.

—No va a salirse con la suya, señora —dijo Minerva usando su voz para amortiguar el suave sonido de la cremallera—. Investigarán si desaparezco.

—Los estudiantes dejan de asistir a clase, se dan de baja.

—Espere. ¿A cuántos estudiantes de Stoneridge ha matado?

—Muy pocos, en realidad. Pero cuando lo hice, no pasó nada. Thomas, Ginny, ahora tú. Ah, un par más hace unas décadas. Mi padre y yo nos centramos en aquellos a quien nadie echaría en falta. El autoestopista ocasional, el trabajador ilegal sin lazos en este país o los pobres ingenuos que solicitaban ayuda de nuestra fundación. Eres hija única, estás lejos de casa, no tienes dinero y muy poca gente preguntará qué te pasó. Además, naciste bruja. Bien vales la pena.

—No sé qué significa eso.

—Significa que tienes un árbol genealógico interesante. Y necesito tu chispa. Francamente, estoy hambrienta y tú eres un platillo delicioso. Llevo mucho, mucho tiempo buscando a alguien como tú.

Carolyn tomó la caja negra y la sostuvo delante de Minerva para que la viera. Estaba forrada de terciopelo rojo y contenía un cuchillo fino y afilado con empuñadura dorada. Carolyn volvió a dejar la caja sobre la mesa.

—Para el gran final. Es un *athame*, una daga ritual. Pensé que apreciarías la fina manufactura. Y, claro, te encanta el drama, ¿verdad? Cómo disfrutas las crueles historias de terror de Betty.

Carolyn se desabotonó el abrigo y lo colocó con cuidado sobre una esquina de la mesa. Llevaba una blusa blanca, pero sacó rápidamente una larga túnica roja sin mangas y se la deslizó por la cabeza. Minerva casi se echó a reír, al pensar lo caro que sería quitar las manchas de sangre de la tela blanca, y se preguntó si las brujas tendrían una tintorería especial para eso.

La presencia fantasmal recorrió la habitación; casi podía verla. Tenía un suave fulgor, como una mancha de aceite que aparecía y desaparecía, pero al mismo tiempo era una sombra, una oscuridad que casi formaba la silueta de un hombre. ¿Acaso Carolyn podría verlo también? Tal vez no. Quizá no le importaba.

—Usted es rica. Dudo que matarme la haga mucho más rica —dijo Minerva mientras la sombra se deslizaba junto a la pila de fibras rojas, haciendo que algunas cayeran al suelo al rozarlas.

—Necesito ganar más tiempo.

—No lo entiendo.

Minerva terminó de abrir el bolsillo de la mochila. Carolyn estaba de espaldas a ella, pero miró a Minerva por encima del hombro y Minerva detuvo las manos.

—El don corre en mi familia. Pero a veces se salta una generación o, si se manifiesta, es demasiado débil. Uno de mis hijos lo tuvo, pero lo rechazó; atrofió su poder con drogas y alcohol. Y no me dejaba acercarme a Noah —Carolyn suspiró. Tomó un colgante dorado con una gran piedra roja y se lo colocó alrededor del cuello mientras hablaba. A Minerva le pareció estar viendo a un caballero vistiéndose para la batalla o a un actor poniéndose un disfraz. Quizá era necesario para el ritual que celebraría aquella noche. O tal vez a Carolyn también le gustaba lo dramático.

»Una verdadera decepción.

—Así que lo mató a él y a su esposa.

—Pensé que, si tenía a Noah para mí, podría criarlo como es debido. Enseñarle, como mi padre me enseñó a mí. Pero llegué demasiado tarde, o había un defecto en su constitución. Tal vez simplemente se parece a su padre, buscando alcohol y emociones baratas. También está atrofiado. No había nada que pudiera enseñarle. Pero ya he arreglado un buen matrimonio para él. Pronto tendrá un hijo, y ese niño tendrá poder. Lo sé. Esta vez lo haré bien. Criaré a ese bebé. Y para eso, necesito más tiempo. Las brujas somos bastante longevas. Mi abuela murió a los ciento tres años. Pero yo he tenido algunos problemas de salud...

Carolyn se quitó con cuidado el turbante de la cabeza, dejando al descubierto escasos mechones de cabello plateado. Estaba casi calva y sus manos temblaban ligeramente. Su rostro maquillado y sus cejas cuidadosamente delineadas, su atuendo y sus joyas extravagantes ocultaban la fragilidad de su edad. Y el glamur y una pizca de magia habían camuflado las heridas del tiempo. Pero ahora Minerva vislumbraba su mortalidad.

—Necesito veinte años más y podré hacer de mi bisnieto un brujo —dijo Carolyn mientras doblaba la tela y la dejaba a un lado sobre la mesa.

—Pobre Noah. Supongo que sufrirá un accidente después de engendrar al niño

—Cada familia tiene su cuota de tragedias.

—El niño también podría resultar inútil —dijo Minerva—. Tal vez su poder simplemente se ha agotado.

—Está en nuestra sangre, niña. Generación tras generación.

Carolyn se inclinó sobre la mesa de trabajo y sus dedos rozaron los mangos de las herramientas y los instrumentos afilados.

—Excepto cuando se salta una o dos generaciones. Podría ser que usted fuera la última de su especie. Un vestigio atávico, una cola vestigial.

Minerva sacó el cúter de la mochila.

«Voy a morir», pensó. «Voy a morir, pero no se lo pondré fácil».

Sin volverse para mirarla, la mujer habló. Su voz era magníficamente serena.

—Querida, no servirá de nada que intentes atacarme.

—Tenía otros planes —dijo Minerva, y se dio un tajo en la muñeca izquierda.

Carolyn lanzó un grito furioso. Minerva fue empujada hacia atrás por una fuerza poderosa, su silla volcó y se golpeó la espalda contra el suelo. El cúter salió volando por los aires y aterrizó en un rincón de la habitación.

—Niña tonta —dijo Carolyn, acercándose lentamente a ella—. No puedes escapar de mí.

Minerva no podía incorporarse. La misma fuerza que la había lanzado hacia atrás la mantenía inmóvil. La presencia fantasmal de la habitación se movía de un lado a otro, inquieta. Minerva gruñó e intentó levantarse.

Carolyn se arrodilló a su lado. «Son glotones», eso le había dicho Nana Alba. Y la propia Carolyn había dicho que estaba hambrienta. Thomas había desaparecido en diciembre. Tal vez Carolyn no había dado rienda suelta a sus tendencias asesinas desde entonces. Quién sabía con qué frecuencia mataba, o si la calidad de sus víctimas había sido inferior. Minerva se sentía, en todo caso, como si hubiera agitado un trozo de carne delante de un gran tiburón blanco.

Las fosas nasales de Carolyn se dilataron y sus ojos brillaron mientras se relamía los labios.

—Tienes un talento para ser sumamente desagradable. Voy a disfrutar a fondo de beber tu sangre y devorar tu corazón.

—Espero que se atragante con él —dijo Minerva.

Carolyn resopló y le sujetó la muñeca con brusquedad, llevándola hacia su boca. Los labios de la bruja eran ásperos como papel de lija mientras lamía la sangre, y sus manos estaban tan frías como el hielo, haciendo que Minerva se estremeciera. Intentó flexionar los dedos y no lo consiguió: estaba paralizada. Cerró los ojos con fuerza y entonces la mujer no se limitó a lamerle la herida, sino que la estaba mordiendo, y el dolor de su brazo era tan intenso que Minerva volvió a abrir los ojos y comenzó a gritar, aunque le faltaba el aire.

Carolyn soltó una risita ahogada contra la piel de Minerva, que intentó empujar a la mujer, pero su cuerpo era un desastre, flácido e inútil, y cuanto más luchaba, más cansada se sentía.

Minerva se había bebido casi todo el contenido de su termo antes de aventurarse en Joyce House, la pócima de la que le había hablado su bisabuela. «Veneno para brujos». Debería funcionar. Pero, al fin y al cabo, era solo una historia que había escuchado de noche. Podría haber sido inventada. Podría no funcionar con alguien como Carolyn.

Estaba sobre el suelo, mirando al techo. Había dejado de gritar. Las luces fluorescentes zumbaban, casi como un quejido, un silbido. O quizá era Minerva quien se quejaba. El recuerdo de la voz de Nana Alba la serenó.

«En mis tiempos, cuando yo era joven, todavía había brujas».

Carolyn tosió. El ruido fue agudo; resonó en el espacio cavernoso de la fábrica. Otra vez se oyó un quejido y un sonido de dolor. Luego Carolyn tosió de nuevo.

De repente, Carolyn dejó de alimentarse de Minerva y se llevó una mano al cuello. Jadeó, alejándose de ella. No dejaba de toser.

—¿Qué...? —articuló la bruja.

El cuerpo de Minerva pareció despertarse de golpe, el entumecimiento desapareció en un instante y pudo incorporarse. Se tambaleaba como si estuviera borracha, pero estaba de pie. Consiguió avanzar hasta la mesa de trabajo y se sostuvo con ambas manos. Sus dedos se deslizaron sobre el mango del hacha.

—¡Maldita zorra! —rugió Carolyn.

Minerva ni siquiera pudo levantar una mano para defenderse. Antes de que pudiera reaccionar, Carolyn se había puesto en pie de un salto y le estaba apretando el cuello con las manos, clavándole las uñas en la piel. Minerva sintió de nuevo el terrible frío del tacto de Carolyn e intentó apartar sus manos. Carolyn siguió tosiendo; su saliva sanguinolenta voló por el aire y salpicó la cara de su presa.

Soltó a Minerva y dio un paso atrás. Entonces Minerva se llevó una mano al cuello y se arrojó contra la mesa, intentando agarrar cualquier cosa que pudiera servirle de arma, pero sus nervios y músculos se crisparon, un calambre le recorrió la parte inferior del cuerpo y se aferró a la mesa como una náufraga a una tabla.

La sombra brilló durante un segundo. Estaba al otro lado de la mesa, cerca de donde Carolyn la miraba con odio.

—Ayúdame —susurró Minerva. Aunque su voz era ronca, más un quejido que otra cosa.

«Voy a morir», pensó una vez más. Y aunque la idea había rondado antes por su mente, ahora era una realidad. La muerte estaba allí. No había nada que pudiera hacer excepto morir de la misma manera que Santiago y Ginny habían muerto: desangrada, con el corazón arrancado y su fantasma vagando por un edificio abandonado y en ruinas. No había conseguido nada, solo retrasar su espeluznante final.

Pero la sombra giró la cabeza en dirección a Minerva. La estaba mirando. Luego volvió la vista a Carolyn.

«Ayúdame», dijo Minerva. Movió los labios, pero ningún sonido salió de su garganta.

Carolyn sacudió la cabeza y extendió un brazo. El cuchillo ceremonial saltó a su mano. La afilada y terrible hoja brilló mientras avanzaba, dispuesta a clavarla en el pecho de Minerva.

—¡Ayúdame! —gritó Minerva, y esta vez las palabras fueron claras; la orden resonó en todo el lugar.

La sombra pareció adquirir solidez por un instante y lanzó por los aires el cubo lleno de clavos. Los trozos de metal oxidado golpearon a Carolyn, incrustándose en su rostro y cuello. Ella chilló, girando sobre sí misma, intentando arrancar con los dedos los proyectiles.

«Simplemente sobrevives». Minerva recordó las palabras y sus dedos se cerraron con fuerza alrededor del mango del hacha. Su visión era un palpitante estallido de rojo y su cuerpo amenazaba con hundirse en la inconsciencia, pero se mordió la lengua con saña. El dolor punzante, la sangre en la boca, despertaron cada nervio de su cuerpo.

Minerva empuñó el arma y se precipitó hacia delante. Alzó el hacha y miró directamente a los sorprendidos ojos de Carolyn mientras la hoja le segaba la cabeza.

—Detente —dijo Arturo, con una palma en el aire y la otra contra el suelo.

Alba sacudió la cabeza, con los hombros encorvados por el peso del hacha. Apenas podía mantenerse en pie. Pero él casi no podía hablar, allí tendido en el suelo, mirándola, intentando débilmente incorporarse. Sus ojos eran profundamente intensos; su voz, tan enérgica que ella bajó el hacha por un momento, insegura y asustada.

—Somos el uno para el otro, lo sabes —dijo con voz ronca—. Nadie te entenderá nunca como yo. Y puedo darte todo lo que quieras, todo lo que siempre has soñado.

Sus ojos la atravesaron allí donde estaba, aunque su voz era un susurro aterciopelado, y ella supo que no mentía. Su sinceridad le dio ganas de llorar. Lo quería, aunque fuera un monstruo. Más de una vez, Alba se había consolado pensando que él y ella eran iguales. Él encarnaba la galantería y el romance y, aun hecho un despojo, revolcándose en el fango, conservaba un brillo en su expresión, una belleza terrible y condenatoria. Y era tan joven, casi un muchacho; eso la hizo dudar. Pero Tadeo había sido más joven aún. Y Valentín también.

—No me abandones, Alba —suplicó.

Arturo le tendió una mano y ella la rozó con la punta de los dedos. Bajo su piel sintió el pulso vibrante de la magia, el poder incrustado en sus huesos y, aún más profundo, la horrible tentación de su apetito. Se la comería entera. Quizá no saboreara sus huesos, pero se comería una parte de ella de todos modos, destrozaría su alma. La arrastraría a las profundidades de las sombras para que pudiera morar en la oscuridad hasta el final de sus días.

—Amor mío —dijo. Su voz era terriblemente suave, teñida de un afecto insoportable que era más atroz que su crueldad.

Alba retiró la mano y la apretó contra sus labios. Se miraron fijamente. Anhelo, fuego y rabia se mezclaban en sus ojos. Las lágrimas le escaldaron las mejillas y todo su cuerpo temblaba al mirarlo allí, agazapado en la tierra, tendiéndole la mano una vez más para que lo ayudara a levantarse.

—No permitiré que me destruyas —dijo ella—. Sobreviviré.

Los ojos de Arturo se abrieron de par en par y le gritó que se detuviera.

Le cortó la cabeza igualmente.

Minerva cayó de rodillas, todavía empuñando el hacha con fuerza. Manchas negras danzaban ante sus ojos. Parpadeó para aclarar su visión y miró el cuerpo de Carolyn. Se estaba derritiendo, como cera caliente. Riachuelos de oscuridad se extendían por las tablas del suelo y los huesos asomaban a través del tejido que se ablandaba y se despegaba en jirones. A cada minuto que pasaba, el cuerpo se descomponía más y, al final, se convirtió en una fina capa de polvo. Incluso sus joyas, sus vestiduras, sus zapatos, todo se oxidó y se volvió quebradizo hasta desintegrarse. Todos los objetos que había llevado a aquella habitación desaparecieron como si nunca hubieran existido, dejando tras de sí solo un olor acre.

El sabor de su propia sangre en la boca y el insoportable hedor hicieron que Minerva sintiera náuseas, pero consiguió resistir el impulso de vomitar. En lugar de eso, inclinó la cabeza y soltó el hacha que aterrizó con un ruido sordo en el suelo. El filo de su hoja estaba limpio, aunque un tenue hilo de humo pareció desprenderse del metal y desvanecerse en un suspiro. El nauseabundo olor también se disipó y solo quedó el aroma a podredumbre y humedad que impregnaba naturalmente la fábrica.

Finalmente, muy despacio, Minerva levantó la cabeza y tomó una bocanada de aire.

Pasaron seis semanas antes de que Alba regresara a la sombra del árbol, al río. El lugar donde había matado a Arturo, donde su cuerpo se había filtrado en la hierba, estaba arrasado y yermo. Allí nunca volvería a crecer nada. Era como si su sangre hubiera envenenado las flores y las plantas que antes brotaban junto al agua.

Pero aparte de aquel pedazo de tierra desolada, el campo era pacífico y el río borboteaba alegremente.

Los moradores del Paraje de Abedules afirmaban que los Quiroga estaban malditos, que un monstruo abominable debía de haberse llevado a Arturo como se había llevado a Tadeo, y se persignaban cuando se acercaban a la finca. Su familia se estaba haciendo tristemente célebre, pero, por la misma desconfianza, la gente del pueblo hizo pocas preguntas sobre la desaparición de su tío, y no perturbaron la paz de Alba.

Alba apoyó la espalda contra el árbol y escuchó la corriente del río y la forma en que hablaba, compartiendo secretos con ella. Sobre su cabeza, el árbol extendía sus ramas, como una sombrilla de jade.

Aquella mañana se había despertado con un presentimiento: sabía que daría a luz. Sería una niña. La gente del pueblo tal vez diría que era la hija bastarda de Valentín, o hija de un demonio. ¿Quién podría saberlo, tratándose de los Quiroga? Después de todo, estaban malditos. Y su madre, con los ojos aún húmedos por el dolor, acogería al bebé.

Sus dedos se apoyaron en el medallón de Valentín. Había arrojado al río el collar de Arturo con la única perla, junto con el hacha. Allí descansaría, en el fango, en la oscuridad. Que el agua se llevara aquel regalo y que hiciera con él lo que quisiera.

Llamaría a la niña Tadea, en honor a su hermano. Algún día, cuando su hija fuera mayor, Alba le contaría historias sobre brujas y maldiciones, para protegerla.

El mundo, después de todo, estaba lleno de peligros y trampas. Aventurarse en él era como recorrer un territorio sembrado de cuchillos. Sin embargo, como demostraba el río, también había oportunidades para la belleza y la tranquilidad.

Pasó la mano por el tronco del árbol, sintiendo la textura de la corteza.

—Bendíceme, Tadeo —dijo, pues bajo la sombra del árbol había perecido su hermano. Dos muertes allí, una al lado de la otra, pero el lugar donde había caído su cuerpo estaba salpicado de flores silvestres amarillas y la tierra no se había marchitado.

»Bendíceme, Valentín —dijo, besando el medallón, pues si los muertos prestaban alguna vez atención a los vivos, ella esperaba que él fuera amable.

A Arturo no le pidió una bendición. Ella había sobrevivido, y eso era suficiente regalo.

Epílogo

Minerva había terminado de tallar una calabaza cuando el gato la alertó de que se acercaba un coche. La víspera de Halloween, la universidad organizaba una jornada de «dulce o truco» para los niños de la zona. Visitaban las residencias designadas, llamaban a la puerta y sus habitantes les repartían caramelos. Era muy popular entre los hijos del profesorado y el personal de la universidad.

Briar Hall ya estaba decorado, con telarañas y arañas de plástico colgando de las puertas. Joyce House permanecía cerrada; la renovación se había pospuesto hasta el próximo verano. Había caminado por sus pasillos, curiosa por ver si podía hablar con Ginny. Pero cualquier presencia que hubiera permanecido allí se había desvanecido. Tal vez la muerte de Carolyn la había liberado. Si ese era el caso, el fantasma de Santiago también podría haberse desvanecido. Pero Minerva no había vuelto a la fábrica para comprobarlo.

Ledge House estaba casi lista para recibir invitados. Tenía bolsas de caramelos e Hideo la había ayudado a colgar recortes de murciélagos por el porche. Pensó que las calabazas le darían un toque especial, y los niños no vendrían hasta el viernes. Tenía dos días enteros para arreglar la decoración.

Minerva se lavó las manos en el fregadero de la cocina y se las secó rápidamente. Se bajó las mangas del suéter, ocultando la cicatriz del brazo, y tomó una calabaza. Luego se dirigió hacia la entrada del dormitorio y abrió la puerta principal al mismo tiempo que Noah Yates salía de su Jeep.

—El dormitorio se ve muy bien —dijo señalando el espantapájaros que estaba sentado en una silla junto a la puerta. Hideo también le había ayudado a hacerlo. Habían pasado una cantidad de tiempo indecente rellenando su cuerpo con paja.

Hideo sabía que le había pasado algo, pero no exactamente qué. Probablemente pensaba que se había cortado a propósito, que el estrés de la investigación la había rebasado, a pesar de que Minerva se hubiera inventado la historia de que se había tropezado con un trozo de metal oxidado mientras buscaba algo en el sótano y había tenido que vacunarse contra el tétanos. Hideo había estado muy pendiente de ella durante el final del verano y principios del otoño, pero últimamente se había relajado, al parecer convencido de que el incidente había sido un hecho aislado. Minerva no podía explicarle lo que había ocurrido realmente y, en cambio, aceptaba sus atenciones en silencio.

—Quizá este año le ganes a Hancock Hall por la mejor decoración —dijo Noah.

El viento sacudió los árboles y derramó por el suelo una cascada de hojas anaranjadas y amarillas. Minerva colocó una calabaza a los pies del espantapájaros.

—No te había visto por aquí —comentó. Pero tampoco lo había buscado. Le había llamado por teléfono para guardar las apariencias cuando desapareció su abuela, pero solo habían hablado unos minutos. Ella lo había dejado así.

—Me di de baja.

—¿De verdad?

—La universidad es una pérdida de tiempo para mí. Además, me mudo a Boston. The Willows es demasiado grande y solitaria para mí solo.

—¿Encontraron algo? —preguntó.

La desaparición de Carolyn Yates fue una gran noticia durante unas semanas, pero el furor se había calmado. No quedaba ni una pizca de hueso después de que le cortara la cabeza. Esparció por todo el edificio las herramientas que había en la estancia, tirándolas en rincones oscuros y húmedos. Dejó el coche exactamente donde Carolyn lo había estacionado. Le habían tomado las huellas dactilares, lo que vinculaba a Minerva con el vehículo, pero ella había estado visitando The Willows y se había subido en otra ocasión al auto. Sus huellas dactilares no eran del todo inesperadas, ni en el vehículo ni en la fábrica, que había visitado con Noah.

Con o sin huellas dactilares, la policía no le había hecho demasiadas preguntas. Un detective la había llamado por teléfono y otro fue a hablar con ella un día. Minerva le contó acerca de su investigación, le explicó que había conocido a Carolyn y a Noah mientras reunía material para su tesis y enumeró las veces que había visitado The Willows. El hombre parecía más interesado en Noah que en ella y Minerva respondió con sinceridad. El detective tomó notas, le dio las gracias y no volvió. No era de extrañar. Ella no conocía bien a Noah y no podía aportar nada útil. Esperaba que no volvieran a ponerse en contacto con ella.

—No, no tienen nada. Desapareció. Espeluznante, ¿no? Como en los cuentos de terror de Betty —dijo Noah. Su rostro era inescrutable. Ella no podía sacar ninguna conclusión basada en su expresión.

—Y ni una pista, ¿verdad?

—Ni una. Estaba enferma. Yo no lo sabía, nunca le dijo nada a la familia. Al parecer era algo más que artritis, así que está la idea de que pudo haberse quitado la vida. Le había dado el día libre al personal y yo estaba en Nueva York por unos asuntos de última hora que ella me encargó que atendiera, así que tiene sentido que haya conducido sola y… que quizá intentara algo. Pero nadie sabe por qué se estacionó en la fábrica y si se fue caminando, si es que así sucedió. La policía está desconcertada.

Minerva ocultó su alivio reacomodando el sombrero de vaquero del espantapájaros y asintiendo.

—Ninguna teoría, entonces.

Noah se arrodilló para mirar la calabaza y pasó los dedos por su sonrisa dentada.

—Hay algunos foros donde dicen que yo la descuarticé y arrojé los pedazos al mar. ¿Puedes creerlo?

Miró a Minerva. Su tono era despreocupado; ella no podía determinar cuánto sabía realmente. No era capaz de descifrarlo. Sus marcas de protección estaban intactas. No había percibido peligros mágicos. Carolyn había dicho que él no tenía ninguna habilidad. ¿Pero conservaría la comprensión rudimentaria de los hechizos? ¿Sospecharía lo que Minerva había hecho? ¿Le importaría?

—¿Por qué iba a matarla? —prosiguió Noah—. Tengo mi fondo fiduciario, siempre lo tuve. Mis tíos pueden pelearse por el resto del dinero, no me importa. Aunque supongo que algunos dirán que ella me tenía atado. Que ahora soy libre.

—Supongo que sí —repuso.

Se levantó y sonrió irónicamente. La expresión le recordó a Carolyn. Minerva bajó los ojos, mirando una hoja que tenía pegada al zapato.

—¿Cómo va tu investigación? —preguntó.

—Tengo un esquema y algunas cuantas páginas buenas.

Tenía más de unas cuantas páginas buenas. Había estado trabajando febrilmente acumulando pilas de notas. Las reuniones con su asesora habían ido bien y ya estaba pensando en solicitudes de becas. Con algo de suerte, no solo Betty sería rescatada de las fauces del olvido; el arte de Ginny también podría recibir reconocimiento. En cualquier caso, era el principio de algo.

—Excelente. No puedo decir que entienda el deseo de pasar tu vida hundida en el pozo de la academia, pero, en fin, somos diferentes. Y sin embargo parecidos, sospecho.

—¿En qué sentido? —preguntó ella, apoyada en la pared de la casa, con los brazos cruzados.

—Nuestros componentes básicos —dijo mientras sacaba un cigarrillo y lo encendía con dedos ágiles—. Nuestros cimientos, si quieres decirlo así. Si lo retuerces un poco, tú podrías ser yo y yo podría ser tú.

—No lo creo.

Un ligero desconcierto tiñó su rostro, pero permaneció opaco. Como le había dicho a la policía, en realidad no lo conocía, probablemente nunca lo haría.

—De todos modos, espero que podamos seguir siendo amigos aunque me mude.

—¿Somos amigos? —respondió ella.

—No creo que seamos enemigos. Todavía no —dijo. Tal vez era una broma. Tal vez no. Su tono era ligero, pero sus ojos, mientras se llevaba el cigarrillo a la boca y le daba una calada, tenía un frío glacial.

—Eso puede cambiar.

—Claro. No estamos totalmente a salvo —Se rio; fue como una ráfaga de viento que revuelve una pila de hojas, jugando con ellas antes de arrojarlas al aire.

Ahora su rostro era cálido, encantador, mientras inclinaba la cabeza. Sin embargo, el gesto parecía ensayado.

Minerva asintió y miró por encima del hombro.

—Debo volver adentro. Tengo una reunión de personal en una hora.

—¿No me invitas a tomar un café?

Pasó la mano por la pared de la casa, sintiendo la red de marcas protectoras que la envolvían, y negó con la cabeza. Nunca. No se invitaba a un brujo a tu casa. Y tal vez no era un brujo, tal vez era un niño rico aburrido que tenía un poco de tiempo para matar, pero ella no quería averiguarlo.

—He renunciado al café —dijo.

—Qué lástima —dijo, con voz suave y una amplia sonrisa—. Nos veremos por ahí algún día.

Subió a su auto y se marchó. Minerva se quedó junto a la puerta, mirando en la dirección en la que había desaparecido. ¿Tendría problemas algún día? ¿Entraría en su casa y encontraría todas sus marcas protectoras borradas? Él había estado en su cocina una vez, ¿y eso podría inutilizar sus sellos protectores? No lo sabía.

De momento, se limitaría a comprobar las marcas de las brujas. Era lógico, con la víspera de Todos los Santos a la vuelta de la esquina. Y luego vendría el Día de los Muertos y su altar para Nana Alba, aunque ya no tuviera aquella foto sepia de ella porque la había quemado para preparar la pócima que, al final, le había salvado la vida. Pero aún podía hornear pan, encender velas para sus difuntos. Añadir otras para Ginny, Betty y Santiago, para que fueran recordados.

Chasqueó los dedos, llamando al fantasma del gato. No comprendía todas las propiedades y peculiaridades de los animales fantasma, pero después de encontrarlo vagando por la casa, había conseguido apoyar la mano contra su cuerpo invisible durante un breve instante, y ahora tendía a seguirla a todas partes. Tal vez fuera así como había sucedido con el loro de Nana Alba; su fantasma simplemente había volado un día en la habitación y se había posado en su hombro.

Supuso que en la Nueva Inglaterra puritana habrían llamado a esta criatura «el familiar de una bruja». Gatos momificados o caballos esqueléticos tal vez vagaban por las casas donde habían sido enterrados siglos atrás y podían ponerse al servicio de quienes las habitaban. Quizá, o tal vez no. No tenía todas las respuestas, pero lo mismo ocurría con los investigadores y académicos que recorrían sus propios laberintos esotéricos de aprendizaje.

Minerva rozó con los dedos la cabeza del gato y miró los árboles repletos de hojas marchitas.

—Vigila, ¿quieres? —le dijo al gato mientras se frotaba contra sus piernas.

Las maldiciones y los hechizos persistían, incluso en la era de la fibra óptica y los teléfonos. Atávicos, sí, pero no extintos. Tal vez Noah no era un brujo, pero podría haber otros. La precaución, por tanto, era la respuesta.

Aunque, al mismo tiempo, no se podía vivir con miedo. Había una tesis que terminar y una segunda calabaza que tallar. Estaban los caminos alfombrados de hojas que crujían bajo sus botas, el frío de la tarde de octubre y el sol poniente que teñía de oro las torres y los tejados.

—En aquel entonces, cuando yo era joven, todavía había brujas —dijo despidiéndose de Karnstein.

Abrió la puerta principal, pasó por delante del umbral con sus marcas de bruja, presionó la palma de la mano contra una de ellas, sintiendo su poder. Un secreto y un hechizo grabados en la madera. Que me mantenga a salvo en las noches en que las brujas cruzan el cielo.

Posfacio

Mi bisabuela me contaba historias sobre su infancia en el campo mexicano y sobre brujas.

Las brujas de la juventud de mi bisabuela eran muy diferentes de las brujas de nuestra cultura pop moderna. Eran entidades maliciosas que asolaban las cosechas o provocaban tormentas; chupaban la sangre de sus víctimas y se convertían en gigantescas bolas de fuego. Incluso había un pueblo habitado por brujos en las montañas donde ella vivía.

Este folclore era típico de muchos pueblos del centro de México y parecía mezclar elementos europeos y prehispánicos. Por ejemplo, en la tradición prehispánica las brujas «nacían» y el día de su nacimiento determinaba su destino. Sin embargo, algunos de los métodos para atraparlas o repelerlas incluían rezar el padrenuestro o colgar cruces en una habitación.

Mi bisabuela, pobre y analfabeta, no habría entendido palabras como sincrético, pero así era el mundo en el que vivía. Algunos retazos de este sincretismo sobreviven hasta nuestros días.

Cuando obtuve una beca para estudiar en el extranjero, o mejor dicho, dos becas, trabajé en el campus en distintos empleos, incluso como asistente de residencias, para poder sobrevivir como estudiante con poco dinero y grandes sueños. La escuela a la que asistí, Endicott, que antaño había sido un colegio para mujeres, está ubicada en Beverly, Massachusetts, y allí aprendí un montón de historias completamente distintas sobre brujas.

Esa universidad y el pueblo cercano sirvieron de inspiración para Stoneridge y Temperance Landing. Paul Tremblay, el autor de terror, creció en Beverly, aunque estudió en Providence, Rhode Island. Providence es, por supuesto, el hogar de H. P. Lovecraft, a quien leí por primera vez a los doce años, cuando mi madre me regaló uno de sus relatos cortos. Shirley Jackson, otra de mis primeras autoras favoritas, vivió muchos años en Bennington, Vermont. Stephen King es de Maine, y las ciudades ficticias de Derry, Castle Rock y Jerusalem's Lot están inspiradas en su estado natal. Nueva Inglaterra parece, naturalmente, producir escritores de terror y eso dejó una fuerte impresión en mí.

Con el tiempo terminé la universidad, volví a Ciudad de México y me invadió de nuevo la necesidad de ver el mundo. Me fui a la Columbia Británica. Aquí eché raíces, haciendo malabarismos con el trabajo y viendo aparecer canas en mis sienes. Llevo en la muñeca izquierda una pulsera contra el mal de ojo.

Acerca de la autora

Silvia Moreno-Garcia es la autora de *Gótico*, *Meridiano cero* y *Dioses de jade y sombra*, entre otras muchas novelas. Por su labor como escritora, ha ganado los premios Locus y British Fantasy, así como el World Fantasy como editora.

silviamoreno-garcia.com

Facebook.com/smorenogarcia

Instagram: @silviamg.author